简明中国诗史

周啸天 著

四川人民出版社

图书在版编目（CIP）数据

简明中国诗史 / 周啸天著. -- 成都：四川人民出
版社，2025.1. -- ISBN 978-7-220-13802-7

Ⅰ. I207.209

中国国家版本馆 CIP 数据核字第 2024V0S951 号

JIANMING ZHONGGUO SHISHI

简 明 中 国 诗 史

周啸天　著

责任编辑	刘姣娇
封面设计	张　科
版式设计	张迪茗
责任校对	刘　静
责任印制	周　奇

出版发行	四川人民出版社（成都三色路 238 号）
网　址	http://www.scpph.com
E-mail	scrmcbs@sina.com
新浪微博	@四川人民出版社
微信公众号	四川人民出版社
发行部业务电话	(028) 86361653　86361656
防盗版举报电话	(028) 86361653
照　排	四川胜翔数码印务设计有限公司
印　刷	四川机投印务有限公司
成品尺寸	145mm×210mm
印　张	11.625
字　数	281 千
版　次	2025 年 1 月第 1 版
印　次	2025 年 1 月第 1 次印刷
书　号	ISBN 978-7-220-13802-7
定　价	68.00 元

目录

第三章　诗运动——八代诗

五七言古诗的壮大和新体

第五章
古近体诗的持续繁荣
——杜甫和中晚唐诗

第七章

古近体诗的回潮与新潮

——元明清及近代诗

第一章　诗的产生到四言诗

——原始歌谣和《诗经》

| 第一节 |
诗的产生——原始歌谣及其他

一 原始歌谣与劳动节奏

中国古代诗史的长河，向上可以追溯到原始歌谣。马克思主义经典作家认为，语言和语言艺术，起源于人类最早的实践活动，首先是劳动。一般的情况是，由劳动节奏而产生了音乐，由音乐产生了歌词。《广雅》说："声比于琴瑟曰歌。"《尔雅》说："徒歌谓之谣。"歌谣一词，也反映了诗与乐同源的关系。

古代劳动者即有"举重劝力之歌"（《淮南子·道应训》），用来协调节奏，统一步伐，减轻劳动强度，这就是较早的歌谣。鲁迅说："我们的祖先原始人，原是连话也不会说的，为了共同劳作，必须发表意见，才渐渐地练出复杂的声音来。假如那时大家抬木头，都觉得吃力了，却想不到发表。其中有一个叫道'杭育杭育'，那么这就是创作。……倘若用什么记号留存了下来，这就是文学；他当然就是作家，也是文学家，是'杭育杭育派'。"（《且介亭杂文·门外文谈》）

诗歌的构成因素之一是节奏。"杭育杭育派"的歌谣，其节奏来源于劳动的动作步调以及劳动工具所发出的声音，所以简洁明快，大体上两音一顿或一音一顿。这可以用来说明最早的诗歌句式何以是二言、三言。

原始宗教活动也是人类较早的实践活动。原始人渴望通过语言的力量来克服自然灾异和敌害，有一些歌谣即出自原始人的咒语。

土反其宅！水归其壑！昆虫毋作！草木归其泽！（《礼记·郊特牲》）

神北行！先除水道，决通沟渎。（《山海经·大荒北经》）

"土反其宅"一首是一位叫伊耆氏的部落长举行蜡（zhà 诈）祭的祝辞，"神北行"一首是驱除旱魃的咒语。诗与原始宗教的渊源关系，在《诗经》如《大雅·生民》《商颂·玄鸟》一类反映先民部族远祖崇拜的作品中，也有一定程度的反映。

《诗经》以前的原始歌谣，大都收集在杨慎《风雅逸篇》、冯惟讷《风雅广逸》及《诗纪》前集十卷《古逸》里，此外，还有学者指出《易经》每卦的爻辞都引用了几句古歌的歌辞。以上文献中，载有一些以二言或二言为主的句式构成的歌谣，如：

断竹，续竹，飞土，逐宍。（《吴越春秋·弹歌》）

《吴越春秋》虽成书于东汉，但它引用的这首《弹歌》，从语言和内容上看，很可能是从原始时代流传下来，文本是由后人写定的。诗中反映了原始社会的狩猎生活。至于《易经》，其中征引的古歌谣，二言句更多。

屯如，邅如。乘马，班如。匪寇，婚媾。（《易经·屯卦·六二》）

乘马，班如。泣血，涟如。（《易经·屯卦·上六》）

《屯》卦爻辞引用的歌谣，其生活内容当是原始部落"抢婚"的古老风俗。以上原始歌谣，大体二言一句，句自为顿，音调短促，节奏明快。以后，歌谣句式以二言为基础，发展成每句两顿，即四言句式，乃是一种自然的趋势。

三言句式，在古歌谣中也很习见。从逻辑上讲，它的产生当后于二言句式。

不克讼，归而逋。其邑人，三百户。（《易经·讼卦·九二》）

不克讼，复即命。（《易经·讼卦·九四》）

《讼》卦爻辞引用的歌谣当出自一首古老的诉讼之歌。这里值得注意的是，三言句式虽然只多出一字，其韵味与二言句式却完全不同。因为它每句由两顿构成，形成上二下一或上一下二的节奏，即派生出一个单音的顿，其时值却与双音的顿相当，所以读来较为抑扬好听。总之，二言、三言句式是韵味不同的两种简单句式，因为太简单，单由这两种句式构成的诗体，未能为后世普遍采用，然而它们却是四言句式和汉语诗歌更为重要的五、七言句式的基础。五、七言句式分别是由二三、二二三的节奏构成的，它们都兼容了二言、三言这两种简单句式的韵味，从而更为悦耳。

二　诗与乐及舞的联体共生

诗歌产生之初，与音乐和舞蹈密切结合。"帝（舜）曰：'夔，命女典乐，教胄子。……诗言志，歌永言，声依永，律和声，八音克谐，无相夺伦，神人以和。'夔曰：'於，予击石拊石，百兽率舞。'"（《尚书·尧典》）"昔葛天氏之乐，三人操牛尾，投足以歌八阕。"（《吕氏春秋·古乐》）而将诗、舞、乐这三种古老艺术紧密结合在一起的纽带，便是节奏。诗、舞、乐因节奏而协调，而互补。

从《尚书·尧典》可知，诗与乐很早就发挥着抒情言志和教育人的作用。在尚未发明文字的时代，诗依靠乐而得到广泛传播，那时，诗就是歌，即声诗。产生于民间的声诗，不但合乐演唱，而且配合舞蹈，以集体歌唱为主。为了易唱易记，一般篇幅较短，以反复歌唱为常。于是形成了中国古代诗歌相对古希腊史诗，以短篇为主、以抒情为主的民族特色。

在中国古代，从原始歌谣、《诗经》、汉乐府，直到词曲，声诗的发展源远流长。而随着文字的发明，诗可以被记录，供识字者阅读，便逐渐发展出脱离音乐而独成部类的诗。诗与乐的主要区别在于，后者重在以声为用，前者重在以义为用。诗与声诗的主要区别在于，后者更偏重听觉，而前者更偏重意味，它的容量更大，也更深沉。

总而言之，在中国古代，诗与乐的关系有分有合，从诗到词曲，分的时候固然多，合的时候也不少。当一种诗体产生于民间时，最初与音乐都有密切关系，随后由于文人参与创作，使之得到发展和定型，其创作逐渐与音乐分离，产生纯诗。纯诗与声诗并行而不悖，此起彼伏，贯串着整个中国诗史。

| 第二节 |

四言诗与《诗经》的类型和结构程式

一 《诗经》的成书及其分类

关于原始歌谣，限于材料，具体的创作情况已不甚了了。然而，到了周代，随着音乐的发展，诗歌创作出现了勃兴局面，其时诗人遍及于朝野，并有了献诗（《国语·周语》"故天子听政，使公卿至于列士献诗，瞽献曲，史献书，师箴，瞍赋，矇诵，百工谏，庶人传语，近臣尽规……"）、采诗

（《汉书·食货志》："孟春之月，群居者将散，行人振木铎徇于路以采诗，献之太师，比其音律，以闻于天子。"）等制度，中国文学史上第一种诗体——四言诗，也完全成熟，并由此产生了我国最早的一部诗歌总集——《诗经》。

《诗经》是一部周代诗选，它收录了西周初年至春秋中叶约五个世纪的三百零五篇诗歌，原只称"诗"，或举其成数，称"诗三百"。因为孔子特别的推重，用它作为教学的课本，训示学生道："小子何莫学乎诗？诗可以兴，可以观，可以群，可以怨。迩之事父，远之事君。多识于鸟兽草木之名。"（《论语·阳货》）到汉代独尊儒术时，遂尊为经典，始称"诗经"。

汉代传习《诗经》的有四家，称鲁诗、齐诗、韩诗、毛诗。鲁诗因鲁人申培而得名，齐诗出于齐人辕固生，韩诗出于燕人韩婴，毛诗的传授者是大小毛公即毛亨、毛苌。鲁、齐、韩三家诗出现较早，西汉时已立于学官。毛诗晚出，东汉时方立于学官，而后来居上，逐渐普及，余书尽废。据最新整理出的战国竹简表明，在秦汉以前，诗的篇目、顺序以至用字，都与毛诗不尽相同。但从东汉至今，通行的《诗经》，即是毛诗。所以本编所述，仍以毛诗为据。

在毛诗中，诗篇是按风、雅、颂三大类编排的。这种分类原则及风、雅、颂的本义，自古学者说法不一。后世渐趋一致，普遍认同的意见是：这种编排和分类的依据是音乐。

周王朝重礼治，为了以伦理道德规范来维持巩固现存秩序和宣扬王朝声威，同时为了满足贵族声色享乐的需要，举凡祭祀、朝会、征伐、狩猎、宴请等活动，都要举行一定的仪式，这些仪式需要用音乐来制造气氛，故制礼和作乐的联系是十分紧密的。周王朝设有专职的乐官——太师，相当于汉代乐府机关中的协律都尉，太师同时也是贵族学校的音乐教授，其职务就是专门负责编写乐曲，指导乐队，培养学生。太师在编写乐章的时候，须利用和参考现成各地的民乐，因而收集整理民间音乐的曲词，也是他们经常性的工作。国风的采集和整理，主要依靠他们。

《周礼·春官》有"太师教六诗"、"以乐语教国子"之说。乐语即歌词，国子乃当时到朝廷来学习的贵族子弟。《诗经》就很可能是太师出于教学需要，为国子们选定的一种课本。风诗大多是民间无名氏的作品，雅诗中较多文人之作，但其中绝大部分诗篇作者已不可考。可以认定的知名作者，仅有许穆夫人、嘉父、寺人孟子、芮伯、尹吉甫等屈指可数的几个人。

《诗经》是一部声诗，宋代学者郑樵在《通志》序中提出：风土之音曰"风"，朝廷之音曰"雅"，宗庙之音曰"颂"。这种说法可以采信。

风，又称"国风"（汉以前称"邦风"），国既指诸侯国，也指方域，《国风》是京都外各地地方音乐。《诗经》一共有十五国风：《周南》《召南》《邶风》《鄘风》《卫风》《王风》《郑风》《齐风》《魏风》《唐风》《秦风》《陈风》《桧风》《曹风》《豳风》。《国风》的名称，多是当时诸侯国名，如郑、齐、魏等；有的是地域名称，如二南，所收乃南方汝、汉流域一带乐曲，豳是周人发祥地（今属陕西），王指平王东迁后的国都地区即洛邑（今属洛阳）。《国风》共一百六十篇，大部分是民歌，收集的途径是采诗。

雅，是正的意思，雅乐就是正乐，是相对于地方乐调而言。周天子建都的王城，是全国的政治文化中心，把王畿之乐称为"正乐"，是出于当时尊王的观念。《雅》分《大雅》《小雅》，大约与产生它们的时代相关。《小雅》中的诗在时代上比《大雅》晚，风格上比较接近《国风》，可能是受到《国风》影响的缘故。《小雅》中还有六篇"笙诗"——《南陔》《白华》《华黍》《由庚》《崇丘》《由仪》，有目无辞，当是未配歌词的乐曲。《雅》诗多是贵族文人所作，收集的途径是献诗。《雅》诗中也有一部分民歌。《雅》诗共一百零五篇，其中《大雅》三十一篇，《小雅》七十四篇。

颂，据阮元考证，颂即容，也就是舞容的意思，《颂》诗是祭神祭祖时用的歌舞曲辞。《颂》诗篇章较小，多数不押韵，而且不重叠。《颂》诗分《周颂》《鲁颂》《商颂》。《周颂》是周王朝祭祀宗庙的舞曲，《鲁颂》和《商颂》是春秋前期鲁国和宋国用于朝廷、宗庙的乐章。《颂》诗共四十篇，其中《周颂》三十一篇，《鲁颂》四篇，《商颂》五篇。

二 《诗经》的体裁：四言诗

汉语诗歌有齐言和杂言的区别，而一向以齐言为主。所谓齐言体，就是每句字相等的诗体；杂言体，就是长短其句的诗体。从形式上讲，齐言体诗美在整饬，感觉是堂堂正正；杂言体诗美在错综，感觉是摇曳多姿。齐言体在汉语诗歌中的优势，有深刻的原因。简单地说，诗起源于歌，原本是唱的。而歌唱艺术是呼吸的艺术，一呼一吸，形成自然的节奏。呼吸作为一个生理过程，是通过呼和吸的交替和反复完成的。呼吸节奏，自然均匀，这是导致歌句大体整齐的自然的生理原因。此外，汉语一字一音，也容易体现整饬之美。

《诗经》成就了一种新的以齐言为主的诗体，那就是四言诗。四言诗是一种每句四字或以四字句为主的古体诗。古体诗的主要特点是每篇句数不拘，句式不求完全整齐。《诗经》中大量诗篇通篇每句皆为四言，相当整饬；大体偶句用韵，奇句为出句，偶句为对句，自成唱叹，是严格意义上的四言诗。如《周南·关雎》：

关关雎鸠，在河之洲。窈窕淑女，君子好逑。

　　参差荇菜，左右流之。窈窕淑女，寤寐求之。

　　求之不得，寤寐思服。悠哉悠哉，辗转反侧。

　　参差荇菜，左右采之。窈窕淑女，琴瑟友之。

　　参差荇菜，左右芼之。窈窕淑女，钟鼓乐之。

　　此篇写男子对女方的恋情，诗中通过兴语的反复，将相思苦闷和执着追求之意写得入木三分。每句皆为四言，有一种整齐的美。

　　《诗经》的少数诗篇也间用杂言（除四言以外，从一言至九言）点缀其中，运用杂言的地方，或奇句为韵，或偶句为韵，较为灵活多变。如《鄘风·桑中》：

　　爰采唐矣，沫之乡矣。云谁之思？美孟姜矣。期我乎桑中，邀我乎上宫，送我乎淇之上矣。……

　　此诗通过男子的口吻，写一对恋人在桑林中相会，在社庙里同游，后来女方把男方一直送过淇河，字里行间洋溢着柔情蜜意。作者在以四言为主的句式中又插进五、七言句，在整饬中有错落，显出一种参差变化的美。

　　在原始歌谣中，二言、三言曾经是主要的句式，由此发展到《诗经》的四言句式，这一方面是由于汉语语言的发展由简单渐趋复杂，产生出更多的双音词，二言、三言句式已不能完全适应组词成句的需要，而四言句式适应了语言发展的自然趋势，遂成为当时诗歌的主要句式；另一方面，四言句式从二言句式发展而来，二言句短促，只有一个音步（每句一顿），随着语言和音乐的发展，诗歌由每句一个音步，发展到每句两个音步，诗句由每句二言增加到四言，也是一种必然的趋势。从二言到四言，看起来只有一步之遥，但实际上却有一个相当长的发展过程。

三　《诗经》的结构程式：重章叠咏

《诗》三百篇，大体配乐歌唱，一篇诗往往由数章组成，每章句数或同或异。特别是在《国风》和《小雅》中，由数章组成一篇的重章叠咏，非常普遍，可看作是《诗经》结构上的一种基本程式。所谓重章叠咏，是指诗的基本内容在前章中已得到表现，而以后各章只在前章的基础上适当改变一些字句，由此构成以章为单位的重叠歌咏。

重章叠咏的方式，主要有三种。一是易辞申意，即每章歌词大体相同，只在某些地方更换了一两个字，略寓变化而已。如《陈风·月出》：

> 月出皎兮，佼人僚兮，舒窈纠兮，劳心悄兮。
> 月出皓兮，佼人懰兮，舒忧受兮，劳心慅兮。
> 月出照兮，佼人燎兮，舒夭绍兮，劳心惨兮。

这是一首恋歌，主要的意思在第一章已经说完，后两章几乎是第一章的重复，其句数、字数和句法结构都完全相同，只是每句改换一二字面，易辞申意而已。

二是循序推进，即在易辞申意时，改换的字在程度上有推进，使诗意逐渐加深。如《王风·黍离》：

> 彼黍离离，彼稷之苗。行迈靡靡，中心摇摇。知我者，谓
> 我心忧，不知我者，谓我何求？悠悠苍天，此何人哉？……

此诗描写周大夫感慨周室的衰微，其首章兴语"彼稷之苗"，在第二、三章中分别变为"彼稷之穗""彼稷之实"，就有递进诗意，深化抒情的作用。

三是加"副歌"的叠咏。也就是诗篇在作部分叠咏变化时，各章有几句的歌词完全相同，相当于当代歌曲中的"副歌"。这相同的几句歌词，有的放在末尾，如《周南·汉广》：

南有乔木，不可休思。汉有游女，不可求思。汉之广矣，不可泳思。江之永矣，不可方思。

翘翘错薪，言刈其楚。之子于归，言秣其马。汉之广矣，不可泳思。江之永矣，不可方思。

翘翘错薪，言刈其蒌。之子于归，言秣其驹。汉之广矣，不可泳思。江之永矣，不可方思。

此诗用比喻和暗示写男子求偶失败，全诗共三章，各章后四句完全相同。也有的诗篇将这种类似于"副歌"形式的几句相同的歌词放在开头，如《豳风·东山》写征人在归返途中的念家，全诗共四章，各章开头都重复出现"我徂东山，慆慆不归。我来自东，零雨其濛"四句。

《诗经》中的重章叠咏，有的较规范，有的不甚规范。规范的叠咏，是指一篇中的各章全都叠咏，这是叠咏的主要形式，最常见的是三章叠咏，如《周南·桃夭》《鄘风·相鼠》《卫风·木瓜》《王风·黍离》《郑风·风雨》《魏风·伐檀》《秦风·蒹葭》《陈风·月出》《小雅·黄鸟》等；或两章叠咏，如《鄘风·柏舟》《王风·君子于役》《郑风·出其东门》《郑风·溱洧》等。不甚规范的叠咏，是指同一篇中，只有部分诗章叠咏。如《周南·关雎》共五章，其第二、四、五章叠咏；《周南·卷耳》共四章，后三章叠咏；《邶风·北门》共三章，第二、三章叠咏。

重章叠咏的产生，当与音乐和集体歌唱这一事实相关。为了尽兴，一首歌曲常须反复演奏多次；为了便于记忆，歌辞必须简单易记。乐曲反复演奏，每遍配合的歌词却不用新填，因为歌词的主要内容只要一段就已表达清楚，简单的做法是将已唱过的歌词加以反复，为了避免完全雷同，只需在某些部位约略改变一些字面以示变化。

要之，《诗经》中的叠咏方式相当丰富，读起来一唱三叹，大有助于抒情。叠咏形式提醒读者，这些诗原本是写来唱的，而不是写来看的。当诗写来看时，叠咏的形式也就自然消失了。

| 第三节 |

《诗经》的思想艺术造诣

一　周代社会生活的百科全书

《诗经》的内容极为丰富，称得上是周代社会生活的一面镜子或周代社会生活的百科全书。

我们的祖先很早就在黄河流域定居生息，至西周已发展了相当成熟的农业文明。社会财富的增殖，使中原的城市和商业也有相当规模的发展。"三河为天下之都会，卫都河内，郑都河南……据天下之中，河山之会。商旅集则货财盛，货财盛则声色辏"（魏源《诗古微》），诗歌音乐文化因此得到蓬勃发展。《诗》三百篇既广泛反映了周人农牧渔猎、婚恋风俗、建筑娱乐、徭役战争等各方面的生活状况，又生动表现了他们的七情六欲及宇宙人生、伦理道德、历史文化与宗教民俗等各种观念。诗中活动的从天子贵族到农奴贱隶等形形色色的人物，展示了极为丰富的历史场面，从而成为周代社会生活的一面镜子。

《大雅》中《生民》《公刘》《緜》《皇矣》《大明》是一组堪称周民族史诗的重要作品。这五篇史诗从对后稷稼穑功业的歌咏，写到公刘的历史性迁豳；从古公亶父建设周原的热烈场景，写到武王的灭殷壮举；这些诗形象地反映了周部族的发祥、迁徙、发展、壮大，基本上属于颂歌。其中保存有一些神话传说，是研究古代社会的珍贵资料。如《公刘》是一首叙述周朝开国历史的史诗，歌颂周族远祖公刘由邰（今陕西武功）迁豳（今陕西旬邑）的英明。诗中写了这次历史性迁徙的准备，以及到达豳地后如何观察地形、定居垦荒、扩建新居等情况，相当生动。其中写公刘率部族抵达京邑，皆大欢喜的情况道：

> 笃公刘，逝彼百泉，瞻彼溥原。乃陟南冈，乃觏于京。京师之野，于时处处，于时庐旅，于时言言，于时语语。

后四句以相同句式，一连串叠字，从文字形式和音韵节奏上，都造成蓬蓬勃勃的气氛，传达了以公刘为首的周代创业者们的热情与难以抑制的激动。

《诗经》还描绘了周人参与生产斗争的极为恢宏的画卷和农牧渔猎极其真切的情景。如《周颂·噫嘻》赞美成王重视农业生产，劝农力耕："噫嘻成王！既昭假尔，率时农夫，播厥百谷。骏发尔私，终三十里。亦服尔耕，十千维耦。"《小雅·无羊》中描写放牧牛羊："谁谓尔无羊？三百维群。谁谓尔无牛？九十其犉。尔羊来思，其角濈濈。尔牛来思，其耳湿湿。"《鲁颂·驹》中描写马匹繁盛："驹驹牡马，在坰之野。薄言驹者：有骃有皇，有骊有黄。以车彭彭，思无疆，思马斯臧。"都形象地反映了当时生产力发展状况。另如《豳风·七月》：

　　七月流火，九月授衣。一之日觱发，二之日栗烈。无衣无褐，何以卒岁？三之日于耜，四之日举趾。同我妇子，馌彼南亩，田畯至喜。

　　七月流火，九月授衣。春日载阳，有鸣仓庚。女执懿筐，遵彼微行，爰求柔桑。春日迟迟，采蘩祁祁，女心伤悲，殆及公子同归。

　　七月流火，八月萑苇。蚕月条桑，取彼斧斨。以伐远扬，猗彼女桑。七月鸣鵙，八月载绩。载玄载黄，我朱孔阳，为公子裳。

　　四月秀葽，五月鸣蜩。八月其获，十月陨萚。一之日于貉，取彼狐狸，为公子裘。二之日其同，载缵武功。言私其豵，献豜于公。

　　五月斯螽动股，六月莎鸡振羽。七月在野，八月在宇，九月在户，十月蟋蟀入我床下。穹窒熏鼠，塞向墐户。嗟我妇子，曰为改岁，入此室处。

　　……

　　全诗八十八句，是《国风》中最长的诗篇，它就像奴隶主庄园一年生活的纪事长篇，基本上按季节月份先后，杂叙农时农事，包括每月的虫鸟的更迭、草木的荣实、作物的生长和奴隶的作息，"天时、人事、政令、教养之道，无所不赅"（吴闿生《诗义会通》卷一）。但最基本的事实是，自正月至十二月，奴隶没有安逸休闲之一日，劳动时间之长，劳动强度之大，无以复加，而其一年到头辛勤劳动的成果大部分被奴隶主占有，全诗表现出阶级意识的觉醒。诗中通过物候描写表现节令的交替，充满了自然风光和浓郁的乡土气息。第二章先描绘春日转暖，黄莺歌唱的令人愉快的情景，然后在这个背景下写女奴的伤心事，就有以乐景写哀的反衬作用。第五章借对候虫动态的细致勾画，寥寥几笔，无寒字而寒气逼人，手法相当高明。

虽然在周代未发生急风暴雨的阶级斗争，但在沉重的徭役和战争负担下，"夙夜在公""王事靡盬"一类发自社会下层的抱怨，《风》《雅》诗中屡有所闻。战争和徭役造成"内有思妇，外有旷夫"的社会问题，当时就成为诗歌的重要题材。如《王风·君子于役》：

> 君子于役，不知其期。曷至哉，鸡栖于埘。日之夕矣，羊牛下来。君子于役，如之何无思？……

此诗写女子思念长期在外服役未归的丈夫。诗由抒情到写景，再由写景到抒情，中间三句是很有意味的田园黄昏景色——夕阳西下，鸡已进窝，牛羊下山，所有的事物都找到了它自然的归宿，这与久役不归的君子形成对照，从而唤起了妻子对他的怀念和忧思之情，由此开启后来"闺怨"诗的先河。

还有的作品直接反映了阶级对立的社会现实，如《魏风·伐檀》写伐木者把砍下来的木材运到河边，面对泛着涟漪的河水，想到那些有钱有闲、不劳而获的大人先生们，心里感到愤愤不平，于是你一言我一语，对所谓"君子"冷嘲热讽，提出质问：

> 坎坎伐檀兮，置之河之干兮，河水清且涟猗。不稼不穑，胡取禾三百廛兮？不狩不猎，胡瞻尔庭有县貆兮？彼君子兮，不素餐兮！……

《秦风·黄鸟》控诉以活人殉葬这一奴隶制社会的野蛮习俗。关于子车氏三位大夫为秦穆公殉葬的事，《左传·文公六年》和《史记·秦世家》均有记载。诗以黄鸟可以自由自在地飞翔或栖息，从反面起兴。诗人对天呼号，要求还我三良，"如可赎兮，人百其身"，紧扣前文"百夫之特"，对三良之死深表痛惜，也是对野蛮的殉葬制度提出的抗议：

交交黄鸟，止于棘。谁从穆公？子车奄息。维此奄息，百
夫之特。临其穴，惴惴其慄。彼苍者天，歼我良人！如可赎兮，
人百其身。……

还有一些边塞、战争之作，既写戍边的战士长久回不了家乡的
怨情，又写其保家卫国的责任感，至今读来令人感奋。如《秦风·
无衣》：

岂曰无衣，与子同袍。王于兴师，修我戈矛。与子同
仇！……

这首军歌中表现的是很强的国家民族意识，强调着一个共同的
目标，强调着精诚团结步调一致——而这正是胜利的保证。语言单
纯明快而有力，表现出军歌的本色。《小雅·采薇》也是一首较早的
边塞诗，共六章，完整地展现了征人由久戍不归，以及归途痛定思
痛的思想感情。诗的前三章主要表现久戍思归之情，紧接二章写军
旅生活，末章是全诗结穴所在，写戍卒在得归时转觉感伤：

昔我往矣，杨柳依依。今我来思，雨雪霏霏。行道迟迟，
载渴载饥。我心伤悲，莫知我哀。

东晋人亦以为这是《毛诗》中最佳之句（见《世说新语·文学》），清
代王夫之评前四句是"以乐景写哀，以哀景写乐，一倍增其哀乐"
（《薑斋诗话》卷上）。

涉及婚恋题材的诗篇，在《诗经》中占有很大的比重，约占总
数的三分之一以上。爱情诗的产生，源于男女间的相思之情。远古
文化史表明，原始人群居杂交，性欲易于满足，而涉及爱情的诗歌
绝少。随着文明的发展，出现了性禁忌，通过社会自我调节机制而
逐渐形成制度。到《诗经》时代，人们在政令许可的范围内仍享有
有限的性爱自由，平时实行两性隔离。婚姻、家庭、私有制已经产
生，"取妻如之何，必告父母""取妻如之何，匪媒不得"（《齐风·南

山》)。礼教已通过婚俗和舆论干预生活，这时，爱情诗的大量产生，便不是偶然的了。

由于周人所受约束较后来封建时代为少，诗人们可以放歌那刺人心肠的爱的痛苦与欢乐，故《诗经》情歌在总体上表现出自由、坦率、淳朴的风貌。其间也有直率狂热的表白，如"求我庶士，殆其谓之"（《召南·摽有梅》）、"岂不尔思，畏子不奔"（《王风·大车》），但总体上却是昵而不亵，谑而不虐，乐而不淫，洋溢着健康的审美情趣。其中部分篇章，达到纯情的高度，且富有象征意蕴，成为爱情诗的绝唱。如《秦风·蒹葭》：

> 蒹葭苍苍，白露为霜。所谓伊人，在水一方。溯洄从之，道阻且长。溯游从之，宛在水中央。……

此诗意境特别空灵，它超越写实，而运用了象征手法。"溯洄从之""在水一方"云云，乃是追求执着、希望渺茫的象征。开篇展现出秋波渺渺，芦苇苍苍，露珠盈盈，一片清空旷远的河上秋色，对诗中所写的执着追求、若即若离的爱情，也是很好的烘托。

反映婚姻不幸与失恋痛苦的诗篇，构成《诗经》情歌的一个专题。由于社会及生理原因，不幸婚姻造成的痛苦，其承受者一般是女性。如《卫风·氓》：

> 氓之蚩蚩，抱布贸丝。匪来贸丝，来即我谋。送子涉淇，至于顿丘。非我愆期，子无良媒。将子无怒，秋以为期。

> 乘彼垝垣，以望复关。不见复关，泣涕涟涟。既见复关，载笑载言。尔卜尔筮，体无咎言。以尔车来，以我贿迁。

> 桑之未落，其叶沃若。吁嗟鸠兮，无食桑葚。吁嗟女兮，无与士耽。士之耽兮，犹可说也。女之耽兮，不可说也。

> 桑之落矣，其黄而陨。自我徂尔，三岁食贫。淇水汤汤，渐车帷裳。女也不爽，士贰其行。士也罔极，二三其德。

三岁为妇，靡室劳矣。夙兴夜寐，靡有朝矣。言既遂矣，至于暴矣。兄弟不知，咥其笑矣。静言思之，躬自悼矣。

　　及尔偕老，老使我怨。淇则有岸，隰则有泮。总角之宴，言笑晏晏。信誓旦旦，不思其反。反是不思，亦已焉哉！

　　这是一首反映婚恋问题的诗，用女子控诉口吻写成。诗中写出了女主人公从婚前到婚后的生活变化，通过个案反映了被压迫妇女的勤劳善良和不幸遭遇。恩格斯说："历史上出现的最初的阶级对立，是同个体婚制下的夫妻间的对抗的发展同时发生的，最初的阶级压迫是同男性对女性的奴役同时发生的。"（《家庭、私有制和国家的起源》）此诗就提供了一个形象的实例。诗中着重运用了对比手法，如婚前"氓"的急情和女方的郑重，婚后女方的一心一意与"氓"的"二三其德"形成对比，使人物性格更加鲜明。全诗主要用赋，三四章兼用比兴，使诗歌语言更具形象性和精练性。

　　礼教产生之初，作为一种道德力量，开始干预社会生活。礼教规范着两性行为，使青年男女逐渐丧失了恋爱自由，也有负面的影响，在《诗经》中也有反映。如《郑风·将仲子》：

　　将仲子兮，无逾我里，无折我树杞。岂敢爱之？畏我父母。仲可怀也，父母之言亦可畏也。……

　　此诗写一位热恋中的少女慑于舆论，劝心中人不要再跳墙幽会，内心充满痛苦与矛盾。"人言可畏"一语，即出本篇，可见舆论压力之大。

　　西周后期王政衰微，周天子的权力遭到削弱，诸侯各自为政，兼并无已，礼崩乐坏。"烨烨震电，不宁不令。百川沸腾，山冢崒崩。高岸为谷，深谷为陵。"（《小雅·十月之交》）便是当时社会动乱、阶级升沉的形象写照。统治阶级中一些头脑清醒的人，超出了一己的休戚，而为王朝敲起警钟，谱写了一曲又一曲的哀歌。政治讽喻诗这样一个古代诗歌的重要品种诞生了，它们从不同角度干预政治，讽刺矛头直指执政大臣乃至天子，单刀直入，绝不顾忌。像《雅》诗中一些忧心君国、鼠思泣血之作，当是屈原的先声。如《小雅·北山》将统治阶级中两种人作对比：一方面是尽瘁于国事，一方面是赤裸裸的荒淫无耻，"是可忍，孰不可忍"之意，溢于言表。后十二句两两对比，构成六组排比，揭露上层的腐朽，社会的不公，可以说达到了赋法的极致：

> 或燕燕居息，或尽瘁事国。或息偃在床，或不已于行。
>
> 或不知叫号，或惨惨劬劳。或栖迟偃仰，或王事鞅掌。
>
> 或湛乐饮酒，或惨惨畏咎。或出入风议，或靡事不为。

《雅》《颂》诗中有一些诗篇用于祭祀与宴会，有的由盛赞美酒佳肴，而推广到赞美物产的丰富，有一定的认识意义。"鱼丽于罶，鲿鲨。君子有酒，多且旨。……物其多矣，维其嘉矣。"（《小雅·鱼丽》）用于祭祀的诗，多祈求福佑、歌功颂德、宣扬天命、粉饰太平，虽不可一概抹杀，然而"《颂》诗早已拍马"（鲁迅），也是一个事实。

二　《诗经》的表现手法：赋、比、兴

《诗经》在艺术上有很高的造诣，有许多创造发明，成为后代作家学习和借鉴的典范，其影响于后世最大的莫过于赋、比、兴的表现手法。最早提出赋、比、兴概念的是《周礼·春官》："太师教六诗，曰风、曰赋、曰比、曰兴、曰雅、曰颂。"在这"六义"之中，风、雅、颂是诗的音乐分类，赋、比、兴则是诗的不同表现手法。关于赋、比、兴，前人有不同的概括。而以宋代李仲蒙之说为善："叙物以言情，谓之赋，情物尽也；索物以托情，谓之比，情附物者也；触

物以起情，谓之兴，物动情者也。"（胡寅《斐然集》一八《致李叔易》引）

赋之"叙物以言情"，主要是指直接叙述、抒情、写景、状物等手法。《诗经》多叙事之作，而抒情诗中也往往有叙事成分。所以，赋法的运用相当广泛。如《召南·野有死麕》写猎人和姑娘的幽期，《邶风·静女》写青年与牧女的密约，《卫风·硕人》写庄姜的出嫁，《卫风·氓》叙女主人公恋爱及婚变的经过，《豳风·七月》叙述农奴一年到头的劳动，等等，或直叙其事，或直抒胸臆，无不以赋为主，层次清楚，详略得宜，并擅长描写，妙于形容。至于《小雅·北山》使用六组排比句，以揭露上层的腐朽，社会的不公，可以说达到了赋法的极致。

《诗经》中没有纯粹的写景之作，但诗中的抒情往往与写景相结合，做到了情景的交融。如《周南·葛覃》开篇写景："葛之覃兮，施于中谷，维叶萋萋。黄鸟于飞，集于灌木，其鸣喈喈"，用一片富于生机的景色，烘托出女子归宁的愉快心情；还有前文所引《小雅·采薇》末章"昔我往矣，杨柳依依。今我来思，雨雪霏霏"的以景衬情：都是《诗经》中的千古绝唱。

《诗经》多对话描写。用第一人称叙事的诗，如《邶风·静女》《卫风·氓》等诗，多属代言。用第三人称叙事的诗，也往往夹有对话的描写。诗中的对话颇肖人物性格，合于特定情景，如《召南·野有死麕》《郑风·溱洧》。还有全篇由对话构成的"对话体诗"，如《齐风·鸡鸣》《郑风·女曰鸡鸣》——这种夫妻问答，大约是当时民歌的一种程式。

比之"索物以托情"，即譬喻。对于诗歌，比喻的重要性超出一般的修辞手法，一个好的比喻往往能照亮一首诗。在《诗经》中，比有两种情况：一是通篇由譬喻构成，即"比体诗"，如《周南·螽斯》《魏风·硕鼠》《豳风·鸱鸮》《小雅·鹤鸣》等篇。更常见的情况，是作为修辞的、在局部上运用的比喻。《诗经》中的比喻已具明喻、暗喻和借喻等多种不同的形式。用比最生动的例子，如《卫风·硕人》：

> 手如柔荑，肤如凝脂，领如蝤蛴，齿如瓠犀，螓首蛾眉。巧笑倩兮，美目盼兮。……

诗中运用了五个新颖、生动的比喻，再加上两句形容，给人以鲜明深刻的印象，被誉为"美人赋"。值得注意的还有博喻，即用一连串的形象比喻来渲染和描写被比的事象，以取得更为形象化和淋漓尽致的效果。如《小雅·斯干》以一连串比喻，生动地描绘出建筑的气势感和运动感："如跂斯翼，如矢斯棘，如鸟斯革，如翚斯飞。"《小雅·大东》用天上一连串星宿的徒有虚名，来影射人间有名无实，或欺世盗名的现象："跂彼织女，终日七襄。虽则七襄，不成报章。睆彼牵牛，不以服箱。……维南有箕，不可以簸扬。维北有斗，不可以挹酒浆。"

兴之"触物以起情"，是民间创造的一种诗歌开篇程式。兴语的作用，主要表现在发端和限韵上。有时除了限韵，还与下文略有映带，或兴而赋，或兴而比。如《王风·黍离》的兴语就不单有发端和限韵的作用，同时也是诗中人所处的空间和场景，《魏风·伐檀》的起兴，《郑风·风雨》的起兴，也有交代背景，渲染气氛的作用，这些都是兴而赋。《周南·桃夭》以桃花起兴，因桃花色最艳，故以取喻女子，《邶风·谷风》用狂风呼啸起兴，借喻前夫的暴躁和反复无常，绘声绘色，形象备极生动，这些都是兴而比。

《诗经》中的兴法的运用是相当灵活多变的，不仅用在一篇的开头，有时也用在篇中，往往是意义上另起一段的开头。如《卫风·氓》从开篇起一直用赋法，而第三章、四章则各以桑之落与未落起兴，兼有比义，分别隐喻新婚之初小日子的滋润和男子变心后处境的黯淡，前后呼应，手法高明。

朱熹《诗集传》标明兴的，有二百六十五章，其中《国风》就占了一百三十八章。可见，兴已成为《诗经》开篇的一种程式，这对后世影响极大，从汉乐府直到现代，各地民歌仍普遍采用这一方法。

综上所述，赋、比、兴手法有不同的作用，但在具体写作中，这三种手法的运用又是彼此结合，互相渗透的。"宏斯三义，酌而用之，干之以风力，润之以丹彩，使味之者无极，闻之者动心，是诗之至也。"（钟嵘《诗品》）

《诗经》的语言，是富于形象性、音乐性和表现力的。此时诗人懂得调声，双声、叠韵和叠字得到普遍运用。"叠韵如两玉相扣，取其铿锵；双声如贯珠相联，取其宛转。"（李重华《贞一斋诗话》）不仅使得诗歌诵读起来音韵和谐，朗朗上口，而且妙于形容。"写气图貌，既随物以宛转；属彩附声，亦与心而徘徊。故'灼灼'状桃花之鲜，'依依'尽杨柳之貌，'杲杲'为日出之容，'瀌瀌'拟雨雪之状，'喈喈'逐黄鸟之声，'喓喓'学草虫之韵。'皎日'、'嘒星'，一言穷理；'参差'、'沃若'，两字穷形。并以少总多，情貌无遗。"（《文心雕龙·物色》）

《诗经》的修辞手法多种多样，就辞格而言，赋、比、兴而外，尚有夸张、对比、衬托、对仗、排比、层递、设问、反诘、顶真、回文、拟声、双关、反语，等等，积累了丰富的经验。

《诗经》地位崇高，对后世影响深远。从思想内容上讲，其影响后世最大的是"美刺见事"的现实主义精神，在中国诗史上形成了一个歌诗的光辉传统，成为汉乐府、汉以后的古题乐府到唐代新乐府继承和发展的对象。从表现形式上讲，其影响后世最大的是赋、比、兴的创作手法，成为楚辞、乐府以及历代文人诗继承和发展的对象。《诗经》衣被诗人，非一代也。

| 第四节 |

四言诗的变迁和式微

一　四言诗的变迁：石刻文、郊祀歌及其他

《诗经》之后，又产生了一些别的诗体，以辞体（骚体）对四言诗的冲击最大。四言诗的一统天下虽被打破，但是在人们的观念中，它仍是一种兴寄深微、庄重典雅的诗体。不但青铜器铭文，不分南北，一律采用着四言的格调，就是在辞体中，《天问》《招魂》《橘颂》等重要作品，基本上还保留着四言的格调。它们基本上延续了《雅》诗的长篇格局，而扬弃了《风》《雅》民歌的那种重章叠咏的章法。

秦始皇统一中国后，曾数度巡狩、封禅，立石刻文多处，以颂秦德。其文率出秦相李斯之手，多为四言韵语，间用杂言，三句为韵，成一句群。如《泰山刻石》文：

> 皇帝临位，作制明法，臣下修饬。二十有六年，初并天下，罔不宾服。亲巡远方黎民，登兹泰山，周览东极。从臣思迹，本原事业，祗诵功德。……

其文破除《诗经》程式，行以法家辞气，不重藻绘，虽体乏弘润，然疏而能壮，表现出很强的散文化倾向。

西汉武帝时正式建立乐府，在收集整理民歌的同时，吸收文士

创作庙堂颂辞，延续了《诗经》中《雅》《颂》诗的传统，其义含颂扬，辞唯典雅。今存《汉郊祀歌十九首》相传有司马相如等人的作品，其中有四言诗，也有楚歌及杂言。四言"辞极古奥，意至幽深，错以流丽"（胡应麟《诗薮》内编一），然而稍少诗味。如《郊祀歌》十九章之二：

> 帝临中坛，四方承宇。绳绳意变，备得其所。清和六合，制数以五。海内安宁，兴文偃武。后土富媪，昭明三光。穆穆优游，嘉服上黄。

西汉文人四言诗较少个人抒情，故缺乏生机。值得提到的，有韦孟《讽谏诗》，篇幅颇长，体近《小雅》，而情辞少逊；而《焦氏易林》以四言韵语作爻辞，有一些生动的短篇。到汉末，文人四言诗又恢复抒情传统，如朱穆《与刘伯宗绝交诗》、仲长统《述志诗》、秦嘉《赠妇诗》等，或大展玄风，或清词丽句，实开魏晋诗的先声。

二 五言诗的出现和四言诗的式微

由于乐府五言民歌难以抵抗的诱惑，汉末文人诗也开始突破四言的藩篱，间用杂言以抒情。如梁鸿《五噫歌》句式由四言加上叹词构成，介乎四言和五言之间；杨恽《拊缶歌》末二句准乎五言句式。这些作品无意中表现了突破四言古奥的困境，而向着五言过渡的努力：

> 陟彼北芒兮，噫！顾瞻帝京兮，噫！宫室崔嵬兮，噫！民之劬劳兮，噫！辽辽未央兮，噫！（《五噫歌》）

> 田彼南山，荒秽不治。种一顷豆，落而为萁。人生行乐耳，须富贵何时。（杨恽《拊缶歌》）

当五言诗因其优越性日益明显而风靡诗坛，而七言诗的创作也开始蒸蒸日上时，四言诗的创作遂呈江河日下之势，其创作领地日渐萎缩，最后完全退至庙堂乐歌，艺术上也形于僵化。

汉代以下，虽然在少数天才作家，如曹操、嵇康、陶渊明、李白等大诗人笔下，仍有少许传世的四言名篇，但从总体上讲，四言一体已构衰难挽（后人选唐诗，以四言篇什极少，而附入七言古体，就是明证）。

第二章　辞体、杂言诗及其他

——《楚辞》与汉乐府

| 第一节 |
从楚歌到辞体

一　楚辞起源于楚声、楚歌

《诗经》所收录的诗篇，是春秋中叶以前的作品。"王风委蔓草，战国多荆榛。……正声何微茫，哀怨起骚人。"（李白《古风》）到了七雄角逐的战国时代，在中原地区代诗歌而兴起的是散文，当诸子以其论辩争鸣，大展逻辑力量和思辨才能之际，诗歌之神却在南方江汉流域找到了新的沃壤，一种崭新诗体——辞体——诞生了。

辞体即楚辞体。"楚辞"的名称，最早见于《史记·张汤传》。汉成帝时，刘向整理古代文献，把屈、宋之作和汉代人仿效这种体裁的作品汇编成集，定名《楚辞》。宋黄伯思释名道："盖屈宋诸骚，皆书楚语、作楚声、纪楚地、名楚物，故可谓之楚词（辞）。"（《校定楚词序》）

春秋战国时代，楚国是一个从地理、种族、政治、经济、语言、风俗等方面都与中原相较有相对独立性的国家。楚王虽曾在名义上受过周天子封爵，但事实上不受其统辖。这个开化较晚的南方新兴的民族，相当长时间受以老大自居的中原诸侯国的排斥和蔑视，"蛮夷"的称呼一直加在他头上。然而这并不妨碍他以后来居上的奋发开拓精神。他开发了自然条件优厚的长江流域，发展了农业及工商业，积累了技术与财富，从而在内部生长出一种较中原文化更为生气蓬勃，更为灿烂的地域性文化——楚文化。这种新文化，以更强的凝聚力，培养了一个新兴民族的自尊心和爱国主义感情，招致了诗神的垂青。

楚辞的代表作家是屈原，辞体是诗人屈原的一大创造，不过，这种创造是有所借鉴的。从文学继承的角度看，它与楚地的民间文艺——楚声和楚歌有着直接的关系。

楚声就是楚地的音乐、曲调，楚歌就是指楚地的民歌。在春秋战国时代，楚国的音乐和民歌被称为"南风"或"南音"，像《招魂》里面提到的"涉江"、"采菱"，《离骚》里面提到的"九辩"、"九歌"，宋玉《对楚王问》中提到郢人歌唱的"阳春"、"白雪"，及《史记》写垓下之战中提到的"四面楚歌"，都是关于楚歌的记载。可惜这些作品，只存名目，其声调到底如何，已不得确知。不过，先秦至汉人载籍仍一鳞半爪地存留下来某些楚歌，如见于《论语·微子》的《接舆歌》、见于《孟子·离娄》的《孺子歌》、见于《说苑·善说》的《越人歌》等，都是楚辞产生以前的南方歌曲。

> 今夕何夕兮，搴洲中流。今日何日兮，得与王子同舟。蒙羞被好兮，不訾诟耻。心几顽而不绝兮，得知王子。山有木兮木有枝，心说君兮君不知。(《越人歌》)

> 沧浪之水清兮，可以濯我缨。沧浪之水浊兮，可以濯我足。(《孺子歌》)

这些南方歌曲，跟《诗经》中的诗篇确实不同：它们都不是整齐的四言体，而且几乎都使用着一个语助词"兮"字。此外，据载："楚人信巫鬼，重淫祀。"(《汉书·地理志》)在民间祭祀活动中，常常以歌舞娱神，这类流行楚地民间的祭祀歌舞，往往带有丰富的幻想，富于浪漫情调，除抒情外，还间有一定的故事性情节，结构上也比一般诗歌宏阔，这对楚辞的创作有直接影响。

二　楚辞的体制及辞赋之辨

屈原以前的贵族文人之作，如《雅》《颂》诗和铜器铭文，基本上采用四言格调，与民间的口语脱离。屈原则取法民间的楚歌，突破四言的格调，在五、七言诗产生之前，创造了一种新的诗体——辞体。

辞体的篇幅一般较长，其章节不用叠咏，而别饶唱叹之姿。《诗经》所用的语辞杂多，到楚辞却规范化地突出了一个"兮"字，约相当于今日之"啊"，用以协调音节。辞体的章法，与《诗经》不同，《诗经》每首分成几章很清楚，辞体一般没有明确的分章。辞体的用韵，与《诗经》略同，大体偶句用韵，不过以四句二韵为定则。而每节四句，句句押韵的，也间或有之。

辞体在语言上吸收大量楚地民间口语和方言，其句法参差灵活，较多地使用六言，也有四言、五言、七言不等。大体两句一联，形成唱叹。具体情况有三种：第一种是六言句，句中嵌有虚字，奇句之末加语助词"兮"，如："惟党人之偷乐兮，路幽昧以险隘。"（《离骚》）第二种是五言或六言句，每句的句中加语助词"兮"，如："帝子降兮北渚，目渺渺兮愁予。袅袅兮秋风，洞庭波兮木叶下。"（《九歌·湘夫人》）第三种大体为四言句，在偶句末加"兮"字（或"些"字、"只"字），如："深固难徙，更壹志兮"，"绿叶素华，纷其可喜兮"（《九章·橘颂》）。此外还有少数变例。

辞在汉代一般又被称为赋，如《史记·屈原贾生列传》称屈原"乃作《怀沙》之赋"，说宋玉等人"皆好辞而以赋见称"。《汉书·艺文志》设立"诗赋略"一类，称"屈原赋二十五篇"。因此向来也有"屈赋"、"骚赋"、"楚赋"等名称。但事实上,辞、赋虽然并称,虽然在形式上有承继关系,但仍不宜混为一谈。

大较而言,辞先而赋后。从辞到赋,基本上是一个从诗体转变为文体的发展过程。因此,楚辞以抒发感情为主;汉赋则设为问答,铺陈辞藻,以叙事述物说理为主。刘熙载说:"楚辞按之而逾深,汉赋恢之而弥广","楚辞尚神理,汉赋尚事实"(《艺概·赋概》),就是基于上述质的区别而言的。

| 第二节 |

屈原与楚辞的思想艺术造诣

一 哀怨起骚人: 屈原的生平及创作

"不有屈原,岂见离骚!"(刘勰《文心雕龙·辨骚》)屈原(约前339—前278)名平,本为楚国贵族,生活在楚怀王时代,当时秦楚争雄,斗争极为剧烈。他一度担任左徒(副相)的要职,在内政上主张选贤举能、刷新政治,在外交上,推行联齐抗秦的策略。在与楚国旧贵族势力和亲秦派的政治斗争中,屈原曾两度遭到流放。第一次大约在怀王二十五年(前304)左右,地点是在汉北(汉水北部)一带;第二次是在顷襄王十三年(前286)左右,地点是在江南一带。

屈原的主要作品,就是在这两次放逐时写成的。这些作品反映

032

了屈原同当时旧贵族集团进行斗争的经过，及其虽受冤屈，被逐在外，仍然不忘祖国的安危，始终不改其恋念故国的忠贞。约在公元前278年，诗人因不忍目睹楚国为秦所灭，同时为了表明誓死不离开祖国的决心，因而投汨罗江自杀。

屈原能在战国诗坛脱颖而出，成为我国文学史上第一个伟大的诗人，既是时代环境的加惠和文学自身发展的结果，也和他的独特遭际、禀赋和修养分不开。他不仅是一个文学家，而且是一个政治家和外交家。由于站在时代风云的前列和政治旋涡的中心，形成了常人不可企及的高瞻远瞩的胸怀和先天下忧的仁人之心。他明于治乱，娴于辞令，对历史文化有深厚的知识和修养，一旦在政治上被放逐之后，便能将国家民族的忧愤、个人的极度不幸，转化为诗歌创作的动机和能量。他以一个巨人的全部精力和心血，凝铸成一系列震古烁今的诗篇，自能有空前绝后的成就。

屈原的作品，据班固《汉书·艺文志》记载，共有二十五篇，与王逸《楚辞章句》所收篇数相同。其中少数作品是否为屈原所作，尚有争议。屈原的创作，大体可分三类：第一类，如《九歌》十一篇，是他在楚地祀神乐曲的基础上再创作而成，更多地展现了诗人从继承到创新的创作轨迹；第二类，如《天问》，是屈原根据神话传说材料创作的古今无两的皇皇大篇，着重表现了诗人的历史观与自然观，显示了哲理与抒情的两重性；第三类，如《离骚》《九章》，是屈原的政治抒情之作，这些诗有事可据，有义可陈，情感充沛，形象鲜明，气势磅礴，达到了思想与艺术的完美结合。三类作品在不同的体式上，各自代表了楚辞的最高成就，奠定了屈原在文学史上的崇高地位。

诗歌史上从来不乏翡翠兰苕之作，但却缺少掣鲸碧海式的巨制鸿裁，而屈原的《离骚》《天问》两大组诗，皆为结构宏伟严密、笔参造化之作。后代诗人仅李白、杜甫差可追攀。在一个民族的文化中如果只有山峦而没有高峰，只有江河而没有大海，只有大合唱而没有最强音，是断难彪炳于人类文化之林的。从这个意义上说，屈原不愧是楚文化的骄傲与灵魂。

屈原是中国诗史上第一个伟大的爱国主义诗人。他的出现，开创了中国诗史上一个崭新的时代——从集体歌唱到个人独立创作的时代，也开创了古典诗歌的浪漫主义传统。其作品展示了中国诗史上第一个丰满的、具有鲜明个性的抒情主人公形象，由此散发出的强烈爱国热情和坚持理想、独立不迁的精神，沾溉了一代又一代的进步作家。他创立的辞体，广泛采用《诗经》的比兴手法而加以发展，使比兴手法不再是一种局部的修辞手段，而更多地作为整体的立意构思。他创立了庞大而结构严整的象征系统，使辞体成为一种寄托深厚思想情怀的巨大艺术载体。"轩翥诗人之后，奋飞辞家之前"（刘勰《文心雕龙·辨骚》），正形象地概括了屈原在文学史上承先启后的地位和功绩。

二　与日月争光的长诗：《离骚》

《离骚》在楚辞中占有首席地位，故前人把《离骚》尊为"经"，把楚辞的其余作品统称之"传"。它在中国诗史上有举足轻重的地位，乃至世称诗人为"骚人"，谓辞体为"骚体"，魏晋人倡言："痛饮酒，熟读《离骚》，便可称名士。"（刘义庆《世说新语·任诞》）《离骚》的名义，据司马迁说是离忧；班固解为罹忧；王逸解为别愁，皆小异而大同。近人有提出"离骚"可能是楚歌名，即《大招》所谓"劳商"，其意为牢骚，也可备一说。司马迁说"屈原放逐，乃赋离骚"（《报任安书》），屈原被放逐过两次，《离骚》当作于初放于怀王之后。

《离骚》既是一篇政治抒情诗，又是一部伟大心灵的悲剧——"以烦恼为主题的一部回旋曲"（郭沫若《屈原赋今译》）。全篇可以分为"述怀"、"追求"、"幻灭"三部曲，其中自始至终活跃着抒情主人公的高大形象，其中除女嬃、灵氛、巫咸几个人物的对话外，几乎全由这个主人公的活动与内心独白构成。全诗共三百七十三句，近两千五百字。作者一起笔便叙述了自己的身世、才德并抒发其政治忧虑：

> 帝高阳之苗裔兮，朕皇考曰伯庸。摄提贞于孟陬兮，惟庚寅吾以降。皇览揆余初度兮，肇锡余以嘉名。名余曰正则兮，字余曰灵均。纷吾既有此内美兮，又重之以脩能。扈江离与辟芷兮，纫秋兰以为佩。汩余若将不及兮，恐年岁之不吾与。朝搴阰之木兰兮，夕揽洲之宿莽。日月忽其不淹兮，春与秋其代序。惟草木之零落兮，恐美人之迟暮。不抚壮而弃秽兮，何不改乎此度？乘骐骥以驰骋兮，来吾导夫先路。
>
> ……

接下去反复抒写对楚国政治的看法和自己的不幸遭遇，并不断地表现对祖国前途和命运的忧虑，以及为追求理想政治而决不与群小同流合污的正直品格和"虽九死其犹未悔"的牺牲精神。

《离骚》与屈原的政治生涯和战国的时代风云密切相关，故全诗有极现实的思想内容和生活内容。但由于历史和艺术的原因，诗中又大量运用超现实的意象和创作手法，把历史与神话、真实与想象奇特地糅合为一体。诗中诚然隐括了诗人的生平遭际，然而主要表现的是他的心路历程，在诗中并未出现人们称为"史实"的东西，更常见的做法是：诗人将个人特有的政治哀痛，与宇宙人生、社会历史中恒有的悲剧性现象的普遍感喟结合在一起，从情感上超越一己而沟通了上下古今。单就这个方面的象征意蕴而言，便有不可穷尽性。诗中主人公那独立不迁、举世无朋的伟大孤独者形象，就在后代不少先驱者心中激起过无限同情。

在诗艺上，《离骚》有着前无古人的开创和极独特的风貌。其一，表现在体制的宏伟，较《诗经》之长篇已有飞跃的演进而为后来铺张扬厉的辞赋首开先河。其二，全诗有一个结构规模空前宏伟的意象系统，按其层次可分为：自然意象群（花草禽兽）、社会意象群（古今人物）和神话意象群（神话传说）三类，彼此交错并互相对应。意象的取用不竭，使诗在表现上极灵活自由，凡涉叙事性内容，大都能抛开笨重的现实，而象以幻境；而涉及抒情议论，则不妨诗人直露本相，现身说法。诗人的自我形象则在三大类意象中自由出入，使之打通成一片。其三，由于比兴象征手法的大量运用，为后世诗歌借物寓意树立典范，形成了"香草美人"的比兴传统。

此外，《离骚》一反《诗经》用重章叠句以取得唱叹之致的较简朴的做法，而将奔突跌宕的情感融化在一种既澎湃汹涌又回旋往复的抒情节奏中，某些执着的情绪和类似的句子在诗中反复出现，加深着读者的印象，既悱恻缠绵，又惊心动魄。至于诗歌语言的绚丽精彩，具体表现手法的丰富多样，酌奇玩华，更为人乐道。总之，就诗歌表现艺术而言，可以说是说不完的《离骚》。

三　情致缥缈的《九歌》与满怀孤愤的《九章》

《九歌》是屈原放逐江南时仿民间祭歌再创作的一组诗，诗名沿用夏乐旧题。清陈本礼云："《九歌》之乐，有男巫歌者，有女巫歌者，有巫觋并舞而歌者，有一巫倡而众巫和者。"（《屈辞精义》卷二）

《九歌》共有十一篇作品。前九篇各自歌咏一个神祇，间涉男女恋情而富于宗教色彩：《东皇太一》——写最尊贵的天神，《云中君》——咏云神，《湘君》《湘夫人》——咏湘水的一对男女配偶神，《河伯》——咏河神，《山鬼》——咏山神，《大司命》——咏主寿命的神，《少司命》——咏主生育子嗣的神，《东君》——咏太阳神。只有后两篇比较特殊，一篇《国殇》，是悼念楚国的阵亡将士；一篇《礼魂》，是送神曲。

《九歌》中的祭迎神祇的歌辞，兼有娱神、娱群的功能，绝大多数篇章以代言体写成，即立足于神的本位，或由巫觋表演。古代举行社会时，又是男女发展爱情的机会，祭神的歌辞中亦自然涉男女相爱，或男神与女神的相爱，或人神之间的相爱。《诗经》即有大量以女性为抒情主人公的恋歌和失恋歌，而屈原更结合自己特有的人生体验，在《九歌》中对女性苦恋心态，作了更深刻的描写。其中《湘夫人》所祭迎者为湘水女神，《山鬼》所祭迎者为巫山之神，就都杂有恋情描写，其抒情主人公形象具有以下共同特点：美丽多姿而志趣芳洁，善解风情而孤独寂寥，情有独钟而专一执着，遭遇不偶而苦闷幽怨。如《湘夫人》：

帝子降兮北渚，目眇眇兮愁予。嫋嫋兮秋风，洞庭波兮木叶下。登白薠兮骋望，与佳期兮夕张。鸟何萃兮蘋中，罾何为兮木上？沅有芷兮澧有兰，思公子兮未敢言。荒忽兮远望，观流水兮潺湲。麋何食兮庭中，蛟何为兮水裔？朝驰余马兮江皋，夕济兮西澨。闻佳人兮召予，将腾驾兮偕逝。筑室兮水中，葺之兮荷盖。荪壁兮紫坛，播芳椒兮成堂。桂栋兮兰橑，辛夷楣兮药房。罔薜荔兮为帷，擗蕙櫋兮既张。白玉兮为镇，疏石兰兮为芳。芷葺兮荷屋，缭之兮杜衡。合百草兮实庭，建芳馨兮庑门。九嶷缤兮并迎，灵之来兮如云。捐余袂兮江中，遗余褋兮澧浦。搴汀洲之杜若，将以遗兮远者。时不可兮骤得，聊逍遥兮容与。

其辞芳菲馥郁，其情缠绵悱恻，与《诗经》"子惠我思，搴裳涉溱，子不我思，岂无他人"（《郑风·褰裳》）的恋情比较，有文野之分，有婉约与爽直之别。这种借恋情以寄怀的创意影响极大，后世从闺怨诗到李商隐的无题诗，皆与之一脉相承。

楚国在历次抗秦战争中伤亡惨重，《国殇》就是《九歌》中的一篇追荐阵亡将士亡灵的祭歌：

> 操吴戈兮被犀甲，车错毂兮短兵接。旌蔽日兮敌若云，矢交坠兮士争先。凌余阵兮躐余行，左骖殪兮右刃伤。霾两轮兮絷四马，援玉枹兮击鸣鼓。天时怼兮威灵怒，严杀尽兮弃原野。出不入兮往不返，平原忽兮路超远。带长剑兮挟秦弓，首虽离兮心不惩。诚既勇兮又以武，终刚强兮不可凌。身既死兮神以灵，魂魄毅兮为鬼雄。

此诗集中表现爱国主义精神，"出不入兮往不返"二句神似《易水歌》，对后世影响很大。通篇一改诗人通常习用的比兴手法，直赋其事；一改幽洁芬芳、缠绵悱恻的韵调，以刚健质朴的风格独树一帜。诗中所写，并不是某次特定的战役，而有很强的艺术概括性，堪称短小精悍。作者旨在歌颂楚国阵亡将士，却没有简单丑化敌人，相反地写出了敌人的强悍，然而"疾风知劲草"，这对写楚国将士的忠勇，恰恰是有力衬托。

《九章》是九篇政治抒情诗，原非一时一地之作，后人因其内容、形式大致相似，就编在一起成为组诗。《九章》之名，当是西汉刘向最初编辑《楚辞》时加上去的。《九章》包括：《惜诵》——悼惜往事之诗（情调与《离骚》同），《抽思》——内容略同于《惜诵》，《悲回风》——诗人殉国前不久的作品，《思美人》——再遭放逐时的作品，《哀郢》——郢都沦陷时的作品，《涉江》——流放沅湘一带时的作品，《橘颂》——托物言志赞美人格的作品，《怀沙》——诗人的绝命辞，《惜往日》——诗人殉国前不久的作品。

《九章》中的作品，与《离骚》的浪漫奇特相比，大多直抒胸臆，并运用白描手法，偏于朴素自然。如《涉江》：

> 余幼好此奇服兮，年既老而不衰。带长铗之陆离兮，冠切云之崔嵬。被明月兮佩宝璐，世溷浊而莫余知兮，吾方高驰而不顾。驾青虬兮骖白螭，吾与重华游兮瑶之圃。登昆仑兮食玉英，与天地兮同寿，与日月兮同光。哀南夷之莫吾知兮，旦余济乎江湘。……乱曰：鸾鸟凤凰，日以远兮。燕雀乌鹊，巢堂坛兮。露申辛夷，死林薄兮。腥臊并御，芳不得薄兮。阴阳易位，时不当兮。怀信侘傺，忽乎吾将行兮。

此篇作于在顷襄王时遭谗被放于江南之际，叙事以南行实际路线为脉络，路线和归宿极清晰，与《离骚》多写想象的历程不同，较富于纪实的意味。

四　悲秋之祖：宋玉《九辩》及其他

"屈原既死之后，楚有宋玉、唐勒、景差之徒者，皆好辞而以赋见称。然皆祖屈原之从容辞令，终莫敢直谏。"（司马迁《史记·屈原贾生列传》）

宋玉是屈原以后最重要的楚辞作家，历史上向以屈宋并称。关于宋玉的生平，在历史上记载是很少的。从《史记》所载可知，他与唐勒、景差等人都是受屈原直接影响的同一流派的作家，其活动在屈原去世之后，都以写辞赋见长，并继承了屈原作品的风格体制。

不过，他们在政治上不像屈原那样敢于直谏。这三人中有作品流传下来的，仅宋玉一人。

《汉书·艺文志》著录宋玉赋为十六篇，公认可信的作品只有《九辩》一篇。《九辩》是夏代曲名，《离骚》和《天问》都曾提到。宋玉《九辩》是一篇长篇政治抒情诗。诗中抒情主人公是一个失落感很强的贫寒之士，全诗充满"贫士失职而志不平"的牢骚。作品缺少屈原那种"存君兴国"的政治理想和对黑暗势力的抗争精神；但表现了政治黑暗时代普通文士的悲哀，对于当时的社会弊端也做了一定的揭露，这可以说是它的独到之处。全篇共二百五十五句，兹录第一段：

> 悲哉秋之为气也！萧瑟兮草木摇落而变衰。憭栗兮若在远行，登山临水兮送将归。泬寥兮天高而气清，寂寥兮收潦而水清。憯凄增欷兮薄寒之中人，怆怳懭悢兮去故而就新。坎廪兮贫士失职而志不平，廓落兮羁旅而无友生。惆怅兮而私自怜。燕翩翩其辞归兮，蝉寂漠而无声。雁雝雝而南游兮，鹍鸡啁哳而悲鸣。独申旦之不寐兮，哀蟋蟀之宵征。时亹亹而过中兮，蹇淹留而无成。

《九辩》在艺术上颇具独创性，它不是直抒胸臆，而是通过自然景物的描绘，以情景交融的手法，制造一种氛围，创造一种意境，从而抒发感情，展示情愫。如本段诗中苍凉的秋景和诗人失意悲凉的心情交相融合，极大地增强了诗歌的艺术感染力，其影响之大，乃至开创了中国古代诗歌的一个悲秋的传统。唐代的杜甫、李商隐等大诗人，都处在宋玉的延长线上。

《九辩》在语言上亦有特色。它继承屈原的文采绚烂、辞藻秀美而有所发展，有时一连排用八九个近义词来刻画景物或描写心理，曲尽其妙，表现了诗人用词的丰富和细腻。其句法上也有创获："悲哉——秋之为气也"，把散文的句式写到诗里，开篇四句所用的音节、句式都是各不相同的，节奏铿锵，气势充沛，给人回肠荡气之感。因此，宋玉在文学史上的地位也不容低估，前人就将他与屈原并列，称为"屈宋"。

楚亡以后，楚辞创作经历了短时期的沉寂，到西汉曾得到复苏。汉高祖刘邦本人即好楚声，皇室大臣复多楚人。由于淮南王、梁孝王、汉武帝、汉宣帝的先后提倡，使楚辞的整理和创作得到重视，而仿制之风大起。后由"刘向裒集屈原《离骚》《九歌》《天问》《九章》《远游》《卜居》《渔父》，宋玉《九辩》《招魂》，景差《大招》，而以贾谊《惜誓》，淮南小山《招隐士》，东方朔《七谏》，严忌《哀时命》，王褒《九怀》及刘向所作《九叹》，共为《楚辞》十六卷。(王)逸又益以己作《九思》与班固二叙为十七卷，而各为之注"(《四库全书总目提要》)。今刘向所编已佚，只有王逸《章句》流传至今，集中所收汉人仿作，自不能与屈宋方驾。唯其中与屈原并称"屈贾"的贾谊，算是屈原最好的学生，其《吊屈原赋》《鵩鸟赋》尤称杰作，刘熙载许为："屈子之赋，贾生得其质。"(《艺概·赋概》)不过，贾谊之赋，已演变成"赋"体性质，在本书中划入"汉赋"，不在诗歌论列的范畴了。

汉人仿作楚辞，虽然多狗尾续貂之作。然而，却有感于哀乐而作的"风起云扬"的楚歌，振聋发聩，不愧帝王之辞：

　　大风起兮云飞扬，威加海内兮归故乡，安得猛士兮守四方！

(刘邦《大风歌》)

　　秋风起兮白云飞，草木黄落兮雁南归。兰有秀兮菊有芳，携佳人兮不能忘。泛楼船兮济汾河，横中流兮扬素波。箫鼓鸣兮发棹歌，欢乐极兮哀情多。少壮几时兮奈老何！(刘彻《秋风辞》)

从杂言诗到五言诗

一 古诗的体制: 齐言诗与杂言诗

中国诗史在齐梁新体诗出现以前，是古体诗的时代。古体是相对于近体而言的，其差别简而言之，近体讲格律，古体则比较自由。然而，认真说来，古体的自由只是相对于近体而言，或者说它是自由而不放任的。统计表明，大多数古诗还是遵循着一些基本的规范：其一，句式以整齐或大体整齐为常则。四言诗的句式就很整齐或大体整齐，辞体的句式一般不整齐，但大体整齐。其二，句群以两句为一单元、偶句用韵为常则。四言诗如此，辞体也如此。当然，句式完全不整齐，或出现奇句的诗也有，但毕竟是少数。

传统汉语诗歌有齐言和杂言的区别，而以齐言诗为主。齐言诗是诗句字数整齐划一的诗，或为古诗，或为律诗、绝句。杂言诗是古体诗的一种，诗句字数没有固定标准，最短的有一字句，最长可达十字以上，而以三、四、五、七字相杂者为多。细究杂言诗，有两种不同情况：其一，大部分句子整齐，个别句子不整齐，部分表现整饬之美，部分别具错综之美，如西汉杨恽的《拊缶歌》。这一类诗介乎齐言和杂言之间，数量不少，与齐言诗共同构成传统汉语诗歌的土流。其二，纯粹的杂言诗，不具备整饬之美，数量较少，是传统汉语诗歌的另类，如汉乐府歌词中的《东门行》。

二　从汉乐府看杂言诗的兴衰

《诗经》以后，四言诗式微，辞体在楚地兴起，到汉代犹有仿制。而在汉乐府民歌之中，诗歌的体制则有一些新的变化。汉乐府的句式原没有一定，初期的《薤露》《蒿里》两歌和武帝、宣帝时代的《铙歌》，都是杂言。在民歌中，甚至产生了一些杂言体的名篇佳作，如《战城南》：

> 战城南，死郭北，野死不葬乌可食。为我谓乌："且为客嚎！野死谅不葬，腐肉安能去子逃！"水深激激，蒲苇冥冥。枭骑战斗死，驽马徘徊鸣。梁筑室，何以南，何以北！禾黍不获君何食？愿为忠臣安可得！思子良臣，良臣诚可思：朝行出攻，暮不夜归！

此外，还有《妇病行》《孤儿行》等长篇。杂言诗较之四言诗，显然不那么上口，不那么易于成诵，是其缺点。但在内容的表达上，却灵活得多，有利于诗歌题材的广泛开拓，是其优长。杂言的兴盛，实际上体现出在旧规范业已打破、新规范尚未建立的特定时期，民间歌手在诗歌句式上所作的探索和努力。

杂言诗勃兴的时间不长，很快就转入了五言诗的时代。所谓五言诗，就是由五字句所构成的诗篇。五言诗起于汉代，历八代至唐代大为发展，成为古典诗歌的主要形式之一。五言诗细分为五言古诗、五言律诗和五言绝句。在近体诗出现以前，五言诗主要是五言古诗，以及它的特例——古体的五言绝句。

五言诗的产生是中国诗歌发展史上最重要的转关之一，为行文的方便，这一点将留到后面谈文人五言诗的部分再予讨论。

| 第四节 |

汉乐府及其思想艺术造诣

一　乐府、乐府诗和《乐府诗集》

楚辞向汉赋的发展，实际上是由诗到非诗的演变过程。而汉乐府正好填补了诗坛这一段空白，它继《诗经》《楚辞》之后，将中国诗歌的发展引入又一重要阶段。

"乐府"本是古代音乐机构的名称。据考，秦代已经有乐府的设置（《汉书·百官公卿表》载少府有六丞，属官之一为"乐府"；秦始皇陵附近出土的编钟铭文亦有"乐府"字样）。汉代设立乐府并通过乐府机关大规模搜集民间歌辞，则在西汉武帝时代——"至武帝定郊祀之礼，乃立乐府，采诗夜诵，有赵、代、秦、楚之讴。以李延年为协律都尉，多举司马相如等数十人，造为诗赋，略论律吕，以合八音之调，作十九章之歌。"（《汉书·礼乐志》）

汉代乐府掌管的诗歌可分两大类，一部分是供朝廷祀祖宴享使用的郊庙歌辞，其性质与《诗经》的"颂"相同。另一部分则是从全国各地采集来的俗乐，其歌辞是流传民间的无主名的作品，世称之为乐府民歌，"有代、赵之讴，秦、楚之风，皆感于哀乐，缘事而发，亦可以观风俗，知薄厚云"（《汉书·艺文志》），这部分作品是乐府诗的精华所在。

宋郭茂倩编《乐府诗集》一百卷，分十二类（郊庙歌辞、燕射歌辞、鼓吹曲辞、横吹曲辞、相和歌辞、清商曲辞、舞曲歌辞、琴曲歌辞、杂曲歌辞、近代曲辞、杂歌谣辞、新乐府辞）著录。其中"相和歌辞"、"鼓吹曲辞"、"杂曲歌辞"三类都包含了汉代的民歌。"相和"即丝竹（管弦乐）相和的意思，是当时流行南方的俗乐，歌辞多为江南楚地的民歌；"鼓吹曲"本是地方民族的乐曲，主要用于军乐，现存有《铙歌》十八篇，其中部分歌辞是民歌作品；"杂曲歌辞"是指声调已经失传因而无所归属的一些乐曲的歌辞，其中也有不少民歌；另外，"杂歌谣辞"一类中收录了许多民谣，但它们都是未入乐的作品，因此严格讲还不能算是乐府，但就其文学性质而言与乐府民歌是一致的。

二　感于哀乐，缘事而发：汉乐府的写实倾向

《乐府诗集》里现存汉乐府民歌四十余篇，多是东汉的作品，真实地反映着当时广阔的社会现实生活和人民的爱憎感情，有着极其鲜明的现实主义倾向。

汉武帝时代，由于长期对外用兵，兴建宫室苑池和大规模地巡游和挥霍，给人民增加了繁重负担，至于成、哀之间，更达到"天下虚竭"的地步，由于王莽改制，导致了绿林赤眉起义；此后直到东汉末年，战乱时起时伏，人民的痛苦有增无减。尖锐的阶级矛盾也就反映到汉乐府民歌之中。如《战城南》揭露了战争的残酷性和穷兵黩武的罪恶，诗中对"良臣"之死，并非赞美，而是伤悼，诗人的倾向是反战的。"愿为忠臣安可得"一句，对统治者是有一定威胁性的警示语。《东门行》写一个贫民因家庭生活濒临绝境铤而走险，诗中夫妻别离的场面是富于戏剧性的：无衣无食怎么办？在这

个问题上，夫妻二人主张相左。妻子宁忍贫困，不愿丈夫冒险，是不幸不争的典型；丈夫要豁出去，闯一条生路，是反抗斗争的典型。通过一方苦苦挽留，而一方断然引去的离别情节来表现，意味深长。另如《十五从军征》：

> 十五从军征，八十始得归。道逢乡里人："家中有阿谁？"
> "遥看是君家，松柏冢累累。"兔从狗洞入，雉从梁上飞。中庭
> 生旅谷，井上生旅葵。舂谷持作饭，采葵持作羹。羹饭一时熟，
> 不知饴阿谁？出门东向看，泪落沾我衣。

此诗写老兵退伍还家，看到的只是一片破败荒芜。诗人措语从容平淡，却使人感到深深的悲哀——这种事在当时想必是司空见惯的吧。

汉代封建礼教的压迫加强了，妇女的地位更低了，汉乐府较《诗经》更多地表现妇女的不幸遭遇。《有所思》写一个热恋中的女子，听说对方变心之后的痛苦复杂的心情，比较富于民间气息。又如《上山采蘼芜》写一个弃妇与她的故夫偶然重逢时的一段简短的问答，从对话语气体会，大约造成悲剧的原因并不在男方，而在男方的家庭——当是家长专制的结果。另如《上邪》一诗，却指天为誓，表现了对爱情的坚贞态度：

> 上邪！我欲与君相知，长命无绝衰。山无棱，江水为竭，
> 冬雷震震，夏雨雪，天地合，乃敢与君绝！

东汉后期的社会动乱给知识分子带来忧惧漂泊之苦，在汉乐府中也有反映。如：

> 枯鱼过河泣，何时悔复及。作书与鲂鱮，相教慎出入。（《枯
> 鱼过河泣》）

> 悲歌可以当泣，远望可以当归。思念故乡，郁郁累累。欲
> 归家无人，欲渡河无船。心思不能言，肠中车轮转。（《悲歌》）

前者是一首寓言诗，借一个不幸者的现身说法，警告同类不要蹈自己的覆辙。《悲歌》是一首游子之歌，诗中游子未能回家，不只是无法还家，实在是因为无家可归，可谓语语沉痛。

汉乐府还有一些别致之作，表现出民歌取材的丰富性和多方面的成就。如《江南》：

> 江南可采莲，莲叶何田田。鱼戏莲叶间。鱼戏莲叶东，鱼戏莲叶西，鱼戏莲叶南，鱼戏莲叶北。

这是采莲人的歌唱，鱼戏数句在不断重复中却将方位词作东、西、南、北的腾挪，活灵活现地描绘出鱼儿在水里穿游的生动情态，并隐含男女爱悦之意。

要之，汉乐府是继《诗经》之后，古代民歌的又一次大汇集，它揭开了中国诗歌史上现实主义的新篇章。汉乐府民歌大部分是叙事诗，颇能描摹人物的口吻神情，创造性格鲜明的人物形象；或客观地写出一个生活片断，或写一个有头有尾的故事，有比较完整的故事情节，能抓住典型细节以表现场面和人物的思想；较《国风》中的叙事之作，演进之迹甚明，开拓了叙事诗的新阶段。与《国风》一样，汉乐府民歌里女性题材占着重要地位。所不同的是，《国风》里的爱情诗常常洋溢着愉悦，诗中女主人公有时还很骄傲，而汉乐府民歌很少有描写男女欢爱的诗篇，女主人公的命运上往往都笼罩着一层不幸和悲惨的阴影。但汉乐府民歌中也有讽刺性、喜剧性作品。

三　悲剧性的《焦仲卿妻》和喜剧性的《陌上桑》

悲剧性长篇《焦仲卿妻》和喜剧性名篇《陌上桑》，从不同方面代表着汉乐府的最高成就。先看《焦仲卿妻》：

孔雀东南飞，五里一徘徊。"十三能织素，十四学裁衣。十五弹箜篌，十六诵诗书。十七为君妇，心中常苦悲。君既为府吏，守节情不移。鸡鸣入机织，夜夜不得息，三日断五匹，大人故嫌迟。非为织作迟，君家妇难为。妾不堪驱使，徒留无所施。便可白公姥，及时相遣归。"府吏得闻之，堂上启阿母："儿已薄禄相，幸复得此妇。结发同枕席，黄泉共为友。共事二三年，始尔未为久。女行无偏斜，何意致不厚？"阿母谓府吏："何乃太区区！此妇无礼节，举动自专由。吾意久怀忿，汝岂得自由？东家有贤女，自名秦罗敷。可怜体无比，阿母为汝求。便可速遣之，遣去慎莫留！"府吏长跪告，伏惟启阿母："今若遣此妇，终老不复取！"阿母得闻之，槌床便大怒："小子无所畏，何敢助妇语？吾已失恩义，会不相从许！"府吏默无声，再拜还入户。举言谓新妇，哽咽不能语："我自不驱卿，逼迫有阿母。卿但暂还家，吾今且报府。不久当归还，还必相迎取。以此下心意，慎勿违吾语。"新妇谓府吏："勿复重纷纭！往昔初阳岁，谢家来贵门。奉事循公姥，进止敢自专？昼夜勤作息，伶俜萦苦辛。谓言无罪过，供养卒大恩。仍更被驱遣，何言复来还！……"

此首见于梁代徐陵编《玉台新咏》，原题《古诗为焦仲卿妻作》，序云："汉末建安中，庐江府小吏焦仲卿妻为母所遣，自誓不嫁。其家逼之，乃投水而死。仲卿闻之，亦自缢于庭树。时人伤之，为诗云尔。"郭茂倩《乐府诗集》作今题，通行本或取首句题为《孔雀东南飞》。从原序可知，此诗为汉末人作，诗中有汉以后风俗描写，一般认为是后人增饰。从全诗的意匠经营和艺术水准看，当写成于一人之手。这个无名诗人，以其冷峻的生活观察力、深厚的同情心和力透纸背的描写，为读者展现了一个感天动地的寻常夫妻间不同寻常的生离死别的故事，成为汉乐府中最厚重的作品，至今犹能感动人心。

《礼记·内则》"七出"其一云："子甚宜其妻，父母不悦，出。"《焦仲卿妻》就形象地揭露了封建礼教和家长制度的罪恶，同时反映了被压迫的青年男女对它的不满和抗争。诗中反复提到一个"自由"的问题——这是一个重大的话题。焦母强加给兰芝的罪名是"此妇无礼节，举动自专由！"对儿子声称："吾意久怀忿，汝岂得自由？"然而，在封建家庭内，只有家长的自由，没有子女的自由。更有甚者，尽管兰芝谨小慎微，自以为"奉事循公姥，进止敢自专？""处分适兄意，那得自任专？"但"自专由"的帽子还是要落在她的头上。将信任者逼到以死抗争的路上，深刻暴露了封建家长制的罪恶。诗中写的是一个家庭悲剧，反映的却是社会问题。家庭生活的不民主，正是封建专制的缩影。

《焦仲卿妻》中的人物对话描写，既是个性化的，又符合特定情景。诚如沈德潜所说，此诗"杂述十数人口中语，而各肖其声口性情，真化工之笔也"（《说诗晬语》上）。

再看《陌上桑》：

> 日出东南隅，照我秦氏楼。秦氏有好女，自名为罗敷。罗敷喜蚕桑，采桑城南隅。青丝为笼系，桂枝为笼钩。头上倭堕髻，耳中明月珠。缃绮为下裙，紫绮为上襦。行者见罗敷，下担捋髭须。少年见罗敷，脱帽著帩头。耕者忘其犁，锄者忘其锄。来归相怨怒，但坐观罗敷。使君从南来，五马立踟蹰。使君遣吏往，问是谁家姝。"秦氏有好女，自名为罗敷。""罗敷年几何？""二十尚不足，十五颇有余。"使君谢罗敷："宁可共载不？"罗敷前置辞："使君一何愚！使君自有妇，罗敷自有夫。东方千余骑，夫婿居上头。何用识夫婿，白马从骊驹。青丝系马尾，黄金络马头。腰中鹿卢剑，可直千万余。十五府小史，

二十朝大夫。三十侍中郎，四十专城居。为人洁白皙，鬑鬑颇
有须。盈盈公府步，冉冉府中趋。坐中数千人，皆言夫婿殊。"

与《焦仲卿妻》内容沉重悲凉不同，《陌上桑》是汉乐府中最轻
松而又风趣的作品。诗写一位太守对一位美丽的采桑女进行骚扰，从
而碰了一鼻子灰的事，有很强的喜剧性。作品既有道德主题，同时毫
不古板。忠贞在诗中并不是一个抽象的、违背人性的教条，而是同美
满爱情和幸福家庭生活紧密联系在一起的，这是此诗高明所在。诗中
的太守虽然轻佻，却也并非大恶，诗人让他碰一鼻子灰，小小地受一
次教训，恰到好处，使全诗气氛轻松诙谐。中段以后全写对话，而以
罗敷夸夫作结，似乎掐掉了一个尾声，其实避免了画蛇添足。

四　体既轶荡，语复真率：汉乐府的艺术成就

汉乐府民歌的艺术成就，概括起来主要有以下几点：第一，开
创了中国叙事诗的一个新的、更趋成熟的发展阶段。第二，汉乐府
民歌以杂言为主，逐步趋向于五言，也可以说开始了大量的五言诗
创作，以成熟的五言形式大大地促进了文人五言诗的成熟，成为由
四言、骚体向五七言诗过渡的一个重要阶段。第三，汉乐府诗语言
文从字顺，贴近口语，表现力强且富于生活气息。

要之，汉乐府对后世诗歌发展的影响极大，从现实主义精神到语
言形式，以及具体的叙述描写方法等，都使后代诗人受益。许学夷谓
其"文从字顺，轶荡自如，最为可法"，又说："盖乐府多是叙事之
诗，不如此不足以尽倾倒。且轶荡宜于节奏，而真率又易晓世。"（《诗
源辩体》三）所谓"轶荡"，即无拘束。从建安作家到唐代大诗人，没有
不受汉乐府影响，没有不从汉乐府获得思想和艺术养料的。

第三章 五七言古诗的壮大和新体诗运动

——八代诗

五言诗的崛起和《古诗十九首》

一　五言诗的诞生及其体制的优长

中国诗的一大转关，是乐府五言的兴盛，从《古诗十九首》到陶渊明告一段落。五言诗的最大特征，是把《诗经》变化多端的章法、句法和韵法变成整齐一律，把《诗经》的低回往复一唱三叹的音节变成直率平坦（参朱光潜《诗论》十一）。所谓"八代"，是指东汉、魏、晋、宋、齐、梁、陈、隋，是唐代以前，中国诗史的一个重要阶段，五言诗在这一阶段中成为最重要的诗体，取得了长足的发展。

汉语最突出的特点之一，就是以单音素为基础。在古代，单音词占多数。要表达一个完整的意思，每个诗句至少要由两个词组成，原始歌谣开始就是二言的形式。随着社会生活的丰富和发展，双音词、联绵词逐渐增多，二言体就不能满足表情达意的需要，于是产生了四言体。四言体是适应语言发展趋势的产物，它比二言体更自由更宜于抒发感情和描写事物，四言诗的出现，造就了《诗经》时代的诗歌繁荣。

此后，屈原根据楚地的民歌，创造了辞体；汉代民歌中又产生了杂言诗。这是诗体的一次大的解放，四言的格局被突破，但由于辞体后来演变为赋体，脱离了诗的范畴；而杂言的形式不固定，诗句的节奏、用韵缺少规则，所以没有解决四言诗后中国诗歌的民族形式问题。这种状况一直持续到五言诗的出现才被打破。

文学史上新的体裁往往产生于民间，五言句式虽然《诗经》《楚辞》中皆有，然而作为齐言体的五言诗的出现，却有一个渐进的过程。征于文献，较早如《孟子·离娄》所载《孺子歌》：

> 沧浪之水清兮，可以濯我缨。沧浪之水浊兮，可以濯我足。

如去掉两个作为语词的"兮"字，就是一首齐言的五言诗。而完全整齐的五言体诗，至少在秦汉时已萌生于民间。秦汉民谣中，颇有五言之作，如：

> 生男慎勿举，生女哺用脯。不见长城下，骸骨相支拄。（《水经注·河水注》引秦始皇时民歌）

> 城中好高髻，四方高一尺。城中好广眉，四方且半额。城中好大袖，四方全匹帛。（《后汉书·马廖传》引长安民谣）

而汉乐府民歌如《十五从军征》《上山采蘼芜》《陌上桑》《长歌行》等，则更是形式圆熟的五言之作。

五言诗较之四言诗，在体裁上有明显的优越性。钟嵘谓四言"每苦文繁意少，故世罕习焉。五言居文词之要，是众作之有滋味者也"（《诗品序》）。四言句只包含两个音步（二二节奏），单音词和双音词在配合时有一定程度的受限；而五言句则包含三个音步（二二一节奏），在四言的基础上增加了一个节拍，既可方便地容纳双音词，也可容纳单音词，以至多音词，便于组词达意，较之四言体句容量更大，刘熙载认为它一句抵四言两句（参《艺概·诗概》）。

四言体节奏虽然鲜明，却嫌单调，未能曲尽抑扬顿挫之美。五言句以单音步收尾，便于句末适当拖长或停顿换气，比双音步收尾要从容得多，对于咏歌玩味、因声求气更为有益。同时，诗歌也是呼吸的艺术，应用语言学研究表明，人均每分钟正常呼吸为14—15

次，即60秒内单呼（或单吸）30次左右，因此，单呼（或单吸）一次人均时值为2秒，而汉语口语表达的正常语速为每秒3.6字，所以，单呼（或单吸）一次吐字的正常情况为3.6×2（秒）＝7.2字，也正好相当于七言诗句。但吐字徐缓一点，则为五言诗句。而九言以上的诗句在感觉上则偏长——因而，偶尔为之是可以的（林庚曾实验过），但难以推广为一种齐言体诗。

因而，五言诗的出现，对于两汉文人，遂成挡不住的诱惑。由于文人的参与创作，而渐成时尚。有人认为《古诗十九首》中部分作品，成为太初改历以前（参隋树森《古诗十九首集释》）。现存较早而又无可争议的文人五言之作，是史家班固的《咏史》，诗写缇萦为赎父刑请求没身为婢之事，直咏其事，质木无文。至少在东汉，五言诗已流行于文坛，产生了诸如张衡《同声歌》、秦嘉《赠妇诗》、赵壹《疾邪诗》、蔡邕《翠鸟》以及所谓的"苏李诗"等佳作。至于辛延年《羽林郎》、宋子侯《董娇娆》的出现，更表明东汉文人，在学习汉乐府民歌方面，已达相当圆熟。

二　《古诗十九首》及其时代、作者

《古诗十九首》代表着汉代文人五言诗的最高成就。这一批诗最早著录于《文选》，萧统把两汉十九篇无主名的文人五言诗选编在一起，标明是"古诗十九首"，后来竟成为一个专名。所谓"古诗"，本是六朝人对古代诗歌的一个统称，特指流传久远的无主名的诗篇。而汉代有一些未被乐府采录的民间诗歌，及一部分原已入乐而失了标题、脱离了音乐的歌辞，无以名之，也称古诗。

现有资料证明，汉代同类文人诗至少有五十九首之多，而这十九首古诗，则是萧统经过严格挑选后保留下来的，它们经过时间的考验，历信弥新，既标志着汉代五言抒情诗的最高成就，同时也概括了同类古诗的大体风貌。

古诗和乐府有一部分重合，如《文选》把《羽林郎》《长歌行》也称为"古诗"，而它们也被收入《乐府诗集》。其实，《古诗十九首》和乐府有显著的区别：（一）乐府诗一般是民歌，而《古诗十九首》完全是文人之作，在文化水准上有一定差异。（二）乐府多叙事之作，或多叙事成分，而《古诗十九首》基本上是抒情诗。（三）乐府诗的篇幅或长或短，《古诗十九首》的篇幅则在八句（"涉江采芙蓉"、"庭中有奇树"）到二十句（"东城高且长"、"冉冉孤生竹"、"凛凛岁云暮"）之间，属于短篇抒情诗。因此，《古诗十九首》在中国诗史上开出新的生面。

《古诗十九首》的作者，今人根据诗中地名和内容，认为是汉代以洛阳为活动中心的失职之士，主要应出自太学生阶层。汉代自武帝以来奉行养士政策，东汉质帝时代太学生已发展到三万多人，而他们的出路就是通过选举，由中央或州、郡征辟。他们的生活方式是传统的"游学"方式，要说是漂泊也可以。营求功名富贵的人数一天天增多，而官僚机构的容纳毕竟有限，幸进者少而失意者多。心怀不平，遂发而为诗。

三　两地相思与伤时失志："十九首"的内容

《古诗十九首》各首独立成篇，整合而观，它们又围绕着一个共同的时代主题——中下层文士的苦闷、牢骚和不平。它们所表达的思想感情，与屈原赋所表达的忠君爱国的思想感情，已迥乎不同；

是寒士之歌，而非志士之歌，却更接近普遍的人情。从内容题材上看，《古诗十九首》可以分为两类。

（一）思妇游子之歌。在古代农业社会里，生活是比较简单的，最密切的人与人的关系莫过于夫妻、朋友，由于兵役、徭役或游宦，这种亲密的关系往往长期被切断，这就成为许多人私生活中最伤心的事。因此，中国诗词中有相当数量的作品是表现别离情绪的。具体到游学者，对于漂泊之感、夫妇分居之苦，更有切身体验。所以思妇游子之悲，遂成为《古诗十九首》所表达的一个主要内容。游子之悲与思妇之怨，实质上是一个问题的两个方面。《古诗十九首》中的思妇之辞甚至多于游子之辞，实际是文人的代言之作。把一种苦闷从男女性不同的角度表现出来，在内容上就显得更加丰富，在艺术上也更加动人。如：

> 迢迢牵牛星，皎皎河汉女。纤纤擢素手，札札弄机杼。终日不成章，泣涕零如雨。河汉清且浅，相去复几许。盈盈一水间，脉脉不得语。（《迢迢牵牛星》）

牛郎织女的故事是一个古老的爱情神话传说，因为家喻户晓，所以一提到它，就会引起在长时间里积累起来的丰富联想和感情。《迢迢牵牛星》以女方的哀怨为主，属于思妇之辞。却借天上牛女双星写人间别离之苦，形象性和概括力更强。《古诗十九首》的游子思妇之歌，开拓了我国诗歌史上一个重要的题材，形成了两个传统的主题，一是羁旅行役题材，一是宫怨闺怨题材，影响是深远的。

（二）伤时失志之作。汉代尤其东汉末年，外戚和宦官交相干政，为政者安插亲信、亲属，以巩固其政治地位，大大影响了一般士人正常的晋升之路，在中下层士人中就产生了许多伤时失意的作品，有的愁荣名不立，有的恨知音稀少，有的愤慨世态炎凉，有的叹老嗟卑，总之是表现了他们的内心苦闷、彷徨和不满。然而，由于他们自身的依附性和两重性，这种不满又并没有指向对制度的批判，而是表现为对找不到出路的、颓唐悲观的人生的感喟。这种感喟往往和时序流逝的感慨结合在一起，形成了较之常人更为强烈的人生无常、生命短暂、当及时行乐的消极观念："昼短苦夜长，何不秉烛游"（《生年不满百》）、"白露沾野草，时节忽复易"（《明月皎夜光》）、"四时更变化，岁暮一何速"（《东城高且长》）、"思君令人老，岁月忽已晚"（《行行重行行》）。固不免产生消极影响，却有一定的认识价值。

从思想内容上看，《古诗十九首》具有共同的忧患意识。作者都不同程度地受过道家和名理之学的熏陶，对人生价值和人生归宿这两个问题进行思索，并使这种思考上升到了哲理高度。如"去者日以疏，来者日以亲"（《去者日以疏》）、"人生天地间，忽如远行客"（《青青陵上柏》）、"人生寄一世，奄忽若飙尘"（《今日良宴会》）、"人生非金石，岂能长寿考"（《回车驾言迈》）等。"皆透过人情物理，立言不朽，至今读之，犹有生气。每用于结句盖全首精神专注末句。其语万古不可易，万古不可到，乃为至诗也。"（沈用济、费锡璜《汉诗说》）"此皆昔人甘苦论定之言"，令人"冷水浇背，卓然一惊"（方东树《昭昧詹言》卷二）。

诗中表现的人生态度，从总体上讲很低调。但可以肯定的是，诗人认识到传统道德和宗教迷信的虚伪——"服食求神仙，多为药所误"（《驱车上东门》），进而大胆暴露了在传统观念上被认为是不可告人的思想："何不策高足，先据要路津。无为守贫贱，坎坷长苦辛"（《今日良宴会》），"昔为倡家女，今为荡子妇。荡子行不归，空床难独守"（《青青河畔草》），"奄忽随物化，荣名以为宝"（《回车驾言迈》），"不如饮美酒，被服纨与素"（《驱车上东门》）。志趣不高，却说得快意当前。因为没有客气假象，所以王国维说："但觉其亲切动人"、"但觉其精力弥满"而"无视为淫词鄙词者，以其真也。"（《人间词话》）

更有价值的是，《古诗十九首》在男女相思情爱方面表现出一种纯真质朴之情："君亮执高节，贱妾亦何为"（《冉冉孤生竹》）、"置书怀袖中，三岁字不灭"（《孟冬寒气至》）、"著以长相思，缘以结不解。以胶投漆中，谁能别离此"（《客从远方来》）。这种刻骨铭心的深情，磐石一样坚定的情爱，被表现得力透纸背，它和"空床难独守"的情感，从表面上看来似乎是冰炭不相容，但在标榜人性的精神实质上有相通之处。

> 涉江采芙蓉，兰泽多芳草。采之欲遗谁，所思在远道。还顾望旧乡，长路漫浩浩。同心而离居，忧伤以终老。

《涉江采芙蓉》与《庭中有奇树》是"十九首"中最短的两篇，诗皆由采花而怀人，把对自然的爱与对人的爱连在一起，情调古朴。前诗以"所思在远道"一句为转折，有力表达了"同心而离居"的苦恼。诗中如"涉江"、"芙蓉"、"兰泽"、"采之欲遗谁"、"长路漫浩浩"等，点化楚辞入妙，使诗中弥漫着芬芳馥郁的气息。后诗笔法安详，由树到花、由花到人缓缓写来，最后才揭出幽闺怀人的主题，表现了很深的思致。

四　深衷浅貌，短语长情："十九首"的造诣

《古诗十九首》的艺术造诣，突出表现为以下几点：（一）抒情言志，情景交融。《古诗十九首》在抒情中也间有自然景物和环境的描写，但它写景只是为了表现主观心情而做的必要的衬托和渲染。《古诗十九首》充满了浓厚的生活气息，但值得注意的是，它并不是生活现象的叙述，而是表现了人生中某些最动人的感觉和经验。总之，《古诗十九首》的情景、情事水乳交融，达到了极自然和谐的境地。

（二）深入浅出，自然而工。《古诗十九首》的作者生活接近下层，对民间文学、民间语言较为熟悉，这使得他们的作品活跃着民歌的气息，呈现出一种生动而自然的语言风格。谢榛说它"平平道出，且无用工字面，若秀才对朋友说家常话，略不作意，如'客从远方来，寄我双鲤鱼。呼童烹鲤鱼，中有尺素书'是也。……官话使力，家常话省力；官话勉然，家常话自然"（《四溟诗话》卷三）。成书说它"不使一分才气而语语耐人十日思"（《古诗存》）。另一方面，诗人沉浸浓郁，含英咀华，恰当运用古典，丰富了诗句的内涵。有的诗句对仗自然工整，如"胡马依北风，越鸟巢南枝"（《行行重行行》）。诗人还喜欢运用互文的表现手法，达到文省而义见的效果。如《明月皎夜光》"南箕北有斗，牵牛不负轭"，语本《小雅·大东》："维南有箕，不可以簸扬；维北有斗，不可以挹酒浆"，"睆彼牵牛，不以服箱"六句之省言，上句的意思，需从下句的见之。所以黄子云说："如'十九首'岂非平淡乎？苟非绚烂之极，未易到此。"（《野鸿诗的》）

（三）浑融完整，天衣无缝。《古诗十九首》重视表现总体的诗意感受，故绝无雕琢拼凑痕迹。钟嵘说："文温以丽，意悲而远，惊心动魂，可谓几乎一字千金。"（《诗品》上）王士禛说："'十九首'之妙，如无缝天衣。"（《带经堂诗话》卷四）陆时雍《古诗镜·总论》说："深衷浅貌，短语长情。"诗人吸取了乐府民歌的营养，保持了民歌的朴素自然、平易流畅的特色，又有着较高的文化素养，因此在工整、细致方面又有所提高。这组诗数量虽然不多，但作为早期文人五言诗的典范之作，对后世的影响极大，被刘勰称誉为"五言之冠冕"（《文心雕龙·明诗》）。

五言诗的蓬勃发展——建安、正始、太康诗人

一　志深笔长，梗概多气——建安诗人

《古诗十九首》造诣虽高，却没有主名。到汉末建安至曹魏正始时代，五言诗成为诗坛的主要诗体，名家如林，产生了曹操、曹植、阮籍、左思等承前启后的重要诗人。

汉献帝建安年间（196—220），天下大乱，军阀混战。这二十几年间，政局走向三国鼎立，而主要作家却集中在北方，在政治上隶属于曹氏集团。产生在这一时期的诗歌，一方面反映着社会动乱与民生疾苦，充满悲天悯人的情调，如"铠甲生虮虱，万姓以死亡。白骨露于野，千里无鸡鸣。生民百遗一，念之断人肠"（曹操《蒿里行》）；一方面便是表现乱世英雄建功立业的雄心，如"老骥伏枥，志在千里；烈士暮年，壮心不已"（曹操《步出夏门行·龟虽寿》）。刘勰说："观其时文，雅好慷慨。良由世积乱离，风衰俗怨。并志深而笔长，故梗概而多气。"（《文心雕龙·时序》）前人为谓之"建安风骨"，建安风骨简而言之，即是现实主义与积极浪漫主义相结合的文艺风貌。

建安诗文的代表作家，是三曹（曹操、曹丕、曹植）、七子和蔡琰，共同形成一个邺下文人集团，曹氏父子是这一集团的核心。

曹操（155—220）字孟德，沛国谯郡（今安徽亳州）人。杰出的政治

家、军事家。他以镇压黄巾起义起家，后迎献帝迁都许昌，成为北方的实际统治者。他又是当时改造文章的祖师，提倡清峻通脱的文体。有《魏武帝集》。曹操爱好音乐，"汉自东京大乱，绝无金石之乐；乐章亡绝，不可复知。及魏武平荆州，获汉雅乐郎河南杜夔能识旧法，以为军谋祭酒，使创定雅乐"（《晋书·乐志》）。

曹操喜用乐府旧题，作政治抒怀。敖陶孙说："魏武帝如幽燕老将，气韵沉雄"（《诗评》），刘熙载则说："曹公气雄力坚，足以笼罩一切，建安诸子未有其匹也。"（《诗概》）气韵沉雄是一个方面，还有另一个方面，那就是"曹公古直，甚有悲凉之句"（《诗品》下），诗中多以周公自比，对《东山》诗特别偏爱。曹操的行伍诗，亦多立足于士卒平民而为之吟咏，具有平常心，这使他的诗充满悲天悯人的人道主义色彩和博爱的情怀。在帝王诗中，可谓古今无二。

> 北上太行山，艰哉何巍巍！羊肠坂诘屈，车轮为之摧。树木何萧瑟，北风声正悲。熊罴对我蹲，虎豹夹路啼。溪谷少人民，雪落何霏霏。延颈长叹息，远行多所怀。我心何怫郁，思欲一东归。水深桥梁绝，中路正徘徊。迷惑失故路，薄暮无宿栖。行行日已远，人马同时饥。担囊行取薪，斧冰持作糜。悲彼东山诗，悠悠令我哀。（《苦寒行》）

《苦寒行》最值得玩味的是，作为军事统帅，诗人并不强作英豪之态，而是老老实实写下了士卒的苦寒和他自己内心的波动，表现了对不得已而用兵的深沉感喟，称得上是"古直悲凉"的典范。

曹操又是一个富于创造性的诗人，汉代四言诗不脱三百篇的套头，独他的四言不同，《短歌行》借用《郑风·子衿》《小雅·鹿鸣》诗句，而风格自殊；《观沧海》《龟虽寿》抒情言志，在建安诗中均属一流。

> 对酒当歌，人生几何？譬如朝露，去日苦多。慨当以慷，忧

思难忘。何以解忧，唯有杜康。青青子衿，悠悠我心。但为君故，沉吟至今。呦呦鹿鸣，食野之苹。我有嘉宾，鼓瑟吹笙。明明如月，何时可掇？忧从中来，不可断绝。越陌度阡，枉用相存。契阔谈宴，心念旧恩。月明星稀，乌鹊南飞。绕树三匝，何枝可依？山不厌高，水不厌深。周公吐哺，天下归心。（《短歌行》）

《短歌行》歌咏渴慕贤才的政治怀抱，以兴会为宗，点化《诗经》妙语，且善于写景，创造了一个光风霁月的境界，与思想内容高度契合。全诗感于哀乐，欣慨交心，具有很强的感染力。

东临碣石，以观沧海。水何澹澹，山岛竦峙。树木丛生，百草丰茂。秋风萧瑟，洪波涌起。日月之行，若出其中；星汉灿烂，若出其里。幸甚至哉，歌以咏志。（《步出夏门行·观沧海》）

《观沧海》作为中国现存第一首完整的山水诗，以写海取胜。虽然写在秋季，却写得大气磅礴，笼罩万有，一洗悲秋的感伤情调，这与诗人积极用世的人生观，非凡的气度品格乃至美学情趣都是紧密相关的。

曹植（1920—232）字子建，他"生乎乱、长乎军"（《求自试表》），以出众才华深得其父曹操的赏识。曹丕及其子曹睿当政后，对他在政治上予以排斥，他最终死于忧愤。其创作大致以曹丕即位为界，分前后两个时期。前期诗多抒建功立业的壮志豪情；后期诗多写被压抑的苦闷心情。有《曹子建集》。他是建安时期创作最负盛名的作家和第一个大力写作五言诗的诗人。曹植今存五言诗六十多首，其诗脱胎于汉乐府与《古诗十九首》，长于发端、形象生动、词采华美、韵律和谐，且多警句，具有浓厚的新鲜绮丽之感和蓬勃的朝气，与其父的古直悲凉不同，故敖陶孙说"曹子建如三河少年，风流自赏"（《诗评》）。曹植的五言诗开了六朝绮丽的先河，对提高五言诗的艺术性有推动作用；但也有过于雕饰，与乐府渐远，更趋文人化的倾向。

　　高树多悲风，海水扬其波。利剑不在掌，结友何须多。不见篱间雀，见鹞自投罗。罗家得雀喜，少年见雀悲。拔剑捎罗网，黄雀得飞飞。飞飞摩苍天，来下谢少年。（《野田黄雀行》）

作为一篇寓言诗，"利剑不在掌，结友何须多"是《野田黄雀行》主题句，陈祚明谓"此应自比黄雀，望救于人，语悲而调爽；或亦有感于亲友之蒙难，心伤莫救"（《采菽堂古诗选》）。

　　谒帝承明庐，逝将归旧疆。清晨发皇邑，日夕过首阳。伊洛广且深，欲济川无梁。汎舟越洪涛，怨彼东路长。顾瞻恋城阙，引领情内伤。太谷何寥廓，山树郁苍苍。霖雨泥我途，流潦浩纵横。中逵绝无轨，改辙登高冈。修坂造云日，我马玄以黄。

　　玄黄犹能进，我思郁以纾。郁纾将何念，亲爱在离居。本图相与偕，中更不克俱。鸱枭鸣衡轭，豺狼当路衢。苍蝇间白黑，谗巧令亲疏。欲还绝无蹊，揽辔止踟蹰。

　　踟蹰亦何留？相思无终极。秋风发微凉，寒蝉鸣我侧。原野何萧条，白日忽西匿。归鸟赴乔林，翩翩厉羽翼。孤兽走索群，衔草不遑食。感物伤我怀，抚心常太息。……（《赠白马王彪》）

《赠白马王彪》是诗人的长篇力作，诗前有序，略言黄初四年(223)五月，诗人和胞兄任城王曹彰、异母弟白马王曹彪一起进京城洛阳参加"迎气"的例会。在京城期间，曹彰突然不明不白地死去。七月朝会完毕，诗人本与白马王曹彪顺路同行，中途为监国使者灌均制止，诗人遂在与曹彪分手时写了这首诗。诗中抒发了身为亲王而遭受残酷的政治迫害，与兄弟死别生离的情况下的悲愤心情。全诗篇幅宏肆，笔力非凡，章自为韵，逐章转意，除首章外，其余各章之间顶真蝉联。方东树云："此诗气体高峻雄深，直书见事，直书

目前，直书胸臆，沈郁顿挫，淋漓悲壮，……遂开杜公之宗。"（《昭昧詹言》卷二）

"七子"这一称呼，最初见于曹丕《典论·论文》，指的是邺下文人集团中除三曹以外的七个作家——孔融、陈琳、王粲、徐干、阮瑀、应场、刘桢。七子中孔融年辈较高，因持不同的政见被曹操所杀，其余六人则依附曹氏。王粲创作成就较高，史传上说他博闻强记，过目成诵，能凭记忆重布棋局，文不加点，而身材短小、其貌不扬，所以原先依附刘表为其冷落，后来归附曹操，受到重用。此外，刘桢的五言诗名气也很大，曹丕以为妙绝时人。七子的诗多反映动乱时世，王粲《七哀诗》、陈琳《饮马长城窟》等，尤为深刻：

> 西京乱无象，豺虎方遘患。复弃中国去，委身适荆蛮。亲戚对我悲，朋友相追攀。出门无所见，白骨蔽平原。路有饥妇人，抱子弃草间。顾闻号泣声，挥涕独不还。"未知身死处，何能两相完？"驱马弃之去，不忍听此言。南登霸陵岸，回首望长安。悟彼下泉人，喟然伤心肝。（《七哀诗》）

《七哀诗》记初平三年（192）董卓部将李傕、郭汜作乱长安，人民流离失所的情形。"出门无所见，白骨蔽平原"，可与曹操《蒿里行》"白骨露于野，千里无鸡鸣"参读。诗中最深刻的一笔，是写途中亲眼看到母亲遗弃孩子，而过客行色匆匆，各走各路——这是一幅何等生动的乱世的世态人情画。母爱是出于人之天性的，而饥妇居然抱幼子而弃之，可见战争是何等灭绝人性。

建安时代五言诗最伟大的创获，当数蔡琰《悲愤诗》。蔡琰，女，生卒年不详，字文姬，父蔡邕为东汉学者。初嫁河东卫仲道，夫亡无子，归宁于家。汉末乱世中被董卓的部下所掳，辗转流入南匈奴，一住十二年，配南匈奴左贤王，生二子。建安十二年（207），曹操念蔡邕死而无嗣，用重金将文姬赎回，再嫁董祀。《悲愤诗》乃蔡琰自传体五言长篇，它真实生动地记录了在汉末大动乱中诗人独特的悲惨遭遇，也写出了人民共同的苦难，具有史诗的性质和悲剧的色彩。全诗结构恢宏，挖掘感情，极有深度。诗中所记如"马边悬男头，马后载妇女"，实已超越个人悲惨遭遇，而着眼于民众共同的苦难。诗人站在受害者的特殊角度，揭露了战争对妇女人权的践踏，力透纸背。诗中最为感人的，是中间一段：

> ……边荒与华异，人俗少义理。处所多霜雪，胡风春夏起。翩翩吹我衣，肃肃入我耳。感时念父母，哀叹无穷已。有客从外来，闻之常欢喜。迎问其消息，辄复非乡里。邂逅徼时愿，骨肉来迎己。己得自解免，当复弃儿子。天属缀人心，念别无会期，存亡永乖隔，不忍与之辞。儿前抱我颈，问母欲何之："人言母当去，岂复有还时。阿母常仁恻，今何更不慈？我尚未成人，奈何不顾思。"见此崩五内，恍惚生狂痴。号泣手抚摩，当发复回疑。兼有同时辈，相送告离别，慕我独得归，哀叫声摧裂。马为立踟蹰，车为不转辙。观者皆嘘唏，行路亦呜咽。…… (《悲愤诗》)

作为被掠夺的妇女，女主人公天天思乡，一旦天从人愿，归国在即，却又导致了慈母与幼子诀别的悲剧。故国老亲之思和膝下幼子之爱，对于诗人本是同等揪心的感情，现在奇怪地变成了不容得兼的熊鱼，必须做出选择，等于让她自己把心剖成两半。当她五内俱焚，恍惚发狂之际，偏还有一等难友，对她羡慕得要死，也悲痛得要死。力透纸背的描写，展示的是一颗被损害的妇女的心和一颗破碎的母亲的心。沈德潜认为："少陵《奉先咏怀》《北征》等作，往往似之。激昂酸楚，读去如惊蓬坐振，沙砾自飞，在东汉人中，力量最大。"(《古诗源》卷三)

二 嵇志清峻，阮旨遥深：正始诗人

魏齐王正始年间（240—249），去建安时代相隔不过二十年，文人的思想、文学的内容和风格，却为之一变。魏晋时期的政治特点，鲁迅概括为两个字：乱和篡（《而已集·魏晋风度及文章与药及酒的关系》）。魏晋统治者却提倡名教，非常虚伪，使当时名士十分反感，形于辞色。其时政治迫害滋多，如嵇康、何晏、夏侯玄等皆死于非命，故史称"魏晋之际，名士少有全者"（《晋书·阮籍传》）。于是老庄思想抬头，佛教亦乘虚而入，与汉末以来人伦月旦之风合在一起，形成一股清谈的风气。当时文士行为放达而心情苦闷，饮酒、吃药成为时尚。前人谓之"魏晋风度"，魏晋风度实际上是旷达的表现与苦闷的象征。文学创作中，建安诗人那种积极入世，反映现实，慷慨悲歌的特点不见了，代之而起的是师心使气、忧生畏祸的思想和曲折含浑的诗风和文风。这个时期最重要的作家隶属于号称"竹林七贤"的文人团体，代表人物是嵇康和阮籍。

嵇康（223—262）字叔夜，魏谯郡铚（今安徽濉溪县）人。早孤家贫，博学有奇才。与魏宗室通婚，拜中散大夫。因不与司马氏集团合作，被诬陷致死。有《嵇中散集》。诗以四言见长：

> 良马既闲，丽服有晖。左揽繁弱，右接忘归。风驰电逝，蹑景追飞。凌厉中原，顾盼生姿。（《赠秀才入军》）

陈祚明谓其"四言中饶隽语，以全不似三百篇故佳"（《采菽堂古诗选》卷八）。

阮籍（210—263）字嗣宗，阮瑀之子，陈留尉氏（今属河南）人，竹林七贤之一。官终步兵校尉，故后世又称阮步兵。有《阮嗣宗集》。阮籍怀济世之志，而不满现实，曾登广武山观楚汉相争的古战场，说："时无英雄，使竖子成名！"他和嵇康一样反对名教，曾说"礼岂为我设耶"（《晋书·阮籍传》）。不过，他较嵇康谨慎，口不论人过，以酗酒的方式逃避现实，表面上狂放不羁，但精神上非常痛苦。他常常一个人驾着小车出游，走到路的尽头就痛哭而返，这在其生平中是具有象征意义的一个习惯。

阮籍是对五言诗的发展做出了重要的贡献的诗人，也是曹植以后在五言诗的创作上取得突出成就的诗人。今存五言《咏怀诗》八十二首，集中表现诗人内心的寂寞、痛苦和愤懑，也委婉地讽刺曹氏集团的腐败，间接揭露司马氏集团的虚伪和残暴。

> 夜中不能寐，起坐弹鸣琴。薄帷鉴明月，清风吹我衿。孤鸿号外野，翔鸟鸣北林。徘徊将何见？忧思独伤心。（《咏怀诗》其一）

《咏怀诗》产生在政治黑暗、压抑恐怖的时代，整个儿表现了找不到人生位置和归宿的、歧路彷徨的人生苦闷。其诗多用比兴、典故，因而隐晦曲折，独具特色。故刘勰说，"嵇志清峻，阮旨遥深"（《文心雕龙·明诗》），钟嵘说，"厥旨渊放，归趣难求"（《诗品》上），李善说，"文多隐避，百代之下，难以情测"（《文选》注）。《咏怀诗》还开辟了文人抒情诗的一个专题，如北周庾信《拟咏怀》、唐陈子昂《感遇》、张九龄《感遇》等，都明显地处在它的延长线上。

三　繁文绮合，时见风力：太康诗人

晋武帝太康年间（280—289），涌现了一大批五言诗人，所谓"三张、二陆、两潘、一左，勃尔复兴，踵武前王，风流未沫，亦文章之中兴也"（《诗品序》），"降及元康，潘陆特秀，律异班贾，体变曹王，缛旨星稠，繁文绮合"（《宋书·谢灵运传论》）。以潘岳、陆机为代表的太康诗人，继承发展了曹植的作风，追求辞藻华丽和对偶工整，"采缛于正始，力柔于建安"（《文心雕龙·明诗》），对未来新体诗做好了铺垫。佳作如：

> 荏苒冬春谢，寒暑忽流易。之子归穷泉，重壤永幽隔。私怀谁克从，淹留亦何益？黾勉恭朝命，回心反初役。望庐思其人，入室想所历。帏屏无仿佛，翰墨有余迹。流芳未及歇，遗挂犹在壁。怅恍如或存，周遑忡惊惕。如彼翰林鸟，双栖一朝只。如彼游川鱼，比目中路析。春风缘隙来，晨霤承檐滴。寝息何时忘，沉忧日盈积。庶几有时衰，庄缶犹可击。（潘岳《悼亡诗》）

《悼亡诗》用白描的手法、通俗的比喻，将悼亡的深情婉转流动于清浅的字句之间，取得一种娓娓动听、扣人心弦的艺术效果，为传统诗歌开出了一个专题。

太康时代最杰出的诗人当推左思（250？—305？）。思字太冲，出身寒门，史称貌寝口讷而辞藻壮丽，其妹左芬虽被选入宫中，他本人仕途并不得意。有《左太冲集》。左思五言诗的代表作为《咏史》八首，其最富创意之作是《娇女诗》。《咏史》写道：

> 郁郁涧底松，离离山上苗。以彼径寸茎，荫此百尺条。世胄蹑高位，英俊沈下僚。地势使之然，由来非一朝。金张籍旧业，七叶珥汉貂。冯公岂不伟，白首不见招。

诗人不满现实，在诗中表现了与门阀势族对立的、布衣之士新的价值观，较阮籍诗有更深广的社会内容。"题云《咏史》，其实乃咏怀也"（何焯《义门读书记》），其诗"或先述己意，而以史事证之；或先述史事，而以己意断之；或止述己意，而史事暗合；或止述史事，而己意默寓"（张玉谷《古诗赏析》卷十）。诗人胸次浩落，大处落笔，夹叙夹议，音情顿挫，"修词造句，全不沿袭一句。落落写来，自成大家。视潘、陆诸人，何足数哉"（吴琪《六朝选诗定论》卷十一）。

左思的另一创获是他的《娇女诗》。在重男轻女的时代，诗人怀着父爱，以细腻的笔墨为两个女儿传神写照，堪称创体，对后世颇有影响。

刘琨（271—318）字越石，出身士族，怀帝永嘉元年（307）为并州刺史，愍帝时拜大将军，先后与匈奴族的刘渊、刘聪，羯族的石勒作战，艰苦卓绝，为王室效忠，死而后已。"英雄失路，万绪悲凉。故其诗随笔倾吐，哀音无次。"（沈德潜《古诗源》卷八）有《刘越石集》。其作品《扶风歌》《重赠卢谌》，得建安遗风，可与左思媲美。

> 朝发广莫门，莫宿丹水山。左手弯繁弱，右手挥龙渊。顾瞻望宫阙，俯仰御飞轩。据鞍长叹息，泪下如流泉。系马长松下，发鞍高岳头。烈烈悲风起，泠泠涧水流。挥手长相谢，哽咽不能言。浮云为我结，归鸟为我旋。去家日已远，安知存与亡？慷慨穷林中，抱膝独摧藏。麋鹿游我前，猿猴戏我侧。资粮既乏尽，薇蕨安可食？揽辔命徒侣，吟啸绝岩中。君子道微矣，夫子故有穷。惟昔李骞期，寄在匈奴庭，忠信反获罪，汉武不见明。我欲竟此曲，此曲悲且长。弃置勿重陈，重陈令心伤。（《扶风歌》）

《扶风歌》是一首持危扶颠的壮士之诗，本可以写得豪情满纸、激昂慷慨，诗人却采取了一种低调的写法，突出行军中种种凄凉感伤而忧惧的心情，展示的是普通的人情，与曹公《苦寒行》十分地相近，表现出"英雄失路，万绪悲凉"，"随笔倾吐，哀音无次"（沈德潜《古诗源》卷八）的特色。

题材开拓和境界提升——陶渊明及六朝诗人的成就

一 从玄言诗到田园诗： 陶渊明的创举

东晋时期，天下仍未安定，但于世事沧桑，人们已司空见惯，文学思潮渐趋平和。清谈老庄玄理的风气进一步影响到文学，产生了玄言诗，许询、孙绰为一时所宗。其代表作如：

> 仰观大造，俯览时物。机过患生，吉凶相拂。智以利昏，识由情屈。野有寒枯，朝有炎郁。失则震惊，得必充诎。（孙绰《答许询诗》）

不过，这一时期的诗人借诗歌形式谈玄说理，"理过其辞，淡乎寡味"（《诗品序》），唯郭璞《游仙诗》借助形象来阐述玄理，增加了抒情成分。在较长时间内，未能出现卓有成就的大诗人，清新可喜的作品也不多。直到东晋末年，才出现了一个划时代的大诗人陶渊明，给诗坛带来了新的内容和风格，并昭示着充满希望的未来。

陶渊明（365—427）一名潜，字元亮。浔阳柴桑（今江西九江）人，曾祖陶侃出身寒微，晋时为大司马，是个务实而洁身自爱的人物，外祖父孟嘉是标榜自然的名士。陶渊明一生三仕三隐，最后的一次是义熙元年（405）八月出任彭泽县令，同年十一月郡里派了一名督邮来，县吏提醒渊明应该穿戴得整齐一些，而他已厌倦县务，当天就解去印绶，辞官回家，从此再没有出来做官。有《陶渊明集》。

钟嵘称渊明为"隐逸诗人之宗"，但他并不是一般意义上的隐士。他很看重温饱，为人有极平常实际的一面，既亲近农业，然而当种田不能过活时，也不惜去做小官。做官不称心了，还回来躬耕。渊明诗以五言为主，从内容上大致可分两类，一类是咏怀（如《杂诗》《饮酒》等）、咏史（如《咏荆轲》），与阮籍、左思一脉相承；一类是田园诗，则是渊明的新创。

中国以农业立国，在古老的大地上，很早就产生了关于农业劳动的歌谣，如《击壤歌》《豳风·七月》等农事诗，但农事诗不等于田园诗。田园诗较农事诗史多审美趣味，它从田园风光和农村生活中汲取创作的素材和灵感，表现山水田园风光之美，赞美人与自然的和谐关系，歌颂农村淳朴的风俗及表达诗人对和平、自由的热爱与赞美。

陶渊明算得是中古时期新型的、具有田园色彩的士大夫典型，"六朝第一流人物"（沈德潜）。他的诗品与人品统一，他的全部诗文展示着一种平实而有深度、有魅力的人生境界。其诗品与人品对后世文人影响都很大，唐代大诗人如王孟、韦柳、李杜、白居易等都不同程度地受到他的影响。他超越于自己的时代，称得上是唐诗的先驱。宋代的苏东坡与陶渊明风味最似，其对陶诗的推崇也不遗余力——以为曹刘、鲍谢、李杜诸人皆莫及也。

二　回归自然：陶诗开拓的新境界

自汉末天命观发生动摇，魏晋时代的个性觉醒走出了旧的悖谬，却又陷入新的困境。从《古诗十九首》到曹植、阮籍，诗中充满忧生之嗟，诗人在苦苦思索生命的价值和人生的意义，但走不出人生的苦闷，为严重的心态失衡所困扰。陶渊明田园诗的产生，其最大意义就在于它第一次对这些问题做出了明确答复，对生命价值和人生意义做出了肯定答案。本来，诗人和同时代人一样，也有苦闷，但他通过回归自然、参加劳动、享受亲情、从事创作，找到了生命的价值和人生的意义，并提出了他的社会政治理想（桃花源），以内心的充实与贫乏动乱的现实对立，找回了心理的平衡。

陶诗表现了一种新的人生观与自然观，这就是反对用对立的态度看待人与自然的关系，强调人与自然的同一，追求人与自然的和谐、人向自然的回归。人们欣赏陶诗的"冲淡"，而这才是"冲淡"的本质。

少无适俗韵，性本爱丘山。误落尘网中，一去三十年。羁鸟恋旧林，池鱼思故渊。开荒南野际，守拙归园田。方宅十余亩，草屋八九间。榆柳荫后檐，桃李罗堂前。暧暧远人村，依依墟里烟。狗吠深巷中，鸡鸣桑树巅。户庭无尘杂，虚室有余闲。久在樊笼里，复得返自然。（《归园田居》录一）

《归园田居》作于渊明在辞去彭泽令的翌年，五首诗分别从辞官、居闲、农事、访旧、夜饮几个侧面描绘诗人归隐后的生活及情趣。第一首写辞官归来如释重负的愉快心情。诗中"尘网"、"羁鸟"、"池鱼"、"樊笼"等比喻，前后映带，表现出诗人对官场的厌倦。"守拙"是一个关键词，与官场的机巧相对，"守拙"就是讲要老老实实做人。诗中用疏淡的笔墨画出一派田园风光，表现了诗人初回田庄喜悦。诗人从与社会对立的自然，与城市对立的农村，与破坏对立的生产中看到希望。他用冲淡的五言诗，以平和从容的语调，叙述着他的愉悦和发现，使人在潜移默化中向真向善向美。所以方东树赞美渊明与陶诗"衣被后来，各大家无不受其孕育，当与三百篇同为经。岂徒诗人云耳哉"（《昭昧詹言》）。

三 质而实绮，癯而实腴：陶诗的造诣

陶渊明的田园诗在艺术上的造诣概括而言有两个方面。（一）平淡与醇厚的统一。诗人惯运用白描的手法，日常生活的语言，朴质自然乃至疏淡的笔调来精练地勾勒形象，一切明白如话，所以平淡。然而，诗人对自然与生命作诗意把握的悟性极高，从而诗味不薄。苏东坡说："渊明诗初看若散缓，熟看有奇句"，"质而实绮，癯而实腴"（《与苏辙书》），朱熹说"陶渊明诗，人皆说是平淡，据某看他自豪放，但豪放得来不觉耳"（《朱子语类》一三六）。所以说其平淡中有醇厚。

> 孟夏草木长，绕屋树扶疏。众鸟欣有托，吾亦爱吾庐。既耕亦已种，时还读我书。穷巷隔深辙，颇回故人车。欢然酌春酒，摘我园中蔬。微雨从东来，好风与之俱。泛览《周王传》，流观《山海图》。俯仰终宇宙，不乐复何如？（《读山海经》）

（二）情景与哲理的结合。陶渊明诗常通过写景抒情，有意无意地表现出诗人从生活中领悟到的哲理。如：

> 结庐在人境，而无车马喧。问君何能尔，心远地自偏。采菊东篱下，悠然见南山。山气日夕佳，飞鸟相与还。此中有真意，欲辩已忘言。（《饮酒二十首》录一）

"结庐在人境"四句，就含有心为物宰的至理，"远"是玄学的基本概念之一，指超脱于世俗利害的、淡然自足的精神状态。"心远地自偏"是一篇之要言妙道，王安石以为"自有诗人以来无此四句"。更多的时候，陶渊明并不采用说理，而直接通过景物本身来传达他的颖悟，如"有风自南，翼彼新苗"（《时运》），"平畴交远风，良苗亦怀新"（《癸卯岁始春怀古田舍二首》），"采菊东篱下，悠然见南山。山

气日夕佳，飞鸟相与还"（《饮酒》），"众鸟欣有托，吾亦爱吾庐"（《读山海经》十三首）等，都含有梵家所谓"梵我一致"、冥忘物我、和气周流的妙谛。要之，渊明诗创造了一种前所未有的新的美学型范，其特点是和谐静穆圆融庄严，达到古典主义的极致。

四　极貌写物，穷力追新：谢灵运与山水诗

晋宋之际，山水诗代替玄言诗，是一个重要的文学现象。山水诗和田园诗均出现在玄言诗后，它们歌咏的主要对象都是自然，不过前者偏重山水景物，后者偏重田园风光。

山水诗的产生有时代的原因。魏晋以还，社会动乱，政治黑暗，隐逸之风遂盛。东晋以来官僚贵族集居于江浙的山水秀丽之地，佛寺道观亦多筑于名山，士大夫们既以隐逸为清高，又以徜徉山水为快乐，山水对于他们自然成为审美与描写的对象。玄言诗人高谈老庄玄理，亦崇尚自然，所以诗中间及山水景物。加之游宦、行旅、离别等诗歌题材，都可以借着山水的描写来表现。于是山水诗也就应运而生。

六朝山水诗是与谢灵运的名字紧密联系在一起的。谢灵运（385－433），小名客儿，陈郡阳夏（今河南太康）人，东晋名将谢玄之孙。东晋末袭封康乐公，世称谢康乐。刘宋王朝建立后，降为侯爵，既不见知，常怀愤懑。永初三年（422）被排挤为永嘉（今浙江温州）太守，一年后回乡隐居。宋文帝即位召为秘书监，常称病不朝，而事旅游，后及难。有《谢康乐集》。

谢灵运是文学史上第一个专门从事山水诗写作的杰出诗人。他的山水诗绝大部分是在他做永嘉太守以后写的，诗里描绘了浙江、

彭蠡湖等地的自然景色。其诗带有一种孤清闲适的情调，有意无意打上作家生活的烙印。他描绘山水力求精工与形似，有不少诗句生动细致地刻画了自然界的优美景色，情调比较开朗，给人以清新之感，前人谓之若初发芙蓉，自然可爱。然亦时见雕琢与堆砌，与陶渊明白描的、浑成的、情景交融、物我合一的境界相比，略逊一筹。刘勰说："宋初文咏，体有因革，老庄告退，山水方滋。俪采百字之偶，争价一句之奇；情必极貌以写物，辞必穷力而追新。"（《文心雕龙·明诗》）谢灵运就是这种诗风的代表。

> 昏旦变气候，山水含清晖。清晖能娱人，游子憺忘归。出谷口尚早，入舟阳已微。林壑敛暝色，云霞收夕霏。芰荷迭映蔚，蒲稗相因依。披拂趋南迳，愉悦偃东扉。虑澹物自轻，意惬理无违。寄言摄生客，试用此道推。（《石壁精舍还湖中作》）

山水诗和田园诗虽然具体歌咏的对象有一些差异，但在表现人与自然的关系上，彼此是息息相通的，所以它们后来在唐代合一，形成一个声势浩大的山水田园诗派。

| 第四节 |

五言诗的律化——新体诗运动

一 低昂互节，回忌声病：永明体的产生

中国传统诗歌发展，总的趋势是从不甚规范到比较规范，从自

由体发展到格律体。从辞体、杂言到五言，就反映了这样一个趋势。在这个大的趋势中，五言诗的兴盛是一个重大事件，律诗的形成是另一个重大事件。

律诗的形成有一个先五言、后七言的过程。五言诗的律化，始于南齐武帝永明年间（483－493）。"永明末，盛为文章。吴兴沈约、陈郡谢朓、琅邪王融以气类相推毂，汝南周颙善识声韵。约等文皆用宫商，以平上去入为四声，以此制韵，不可增减，世呼为'永明体'。"（《南齐书·陆厥传》）最初是由四声的发现而避忌声病，从而产生了"永明体"——王闿运《八代诗选》称之为"新体诗"。

永明体的产生是文学史上重要事体之一，有两个关键人物：一个是首先提出四声说的周颙；一个是首先揭示律诗音乐美、倡导避忌八病的操作原则的沈约。沈约在《宋书·谢灵运传》里说："欲使宫羽相变，低昂互节"，"若前有浮声，则后须切响。一简之内，音韵尽殊；两句之中，轻重悉异。"这段话极精要地道出了新体诗形式美的特点。所谓八病是指：平头（两句的前一二字同声）、上尾（两句非韵脚所在的末字同声）、蜂腰（句中二五字同声）、鹤膝（隔句末字同声）、大韵（两句中有与韵脚同韵的字）、小韵（两句中有彼此同韵的字）、正纽（两句中有不相连的双声字）、旁纽（两句中有不相连的叠韵字）。八病的规定不但过于烦琐，也缺乏科学依据，难于全部遵循，然而它是通向简捷的调声术的第一步。永明体诗歌炼句工稳，音韵谐婉流利，风格圆美流转，篇幅趋短也是它的一个特点，这些都对近体诗的形成有重大影响。以下是新体诗的实例：

生平少年日，分手易前期。及尔同衰暮，非复别离时。勿言一樽酒，明日难重持。梦中不识路，何以慰相思？（沈约《别范安成》）

新体诗的诗句几乎都是律句，不过还未形成粘对规律。

永明体或新体诗的最大特征，是丢开汉魏诗的浑厚古拙，而趋向精妍新巧。这种精妍新巧是基本汉语的元音优势及四声区别。因而，通过平仄变化与双声叠韵追求，可达抑扬顿挫之听觉美和骈句对仗之视觉美。

二　从清新到绮靡：新体诗与宫体诗

由沈约首倡风气，吸引了一代文人参与创作，新体诗的作者很多，南北朝合计有八十余人，其中名家有谢朓、王融、何逊、阴铿等，从而蔚为文学运动。直到唐初，才最终将四声简化为平仄，由消极的回避声病变成积极的调声，从而形成了具有一整套格律样式可循的五言近体诗（即五言律诗）。这一完整过程，就是中国诗史上新体诗运动。

谢朓（464—499）字玄晖，南齐陈郡阳夏（今河南太康）人，和谢灵运同族，后并称"大小谢"。曾任宣城太守，世称"谢宣城"。齐永元元年因事牵连，下狱而死，年三十六岁。谢朓诗主要表现亦官亦隐的士族情趣。他继谢灵运之后进一步发展了山水诗，诗工于发端，篇中多有警句，诗风较谢灵运清新明快。是李白特别钦佩的一位六朝诗人。有《谢宣城集》。

> 灞涘望长安，河阳视京县。白日丽飞甍，参差皆可见。余霞散成绮，澄江静如练。喧鸟覆春洲，杂英满芳甸。去矣方滞淫，怀哉罢欢宴。佳期怅何许，泪下如流霰。有情知望乡，谁能鬒不变？（《晚登三山还望京邑》）

谢朓还在五言绝句的写作上，表现出他的趋新。如《玉阶怨》《王孙游》等，已启唐人绝句。关于五言绝句，以下将做专节讨论。

新体诗在梁陈时代的宫廷演变出一种诗风轻艳的诗体，当时号称宫体。其主要作家是梁简文帝萧纲、梁元帝萧绎，以及聚集于他们周围的一些文人，如徐摛、徐陵父子，庾肩吾、庾信父子，诗的主要内容写妇女生活与体态以及咏物。

> 佳丽尽关情，风流最有名。约黄能效月，裁金巧作星。粉光胜玉靓，衫薄拟蝉轻。密态随流脸，娇歌逐软声。朱颜半已醉，微笑隐香屏。（梁简文帝萧纲《美女篇》）

《隋书·文学传序》指出宫体诗的特点是：争驰新巧，意浅而繁，文匿而彩，词尚轻险，情多哀思。其影响所及，造成了诗风的靡弱。另一方面，宫体诗多用典，辞藻浓丽，比永明体更趋于格律化，故对律诗的形成有重要推动作用。

| 第五节 |
五言绝句与南北朝乐府

一　五言四句体和南朝乐府

南朝和汉代一样设有乐府机关，负责采集民歌配乐演唱。南朝乐府民歌大约有五百首，大部分属于清商曲辞，主要有吴歌三百二十六首、西曲一百四十二首。吴歌产生于长江下游，以当时的首都建业为中心；吴歌原是徒歌，采入乐府始配乐歌唱。吴歌产生的时代以东晋和宋居多。西曲是产生于长江中游和汉水两岸的城市，以江陵为中心，在唱法上与吴歌不同。此外，西曲的时代比吴歌稍晚，以齐、梁居多。

东晋以来，长江流域经济发展，商业发达，城市繁荣。宋文帝时出现经济上升的势头，富庶的地区首推荆州和扬州，齐初几十年也是较为安定的时期，当时繁荣的城市生活奢靡，王侯将相，歌伎填室，鸿商富贾，竞相夸大，舞女成群，互有争夺，音乐文艺蓬勃发展。南歌多半出自商人、妓女、船户和市民，主要反映城市中下层居民的生活和思想感情，内容比较狭窄，绝大多数是情歌，与《诗经》、汉乐府颇有异同。

"歌曲数百种，子夜最可怜。慷慨吐清音，明转出天然"（《大子夜歌》），当时以《子夜歌》为代表的歌辞大都是五言四句体。这种五言四句体，在汉代民间歌谣中已有少量出现（如《薰砧诗》），其体裁还可溯源到《诗经》的章四句。不过，这种体裁的小诗形成气候，却是在南北朝时期，特别是南朝乐府之中。这种诗体恰好符合新体诗篇幅趋短的走向，所以为当时诗人乐用，最终形成为五言绝句。

> 始欲识郎时，两心望如一。理丝入残机，何悟不成匹。（《子夜歌》）
>
> 夜长不得眠，明月何灼灼。想闻欢唤声，虚应空中诺。（同前）
>
> 春林花多媚，春鸟意多哀。春风复多情，吹我罗裳开。（《子夜四时歌》）
>
> 秋风入窗里，罗帐起飘扬。仰头看明月，寄情千里光。（同前）
>
> 江陵去扬州，三千三百里。已行一千三，所有二千在。（《懊侬歌》）

南歌在艺术表现方面的主要特点为：（一）多自然景物的描写，在诗中明媚秀丽的江南风光与歌中所表现的柔情绮思表里融洽，与汉魏古歌和北歌相比，是一个很大的优长；（二）比兴和双关手法的运用，双关语是利用同音字构成的，比如莲花的"莲"和怜爱的"怜"，"莲子"和"怜子"，丝线的"丝"和相思的"思"，篱笆的"篱"和离别的"离"等，增加了语言的活泼和委婉；（三）多代言体和问答体，南歌多用女子独白的语气写来，设为问答的也不少，此外还有连章体。

《杂曲歌辞》中有一篇《西洲曲》，堪称南朝乐府的杰作。这首五言诗四句一节，共三十二句，仿佛由八首五言四句体连缀而成。这种体制当由连章体演变而成。

　　忆梅下西洲，折梅寄江北。单衫杏子红，双鬓鸦雏色。西洲在何处，两桨桥头渡。日暮伯劳飞，风吹乌臼树。树下即门前，门中露翠钿。开门郎不至，出门采红莲。采莲南塘秋，莲花过人头。低头弄莲子，莲子青如水。置莲怀袖中，莲心彻底红。忆郎郎不至，仰首望飞鸿。鸿飞满西洲，望郎上青楼。楼高望不见，尽日栏杆头。栏杆十二曲，垂手明如玉。卷帘天自高，海水摇空绿。海水梦悠悠，君愁我亦愁。南风知我意，吹梦到西洲。（《西洲曲》）

诗以长江中游明丽的自然风光，如西洲、渡口、桥头、南塘、乌臼、红莲等场景风物，衬托水乡男女在采莲季节的生活和情思。富于暗示性的诗句和欲断还连的诗节，恰到好处地表现了诗中人一往情深，而又欲言难言的内心活动。其中有不少律句，表现出新体诗的影响。

二 北朝乐府与《木兰诗》

北朝民歌今存约六十多首，多半是北魏以后的作品，陆续传到南方，由梁代的乐府机关保存下来，主要见于《乐府诗集》的《梁鼓角横吹曲》。

北歌出于北方不同的民族，以鲜卑民歌为多，其中也有汉人的作品。由于北朝生产力水平较低，以游牧业为主，北人与南人生活状况大相径庭，北歌亦以五言四句体为多，但从内容题材到艺术风格、表现手法与南歌有显著的差别。北歌中的景物有北国情调，艺术表现较为质朴而生活内容却较为开阔：

　　快马常苦瘦，剿儿常苦贫。黄禾起嬴马，有钱始作人。（《幽州马客吟歌辞》）

　　敕勒川，阴山下。天似穹庐，笼盖四野。天苍苍，野茫茫，风吹草低见牛羊。（《敕勒歌》）

这些诗有对侠义精神的讴歌、对命运不平的感喟、对不合理现实的幽默嘲谑，社会生活内容比较广阔，为南歌所罕见。与南歌书面加工痕迹较显，且有文人仿作不同，北歌口头创作居多，以谣体为主，总的风格是刚健质朴，生气勃勃。

北朝民歌中的《木兰诗》是一篇难得的杰作：

　　唧唧复唧唧，木兰当户织。不闻机杼声，唯闻女叹息。问女何所思，问女何所忆？女亦无所思，女亦无所忆。昨夜见军帖，可汗大点兵，军书十二卷，卷卷有爷名。阿爷无大儿，木兰无长兄，愿为市鞍马，从此替爷征。东市买骏马，西市买鞍鞯。南市买辔头，北市买长鞭。旦辞爷娘去，暮宿黄河边。不闻爷娘唤女声，但闻黄河流水鸣溅溅。旦辞黄河去，暮至黑山头。不闻爷娘唤女声，但闻燕山胡骑鸣啾啾。万里赴戎机，关山度若飞。朔气传金柝，寒光照铁衣。将军百战死，壮士十年归。归来见天子，天子坐明堂。策勋十二转，赏赐百千强。可汗问所欲，"木兰不用尚书郎，愿借明驼千里足，送儿还故乡"。爷娘闻女来，出郭相扶将。阿姊闻妹来，当户理红妆。小弟闻姊来，磨刀霍霍向猪羊。开我东阁门，坐我西阁床。脱我战时袍，著我旧时裳。当窗理云鬓，对镜贴花黄。出门看伙伴，伙伴皆惊忙："同行十二年，不知木兰是女郎。"雄兔脚扑朔，雌兔眼迷离，双兔伴地走，安能辨我是雄雌！（《木兰诗》）

诗写木兰女扮男装，替父从军，塑造了一位保家卫国的女英雄形象，在思想上突破了男尊女卑的观念。尤其可贵的是诗人立足女性本位，通过心理刻画，表现出木兰虽然英雄，却毕竟是一个女孩儿这一事实。诗在"旦辞爷娘去"以前的部分，基本上以五言四句为一单元，颇具整饬之美。以后部分才打破这一程式，间用杂言。全诗音情跌宕，颇饶变化之致。

三 文人联句与绝句的产生

五言四句体诗的大量产生，引起南北朝文人的兴趣。文人聚会活动，就用这种体裁来进行联句，当时诗人如何逊、江革、范云、刘孝绰等集中，皆有联句诗。

所谓联句与后世文人唱和大体近似。一人先作了四句，别的人如果续作，便成"联句"。假如无人续作，便成了"断句"，或称"绝句"。

最初，绝句只是五言四句体的专名，后来其外延扩展到七言四句体，成为兼名。于是，五言四句体诗就称为"五言绝句"。

五言绝句的产生，先于近体，所以以古风为多，与七言绝句基本上属于近体不同。早其优秀的五绝诗人，南朝推谢朓，北朝推庾信：

夕殿下珠帘，流萤飞复息。长夜缝罗衣，思君此何极。（谢朓《玉阶怨》）

玉关道路远，金陵信使疏。独下千行泪，开君万里书。（庾信《寄王琳》）

两人在取材上，谢朓近于民歌，庾信则偏重感怀。在风格上，谢朓清新，庾信老成，亦有南歌北歌之差异。

| 第六节 |
魏晋南北朝时期的七言诗

一　七言诗体及文人的早期创作

五言诗自其优越性为人认识以来，就很快取代四言诗而得到普遍应用，从而成为汉魏六朝最流行的诗体。而七言诗的发展则相对迟缓。

所谓七言诗，是指每句七字或以七字句为主的诗篇。七言诗历八代而到唐代大为发展，与五言诗同为古典诗歌的主要形式。七言诗细分为七言古诗，七言律诗和七言绝句。在近体诗出现以前，七言诗即七言古诗。

七字句的出现较早，在《诗经》中偶尔一见，在《楚辞》中大量出现。旧说七言诗起于汉武帝时的《柏梁台诗》，恐不可信。七言诗当起于汉代的民间歌谣，由于未能像五言诗那样很快地受文人重视。当"五言居文辞之要，是众作之有滋味者"（《诗品序》）时，七言诗在人们的观念中还是"体小而俗"（傅玄《拟〈四愁诗〉序》），不登大雅之堂。

较早的文人七言之作有东汉张衡《四愁诗》，不过，此诗奇句中夹有一个"兮"字，保留着楚歌的痕迹；直到晋代的傅玄，也还是如此。今存较为成熟的文人七言诗，是魏文帝曹丕的《燕歌行》二首，兹录其一：

> 秋风萧瑟天气凉，草木摇落露为霜，群燕辞归雁南翔。念君客游思断肠，慊慊思归恋故乡，何为淹留寄他方？贱妾茕茕守空房，忧来思君不敢忘，不觉泪下沾衣裳。援琴鸣弦发清商，短歌微吟不能长，明月皎皎照我床。星汉西流夜未央，牵牛织女遥相望，尔独何辜限河梁。

这首诗是整齐的七言诗，没有句末的语词。它句句押韵，三句一组（即有奇句），与后来规范为偶句用韵，两句一群的七言古诗，还有一些差异。

二 俊逸鲍参军：文人七言诗的成熟之作

七言诗相对于五言诗，自有潜在的优势。相对而言，"五言尚安恬，七言尚挥霍"（刘熙载《艺概·诗概》），"五言绝尚真切，质多胜文；七言绝尚高华，文多胜质"（胡应麟《诗薮》内编六）。七言较五言如挽强用长，更能胜任纵横捭阖、淋漓恣肆的表达和形成多种风格。然而这一潜在的优越性，由于习惯的势力，长期被文人忽视，直到刘宋时代出了个鲍照，才出现转机。

鲍照（414？—466）字明远，南朝宋时东海（今山东郯城）人，出身寒微，曾干谒临川王刘义庆，初未见知，后贡诗言志，始得赏识，被提拔为国侍郎。后做过几任县令，后为临海王刘子顼前军刑狱参军，世称鲍参军。子顼反，死于兵乱。"才秀人微，故取湮当代"（《诗品》），有《鲍参军集》。

鲍照诗赋兼长，其诗主要表现建功立业的愿望以及对门阀制度的不满，有的作品描写边塞战争和征人的生活，是唐代边塞诗的先导。五言诗以清新俊逸著称，而最能表现艺术独创性的是他的七言古诗。七言古诗是每句七字或以七字句为主的古诗。以七字句为主，间有杂言的七言古诗，在汉魏乐府中多以"歌"、"行"命篇，故后世亦称"七言歌行"。鲍照的七言古诗，相对于曹丕《燕歌行》，已变句句押韵为隔句押韵，变一韵到底为灵活转韵，使得七言古诗更多地具有散文美和辞赋之美。它拓展了七言古诗的范畴，完善了七言古诗的形式，从而大大推动了七言诗体的发展。

> 对案不能食，拔剑击柱长叹息。丈夫生世会几时，安能蹀躞垂羽翼？弃置罢官去，还家自休息。朝出与亲辞，暮还在亲侧。弄儿床前戏，看妇机中织。自古圣贤尽贫贱，何况我辈孤且直！
>
> （《拟行路难》）

鲍照今存乐府诗八十余首，最具艺术独创性的是《拟行路难》十八首。《行路难》古辞今佚，据《乐府解题》乃"备言世路艰难及离别悲伤之意"。鲍照的拟作涉及不同的题材内容，体式、风格也不尽一致，看来并非一时一地之作。其共同的主旋律是对人生苦闷的吟唱，形式上则是齐言或杂言的七言古诗。无论在张扬个性的意识，还是在慷慨任气、磊落使才的作风及横发杰出的风格上，都对唐代诗人尤其李白，有不可忽略的影响。杜甫《春日忆李白》称其"清新庾开府，俊逸鲍参军"，即是明证。

第四章　古近体诗体大备及创作繁荣

——李白和盛唐诗

| 第一节 |

五言律诗的成立与七言诗的丕变

一 中国诗史的光辉篇章：唐诗

中国诗史最光辉的篇章是唐诗。新体诗运动到初唐完成，最终确定了五七言古近体诗，成为当时和后世诗人常用的百代不易之体。唐诗今存五万首之多，超出西周到南北朝一千六七百年间存诗总数的二至三倍；知名诗人远逾两千之数，具有独特风格的诗人总数在五十至六十人之间，超过从战国到南北朝著名诗人的总和，其间产生了李白、杜甫、白居易等世界性的大诗人。

胡应麟赞叹道："甚矣，诗之盛于唐也：其体则三四五言、六七杂言、乐府歌行、近体绝句靡弗备矣；其格则高卑远近、浓淡浅深、巨细精粗、巧拙强弱靡弗具矣；其调则飘逸浑雄、沉深博大、绮丽幽闲、新奇猥琐靡弗诣矣；其人则帝王将相、朝士布衣、童子妇人、缁流羽客靡弗预矣。"（《诗薮》外编三）因而被王国维称为"一代之文学"，谓"后世莫能继焉者"（《宋元戏曲史》）。

唐诗的最大特点是内容的生活化，创作的社会化。朱彝尊说："唐诗色泽鲜妍，如旦晚脱笔砚者，今诗才脱笔砚，已是陈言。"（《静志居诗话》卷十六）诗歌在唐代曾是最具群众性的文艺样式，且有很高的社会应用价值——唐诗中送别、寄赠之作之多，就是很好的说明。唐代诗人遍布社会各阶层，以诗赋举士的科举制度和帝王宫廷重视诗歌创作，上行下效，形成全社会尊重文艺的风气。唐诗的传播方式，一是宴会赋咏，二是谱曲传唱。优秀的唐诗，千百年来一直活在人们的口头。

二 新制迭出，格律形成：初唐的五言律诗

初唐诗的实绩主要表现在太宗、武后两朝。贞观宫廷诗人如虞世南、李百药、陈叔达等，是初唐诗坛"元老派"人物，虽多为陈隋旧人，但诗风仍有改良。唐太宗认为国家兴亡的关键在政治，倡导中和雅正的诗风，大体合乎南北合流的诗歌发展趋势。

武则天时代，由于国家的统一，社会经济和文化的繁荣，在宫廷以外崛起了新生代诗人——初唐四杰（王勃、杨炯、卢照邻、骆宾王），而宫廷诗人的诗风也突破了齐梁的藩篱，渐入唐音。

在初唐，律诗——首先是五言律诗——定型，并产生大量佳作。

律诗是严格意义上的格律诗，讲求声律和对仗。律诗主要有五言律诗和七言律诗两类。它每篇八句，两句相配为一联，每联的上句称"出句"，下句称"对句"。同一联中的出句和对句在平仄上须合符"对"（出句与对句同一位置上的字，字音平仄不同）的要求。第一联或称首联，第二联或称颔联，第三联或称颈联，第四联或称尾联。相邻的联之间合符"黏"（上联对句与下联出句第二字，字音平仄相同）的要求。颔联和颈联必须对仗（初唐偶有例外）。律诗于偶句（对句）押韵，首句可押韵可不押韵，通常押平声韵，所以每篇共四韵或五韵。律诗还可以延长至十句以上，多至百韵，称为"排律"。排律除首尾两联，中间各联皆须对仗。

在初唐，五言律诗率先定型，产生了堪称典范的作品。五言律

诗与新体诗的最大不同，一是"当对律"的总结，一是将四声简化为平仄，将消极的回避声病简化为积极的调声，使得诗歌格律化的追求变得简单易行。在这一转变过程中，功绩较大的诗人有上官仪，沈佺期和宋之问。

上官仪（605？—664）是唐太宗晚年赏识的词臣，婉媚绮丽的诗作，引起时人纷纷效仿，被称之为"上官体"。他对新体诗的对仗手法颇有研究，提出了六对（正名、同类、连珠、双声、叠韵、双拟）、八对（地名、异类、双声、叠韵、联绵、双拟、回文、隔句）等方法，是对律诗当对律的初步总结。

沈佺期（656？—713，有《沈詹事诗集》）和宋之问（656？—713？，有《宋之问集》）并称"沈宋"，是武后朝宫廷诗人中的实力派人物，他们在调声术方面做出卓有成效的努力，对律诗的定型做了很大贡献。"汉建安后迄江左，诗律屡变，至沈约、庾信以音韵相婉附，属对精密。及之问、佺期又加靡丽，回忌声病，约句准篇，如锦绣成文，学者宗之，号为沈宋。"（《新唐书·宋之问传》）"《风》《雅》《颂》一变而为《离骚》，再变而为两汉五言，三变而为歌行杂体，四变而为沈宋律诗。"（严羽《沧浪诗话》）沈宋之外，杜审言和初唐四杰在创作中也做出了贡献。

度岭方辞国，停轺一望家。魂随南翥鸟，泪尽北枝花。山雨初含霁，江云欲变霞。但令归有日，不敢恨长沙。（宋之问《度大庾岭》）

城阙辅三秦，风烟望五津。与君离别意，同是宦游人。海内存知己，天涯若比邻。无为在歧路，儿女共沾巾。（王勃《送杜少府之任蜀川》）

独有宦游人，偏惊物候新。云霞出海曙，梅柳渡江春。淑气催黄鸟，晴光转绿苹。忽闻歌古调，归思欲沾巾。（杜审言《和晋陵陆丞早春游望》）

这些诗题材广泛，内容丰富，情辞俱美，对仗精工，音调浏亮，饶有唱叹之致，是十分成熟的五言律诗。

在初唐，七言律诗也随五言律诗的定型而定型，不过作家不多，作品也较稚嫩，未达到五言律诗那样成熟的境地，其中杜审言、沈佺期之作笔墨较为酣畅，间有佳句，可算这一体裁中的先驱。

> 卢家少妇郁金堂，海燕双栖玳瑁梁。九月寒砧催木叶，十年征戍忆辽阳。白狼河北音书断，丹凤城南秋夜长。谁为含愁独不见，更教明月照流黄！（沈佺期《古意呈补阙乔知之》）

杜审言还工于五言长律，同时作家不过六韵八韵，很少达到十韵以上者，而杜审言《赠崔融》共二十韵，《和李大夫嗣真奉使存抚河东》共四十韵，后来杜甫喜作长篇排律，其法即出自这位祖父。

三 初唐的七言古诗：四杰体

七言古诗吸收了近体诗的成果，呈跃进性发展。初唐四杰运用将近体诗的格调与《西洲曲》的篇法，创造了一种声调圆转、音乐性极强的七言诗品种——"四杰体"七古。这种七言古诗的特点是大体上四句一节，节自为韵，平仄韵交替，换韵处用逗韵，一篇古诗仿佛由若干首绝句连缀而成。在修辞上多用顶真、回文、对仗、复叠等手法，形成一气贯注而又缠绵往复的旋律。既采用了声律学的成果，又比律诗自由，这是四杰体的一个显著特点。

四杰体的杰作是卢照邻《长安古意》和骆宾王《帝京篇》。京都风光本是汉赋铺写的对象，太宗朝已有诗人仿效，卢、骆更施之七言长篇。

> 长安大道连狭斜，青牛白马七香车。玉辇纵横过主第，金鞭络绎向侯家。龙衔宝盖承朝日，凤吐流苏带晚霞。百丈游丝争绕

树，一群娇鸟共啼花。啼花戏蝶千门侧，碧树银台万种色。复道交窗作合欢，双阙连甍垂凤翼。梁家画阁中天起，汉帝金茎云外直。楼前相望不相知，陌上相逢讵相识。借问吹箫向紫烟，曾经学舞度芳年。得成比目何辞死，愿作鸳鸯不羡仙。……别有豪华称将相，转日回天不相让。意气由来排灌夫，专权判不容萧相。专权意气本豪雄，青虬紫燕坐春风。自言歌舞长千载，自谓骄奢凌五公。节物风光不相待，桑田碧海须臾改。昔时金阶白玉堂，即今惟见青松在。寂寂寥寥扬子居，年年岁岁一床书。独有南山桂花发，飞来飞去袭人裙。(卢照邻《长安古意》)

如此洋洋洒洒的鸿篇巨制，如此生龙活虎般腾踔的节奏，在辞藻上酌采齐梁芳华，以奔放的激情，放开粗豪而圆润的嗓子，唱出新声，"一变而精华浏亮，抑扬起伏，悉谐宫高，开合转换，咸中肯綮"(《诗薮》内编三)。从而压倒"四面细弱的虫吟"(闻一多)。

四　以孤篇压全唐：《春江花月夜》及其他

此外还有两位诗人，把兴趣从外部世界的观察转到人生的思索和内省，运用四杰体七古，写出了极具兴发感动力量的杰作。

一篇是张若虚的《春江花月夜》：

春江潮水连海平，海上明月共潮生。滟滟随波千万里，何处春江无月明。江流宛转绕芳甸，月照花林皆似霰。空里流霜不觉飞，汀上白沙看不见。江天一色无纤尘，皎皎空中孤月轮。江畔何人初见月？江月何年初照人？人生代代无穷已，江月年年只相似。不知江月待何人，但见长江送流水。白云一片去悠悠，青枫浦上不胜愁。谁家今夜扁舟子？何处相思明月楼？可怜楼上月徘徊，应照离人妆镜台。玉户帘中卷不去，捣衣砧上拂还来。此时相望不相闻，愿逐月华流照君。鸿雁长飞光不度，鱼龙潜跃水成文。昨夜闲潭梦落花，可怜春半不还家。江水流春去欲尽，江潭落月复西斜。斜月沉沉藏海雾，碣石潇湘无限路。不知乘月几人归，落月摇情满江树。

此诗前半在春江花月夜的背景下，对人生展开哲理性沉思；后半写人世悲欢离合，较为生活化。其形象概括力极强，与其说是一夜的纪实，不如说是整个人生的缩影，诗人在描写自然景物和表现内心世界两个方面，都是不受压抑，向外无限扩展。它第一次较为充分地展示了唐人的生活理想和精神风貌。从这个意义上说，正是"孤篇横绝，竟为大家"（王闿运《论唐诗诸家源流》）。

一篇是刘希夷《代悲白头翁》：

> 洛阳城东桃李花，飞来飞去落谁家？洛阳女儿惜颜色，行逢落花长叹息。今年落花颜色改，明年花开复谁在？已见松柏摧为薪，更闻桑田变成海。古人无复洛城东，今人还对落花风。年年岁岁花相似，岁岁年年人不同。……

此诗以特有的敏感，对人生无常青春易逝深悲无奈，也有感伤怀才不遇的情寄，同时充满对生活的留恋和热爱。"年年岁岁花相似，岁岁年年人不同"是千古脍炙人口的名句，而《红楼梦·葬花辞》就脱胎于此诗。

五　与齐梁划清界限：陈子昂

在初唐诗从创作上有了建树之后，就需要有人从理论上对齐梁诗做一清算。完成这一历史任务的，是被称为"一代文宗"的陈子昂。

陈子昂（659—700）字伯玉，梓州射洪（今四川射洪）人，其一生与武后时代相始终。二十四岁中进士，为麟台正字、右拾遗。曾两度随军从征，在征讨契丹时与武攸宜意见不合而受排斥打击。后辞官还乡，遭迫害致死，时年四十二岁。对理想的热切追求和理想不能实现的愤慨不平，是贯串在陈子昂诗歌中的主要内容。尤其重要的，是他提出了以复古为革新的诗歌主张。

> ……文章道弊五百年矣，汉魏风骨晋宋莫传，然而文献有可征者。仆尝暇时观齐梁间诗，彩丽竞繁而兴寄都绝，每以永叹，思古人，常恐逶迤颓靡，风雅不作，以耿耿也。一昨于解三处，见明公咏孤桐篇，骨气端翔，音情顿挫，光英朗练，有金石声。遂用洗心饰视，发挥幽郁。不图正始之音复睹于兹，可使建安作者相视而笑。……（陈子昂《与东方左史虬修竹篇序》）

陈子昂批评齐梁间诗"彩丽竞繁而兴寄都绝"，提出了追踪风雅汉魏，讲求风骨兴寄，标榜建安作者和正始诗人。与杨炯《王勃集序》的某些提法非常相近，但更加具体，尤其是强调了"兴寄"与"风骨"两个范畴。所谓"兴寄"，是指诗歌必须寄托政治时事、寄托诗人的理想抱负，即要有充实的社会内容和进步的思想感情；所谓"风骨"，通常认为指刚健遒劲的风格。其理论主张后来分别为白居易和殷璠所继承和发挥；并得到李、杜、白、韩等唐代大诗人一致的推许，也算得衣被一代。代表作有《感遇》三十八首和《登幽州台歌》。

> 前不见古人，后不见来者。念天地之悠悠，独怆然而涕下。

（《登幽州台歌》）

山水田园诗与五言近体的升华

一 "盛唐气象" 和唐诗的繁荣

玄宗开元、天宝年间 (713—755)，即史家所谓盛唐时代，唐诗发展呈跃进性趋势，短短半个世纪中，中国古典诗歌发展到它的全盛时代。

所谓盛唐气象，全然是百年积强、两个文明得到高度发展的产物。唐朝国土幅员辽阔，"东至安东，西至安西，南至日南，北至单于府"（《新唐书·地理志》），从太宗贞观之治到武后永徽之治，再到玄宗开元全盛，一百四十年中物质文明达到相当高的水平。

国家的统一强盛，不但使人民具有不至于沦为异族奴隶的自信心和自豪感，也使得南北文化的融合有了可能。以北方的贞刚之气，改造江左的绮靡，成为新王朝在文化上的自然要求。读万卷书，行万里路，对于唐代的诗人不是奢望，而是活生生的现实。

唐开国百余年，政治开明、学术自由，人文科学的许多领域有所突破和进展，经学、史学、法学、文学、艺术等领域都有突出成就。当时诗人作家人数之多，分布之广，空前未有。这种情况，脱离了文化相对普及的背景，也是不可想象的。

唐代统治者重视和提倡文艺创作，唐太宗先后开设过文学馆、弘文馆，招延学士，编纂文书，唱和吟咏；高宗、武后常常自制新词以入乐，宴集群臣赋诗竞奖；玄宗本人既是诗人又是音乐家；代宗亲自过问王维集的编纂，等等。以诗赋取士的制度也促使士人去研习诗文，他们把文学创作当作一种基本训练，这对诗歌创作的普及是有作用的，而盛唐诗的艺术极诣，可以说正是在普及基础上的提高。

二　冲淡中有壮逸之气：孟浩然的山水田园诗

盛唐诗的内容是丰富多彩的，然而有两种题材的诗歌——边塞诗和山水田园诗，无论数量还是质量都特别令人刮目相看。由陶渊明开创的田园诗，与谢灵运开创的山水诗，到唐代合流，出现了创作的繁荣，不是偶然的。在当时，农村总体上呈现出安定、和平的景象，隐居和漫游，是多数文人采取过的生活方式。他们的漫游兼有交际求仕和游山玩水的双重目的，隐居则兼有读书磨砺、造就声名和官余休憩等生活内容。唐人面对的是绿色的生态环境，人与大自然的关系比以往任何时代都更密切，更融洽，当然能发现更多的自然美和人情美。

孟浩然（689—740）襄阳（今湖北襄樊）人，是年辈较高的盛唐诗人，又是唐代很少以布衣终老的诗人。襄阳山水秀丽，在历史上出过著名隐者——汉阴丈人和庞德公，其地理人文环境培养了诗人耽爱山水和隐逸生活的特殊气质。青年孟浩然原怀用世之心，但因不涉事务，拙于奉迎，功名无着，遂以漫游为事。后为荆州从事，卒于疽。有《孟襄阳集》。

孟浩然诗取材于日常生活、亲身经历和观感，诸如高士的孤怀、隐居的幽寂、登临的清兴、静夜的相思等，现存作品有时甚至可以按时地顺序串联起来。除了少数几首情诗、宫词和边塞诗，一部孟浩然诗集，几乎可以看作一部孟浩然自传。所以，吴乔说："孟浩然诗宛然高士。"（《围炉诗话》）闻一多说："说是孟浩然的诗，倒不如说是诗的孟浩然。"（《唐诗杂论》）今存诗二百六十余首。他遇思人咏，不钩奇抉异，当巧不巧，以五言诗为主，律诗、绝句较古体为多，一时"五言诗天下称其尽美"（王士源《孟浩然集序》）。

　　故人具鸡黍，邀我至田家。绿树村边合，青山郭外斜。开轩面场圃，把酒话桑麻。待到重阳日，还来就菊花。（《过故人庄》）

　　八月湖水平，涵虚混太清。气蒸云梦泽，波撼岳阳城。欲济无舟楫，端居耻圣明。坐观垂钓者，徒有羡鱼情。（《望洞庭赠张丞相》）

　　人事有代谢，往来成古今。江山留胜迹，我辈复登临。水落鱼梁浅，天寒梦泽深。羊公碑尚在，读罢泪沾襟。（《与诸子登岘首》）

　　春眠不觉晓，处处闻啼鸟。夜来风雨声，花落知多少？（《春晓》）

　　孟浩然诗宗渊明，但运用的诗体已经是五言近体为多了。他重视清新浑成的感受，风格冲淡。闻一多说："淡到看不见诗了，才是真正孟浩然的诗"，"真孟浩然不是将诗紧紧地筑在一联或一句里，而是将它冲淡了，平均地分散在全篇中"（《唐诗杂论》）。《过故人庄》诗写普普通通的做客，普普通通的农家，不过是一片场圃，遍地桑麻，却成功地创造了一个和平的天地，表现了诗人对友情和自然的赞美，"语淡而味终不薄"（沈德潜）。有人指出，孟浩然诗"冲淡中有壮逸之气"（《吟谱》），如"气蒸云梦泽，波撼岳阳城"二句，写出西南风至，洞庭湖水声气东行时所具有的威力和影响，就写出了一种力度，一种震撼，切合时代的脉搏，即盛唐气象，使诗人为"端居"而感到不安。

三 诗中有画，深契禅机：王维的山水诗

除了诗歌，唐代的山水画也取得了划时代的成就，不少诗人本身就是画家，作为空间艺术的山水画，对山水诗的创作提供了借鉴之资。五言诗的特点，适合自然的题材，质朴的语言风格，安恬的意境，它的成熟，尤其是五言近体——五言律诗和五言绝句的定型，则给山水田园诗的创作提供了更加精美的诗体。反过来，山水田园诗人的创作，又使五言近诗体由初唐的典丽精工，一变为澄淡精致，清空闲远，在艺术层次上得到再次的升华。

王维（699—761）字摩诘，唐太原祁（今山西祁县）人。开元九年（721）进士，曾任太乐丞，开元末为殿中侍御史，知南选（主持考试工作）。安史之乱，身陷贼中，服药称喑。乱定后免罪复官。晚年官至尚书右丞，后世称王右丞。有《王右丞集》。

王维具有多方面的才能，是盛唐时代最具有普遍意义的代表人物。他精通音乐，做过大乐丞；他是南宗山水的开派画家；其母奉佛，他本人亦深契禅机。王维是一个天机清妙的诗人，能精确细致地感受、把握自然界美妙物色和神奇音响，善于用辞设色，注意诗歌音调的和谐，在完美表现对象的同时，又赋予它神秘而庄严的意蕴。他的诗歌同时具有音乐美、绘画美和禅味。

王维兼擅五、七言各体诗歌。《唐诗品汇》以王维为五七言古体名家，五七律诗、五言排律、五言绝句为正宗，七言绝句为羽翼。今存诗四百余首，多半无法编年。"王右丞诗，一种近孟襄阳，一种近李东川。清高名隽，各有宜也。"（刘熙载《艺概》）由此，大体可以看出其生平前后诗风的不同。其前期作风，大致可归入边塞一族；

而其后期的山水田园诗，在艺术上达到登峰造极的程度。

开元二十八年（740）知南选自襄阳回京后，王维就开始了亦官亦隐的生活。最初隐居在终南山，不久，诗人又在蓝田辋川买到了原属初唐宋之问的庄园，辋川区有二十来个景点，诗人常常邀约道友裴迪、丘为、崔兴宗等人，往还其间，浮舟往来，弹琴赋诗，啸咏终日。王维歌咏终南山、辋川的五言律诗，和与裴迪唱和的五言绝句《辋川集》等，内涵深厚、数量众多、格调雅淡、韵味隽永，是王维为唐诗献上的一份厚礼。

太乙近天都，连山接海隅。白云回望合，青霭入看无。分野中峰变，阴晴众壑殊。欲投人处宿，隔水问樵夫。（《终南山》）

寒山转苍翠，秋水日潺湲。倚杖柴门外，临风听暮蝉。渡头馀落日，墟里上孤烟。复值接舆醉，狂歌五柳前。（《辋川闲居赠裴秀才迪》）

空山新雨后，天气晚来秋。明月松间照，清泉石上流。竹喧归浣女，莲动下渔舟。随意春芳歇，王孙自可留。（《山居秋暝》）

人闲桂花落，夜静春山空。月出惊山鸟，时鸣春涧中。（《鸟鸣涧》）

王维诗在艺术上得陶诗真传，陶诗较多生活感受的发抒，他则更多地关注景物本身。他天机清妙，独具慧根，诗情、画意与哲理的结合，使他的诗歌同时具有音乐美、绘画美和禅味。其山水田园诗包含三个层面：（一）山水层面，对自然美的发掘。和煦明丽之为美，是人所共知的，而寂静幽暗之为美，则不为人所察觉；无声的寂静，无光的幽暗，是人所共知的，而有声的寂静，有光的幽暗，则较少为人注意。而王维从对立面的相反相成中，发现了常人所不经意的美，既是独到的，也是成功的。例如《鹿柴》《竹里馆》《鸟鸣涧》等。（二）情感层面，抒发生活的感触。王维很少像陶渊明那样直摅怀抱，通常是"无限深清，却于景中写出"（黄生《唐诗摘抄》）。例如《终南别业》《辋川闲居赠裴秀才迪》《山居秋暝》等。（三）哲理层面，表现一种人生态度。"太白五言绝是天仙口语，右丞却入禅宗，如'人闲桂花落'云云、'木末芙蓉花'云云，读之身世两忘，万念皆寂。不谓声律之中，有此妙诠。"（胡应麟《诗薮》）诗人实践着一种平平常常的、与物无忤的生活，将自身融入自然，以求得心境的和平。他的诗不仅能再现山水之美，令人心旷神怡，而且能启发人去参悟宇宙人生的奥秘。《辋川集》中小诗，形象地展示了作者面对自然，由静入定，由定生慧的悟道过程，从而深契禅机。

苏轼评王维："味摩诘之诗，诗中有画；观摩诘之画，画中有诗。"（《书摩诘蓝田烟雨图》）作为一个画家诗人，王维自觉不自觉地将空间艺术的某些表现手法运用到诗中，他诗中描写往往是同一时刻并列在空间的情景，如《渭川田家》《山居秋暝》《辋川六言》等。王维五律中，恒有一联表现景物的空间关系，将时间意象空间化，从而被人赞为"如画"佳句：如"行到水穷处，坐看云起时"（《终南别业》）、"渡头馀落日，墟里上孤烟"（《辋川闲居赠裴秀才迪》）、"大漠孤烟直，长河落日圆"（《使至塞上》）等。王维写景诗尤其是山水五绝，不事裁红晕碧，间用一二色彩字，感觉仍是色淡神寒，如"荆溪白石出，天寒红叶稀。山路元无雨，空翠湿人衣"（《山中》）、"坐看苍苔色，欲上人衣来"（《书事》）、"湖上一回首，青山卷白云"（《欹湖》），正如他的画擅长水墨的渲染一样，其诗总体风格趋于淡雅。"摩诘以淳古淡泊之音，写山林闲适之趣，如辋川诸诗，真一片水墨不著色画。"（王鏊《震泽长语》卷下）他的诗风与画风是相通的。

王维精通音乐，且喜欢在诗中抒写普遍人情，他的诗如《相思》《伊州歌》《渭城曲》等，当时就被谱成歌曲广为流传，深受群众喜爱。如范摅《云溪友议》载："明皇幸岷山，百官皆窜辱，李龟年奔泊江潭，曾于湘中采访使筵上唱'红豆生南国'，又曰'清风明月两相思'，此辞皆王右丞所制，至今梨园唱焉。歌阕，合座莫不望南幸而惨然。"

　　红豆生南国，春来发几枝？愿君多采撷，此物最相思。（《相思》）

　　君自故乡来，应知故乡事。来日绮窗前，寒梅著花未？（《杂诗》）

　　渭城朝雨浥轻尘，客舍青青柳色新。劝君更尽一杯酒，西出阳关无故人。（《送元二使安西》）

　　这些诗多洋溢着少年热情，青春气息，语浅情深，所以流行。如《送元二使安西》通过饯宴，写出千古如新的场面，表现了真挚深厚的友情，自产生之日始，就成了流行送别曲。从此，"渭城曲"、"阳关曲"也成为送别歌的代称。

| 第三节 |

边塞诗与七古、七绝的发皇

一　边塞诗及其在盛唐的勃兴

　　较山水田园诗更能直接表现时代精神、集中体现盛唐气象的，无疑是盛唐的边塞诗。边塞诗的源头也许可以追溯到《秦风·无衣》《小雅·采薇》，汉乐府《战城南》《十五从军征》等。文人边塞诗则始于曹植《白马篇》、鲍照《代出自蓟北门行》等。隋及唐初，卢思道、薛道衡、四杰和陈子昂等都写过一些边塞诗。但总的说来，数量不多，质量不高。

盛唐时代，随着开疆拓土、军威四震，边塞军功成为一大出路向文士开放；加之交通便利，各族人民交往增多；再加之盛唐将帅多文武全才，幕下亦多延揽文学之士，边塞军中有浓厚的文化气氛：边塞诗便大量产生，内容和艺术为前人不可同日而语。

盛唐边塞诗主要反映边塞战争，以身许国的热情和对和平生活的渴望；反映边区生活风情，各民族间友好相处的生活；描写边塞风光，和诗人对自然美的最新发现。边塞诗俨然成为反映边地现实生活的一面镜子和表现一代唐人爱国主义、英雄主义、人道主义和民族自豪感的主要诗种。

二　边塞诗的重要体裁：七绝和七古

山水田园诗人对五言情有独钟，盛唐的边塞诗人则对七言更有兴趣。本来盛唐文艺就以诗和音乐为极诣，而七言绝句和七言古诗与乐府关系最深，与音乐的关系最密，信可发天地元气之奥。所以，这两种诗体遂成为盛唐诗人，尤其边塞诗人的拿手好戏。

七言绝句本从七言四句体短歌发展而来。现存最早的七言四句诗是《垓下歌》，它每句中夹有一个"兮"字，是楚歌体；到南北朝乐府《横吹曲辞》中的《捉搦歌》《隔谷歌》、梁简文帝《乌栖曲》等，发展为严格意义的七言四句，但或二韵换叶，或句句入韵，是短古风味；七言四句诗进一步发展，是隔句用韵，创始者是南北朝的鲍照《夜听妓》、汤惠休《愁思引》、魏收《挟琴歌》等；到初唐近体律诗定型，七言四句体入律而稳顺声势，七言绝句也就诞生了。七绝在盛唐大量入乐称"唐乐府"，成为最富于生命力和艺术潜力的诗歌体裁，不仅诗人普遍从事创作，在民间，也拥有相当数量的无名作者。正是在这个波澜壮阔的创作背景下，绝句艺术产生了成批高手和大量杰作，李白而外，还有如边塞诗人王昌龄、王之涣、王翰等。他们使七言绝句具有的艺术潜力第一次得到充分发挥，从而成为一种以小见大、深入浅出、情韵双绝、雅俗共赏的成熟诗体。

不过，七言绝句虽好却小，难于正面表现波澜壮阔的生活图景、错综复杂的社会矛盾、深沉博大的思想内容。而七言古诗正好担当起这样的重任。因为它的篇幅可短可长，形式变化多端，句式杂用短长，句群奇偶无定，用韵变化多端，比其他的诗体更富于波澜起伏，更便于铺陈叙写，表现重大的社会主题，展现广阔的生活画面。唐代七言古诗发展的过程，大体而言，"初唐风调可歌，气格未上。至王、李、高、岑四家，驰骋有余，安详合度，为一体；李供奉鞭挞海岳，驱走风霆，非人力可及"（《唐诗别裁集》）。

七言古诗容易表达充沛旺盛的气势，横溢的才情，所以李白而外，高手多为边塞诗人，如沈德潜提到的高适、岑参、李颀等人（他提到的王维，也兼长边塞之作）。

三　慷慨激昂，着眼政治：高适 《燕歌行》

高适（700—765）字达夫，勃海蓨（今河北景县）人。他早年贫寒，且流落不偶，曾赴幽蓟，后居宋中。安史之乱中时来运转，"以诗人为戎帅"（《旧唐书》本传），先后做到淮南节度使、剑南西川节度使，封勃海县侯。有《高常侍集》。

高适的边塞诗多抒发安边定远的理想，歌颂了将士的忠勇和牺牲，谴责了不义战争给人民带来的苦难，并反映了军中的阶级矛盾，对士卒和人民寄予同情。他不像王昌龄那样以戍卒的口吻抒情，也不像岑参那样以诗人的敏感去描绘战斗生活和边塞风光，而是以政治家的眼光去分析边防问题。不管是反映客观世界或抒发主观感受，他都不大用隐晦曲折之辞，而用直抒胸臆的手法来表明自己的感情和思想，有慷慨激昂、豪放悲壮的风格，从而形成了其边塞诗的特色。这一特色在名作《燕歌行》中得到集中表现。

汉家烟尘在东北，汉将辞家破残贼。男儿本自重横行，天子非常赐颜色。摐金伐鼓下榆关，旌旆逶迤碣石间。校尉羽书飞瀚海，单于猎火照狼山。山川萧条极边土，胡骑凭陵杂风雨。战士军前半死生，美人帐下犹歌舞。大漠穷秋塞草腓，孤城落日斗兵稀。身当恩遇恒轻敌，力尽关山未解围。铁衣远戍辛勤久，玉箸应啼别离后。少妇城南欲断肠，征人蓟北空回首。边庭飘飖那可度，绝域苍茫更何有！杀气三时作阵云，寒声一夜传刁斗。相看白刃血纷纷，死节从来岂顾勋？君不见沙场征战苦，至今犹忆李将军！（《燕歌行》）

《燕歌行》原为乐府古题，此诗虽然在写征夫思妇两地相思这一点上与古辞有联系，但写作的重心已转移到边塞问题上来，大大增加了社会意义，可谓推陈出新。全诗展示的思想内容和生活内容，无论就深度还是广度而言，在边塞诗中均首屈一指。诗以刻画边防战士的集体形象为主，按其辞阙、赴边、激战、乡思、警戒和怅怨为主要线索展开描写，交织以天子送行、胡骑猖獗、将帅腐朽、少妇愁思等内容，有纵向发展，有横向延伸。就空间而言，涉及长安、榆关、碣石、瀚海、狼山、蓟北等，尺幅千里，坐役万景，形象丰满，气势开阔。主题思想却很集中——揭露军中矛盾、表现士兵对将帅不得其人的愤慨及人民对和平生活的向往。诗中写激战的同时，多次展现边庭荒凉的景象，通过对沙场荒凉的渲染，增加了悲壮惨苦的抒情气氛。"战士军前半死生，美人帐下犹歌舞"二句，通过画面组接，胜过千言万语。"校尉羽书飞瀚海，单于猎火照狼山"、"铁衣远戍辛勤久，玉箸应啼别离后。少妇城南欲断肠，征人蓟北空回首"、"杀气三时作阵云，寒声一夜传刁斗"等，皆用律对，相当工整。全诗音调浏亮，又浑厚老成，可推为盛唐边塞诗的力作。高适的七绝也颇有名篇，如：

> 千里黄云白日曛，北风吹雁雪纷纷。莫愁前路无知己，天下谁人不识君？（《别董大二首》录一）

四 为西部传神写照：岑参的边塞诗

岑参（715—770），江陵（今属湖北）人。官至嘉州（今四川乐山）刺史，故后世称"岑嘉州"。其曾祖岑文本在太宗时以布衣入相，伯祖岑长倩相高宗、武后，伯父岑羲相中宗、睿宗。"国家六叶，吾门三相。"（《感旧赋》）使诗人有一种与众不同的自豪感和使命感。三十及第，天宝中两赴边塞为高仙芝幕掌书记、封常清幕节度判官，足迹遍及天山南北。卒于成都。有《岑嘉州集》。

岑参的边塞诗集中描绘遥远神奇的西部地区（东起陇右，西至中亚伊塞克湖即热海）的异域风光、习俗及其内在精神。就创作而言，岑参与其他人也不同，他不以功利的或现实的目光去看待边塞包括军中的一切，而是取审美的态度，来歌唱边塞新鲜的、富于活力的，甚至带有原始野蛮气息的景物、事物和人物。这里有写不完的冰川雪海、火山沙漠、烽火杀伐，以及比这一切更刺人心肠的悲伤和快乐。他是为大西北风光传神写照的高手，他以审美的眼光看待边塞的一切，从那片奇寒酷热之中发现了美丽、兴味和勃勃生气，并满腔热情地为之讴歌。他创作的西部诗歌，从数量上超过了盛唐诗人的总和。诗中表现的人物和事实"都是最伟大、最雄壮、最愉快的，好像一百二十面鼓，七十面铜钲合奏的鼓吹曲（军乐）一样，十分震动人的耳鼓"（徐嘉瑞《岑参》）。

　　君不见走马川，雪海边，平沙莽莽黄入天。轮台九月风夜吼，一川碎石大如斗，随风满地石乱走。匈奴草黄马正肥，金山西见烟尘飞，汉家大将西出师。将军金甲夜不脱，半夜军行戈相拨，风头如刀面如割。马毛带雪汗气蒸，五花连钱旋作冰，幕中草檄砚水凝。虏骑闻之应胆慑，料知短兵不敢接，车师西门伫献捷。（《走马川行奉送出师西征》）

　　北风卷地白草折，胡天八月即飞雪。忽如一夜春风来，千树万树梨花开。散入珠帘湿罗幕，狐裘不暖锦衾薄。将军角弓不得控，都护铁衣冷难着。瀚海阑干百尺冰，愁云惨淡万里凝。中军置酒饮归客，胡琴琵琶与羌笛。纷纷暮雪下辕门，风掣红旗冻不翻。轮台东门送君去，去时雪满天山路。山回路转不见君，雪上空留马行处。（《白雪歌送武判官归京》）

岑参的边塞诗在写景、状物、叙事、抒情方面颇多奇趣。《走马川行奉送出师西征》通过唐军风雪之夜行军，不畏严寒，预言胜利。其吸收了汉代以后民间歌谣中三三七和七言三句构成句群的形式，扩成长篇，意思三句一转，韵脚三句一变，句位密集，平仄交替，从而形成强烈的声势和急促的音调。《白雪歌送武判官归京》充满奇情妙思，有大笔挥洒、有细节勾勒、有真实摹写、有浪漫想象，神化了瑰丽的西部风光，又充满边地生活实感。凡此种种，非常够味。

五 "七绝圣手" 王昌龄及其他

王昌龄（698？—757）字少伯，京兆长安（今陕西西安）人。开元间登进士第，在此前后，曾去过西北边塞，到过萧关、临洮、碎叶等地。初授汜水尉，迁江宁丞。晚贬龙标尉。世乱归乡，途中为刺史间丘晓所杀。有《王昌龄集》。

王昌龄长于七言绝句，所作篇篇俱佳。其边塞绝句既有对卫国将士的歌颂，也有渴望和平、反对扩张战争的思想倾向，其主要特色是站在人民和士卒的立场言志抒情，对边塞戍卒寄予极大的同情。诗人忠实地描绘了当时战争生活的丰富画面，并为唐代戍边将士树起了一个有血有肉的人物集体形象，流露出忧国忧民和深厚人道主义的、真挚动人的思想感情。

秦时明月汉时关，万里长征人未还。但使龙城飞将在，不教胡马度阴山。（《出塞二首》录一）

烽火城西百尺楼，黄昏独坐海风秋。更吹羌笛关山月，无那金闺万里愁。（《从军行七首》录一）

青海长云暗雪山，孤城遥望玉门关。黄沙百战穿金甲，不破楼兰终不还。（同前）

王昌龄除擅长边塞题材外，还擅长宫怨和闺怨诗，有乐府旧题写成的绝句组诗，如《长信秋词五首》等，也有新题乐府，如《西宫春怨》《西宫秋怨》等，这些诗针对玄宗后期宫中现实，以借汉代唐的手法写作，非常细腻地把握宫中那些处境不幸的女性的心理，表明诗人体察生活人情之微，富于人道主义关怀。

奉帚平明金殿开，且将团扇共徘徊。玉颜不及寒鸦色，犹

带昭阳日影来。（《长信秋词五首》录一）

　　闺中少妇不知愁，春日凝妆上翠楼。忽见陌头杨柳色，悔教夫婿觅封侯。（《闺怨》）

无论是边塞绝句，还是宫怨、闺怨绝句，都表现出诗人对人的内心世界的复杂性的微妙把握，他善于通过二十八字真实而生动地描绘人的内心世界，对生活进行高度概括提炼，通过环境气氛作烘托暗示，同时反映情感的变化发展过程。他的赠别诗，这类诗亦有名篇，脍炙人口。

　　寒雨连江夜入吴，平明送客楚山孤。洛阳亲友如相问，一片冰心在玉壶。（《芙蓉楼送辛渐》）

与王昌龄辉映而作品存数较少的边塞绝句作家，还有王之涣和王翰，他们的《凉州词》，也曾与王昌龄《出塞》等诗一样，被推为唐人绝句首选佳作。

　　葡萄美酒夜光杯，欲饮琵琶马上催。醉卧沙场君莫笑，古来征战几人回。（王翰《凉州词》）

　　黄河远上白云间，一片孤城万仞山。羌笛何须怨杨柳，春风不度玉门关。（王之涣《凉州词》）

除上述诸家而外，突出的边塞诗人还有李颀。李颀（690—751），祖籍赵郡（今河北赵县），家嵩阳（今河南登封），在县东十余里的东溪边筑有别业，号东川别业，世称李东川。有《李颀诗集》。

　　男儿事长征，少小幽燕客。赌胜马蹄下，由来轻七尺。杀人莫敢前，须如猬毛磔。黄云陇底白云飞，未得报恩不得归。辽东小妇年十五，惯弹琵琶能歌舞。今为羌笛出塞声，使我三军泪如雨。（《古意》）

李颀的七古长于用短，善于描写音乐，制造气氛，抒发悲情，对人物素描独具兴趣和造诣。

盛唐诗的极诣——诗仙李白

一 时代的动荡与李白的生平

公元八世纪的前半个多世纪中，唐帝国以高度发达的物质文明和精神文明屹立于世界的东方，时人相当普遍地具有昂扬的精神风貌和积极的处世态度，到开元时代达到巅峰状态。到天宝年间，统治集团内部已集中了巨额财富，而其腐朽性也与日俱增，各种社会矛盾逐渐激化，引发了长达八年的安史之乱。这场战乱使社会生产遭到严重破坏，中央集权大为削弱，内忧外患连年不断，唐王朝的黄金时代一去不返。

社会的变革首先使人们的生活实践发生变化，社会的矛盾斗争比较复杂，各种社会问题都比较鲜明地暴露出来，不仅给文学创作提供了重大题材和丰富内容，使作家有可能深刻地去认识生活，而且使其思想感情在尖锐复杂的斗争中受到激荡推动，形成进步的世界观，从而有可能创作出内容丰富、思想深刻的史诗式作品。历史的转折期往往是产生文艺巨匠的时代，这一点业已为世界文学史所证明。而李白和杜甫并世而生，其创作活动又都集中在安史之乱前后，分别成就了中国诗史上最伟大的浪漫主义诗人和最伟大的现实主义诗人，也就不是偶然的了。

李白（701—762）字太白，祖籍陇西成纪（今甘肃天水），其先人于隋末流寓碎叶（今托克马克城），武后朝迁至绵州昌隆（今四川江油），李白即出生于此地。二十五岁时离蜀，以安陆（今属湖北）为中心长期漫游各地。天宝初受玄宗征召，供奉翰林。因受权贵谗毁，仅一年多时间，即赐金还山。遂再度漫游。安史之乱中，被永王李璘聘为幕僚，因永王与肃宗发生权力之争而致兵败，李白受到牵累，长流夜郎，中途遇赦东还。晚年流寓当涂而卒。有《李太白集》。

二 政治、山川、风月：李白的题材

李白今存诗近千首（日·花房英树编《李白歌诗索引》收诗九百九十七首，其中当有他人作混入）。概括而言，凡属盛唐的题材，也都是李白的题材；具体地讲，李白的题材主要有三大类：政治抒情诗、山水纪游诗和日常生活的歌咏，而这各类题材常常又是渗透交织着的。

李白在开元之末已经成名，他站在盛唐的顶峰，一方面感受着个人、民族、阶级、国家在欣欣向荣的上升阶段的氛围，一方面也通过其从政经历察觉到尖锐的社会矛盾和潜伏的危机。

诗人经常通过诗歌作政治抒情，抒发理想与现实的矛盾以及蔑视世俗、向往自由、不满现实、笑傲王侯、纵情欢乐、恣意反抗的情怀。

金樽清酒斗十千，玉盘珍羞直万钱。停杯投箸不能食，拔剑四顾心茫然。欲渡黄河冰塞川，将登太行雪满山。闲来垂钓碧溪上，忽复乘舟梦日边。行路难，行路难，多歧路，今安在？长风破浪会有时，直挂云帆济沧海。（《行路难三首》录一）

《行路难》古题本言世路艰难及离别悲伤，李白却借以抒写仕途艰险，及理想在现实碰壁，诗情大起大落，悲愤而有豪气英风。拉杂使事，长短其句，也是诗人惯用伎俩。在《梦游天姥吟留别》一诗的结尾，诗人写道："别君去兮何时还，且放白鹿青崖间，须行即骑访名山。安能摧眉折腰事权贵，使我不得开心颜！"充分表现了布衣之士蔑视王侯的傲岸情怀。

与王维、孟浩然等人喜爱一般人喜爱的优美或宁静的自然美不同，名山大川似乎特别能激发李白的想象力，唤起他创作的热情，在李白的山水诗中最为动人的形象是黄河长江、庐山瀑布、横江风浪、蜀道山川等。他的山水诗还常与游仙诗结合，于写实中大胆运用想象夸张的手法，显示了诗人奔腾跳动的情怀。李白山水诗生动再现了八世纪时的祖国河山面貌，表现了诗人独特个性及其对祖国河山的热爱。后世有许多足不出户的人，就是凭着李白诗篇才认识到了祖国河山的壮大和美丽的。

噫吁嚱，危乎高哉！蜀道之难难于上青天！蚕丛及鱼凫，开国何茫然！尔来四万八千岁，不与秦塞通人烟。西当太白有鸟道，可以横绝峨眉巅。地崩山摧壮士死，然后天梯石栈相钩连。上有六龙回日之高标，下有冲波逆折之回川。黄鹤之飞尚不得过，猿猱欲度愁攀援。青泥何盘盘，百步九折萦岩峦。扪参历井仰胁息，以手抚膺坐长叹。问君西游何时还？畏途巉岩不可攀。但见悲鸟号古木，雄飞雌从绕林间。又闻子规啼夜月，愁空山。蜀道之难难于上青天，使人听此凋朱颜！连峰去天不盈尺，枯松倒挂倚绝壁。飞湍瀑流争喧豗，砯崖转石万壑雷。其险也如此，嗟尔远道之人，胡为乎来哉！剑阁峥嵘而崔嵬，一夫当关，万夫莫开。所守或匪亲，化为狼与豺。朝避猛虎，夕避长蛇，磨牙吮血，杀人如麻。锦城虽云乐，不如早还家。蜀道之难，难于上青天，侧身西望长咨嗟！（《蜀道难》）

《蜀道难》是李白的成名作，它运用夸张的手法，从传说、历史、地理及政治等不同角度，全方面地歌咏蜀道之难，创造出惊险、神秘、奇丽、壮阔的大境界。"蜀道之难难于上青天"这个嗟叹咏歌的主题句在诗中三次出现，分别标志情感的爆发、延伸和远出，绝类乐章中的主旋律，起到突出主题，强化抒情气氛的作用。全诗句式参差，音情跌宕，语助词的运用和散文化的句法，恰到好处地表现诗人火山喷发、不可遏止的激情。诗人因此被贺知章呼为"谪仙"。

李白的七言绝句则多览胜纪行，以写景入神著称：

> 天门中断楚江开，碧水东流至此回。两岸青山相对出，孤帆一片日边来。（《望天门山》）

《望天门山》酣畅淋漓，尽情表现诗人对自然山川力度的审美。李白虽然作风傲岸，对于下层人民却显得十分平易可亲。李白诗的内容题材之广泛，在盛唐诗人中是很突出的。除了政治抒情与山水纪游，还有大量日常生活的歌咏，抒发人们日常生活中的一些带普遍性和永恒性的主题或思想感情，诸如游子故乡的思念、人际友谊和爱情、妇女命运的悲欢、民间生活之苦乐等，也有个人日常抒情。

> 床前明月光，疑是地上霜。举头望明月，低头思故乡。（《静夜思》）

> 李白乘舟将欲行，忽闻岸上踏歌声。桃花潭水深千尺，不及汪伦送我情。（《赠汪伦》）

《静夜思》用极浅近的语言，道出人人心中所有而笔下所无的体验：人在异乡，哪怕一切都是陌生的，也还有一样熟悉的东西，那就是"明月"。"明月"就成为乡思的最佳意象。《赠汪伦》寥寥数语，即画出两个乐天派，一对忘形交，一诗中两呼人名，都表现了李白特有的风度。

三 无可仿效的天才发抒：李白的造诣

李白是个"主观诗人"，他的诗歌形象主要是个人的思想感情，而不是客观社会生活。李白诗中的主体性异常鲜明突出，诗人的人格和自我形象得到了酣畅淋漓的表现，如火山之喷溢，如狂飙之回旋，从他所有的诗——即便是叙事或写景的诗篇，也能使人感到有一大写的"我"字存乎其中，也能让读者无误地辨认其盛气凌人、豪情洋溢及其带有嘲讽的声音。

李白才思特别敏捷，有异乎寻常的想象力。当现实生活中的事物不够味时，他就借用非现实的神话和种种奇特的夸张来加以表现，从而将政治牢愁、山川风月、友谊乡情等诗歌内容，熔铸进一种古今无两的艺术形式中，使之得到淋漓尽致的表现，成为无可仿效的天才发抒。

李白笔下的自然山川、日月星辰与幻想中冯虚御风的神仙、虚无缥缈的仙境融为一体，这使他的诗歌中弥漫着一些仙气，具有一种异乎寻常的气势感和力敌造化的艺术感染力。李白的生活经历充满大起大落的变化，其感情也波澜起伏、跌宕不平，故李白抒情诗的典型的格局是，在不长的篇幅中东一句、西一句，左右逢源、拉杂使事，感情从一个极端走向另一个极端，大起大落，痛快无比。内容溢出形式，是对旧的社会规范和美学标准的冲决和突破，其结果是建立了一种崇高的美学型范。

李白七古的特色，表现在他取法庄骚，同时结合初唐以来七古艺术发展的成果而创造出来的一种波澜起伏、气势纵横、音节高亢、飘逸奔放、雄奇壮丽的独特风格。四杰之整饬藻绘，一变而为王、李、高、岑的雄浑劲健，再变而为太白的纵横恣肆——"往往风雨

争飞，鱼龙百变，又如大江无风，波浪自涌，白云从空，随风变灭，诚可谓怪伟奇绝者矣。"（《唐宋诗醇》）

　　君不见黄河之水天上来，奔流到海不复回。君不见高堂明镜悲白发，朝如青丝暮成雪。人生得意须尽欢，莫使金樽空对月。天生我材必有用，千金散尽还复来。烹羊宰牛且为乐，会须一饮三百杯。岑夫子，丹丘生，将进酒，杯莫停。与君歌一曲，请君为我侧耳听。钟鼓馔玉不足贵，但愿长醉不愿醒。古来圣贤皆寂寞，惟有饮者留其名。陈王昔时宴平乐，斗酒十千恣欢谑。主人何为言少钱，径须沽取对君酌。五花马，千金裘，呼儿将出换美酒，与尔同销万古愁。（《将进酒》）

　　弃我去者昨日之日不可留，乱我心者今日之日多烦忧。长风万里送秋雁，对此可以酣高楼。蓬莱文章建安骨，中间小谢又清发。俱怀逸兴壮思飞，欲上青天揽明月。抽刀断水水更流，举杯销愁愁更愁。人生在世不称意，明朝散发弄扁舟。（《宣州谢朓楼饯别校书叔云》）

这两首诗篇幅不长，大抵借酒抒愤，风骨内含，笔酣墨饱，五音繁会，情极悲愤而作狂放，语极豪纵而又沉着，具有振动古今的气势与力量，是李白政治抒情诗的代表作。

李白今存绝句一百五十余首，是盛唐绝句存数最多的一家。他五七绝兼长，五绝与王维并列第一，七绝与王昌龄并列第一。李白绝句抒情往往结合写景，一般不研炼字句，而重全篇风神。

　　故人西辞黄鹤楼，烟花三月下扬州。孤帆远影碧空尽，唯见长江天际流。（《黄鹤楼送孟浩然之广陵》）

　　朝辞白帝彩云间，千里江陵一日还。两岸猿声啼不住，轻舟已过万重山。（《早发白帝城》）

这两首绝句皆起点高而饶有仙气，结尾使人神远。前人说"盛唐绝句，兴象玲珑，句意深婉，无工可见，无迹可求"（《沧浪诗话》），李白绝句是最好的代表。

李白自觉地反对齐梁诗的绮丽雕饰，他得力于民歌，在语言上弃绝藻绘，以清新、自然、明快为宗，做到了"清水出芙蓉，天然去雕饰"（《经乱离后天恩流夜郎忆旧游书怀赠江夏韦太守良宰》）。李白诗歌语汇极为丰富，隶事的材料极其广泛，《文选》、老庄以及魏晋南北朝小说，都是李白诗歌语言材料的源泉。一旦激情奔放，便觉古人于笔下奔命不暇，安放无不如志，无不切贴，一切都显得那样鬼斧神工、自然天成。

四　笔落惊风雨，诗成泣鬼神：李白的影响

李白继屈原之后，再创浪漫主义诗歌的高峰。杜甫赞为："笔落惊风雨，诗成泣鬼神。"（《寄李十二白二十韵》）反叛传统的精神渗透在李白的全部作品中，形成了对传统美学规范的强大冲击波，成为李白诗歌最富吸引力或最具魅力的所在。

李白以其诗歌主张和实践，最后扫清了六朝绮靡诗风，完成了陈子昂提出的诗歌革新的伟业。李阳冰说："卢黄门云，陈拾遗横制颓波，天下质文，翕然一变。至今朝诗体，尚有梁陈宫掖之风，至公大变，扫地并尽。"（李阳冰《草堂集序》）

李白诗的追求理想与自由、反抗权贵的精神，及其惊风雨、泣鬼神的艺术魅力，不仅影响同时代诗人，也给后代的诗人以强烈的艺术感染和丰富创作启迪，诸如李贺、苏轼、陆游、辛弃疾、高启、龚自珍、郭沫若等，都从李白那里汲取一些东西。李白的作品早已翻译为多种文字，远越重洋，产生了世界性的影响。

第五章 古近体诗的持续繁荣

——杜甫和中晚唐诗

| 第一节 |

诗界的开拓和律诗的发皇——诗圣杜甫

一 国家不幸诗家幸：杜甫及其生平

盛唐之音和文艺上许多浪漫主义峰巅一样，只是一个相当短促的时期。安史之乱结束了一个时代，盛唐气象云烟过尽，唐诗创作就转入一个较为持续的现实主义阶段。从大乱前夕，到大历之初，独立于诗坛，承先启后，成为中国封建前期最后一位诗人、后期最初一位诗人的，是被后世称为"诗圣"的杜甫。

杜甫是唐诗现实主义的开山祖，他横跨两个时代，是与这个大动荡时代、与苦难民众同呼吸共命运的诗人，对诗艺有极深的造诣和得天独厚的条件，同时把毕生心血贡献给了诗歌创作，故能在盛唐诸公的浪漫歌声忽然消沉之后，成为时代的歌手。杜诗一向被称为"诗史"，是当时社会生活的一面镜子，唐代诗艺的集大成者，它的出现标志着新的美学规范的建立。

杜甫 (712—770) 字子美，原籍襄阳 (今属湖北)，后迁居巩县 (今属河南)。杜审言孙。十三世祖杜预尝家京兆杜陵，甫亦自称"杜陵野老"。开元末举进士不第，曾漫游齐赵等地。其后往长安求仕，困守十年。安史之乱爆发后曾陷贼中，被解至长安，后逃至凤翔，谒见肃宗，授左拾遗。两京收复后回长安，出为华州司功参军，因关中大旱，弃官往秦州、同谷。后举家入蜀，受故人资助，筑草堂于浣花溪。一度入剑南节度使严武幕任参谋，武表为检校工部员外郎，世称"杜工部"。晚年携家出蜀，病死湘江舟中。有《杜工部集》。

杜甫经历了开元之治、天宝之乱和乱后的动荡时期。既有过裘马清狂的少年时代，也有过忍饥挨饿的寒士生活，做过难民，也做过侍臣。长年漂泊，家累很重。其人生经历之丰富，生活积累之深厚，对社会下层了解之真切，为同时代人很难比拟。家学渊源和个人不懈的努力，则使他在诗艺上转益多师，集前代之大成。杜甫是儒家思想的信奉者，其毕生关心在社会、在民众，忧国忧民是贯串杜诗的一条主线。在创作方法上，他开拓并忠实于他的现实主义，忠实地反映社会生活、揭示阶级矛盾，使其诗在思想感情方面超出了原有的阶级同情，站到人民的立场上来。这是杜甫的过人之处，也是现实主义的伟大胜利。

二　赋到沧桑句便工：杜甫与时事诗

杜甫现存诗一千四百多首，全面记载了诗人所处时代的社会、政治、经济、军事、人民生活和文化艺术各方面的状况；具体形象地反映了八世纪中叶半个世纪——尤其是安史之乱前后二十多年间的唐代历史面貌；生动地记载了诗人一生走过的路程；在艺术上达到了唐代诗歌的最高成就。杜甫向有"诗圣"之誉，他关心政治，善陈时事，继承了《诗经》、汉乐府、建安文学的优良传统，而且在诗中给人民生活和民生疾苦以重要地位。

杜诗内容博大精深，题材范围甚广。诗人写过许多歌咏自然景物的诗，还写过大量怀念家属、朋友，歌颂亲情与友谊的诗，还写了一些歌咏绘画、音乐、建筑、舞蹈以及其他的专题诗，可以看作是有声有色的文化史。杜甫是个边走边唱的诗人，诗中常纪年月地理，名胜古迹，曾被人称为"图经"。总之，杜诗的内容，是包罗万象的。

杜甫是唐诗艺术的集大成者，如其自谓："不薄今人爱古人，清词丽句必为邻"、"别裁伪体亲风雅，转益多师是汝师"（《戏为六绝句》）。他对前代及同时代诗人采取了一种兼容并包、博采众家之长的态度，加之家学渊源，学识宏富，故能臻集大成的艺术境界。

以时事入诗，建安作家如曹操、蔡琰已为先导，但如此深入持久地将富有社会意义的重大题材纳入诗歌创作，"上悯国难，下痛民穷，随意立题，尽脱去前人窠臼"（《杜诗镜铨》五）者，杜甫实有过之，因而是文人叙事诗第一个值得推重的巨匠。他善于观察社会生活，能从纷繁复杂的社会现实中，捕捉典型性的事件和人物的外在、心理的活动，通过客观的描写，予以生动地反映和再现。

车辚辚，马萧萧，行人弓箭各在腰。爷娘妻子走相送，尘埃不见咸阳桥。牵衣顿足拦道哭，哭声直上干云霄。道旁过者问行人，行人但云点行频。或从十五北防河，便至四十西营田。去时里正与裹头，归来头白还戍边。边庭流血成海水，武皇开边意未已。君不闻汉家山东二百州，千村万落生荆杞。纵有健妇把锄犁，禾生陇亩无东西。况复秦兵耐苦战，被驱不异犬与鸡。长者虽有问，役夫敢申恨？且如今年冬，未休关西卒。县官急索租，租税从何出？信知生男恶，反是生女好；生女犹得嫁比邻，生男埋没随百草！君不见青海头，古来白骨无人收。新鬼烦冤旧鬼哭，天阴雨湿声啾啾。（《兵车行》）

暮投石壕村，有吏夜捉人。老翁逾墙走，老妇出门看。吏呼一何怒！妇啼一何苦！听妇前致词："三男邺城戍。一男附书

121

至，二男新战死。存者且偷生，死者长已矣！室中更无人，惟有乳下孙。有孙母未去，出入无完裙。老妪力虽衰，请从吏夜归。急应河阳役，犹得备晨炊。"夜久语声绝，如闻泣幽咽。天明登前途，独与老翁别。（《石壕吏》）

作为一位现实主义大师，杜甫有一个非常可贵的习惯，就是实地采访。在《兵车行》、"三吏"、"三别"中，都可以看到诗人与笔下人物的现场对话。这些诗铸句精警，极饶顿挫，提供了时代生活的形象写照，诗中活动着征夫、农夫、贫妇、贵妇、权臣、官吏等形形色色的人物，给读者留下深刻的印象。诗人取法汉乐府的现实主义，并不沿袭旧题，而是因事立题，创作了新题乐府，从而成为新乐府运动的不祧之祖。

杜甫是一个有巨著意识的诗人，"或看翡翠兰苕上，未掣鲸鱼碧海中"（《戏为六绝句》）表明其美学趣味，是爱好雄浑壮阔甚于爱好细致精巧的艺术境界的。杜诗特多鸿篇巨制，"铺陈终始，排比声韵，大或千言，次犹数百，词气豪迈，而风调清深，属对律切，而脱弃凡近"（元稹《唐检校工部员外郎杜君墓系铭》）。杜甫又是第一个大量将叙事、政论引进诗歌创作，并将其与抒情完满地结合，从而使诗歌反映社会现实的手段更丰富、更完善的诗人。

《自京赴奉先县咏怀五百字》是诗人困守长安十年的思想总结。诗分三大段，将抒情、叙事、纪行、说理，熔为一炉。第一段纯属咏怀，诗人以自嘲的口吻，表白了"许身一何愚，窃比稷与契"的理想抱负，以及"穷年忧黎元，叹息肠内热"的政治情怀。第二段写探家途经骊山时的感想，由个人身世感慨转入对国事的忧念。诗中揭露了当时日趋尖锐的阶级矛盾，并为此深感忧虑：

瑶池气郁律，羽林相摩戛。君臣留欢娱，乐动殷胶葛。赐浴皆长缨，与宴非短褐。彤庭所分帛，本自寒女出。鞭挞其夫家，聚敛供城阙。圣人筐篚恩，实欲邦国活。臣如忽至理，君岂弃此物？多士盈朝廷，仁者宜战栗。况闻内金盘，尽在卫霍室。中堂有神仙，烟雾蒙玉质。暖客貂鼠裘，悲管逐清瑟。劝客驼蹄羹，霜橙压香橘。朱门酒肉臭，路有冻死骨。荣枯咫尺异，惆怅难再述。

第三段从自家遭遇幼子饿毙的不幸，忧及天下平民，可谓"家事、国事、天下事，事事关心"。这种民胞物与的情怀，在其他诗篇如《茅屋为秋风所破歌》中也表现得非常突出："自经丧乱少睡眠，长夜沾湿何由彻！安得广厦千万间，大庇天下寒士俱欢颜，风雨不动安如山！呜呼！何时眼前突兀见此屋，吾庐独破受冻死亦足！"

总之，杜甫的时事诗构思缜密，语言古朴，如话家常，是研究诗人生平和思想的力作，也是研究当时社会的重要文献。

三　晚节渐于诗律细：杜甫与律体

杜甫是一个有精品意识的诗人，善于将内容极其丰富的社会生活和思想感情，予以高度提炼，浓缩在短短的诗句中。如以"朱门酒肉臭，路有冻死骨"（《自京赴奉先县咏怀五百字》）概括尖锐的阶级对立，令人触目惊心；"戎马不如归马逸，千家今有百家存"（《白帝》）概括战争的创伤和民众的厌战心理；"三年笛里关山月，万国军前草木风"（《洗兵马》）概括安史之乱前三年的动荡，等等。杜诗的风格特色是凝练厚重，波澜老成，或他自称的"沉郁顿挫"。杜诗在语言艺术上的追求是"语不惊人死不休"，"毫发无遗憾"。

杜甫是唐代最善于驾驭各类诗体的诗人，几乎每一种诗体在他的手里都得到新的发展。而对于律诗的创作，更是取得空前绝后的成就，为唐诗立下不朽功勋。本来，五律在初唐已取得可喜成就，七律到盛唐还未引起诗人足够的重视，像《河岳英灵集》这样一部重要的盛唐人选盛唐诗，其中只有一首崔颢的《黄鹤楼》。而纵观盛唐诸家诗，七律一体，虽有崔颢、王维、李颀等作者，然制作不多，未尽其变，成就与其他诗体不能相侔。

杜甫漂泊西南期间专力作诗，并在诗律上认真推求，所谓"晚节渐于诗律细"。此期创作诗篇一千有余，律诗就有七百多首，在艺术上达到了唐代近体诗的峰顶。杜甫的五律数量甚多，别开生面，寓纵横变化于缜密中，达到了炉火纯青的境地。胡应麟说："五言律体，极盛于唐。要其大端，亦有二格：陈、杜、沈、宋，典丽精工；王、孟、储、韦，清空闲远，此其概也。……太白风华逸宕，特过诸人。而后之学者，才非天仙，多流率易。唯工部诸作，气象巍峨，规模宏远，当其神来境诣，错综幻化，不可端倪，千古以还，一人而已。"（《诗薮》内编四）

国破山河在，城春草木深。感时花溅泪，恨别鸟惊心。烽火连三月，家书抵万金。白头搔更短，浑欲不胜簪。（《春望》）

细草微风岸，危樯独夜舟。星垂平野阔，月涌大江流。名岂文章著，官应老病休。飘飘何所似？天地一沙鸥。（《旅夜书怀》）

杜甫创作的七律有一百多首，数倍于前人七律总和。成都所作风调清深，夔府所作益见老成。胡震亨说："近体之难，莫难于七言律。五十六字之中，意若贯珠，言如合璧。……庄严则清庙明堂，沉着则万钧九鼎，高华则朗月繁星，雄大则泰山乔岳，圆畅则流水行云，变幻则凄风急雨。"（《唐音癸签》）以往七律多属歌功颂德或应酬之作，杜甫却运用这种精严的形式来批评政治、感怀时事、描绘自然、抒写忧国忧民的思想感情；以往七律一味秀丽典雅，不免纤弱，杜甫则创造出沉雄悲壮、慷慨激昂的风格，并将这种形式运用得熟练自如、尽善尽美。

　　剑外忽传收蓟北，初闻涕泪满衣裳。却看妻子愁何在，漫卷诗书喜欲狂。白首放歌须纵酒，青春作伴好还乡。即从巴峡穿巫峡，便下襄阳向洛阳。（《闻官军收河南河北》）

　　花近高楼伤客心，万方多难此登临。锦江春色来天地，玉垒浮云变古今。北极朝廷终不改，西山盗寇莫相侵。可怜后主还祠庙，日暮聊为梁甫吟。（《登楼》）

　　玉露凋伤枫树林，巫山巫峡气萧森。江间波涛兼天涌，塞上风云接地阴。丛菊两开他日泪，孤舟一系故园心。寒衣处处催刀尺，白帝城高急暮砧。（《秋兴八首》录一）

　　风急天高猿啸哀，渚清沙白鸟飞回。无边落木萧萧下，不尽长江滚滚来。万里悲秋常作客，百年多病独登台。艰难苦恨繁霜鬓，潦倒新亭浊酒杯。（《登高》）

杜甫七律既精心雕琢，又挥洒自如。他既遵循格律，为了协律，有意突破散文语序，多做名词提前、动词提前、形容词提前等倒腾，语峻体健，句亦深稳。如《秋兴》"香稻啄馀鹦鹉粒，碧梧栖老凤凰枝"句中凝结着鲜明的色彩，浓郁的香气，这里剔除了一切虚词，达到最高的浓缩，而为了强调"香稻"、"碧梧"甚至颠倒了正常词序，这乃是将六朝以来诗歌语言不断诗化的过程推向极致，而这也正是对盛唐诗歌集大成的结果。为了超越必然而达到自由，杜甫也根据律化的精神，对既成格律做相对变通的处理，即对违反格律要求的诗句，做拗救处理。在夔州所作成组的七律中，诗人集中了秋天、大江与高峡的形象，雄浑而又深沉、凝练，几乎每个字都起着形象暗示的作用。

　　杜甫七律所创造的沉郁顿挫，波澜壮阔却严格规范在音律对仗之中，与李白所代表的盛唐已是两种审美追求。七律形式的规范，乃盛唐诗歌在充分展开之后的收敛和结晶。尔后刘禹锡、李商隐、许浑、杜牧、苏轼、陆游、元好问、龚自珍等，皆长此体。近人作旧体，仍以七律为主，都雄辩地说明这一诗体的生命力，都显示着杜诗的深远影响。

四 撼民间疾苦，集诗艺大成：杜甫的影响

在中国诗史上，杜甫是承先启后的、伟大的现实主义诗人。中唐白居易一派发起新乐府运动，在创作中拓宽现实主义道路，在文艺思想方面显然受到杜诗的影响。

杜甫又是唐代诗艺的集大成者。元稹说："至于子美，盖所谓上薄风骚，下该沈宋，言夺苏李，气吞曹刘，掩颜谢之孤高，杂徐庾之流丽，尽得古今体势，而兼人人之所独专矣。"（《唐检校工部员外郎杜君墓系铭》）

中唐韩孟一派在艺术上走奇险一路，元白一派倡导的新乐府运动，晚唐李商隐的七言律诗，都处在杜甫的延长线上。宋及宋后诗人如王禹偁、王安石、苏轼、黄庭坚、陈与义、陆游、元好问、李梦阳、屈大均等，对杜甫无不推崇备至，并在创作中从不同的方面继承了杜甫的传统。

| 第二节 |

诗到元和体变新——白居易等中唐诗人

一 稍厌精华，渐趋淡净：大历诗人

杜甫为盛唐诗歌画上了句号，尔后进入史家所谓的中唐。中唐大致可分两段，一是大历（766－779）前后，创获平平，是一个过渡时期；二是元和、长庆（821－824）前后，诗坛又出现大活跃的景象，出现了声势浩大的新乐府运动，产生了白居易等一批诗风平易，又独具风格的杰出诗人。

盛唐诗人生当盛世，心理倾向是外向、发散的，心灵是宏大的，作品也是宏大的。而到国步维艰的大历时代，由于对外部世界的失望，缺乏积极参与的信心和精神，诗人的心灵渐由征服转向逃避，由外向转为内省。胡应麟谓之"稍厌精华，渐趋淡净"（《诗薮》内编四）。大历诗人吟唱的是现实人生之歌，其实亦不乏才子，然缺少独树一帜、别开生面的诗人。

大历诗人有"十才子"之称，其中比较著名的有李端、卢纶、韩翃、钱起、司空曙等，此外的著名诗人还有刘长卿、韦应物、李益、郎士元、戴叔伦、张继、戎昱等。大历诗人无力追踪李杜，从而远宗南齐谢朓、近继王维，钟情寻常泉石林潭，审美趣味偏于清空幽隽，创作了大量翡翠兰苕式佳作，其古体的成就不如近体，七言的成就不如五言，长篇的成就不如短篇，写得最好的是五律，其次是绝句。其五律遣词造句安稳妥帖，风格清空流畅，在盛唐外别辟一境，开了中晚唐诗的先声。

故人江海别，几度隔山川。乍见翻疑梦，相悲各问年。孤灯寒照雨，湿竹暗浮烟。更有明朝恨，离杯惜共传。（司空曙《云阳馆与韩绅宿别》）

乡心新岁切，天畔独潸然。老至居人下，春归在客先。岭猿同旦暮，江柳共风烟。已似长沙傅，从今又几年。（刘长卿《新年作》）

今朝郡斋冷，忽念山中客。涧底束荆薪，归来煮白石。欲持一瓢酒，远慰风雨夕。落叶满空山，何处寻行迹？（韦应物《寄全椒山中道士》）

十年离乱后，长大一相逢。问姓惊初见，称名忆旧容。别来沧海事，语罢暮天钟。明日巴陵道，秋山又几重。（李益《喜见外弟又言别》）

这些五律既可圈可点，复能浑成，为盛唐五律锦上添花。大历绝句创作颇有可观，"七言绝，开元之下便当以李益为第一，如《夜上西城》《从军北征》《受降城闻笛》诸篇皆可与太白、龙标竞爽，非中唐所得有也"（《诗薮》内编卷六）。此外，韩翃、张继等亦有佳作传世。五言绝，韦应物、刘长卿以古雅闲淡的风格，于盛唐李白、王维外别辟一境。

日暮苍山远，天寒白屋贫。柴门闻犬吠，风雪夜归人。（刘长卿《逢雪宿芙蓉山主人》）

月黑雁飞高，单于夜遁逃。欲将轻骑逐，大雪满弓刀。（卢纶《塞下曲六首》录一）

独怜幽草涧边生，上有黄鹂深树鸣。春潮带雨晚来急，野

渡无人舟自横。（韦应物《滁州西涧》）

天山雪后海风寒，横笛偏吹《行路难》。碛里征人三十万，一时回首月中看。（李益《从军北征》）

春城无处不飞花，寒食东风御柳斜。日暮汉宫传蜡烛，轻烟散入五侯家。（韩翃《寒食》）

月落乌啼霜满天，江枫渔火对愁眠。姑苏城外寒山寺，夜半钟声到客船。（张继《枫桥夜泊》）

二　歌诗合为事而作：白居易与新乐府

安史之乱造成的后果之一，是经济文化中心继晋永嘉后进一步南移。到贞元、元和之际，社会经济主在南方得到恢复，城市经济繁荣，上层风尚日趋奢侈、安闲和享乐，人数日多的书生进士带着他们所擅长的华美文词，聪敏机对，已日益沉浸在繁华都市的声色歌乐、舞文弄墨之中。与盛唐文士那种反传统、敢开拓的时代氛围大不一样，这里已经没有对边塞军功的向往，也没有盛唐之音的雄豪刚健、光芒耀眼，却更加五颜六色、多彩多姿。政治上"元和中兴"的出现，对中唐文艺的繁荣有很大的刺激作用。

元和时期唐诗出现了现实主义诗歌大潮，即新乐府运动，代表人物是与李杜鼎立的大诗人白居易。此时诗歌风格流派比盛唐更多，出现了大批独具风格的杰出诗人，并称于后世者如元白、刘白、韩孟、韦柳、张王，同中有异，各具情态。

白居易（772—846）字乐天，晚号香山居士。祖籍太原（今山西太原），后迁下邽（今陕西渭南）。少年时代因兵乱，一度被迫漂泊越中。贞元进士，授秘书省校书郎。元和年间任左拾遗及左赞善大夫。诗

129

歌与元稹齐名，称"元白"。后因宰相武元衡遇刺越职言事，为权贵中伤，贬江州司马。长庆间先后任杭州、苏州刺史，以太子宾客分司东都期间，与刘禹锡唱和齐名，称"刘白"。后以刑部侍郎致仕。有《白居易集》。

白居易诗歌主张，见于《与元九书》《新乐府序》《策林》等文献。他强调为政治服务，说"文章合为时而著，歌诗合为事而作"（《与元九书》）、"为君、为臣、为民、为物、为事而作，不为文而作"（《新乐府序》），对《诗经》风雅比兴（美刺比兴）的优良传统予以充分肯定。白居易讽喻诗尤其是《新乐府》五十首、《秦中吟》十首，就是其诗歌理论的光辉实践。在艺术上他非常强调形式和内容的统一，形式服务于内容。说"诗者，根情、苗言、华声、实义"（《与元九书》）。主张"其辞质而径，欲见之者易谕也；其言直而切，欲闻之者深戒也；（略）其体顺而肆，可以播于乐章歌曲也"（《与元九书》）；"非求宫律高，不务文字奇"（《寄唐生》）。当时白居易等一批著名诗人，继承乐府诗和杜诗的传统，形成了一个被称为"新乐府运动"的文学运动。元稹是白居易的亲密战友，王建、张籍是新乐府的重要作家。

卖炭翁，伐薪烧炭南山中。满面尘灰烟火色，两鬓苍苍十指黑。卖炭得钱何所营？身上衣裳口中食。可怜身上衣正单，心忧炭贱愿天寒。夜来城外一尺雪，晓驾炭车辗冰辙。牛困人饥日已高，市南门外泥中歇。翩翩两骑来是谁？黄衣使者白衫儿。手把文书口称敕，回车叱牛牵向北。一车炭，千馀斤，宫使驱将惜不得。半匹红纱一丈绫，系向牛头充炭直。（白居易《新乐府·卖炭翁》）

长安恶少出名字，楼下劫商楼上醉。天明下直明光宫，散入五陵松柏中。百回杀人身合死，赦书尚有收城功。九衢一日

130

消息定，乡吏籍中重改姓。出来依旧属羽林，立在殿前射飞禽。

（王建《羽林行》）

君知妾有夫，赠妾双明珠。感君缠绵意，系在红罗襦。妾家高楼连苑起，良人执戟明光里。知君用心如日月，事夫誓拟同生死。还君明珠双泪垂，恨不相逢未嫁时。（张籍《节妇吟》）

锄禾日当午，汗滴禾下土。谁知盘中餐，粒粒皆辛苦。（李绅《悯农》）

三　诗到元和体变新：　白居易与叙事诗

"诗到元和体变新"（白居易）——中唐的一个重要文学现象是叙事因素急剧增长，以杜甫为鼻祖，元白叙事诗和新乐府运动为大潮，直到韦庄等晚唐诗人的叙事之作，便是这一特点的最主要的体现者。

新乐府诗人在"诗言志"外，提出一个"为事而作"的口号。这就决定了他们在处理题材时，总是紧紧抓住"事"，将历史或现实生活中许多真实事件经过提炼加工，变成其诗中之"事"，然后采用铺叙或演述的手法对之做具体细致的描绘。

不少新乐府及其他叙事诗，已具有完整的故事情节。诗中所写的事情宛如生活中的真实事件一样，有它的前因后果，有它的演变过程，一定的人物之间发生着一定的矛盾冲突。某些篇章中的人物已经突破类型化的框框，而向典型形象的高度迈出了可喜的一步。

元白努力使诗歌平易化，采用人民的语言，更多地包含叙事的成分，而又注重音韵的优美，使人民大众容易了解。白居易《长恨歌》《琵琶行》和元稹《连昌宫词》便是这一改革的典型代表。当代追随他们的人称之"元和体"。

汉皇重色思倾国，御宇多年求不得。杨家有女初长成，养在深闺人未识。天生丽质难自弃，一朝选在君王侧。回眸一笑百媚生，六宫粉黛无颜色。春寒赐浴华清池，温泉水滑洗凝脂。侍儿扶起娇无力，始是新承恩泽时。云鬓花颜金步摇，芙蓉帐暖度春宵。春宵苦短日高起，从此君王不早朝。承欢侍宴无闲暇，春从春游夜专夜。后宫佳丽三千人，三千宠爱在一身。金屋妆成娇侍夜，玉楼宴罢醉和春。姊妹弟兄皆列土，可怜光彩生门户。遂令天下父母心，不重生男重生女。骊宫高处入青云，仙乐风飘处处闻。缓歌曼舞凝丝竹，尽日君王看不足。渔阳鼙鼓动地来，惊破霓裳羽衣曲。九重城阙烟尘生，千乘万骑西南行。翠华摇摇行复止，西出都门百馀里。六军不发无奈何，宛转蛾眉马前死。花钿委地无人收，翠翘金雀玉搔头。君王掩面救不得，回看血泪相和流。黄埃散漫风萧索，云栈萦纡登剑阁。峨眉山下少人行，旌旗无光日色薄。蜀江水碧蜀山青，圣主朝朝暮暮情。行宫见月伤心色，夜雨闻铃肠断声。天旋地转回龙驭，到此踌躇不能去。马嵬坡下泥土中，不见玉颜空死处。君臣相顾尽沾衣，东望都门信马归。归来池苑皆依旧，太液芙蓉未央柳。芙蓉如面柳如眉，对此如何不泪垂。春风桃李花开日，秋雨梧桐叶落时。西宫南内多秋草，落叶满阶红不扫。梨园弟子白发新，椒房阿监青娥老。夕殿萤飞思悄然，孤灯挑尽未成眠。迟迟钟鼓初长夜，耿耿星河欲曙天。鸳鸯瓦冷霜华重，翡翠衾寒谁与共？悠悠生死别经年，魂魄不曾来入梦。临邛道士鸿都客，能以精诚致魂魄。为报君王辗转思，遂教方士殷勤觅。排空驭气奔如电，升天入地求之遍。上穷碧落下黄泉，两处茫茫皆不见。忽闻海上有仙山，山在虚无缥缈间。楼阁玲珑五云起，其中绰约多仙子。中有一人字太真，雪肤花貌参差是。金阙西厢叩玉扃，转教小玉报双成。闻道汉家天子使，九华帐里梦魂惊。揽衣推枕起徘徊，珠箔银屏迤逦开。云鬓半偏新睡觉，花冠不整下堂来。风吹仙袂飘飘举，犹似霓裳羽衣舞。玉容寂寞泪阑干，梨花一枝春带雨。含情凝睇谢君王，一别音容两渺茫。昭阳殿里恩爱绝，蓬莱宫中日月长。回头下望人寰处，不见长安见尘雾。唯将旧物表深情，钿合金钗寄将去。钗留一股合一扇，钗擘黄金合分钿。但教心似金钿坚，天上人间会相见。临别殷勤重寄词，词中有誓两心知。七月七日长生殿，夜半无人私语时。在天愿作比翼鸟，在地愿为连理枝。天长地久有时尽，此恨绵绵无绝期。(白居易《长恨歌》)

《长恨歌》写唐明皇、杨贵妃的生死之恋，其崇情倾向，与唐代中叶爱情传奇的繁荣有着千丝万缕的联系。它具有曲折完整的故事情节，人物外貌和心理的刻画细致入微，在其韵文形式内流动着一股反复歌咏的情绪，"以易传之事，为绝妙之词，有声有色，可歌可泣，……自是千古绝作"(赵翼《瓯北诗话》)。《琵琶行》则深刻写出了旧时代人才被摧残压抑的悲剧，不但为琵琶女感今伤昔而作，还连绾己身迁谪失路之怀，混合作者与被咏者二者为一体，人我双亡，宾主俱化，专一而更专一，感慨复加感慨。诗中有关琵琶声乐的描摹，历来为人称道：

……转轴拨弦三两声，未成曲调先有情。弦弦掩抑声声思，似诉平生不得意。低眉信手续续弹，说尽心中无限事。轻拢慢捻抹复挑，初为《霓裳》后《六幺》。大弦嘈嘈如急雨，小弦切切如私语。嘈嘈切切错杂弹，大珠小珠落玉盘。间关莺语花底滑，幽咽泉流冰下难。冰泉冷涩弦凝绝，凝绝不通声暂歇。别有幽愁暗恨生，此时无声胜有声。银瓶乍破水浆迸，铁骑突出刀枪鸣。曲终收拨当心画，四弦一声如裂帛。东舟西舫悄无言，唯见江心秋月白。……

诗人通过人们熟悉的自然音响来描摹琵琶演奏之声，描摹中特别注意音乐对比因素的刻画，如高低、粗细、重轻、缓急、滑涩、断续等，极富层次感。注意以音乐化语言来描绘音乐，其间大量运用叠字、重复、双声叠韵、顶真等修辞，并让乐声在高潮中结束而余韵不绝，所以被推为唐诗描写音乐的典范之作。

四　缠绵的元稹诗及言浅讽深的张王乐府

元稹（779—831），字微之，洛阳人，北魏鲜卑族拓跋部后裔。二十五岁时与白居易同登书判拔萃科，俱受秘书省校书郎，元、白即于此时订交。元和元年（806），与白居易同登才识兼茂明于体用科，列名第一，授左拾遗。长庆年间曾居相位。有《元氏长庆集》。

元稹在诗论上与白居易比肩，撰有《唐故工部员外郎杜君墓系铭》，对杜甫做出极高评价。他是中唐较早写作新乐府的诗人，与白居易可称一时瑜亮。元稹诗最具特色，而不为白氏所掩的，是他写作的艳诗和悼亡诗。他的爱情诗多日常生活细节的描述，写得缠绵哀感，娓娓动人。《遗悲怀三首》，属对工整，如话家常，在七律中创通俗平易一格。

昔日戏言身后意，今朝都到眼前来。衣裳已施行看尽，针线犹存未忍开。尚想旧情怜婢仆，也曾因梦送钱财。诚知此恨人人有，贫贱夫妻百事哀。（《遗悲怀三首》录一）

曾经沧海难为水，除却巫山不是云。取次花丛懒回顾，半缘修道半缘君。（《离思五首》录一）

王建（767？—830？）字仲初，关辅（今属陕西）人。出身寒微，大历进士。晚年为陕州司马，又从军塞上。擅长乐府诗，与张籍齐名，世称"张王"。有《王司马集》。张籍（767?—830?）字文昌，生于和州乌江（今安徽和县乌江镇），贞元十五年（799）登进士第，曾任国子助教、国子博士、水部员外郎、国子司业等职，世称"张水部"。有《张司业集》。王建、张籍均长乐府诗，时称"张王乐府"。与元白相比，张王乐府的特点是篇幅短小，语言精警凝练而又平易自然，管世铭谓之"文今意古，言浅讽深"（《读雪山房唐诗钞序例》）。王建《宫词》百首，是中唐绝句的一大创获，从体制上说，它发展了杜甫首创的连章体形式，较之王昌龄宫怨之作，更重纪实，故能别开生面。

> 射生宫女宿红妆，把得新弓各自张。临上马时齐赐酒，男儿跪拜谢君王。（《宫词》）

"男儿跪拜"这一细节，将宫女出猎时的新鲜感和飒爽英姿表现得神气活现。

五　诗豪刘禹锡与骚人柳宗元

刘禹锡（772—842）字梦得，本匈奴族后裔，北魏孝文帝时改汉姓，入洛阳籍。贞元九年（793）与柳宗元同登进士第，为文章知己，号"刘柳"；参与永贞革新，革新失败，贬为朗州司马。晚年居洛阳，与白居易为诗友，称"刘白"，白居易赞其为"诗豪"。有《刘梦得文集》。刘禹锡与白居易的相同之处，是重视向民歌学习，写作了如《竹枝词》等大量的拟民歌：

> 杨柳青青江水平，闻郎江上唱歌声。东边日出西边雨，道是无晴却有晴。（《竹枝词》）

九曲黄河万里沙，浪淘风簸自天涯。如今直上银河去，同到牵牛织女家。(《浪淘沙》)

浪漫与现实，神话与生活，在这首诗中得到高度统一。

刘禹锡尤工七言绝句，其诗取境优美，语语可歌，既得力于瑰丽的藻思，又得力于学习民歌的比兴手法。《竹枝词》开辟了一个绝句的专题，风行后世，蔚为大观。

刘禹锡独到的成就还表现在政治讽刺之作，如《昏镜词》《聚蚊谣》《元和十年自朗州至京戏赠看花诸君子》等，以怀古的形式出之，寓借古讽今、借古鉴今之意：

百亩庭中半是苔，桃花净尽菜花开。种桃道士归何处？前度刘郎今又来。(《再游玄都观》)

山围故国周遭在，潮打空城寂寞回。淮水东边旧时月，夜深还过女墙来。(《石头城》)

王濬楼船下益州，金陵王气黯然收。千寻铁锁沉江底，一片降幡出石头。人世几回伤往事，山形依旧枕寒流。今逢四海为家日，故垒萧萧芦荻秋。(《西塞山怀古》)

其诗多即景抒情，紧扣现实，绵里藏针，婉而多讽。在他的影响下，怀古与咏史在中晚唐绝句中也成为一个专题。

柳宗元 (773—819) 字子厚，唐代思想家，其文学成就主要在散文方面，诗歌成就虽略逊于刘禹锡，然造诣颇深。有《河东先生集》。柳诗多作于永贞革新失败后，多抒去国怀乡的迁客骚人之思，故其山水诗风格清俊、幽怨，出入陶、谢，而间得楚骚之旨。苏轼说他"诗在陶渊明下，韦苏州上，退之诗豪放奇险则过之，而温丽精深不及也"(《古今诗话》)。

千山鸟飞绝，万径人踪灭。孤舟蓑笠翁，独钓寒江雪。(《江雪》)
城上高楼接大荒，海天愁思正茫茫。惊风乱飐芙蓉水，密

雨斜侵薜荔墙。岭树重遮千里目，江流曲似九回肠。共来百粤文身地，犹自音书滞一乡！（《登柳州城楼寄漳汀封连四州刺史》）

追求不美之美——中唐另类诗人

一　险怪生僻，好为奇崛：韩孟诗派

中唐韩愈、孟郊一派诗人，与元白一派诗人都不满意大历以来精致而圆熟的诗风，也不屑重复盛唐雄浑高华的老调，他们都宗杜甫，从不同方向开拓。元白诗风平易，刘柳诗风或雄健，或清深，但绝不险怪。韩孟一派诗风则险怪生僻，好为奇崛，在艺术上大胆创新，成为另类。

韩愈（768—824）字退之，唐代散文家，郡望昌黎，后迁河阳（今河南孟县），世称韩昌黎。有《昌黎先生集》。

韩诗格局大，气势雄浑，首开以文为诗先河，即在诗中大量运用散文化句法，排斥骈偶，行笔合于散文语序，扩大了诗的表现手法。如《山石》：

山石荦确行径微，黄昏到寺蝙蝠飞。升堂坐阶新雨足，芭蕉叶大栀子肥。僧言古壁佛画好，以火来照所见稀。铺床拂席置羹饭，粗粝亦足饱我饥。夜深静卧百虫绝，清月出岭光入

137

扉。……

此诗以诗作游记，既详记游踪，复能诗意盎然。单句散行，无一律句，既有诗之优美，复具文之流畅，韵散同体，诗文合一。七律如《左迁至蓝关示侄孙湘》也有同样的特色：

> 一封朝奏九重天，夕贬潮州路八千。欲为圣明除弊事，肯将衰朽惜残年！云横秦岭家何在？雪拥蓝关马不前。知汝远来应有意，好收吾骨瘴江边。

这种以文为诗的艺术取向，对宋诗影响甚大。

韩愈善于捕捉和表现变态百出的形象，诗境多狠重奇险，喜欢用奇字，造拗句，用仄韵、险韵，甚至有意采用了汉赋的笨重堆砌的手法，如《陆浑山火和皇甫湜用其韵》等。所谓追求不美之美，就是突破审美的习惯内容，敢用前人不敢用的材料，敢用前人不敢用的手法，风格或阳刚，或阴冷。从积极方面说，就是扩大的诗的表现领域。纵有生硬之弊，创获却不容抹杀。

韩孟诗派造就了一批苦吟诗人。其共同特点是苦心孤诣为诗，诗风奇特，韩愈而外，如"东野之古，浪仙之律，长吉乐府，玉川歌行，其才具工力，故皆过人。如危峰绝壁，深涧流泉，并自成趣，不相沿袭"（《诗薮·外编》四）。

孟郊（751—814），郊字东野，湖州武康（今浙江德清）人。贞元十二年（796）登进士第，十六年任溧水尉，后辞官，终身贫困潦倒。有《孟东野诗集》。孟郊诗抒写穷愁，用字造句力避平庸浅率，而就生新瘦硬，和他并称的还有贾岛（779—843），字浪仙。初为僧，法名无本，后还俗。有《长江集》，苏轼谓之"郊寒岛瘦"。

> 梧桐相待老，鸳鸯会双死。贞妇贵殉夫，舍生亦如此。波澜誓不起，妾心古井水。（孟郊《列女操》）

> 数里闻寒水，山家少四邻。怪禽啼旷野，落日恐行人。初

月未终夕，边烽不过秦。萧条桑柘外，烟火渐相亲。（贾岛《暮过山村》）

韩孟派诗人的缺点，在卢仝、马异等人的作品中表现得比较明显，险怪百出，时流于生涩。如卢仝《月蚀诗》纵横捭阖，甚至有"七碗吃不得也"之句，被讥为"乞儿唱长短急口歌博酒食者"（王世贞《艺苑卮言》）。

二 瑰奇谲怪，惨淡经营：诗鬼李贺

中唐最富有创意的诗人、被称为"诗鬼"的李贺，可以说是另类中的另类。从韩愈到李贺的一个转变，是从不美走向唯美。李贺(790—816)字长吉，唐宗室之后，是中唐奇特而短命的诗人。一生中仕途极不得意，耽爱唯在歌诗，作诗呕心沥血，也属苦吟一派。有《李贺歌诗》。

李贺诗以乐府歌行为多，无七律，虽苗裔楚骚，滥觞李白，却瑰奇谲怪，惨淡经营，独具一种荒诞面目，杜牧形容他的诗品既"时花美女"、又"牛鬼蛇神"（见《李贺歌诗集序》）。其诗主要抒发怀才不遇的悲愤，这类诗带着诗人独有的幽冷凄婉、哀愤激楚色彩，通过游仙的方式寻求寄托，是苦闷的象征，有别于传统的感遇诗。代表作如：

黑云压城城欲摧，甲光向日金鳞开。角声满天秋色里，塞上胭脂凝夜紫。半卷红旗临易水，霜重鼓寒声不起。报君黄金台上意，提携玉龙为君死。（《雁门太守行》）

茂陵刘郎秋风客，夜闻马嘶晓无迹。画栏桂树悬秋香，三十六宫土花碧。魏官牵车指千里，东关酸风射眸子。空将汉月出宫门，忆君清泪如铅水。衰兰送客咸阳道，天若有情天亦老。

139

携盘独出月荒凉，渭城巳远波声小。（《金铜仙人辞汉歌》）

　　花枝草蔓眼中开，小白长红越女腮。可怜日暮嫣香落，嫁与东风不用媒。（《南园十三首》录一）

　　这些诗大都想象奇特，词采浓重，措语独到，具有很强的艺术魅力。李贺诗重视象征、印象和感性显现，启迪了晚唐唯美主义的诗风。李商隐诗、温庭筠词都十分明显地受到李贺歌诗的影响。

　　李贺是中唐到晚唐诗风转变的关键人物，他所偏重的怀才不遇和恋情题材，在晚唐诗、词中成为普遍的主题。他是晚唐诗歌中迟暮黄昏的梦幻情调的始作俑者。

| 第四节 |

唯美诗风与迟暮情怀——李商隐等晚唐诗人

一　清新俊爽，雄姿英发：杜牧七绝

　　晚唐诗流派与名家不如元和时代那样众多，但唐诗艺术还在发展。杜牧、李商隐等主流诗人，在艺术风格方面远绍杜甫，近承韩愈或李贺，与倡导平易诗风的元和体相对立，在各体诗歌都有突出成就，如五古之题材重大、叙事明晰、气势宏伟，不过，在艺术上最具特色的是七言律绝。唐末虽然也出现了如聂夷中、杜荀鹤、罗隐等现实主义的浅派诗人，对新乐府运动做出回应，但总的说来成就不高，并非一代诗歌的主流，可以存而不论。

杜牧（803—853）字牧之，京兆府万年（今陕西西安）人，晚年居长安南樊川别墅，因称"杜樊川"。官至中书舍人，故又称"杜紫微"（开元曾称中书省为紫微省）。少年时曾深入研究兵法，注有《孙子》十三篇。与李商隐并称"小李杜"。有《杜樊川集》。

杜牧推崇李杜、韩柳，对元白攻之甚烈，亦不同于李贺，自称："苦心为诗，本求高绝，不务奇丽（如李贺），不涉习俗（如元白），不今不古，处于中间。"（《献诗启》）前人谓其七律独持拗峭以矫时弊，而其七绝则颇具风调，可接武于刘禹锡。

> 千里莺啼绿映红，水村山郭酒旗风。南朝四百八十寺，多少楼台烟雨中。（《江南春》）

> 烟笼寒水月笼沙，夜泊秦淮近酒家。商女不知亡国恨，隔江犹唱后庭花。（《泊秦淮》）

> 青山隐隐水迢迢，秋尽江南草未凋。二十四桥明月夜，玉人何处教吹箫？（《寄扬州韩绰判官》）

杜牧绝句题材广泛，多历史现实的感怀和感伤，风格或清新俊爽，或雄姿英发，语言轻灵典雅，极富情韵。诗人虽与李商隐齐名，却更多地表现了对盛唐传统的继承发展。

二　典丽精工，余味曲包：李商隐及无题诗

李商隐（813—858）字义山，号玉谿生。祖籍怀州河内（今河南沁阳），后迁居郑州（今属河南）。青少年时代曾受知于天平军节度使令狐楚，开成年间为泾原节度使王茂元辟为幕僚，并入赘王家，遂为牛李党争连累，一生蹭蹬，以游幕生涯为主。有《李义山集》。李

商隐诗有浓厚的感伤情绪，习惯于向以自己为中心的内心世界取材。

在七律的写作上，李商隐可谓异军突起，在老杜七律的凝练典重上，酌采李贺歌诗的瑰奇精丽，从语言、对仗、声律和典故等各个方面进行精心选择和组织，形成一种精丽而富于暗示的诗风，从而创造出以其《无题》诗为代表的新型七律。

> 锦瑟无端五十弦，一弦一柱思华年。庄生晓梦迷蝴蝶，望帝春心托杜鹃。沧海月明珠有泪，蓝田日暖玉生烟。此情可待成追忆，只是当时已惘然。（《锦瑟》）

> 相见时难别亦难，东风无力百花残。春蚕到死丝方尽，蜡炬成灰泪始干。晓镜但愁云鬓改，夜吟应觉月光寒。蓬山此去无多路，青鸟殷勤为探看。（《无题四首》录一）

> 昨夜星辰昨夜风，画楼西畔桂堂东。身无彩凤双飞翼，心有灵犀一点通。隔座送钩春酒暖，分曹射覆蜡灯红。嗟余听鼓应官去，走马兰台类转蓬。（同前）

以《无题》为代表的李商隐七律，扬弃了元白那种对事件本身的兴趣而转入心灵的象征，即将一己之悲剧性身世及心理，幻化为象征性图景。既有形象的鲜明性、丰富性，又具有内涵的朦胧性、抽象性，从而获得丰富的暗示性，能引起读者多方面的联想。而内容的深微，意境的朦胧，手法的象征，语言的典丽精工，余味曲包，开启了从晚唐到五代的词境。

李商隐七绝，管世铭谓其"用意深微，使事稳惬，直欲于前贤之外另辟一奇"（《读雪山房唐诗钞》凡例），如《乐游原》一诗表现诗人的迟暮情怀，对时代也是一种象征，前人认为消息甚大：

> 向晚意不适，驱车登古原。夕阳无限好，只是近黄昏。

李商隐长于咏史，其咏史绝句大都运用见微知著，或即事微挑的手法，具有很高的讽刺艺术。

> 永寿兵来夜不扃，金莲无复映中庭。梁台歌管三更罢，犹自风摇九子铃。（《齐宫词》）

其寄赠、述怀之作，多着想独到，措语清丽，极富情韵。

> 竹坞无尘水槛清，相思迢递隔重城。秋阴不散霜飞晚，留得枯荷听雨声。（《宿骆氏亭寄怀崔雍崔衮》）

> 君问归期未有期，巴山夜雨涨秋池。何当共剪西窗烛，却话巴山夜雨时。（《夜雨寄北》）

这些诗或写同一时间不同空间，或写不同时间不同空间，耐人寻味。综上所述，李商隐的确是杜甫、韩愈和李贺之后，最富于创意的诗人。

三　亡国之音哀以思：韦庄等唐末诗人

唐末最重要的诗人是韦庄（836—910），字端己，唐京兆杜陵（今陕西西安）人。著有《浣花集》。所作长诗《秦妇吟》是白居易《长恨歌》以来唐代叙事诗的最大收获。

《秦妇吟》以黄巢起义为背景，展现了动乱时世之面面观。诗中写农民起义使长安翻了个个儿："内库烧为锦绣灰，天街踏尽公卿骨。"作者的立场虽然是站在唐王朝一边，但可贵的是，他在描写自己亲身体验、思考和感受过的社会生活时，违背了个人的政治同情和阶级偏见，将批判的锋芒指向了李唐王朝的官军和割据的军阀：

> ……明朝又过新安东，路上乞浆逢一翁。苍苍面带苔藓色，隐隐身藏蓬荻中。问翁本是何乡曲？底事寒天霜露宿？老翁暂

起欲陈词，却坐支颐仰天哭。乡园本贯东畿县，岁岁耕桑临近甸。岁种良田二百廛，年输户税三十万。小姑惯织褐绝袍，中妇能炊红黍饭。千间仓兮万斯箱，黄巢过后犹残半。自从洛下屯师旅，日夜巡兵入村坞。匣中秋水拔青蛇，旗上高风吹白虎。入门下马若旋风，罄室倾囊如卷土。家财既尽骨肉离，今日垂年一身苦。一身苦兮何足嗟，山中更有千万家。朝饥山草寻蓬子，夜宿霜中卧荻花。……

诗人痛心地指出，官军的罪恶有甚于"贼寇"。此诗的认识价值和艺术价值都是不容忽视的。

韦庄七绝，艺术风调清深，直逼杜牧：

> 江雨霏霏江草齐，六朝如梦鸟空啼。无情最是台城柳，依旧烟笼十里堤。（韦庄《台城》）

小李杜和韦庄而外，工于七言律绝的晚唐诗人，还有不少，如温庭筠、许浑、赵嘏、郑谷等，皆属名家：

> 一上高城万里愁，蒹葭杨柳似汀洲。溪云初起日沉阁，山雨欲来风满楼。鸟下绿芜秦苑夕，蝉鸣黄叶汉宫秋。行人莫问当年事，故国东来渭水流。（许浑《咸阳城东楼》）

> 云物凄凉拂曙流，汉家宫阙动高秋。残星几点雁横塞，长笛一声人倚楼。紫艳半开篱菊静，红衣落尽渚莲愁。鲈鱼正美不归去，空戴南冠学楚囚。（赵嘏《长安秋望》）

> 香灯伴残梦，楚国在天涯。月落子规歇，满庭山杏花。（温庭筠《碧涧驿晓思》）

> 扬子江头杨柳春，杨花愁杀渡江人。数声风笛离亭晚，君向潇湘我向秦。（郑谷《淮上与友人别》）

这些作品无论写景、咏史、述怀，大都弥漫着一种恋旧、伤逝、惆怅、失落的情绪，许多诗人都怀有很深的六朝情结，诗中更普遍地带有梦幻情调，正是"亡国之音哀以思"（《毛诗序》）。

　　唐末政治腐败，藩镇之祸、宦官之祸和朝内党争愈演愈烈，而声势浩大的农民起义经过酝酿，终于爆发。在这样一个危机四伏的时代，才志之士更加找不到出路。"夕阳无限好，只是近黄昏"二句，正可形容当时诗品。

第六章　古近体诗的另辟蹊径

——宋诗

从唐音到宋调——宋初诗人创作轨迹

一　主意与主情：宋诗与唐诗风格比较

诗歌这一古老文学样式，到唐代焕发出空前异彩，唐诗体裁大备，流派众多，造诣甚高，极盛难继。宋代诗人面对如此丰富的诗歌遗产，可以转益多师，突破却很困难。

宋代高度集权而国势不如汉唐，外侮频仍，未曾出现汉唐那样大一统的盛世，文学创作上便难以出现汉赋、唐诗所表现的恢宏的气象。宋代上层穷奢极侈，朝廷对北方实行以金帛换和平的妥协外交，对官吏实行高薪饷的笼赂政策，农民负担太重，起义频仍。阶级矛盾、民族矛盾的尖锐，政治斗争的激烈，影响到诗文创作，表现出较强的政治色彩和爱国主义思潮。宋代科举考试策论，加之南宋理学在思想界占据统治地位；活字印刷术的发明，典籍与著作容易流通，为文人饱学创造了条件，凡此，对宋人以学问为诗、以议论为诗等习气都有影响。

宋代诗人无意追攀盛唐，他们选定杜甫和中晚唐诗人的方向，取材广而命意新。钱锺书认为，宋诗对唐诗不是冒险开荒、发现新天地，而是把唐诗的道路加长、河流加深。宋诗在技巧上比唐诗精细，而且更有书卷气，或者说更有文化氛围。唐诗技巧已甚精美，举凡用事、对偶、句法、声韵，唐人妙处尚天人相半，在有意无意间，宋人则纯出于有意，欲以人巧夺天工。其风格和意境虽不寄生在杜甫、韩愈、白居易或贾岛、姚合等人的身上，总多多少少落在他们的势力圈里。（参《宋诗选注·序》）

宋诗与唐诗在风格上的大较是：唐诗缘情，情辞俱美，丰腴温润；宋诗主意，深析透辟，瘦劲而枯淡。唐人重浑成完整的艺术感受，贵在蕴藉而空灵；宋人重精心刻画的技巧功夫，不免发露而费力。唐诗自在而宋诗典雅，唐诗圆熟而宋诗生涩，唐诗豪迈而宋诗深细。诗学家故有唐音、宋调之分。从文学继承的角度讲，所谓宋调，还是可以溯源到中晚唐直至杜诗。

清朱庭珍说："晚唐衰极，五代诗亡，几扫地尽。宋人出而矫之，杨刘唱和，宗法玉溪，台阁从风，号西昆体。久而堆垛掯扎，贻人口实。故苏子美矫以疏纵，梅宛陵矫以枯淡，然未厌人望也。欧公学韩，而以夷犹神韵，变其光怪陆离。"（《莜园诗话》一）这段话大体勾勒出了从唐音渐入宋调的轨迹。

程千帆概括说："五七言的古律绝诗在唐代都已定型，因此，宋代诗人艺术创造主要地显示在语言风格、表现手段等方面。前人区分唐宋诗说'唐诗主情，宋诗主意'，抒情就需要含蓄，议论就显得刻露。在诗中发议论，也促进了诗的散文化即'以文为诗'。这种区别事实上在唐代就有了，不过到了宋诗才更明显。"（《古诗今选·前言》）

二 从宗唐开始：白体、晚唐体与西昆体

宋初诗坛之风气变迁大体可分两期，前期学唐，后期渐变。

宋初士大夫承晚唐五代之余，对通俗浅显的白居易闲适诗情有

独钟，号称"白体"。唯王禹偁（954—1001，有《小畜集》）在作闲适诗的同时，也继承了白居易的现实主义精神，自谓"本与乐天为后进，敢期子美是前身"，遂主盟一时。

> 马穿山径菊初黄，信马悠悠野兴长。万壑有声含晚籁，数峰无语立斜阳。棠梨叶落胭脂色，荞麦花开白雪香。何事吟余忽惆怅，村桥原树似吾乡。（《村行》）

其诗质朴近于白描，古体多单行素笔，直抒胸臆。宋诗散文化、议论化的倾向，于王诗亦初见端倪。

"唐末五代，流俗以诗自名者，大抵皆宗贾岛辈。"（蔡居厚《蔡宽夫诗话》）宋初一批山林诗人沿袭了这种风尚，好以自然意象入诗，在艺术上追求奇巧，务为推敲，唯搜眼前景而构思深刻，代表诗人有魏野、林逋及所谓"九僧"。

> 众芳摇落独暄妍，占尽风情向小园。疏影横斜水清浅，暗香浮动月黄昏。霜禽欲下先偷眼，粉蝶如知合断魂。幸有微吟可相狎，不须檀板共金尊。（林逋《山园小梅二首》录一）

诗中"疏影""暗香"一联，颇传梅花的神韵，一向脍炙人口。

真宗朝台阁文人杨亿、刘筠、钱惟演等，专学晚唐李商隐及唐彦谦，其诗讲究典丽精工，开了以才学为诗的风气，十七家结集为《西昆酬唱集》，号"西昆体"。西昆体以华丽典雅的作风，取代了白体、晚唐体的冲淡瘦硬，一定程度上反映了宋初的升平气象。然模仿痕迹和匠气太重，为人所讥。

> 油壁香车不再逢，峡云无迹任西东。梨花院落溶溶月，柳絮池塘淡淡风。几日寂寥伤酒后，一番萧索禁烟中。鱼书欲寄何由达？水远山长处处同。（晏殊《寓意》）

此诗仿李商隐无题，三四句轻描淡写池苑风景，"自然有富贵气"（葛立方《韵语阳秋》），是西昆体中难得的佳作。

三 由古淡到雄瞻： 梅苏与欧阳修

仁宗朝，梅尧臣（1002—1060，有《宛陵先生集》）反对意义空洞、语言晦涩的西昆体，诗风平淡。其诗对人民疾苦体会很深，字句也较朴素，古诗得力于唐代韩愈、孟郊、卢仝等，律诗则受王、孟的影响。

梅尧臣认为“诗家虽率意而造语亦难。若意新语工，得前人所未道者，斯为善也。必能状难写之景如在目前，含不尽之意见于言后，斯为至矣”（欧阳修《六一诗话》引）。他与欧阳修关系密切，在当时有极高的声望。龚啸谓其“去浮靡之习于昆体极弊之际，存古淡之道于诸大家未起之先”（《宋诗钞·宛陵诗钞》引）。

> 行到东溪看水时，坐临孤屿发船迟。野凫眠岸有闲意，老树著花无丑枝。短短蒲茸齐似剪，平平沙石净于筛。情虽不厌住不得，薄暮归来车马疲。（梅尧臣《东溪》）

梅诗“野凫眠岸有闲意，老树著花无丑枝”，以及“五更千里梦，残月一城鸡”等，语新而意工，实践了他的创作理论。

苏舜钦（1008—1049，有《苏学士文集》）与梅尧臣齐名，称“苏梅”，苏诗以奔放豪健为主。

> 春阴垂野草青青，时有幽花一树明。晚泊孤舟古祠下，满川风雨看潮生。（《淮中晚泊犊头》）

其诗富于情韵，兼有气象，与梅诗平淡工致风格不同，创意则逊于梅。

欧阳修（1007—1072）字永叔，号醉翁，吉水（今属江西）人。前半生参与庆历新政，两度遭贬，经历略近唐代的刘柳，其诗则深受李白、韩愈、白居易的影响，而以韩愈影响为深。有《欧阳文忠公集》。欧于韩诗，不取其险怪奇崛，而效其清新敷愉，其诗歌语言形式比较畅所欲言，接近散文那样的流动潇洒的风格——这样自然也就凑泊了李白、白居易。诗与梅尧臣齐名，称"欧梅"；然而他对语言的把握，对字句和音节的感悟，实在梅苏之上，风格也较为雄瞻。

> 夜凉吹笛千山明，路暗迷人百种花。棋罢不知人换世，酒阑无奈客思家。（《梦中作》）

> 汉宫有佳人，天子初未识，一朝随汉使，远嫁单于国。绝色天下无，一失难再得。虽能杀画工，于事竟何益。耳目所及尚如此，万里安能制夷狄。汉计诚已拙，女色难自夸。明妃去时泪，洒向枝上花。狂风日暮起，飘泊落谁家。红颜胜人多薄命，莫怨春风当自嗟。（《再和明妃曲》）

《梦中作》是梦境中受潜意识支配而得句，四句各一事，似不相贯穿，如有神助。《明妃曲》后篇用翻案法寄讽，有雅人深致。

| 第二节 |

宋诗鼎盛与江西诗派——苏轼等元祐诗人

一　荆公绝句妙天下：王安石的造诣

从神宗元丰到哲宗元祐时期的十多年，是宋诗发展的鼎盛时期。

陈衍曾把元祐上接开元、元和，称为"三元"，认为是中国诗史中的三个繁荣时期。此期出现的王安石、苏轼、黄庭坚，是诗坛的三大宗匠。苏轼的天才和阅历都超越一代，在诗、文、词各方面都达到了时代的最高峰；王安石、黄庭坚的诗歌成就都不如苏轼，但在宋代均可称为大家。王安石更多地表现对唐音的继承发展，而黄庭坚则更多地表现对宋调的开拓新创。

王安石（1021—1086）字介甫，抚州临川（今江西抚州）人。有《临川先生文集》。宋代杰出政治家、改革家，在文艺观上是个鲜明的载道派，曾说"所谓文者，务为有补于世而已矣。所谓辞者，犹器之刻镂绘画也……要之以适用为本，以刻镂绘画为容而已"（《临川先生文集·上人书》），并作有《杜甫画像》诗对杜推崇备至。前半生创作或反映现实弊端，或通过咏史发表政治见解，是"政治诗"，其诗结构精严，造句下字凝练，风格奇崛精美，也与杜诗有一定渊源关系。

> 明妃初出汉宫时，泪湿春风鬓脚垂。低回顾影无颜色，尚得君王不自持。归来却怪丹青手，入眼平生几曾有？意态由来画不成，当时枉杀毛延寿。一去心知更不归，可怜著尽汉宫衣。寄声欲问塞南事，只有年年鸿雁飞。家人万里传消息，好在毡城莫相忆。君不见咫尺长门闭阿娇，人生失意无南北！（《明妃曲》）

> 爆竹声中一岁除，春风送暖入屠苏。千门万户曈曈日，总把新桃换旧符。（《元日》）

北宋时辽夏交侵，朝廷以岁币换和平，弊端甚大。诗人多借汉言宋，以昭君出塞题材谲讽现实，王安石《昭君怨》抒写昭君爱国而失意的怨苦，是颇具卓见之作。《元日》借题发挥，写作者得君行政，除旧布新的喜悦，颇有气象。

王安石又是一个禀赋很高的诗人，晚年脱离政界，隐居金陵（今

154

南京），筑室于钟山（今紫金山）山腰，因此自号"半山"，致力于绝句创作。因身世的浮沉、阅历的加深而艺术也转向收敛，其诗脱弃了切近的功利目的，却达到了精深华妙的境界，具有很高的审美价值。宋时已称之"半山绝句"与唐人抗衡。

> 茅檐长扫静无苔，花木成畦手自栽。一水护田将绿绕，两岸排闼送青来。（《书湖阴先生壁》）

> 川原一片绿交加，深树冥冥不见花。风日有情无处着，初回光景到桑麻。（《出郊》）

> 京口瓜洲一水间，钟山只隔数重山。春风又绿江南岸，明月何时照我还？（《泊船瓜洲》）

这些诗大都作于罢相时，作者从山水和佛学中寻找精神寄托，自然凑泊于唐诗尤其是王维，多以山水景物、自然风光为表现对象。但作者本质上不同于王维，他是受伤的战士，而非望峰息心的隐者，这种不同，自然也会在诗中表现出来。王安石笔下的自然多是村郊习见景色，有亲切的乡土气息，而没有辋川诗那种空寂幽清之感。王安石笔下居闲生活，有孤独感无厌世情，时时流露倔强孤傲的精神，亦为辋川诗所无。诗人以杜甫创作七律的态度对待七绝创作，所以其七绝诗律工细，形式精严，常用对结——如"细数落花因坐久，缓寻芳草得归迟"，相对各类词意之轻重、力之大小，铢两悉称，令人叹绝。难怪陈衍说"荆公绝句多对语甚工者，似是作律诗未就，化成绝句"（《宋诗精华录》卷二）。又极善炼字炼句，有如老吏断狱，措辞一定不易——如"春风又绿江南岸"的"绿"字、"北山输绿涨横陂"的"输"字、"野水纵横漱屋除"的"漱"字、"一水护田将绿绕"的"护"字"将"字，等等，无不表现出老练笔力。概括言之，题材近王维而情调积极，内容近柳宗元而更加乐观，推敲似老杜而更饶风调，当时就有"荆公绝句妙天下"之誉。不过，王

155

安石作诗有时逞才，并开了"以才学为诗"的某些先例，如集句诗特别是集杜诗、药名诗，文字游戏而已。

二 无一字无来处： 黄庭坚与江西诗派

元祐时代黄庭坚与苏轼齐名，称"苏黄"。尔后诗人叠起，均不出二家范围。而黄庭坚推尊杜诗，力求变异，诗的手法与风格，迥别唐人，最足以表现宋诗的特色，尽宋诗之变态，其后学之众，衍为江西诗派，是中唐诗之另类，遂成为宋诗之主流。南渡诗人，多受沾溉，著名如陆游、杨万里、姜夔等，无不与之有渊源关系。刘克庄说："豫章稍后出，荟粹百家句律之长，究极历代体制之变，搜讨古书，穿穴异闻，作为古律，自成一家，虽只字半句不轻出，遂为本朝诗家之宗祖。"（《后村先生大全集·江西诗派小序》）

黄庭坚（1045—1105）字鲁直，自号山谷道人，晚号涪翁，宋代大诗人、大书法家。分宁（今江西修水）人。神宗时教授北京（大名府）国子监，受知于苏轼，与秦观等并为苏门学士。元祐旧党执政，擢为国史编修官。新党上台后一再被贬。有《豫章黄先生文集》。黄庭坚身处剧烈党争和大兴文字狱的险恶环境，尽管他推崇杜甫，也写了一些涉及时事及国计民生的诗，但这方面的成就不如苏、王，更不如后来的陆游。黄庭坚服膺杜甫之"语不惊人死不休"，及韩愈之"唯陈言之务去"，曾谓"自作语最难。老杜作诗，退之作文，无一字无来处，盖后人读书少，故谓韩、杜自作此语耳。古之能为文者，真能陶冶万物，虽取古人之陈言入于翰墨，如灵丹一粒，点铁成金也"（《豫章黄先生文集·答洪驹父书》）。这与杜甫所谓"读书破万卷，下笔如有神"有相通之处。

黄庭坚以创作实践其主张，注意在笔法的转折变化、字法句法的精密、语言的生新上下功夫，并有意制造拗句、押险韵、作硬语，宁可失之生僻，亦不肯失之庸俗。苏轼之胸襟开阔，诗如长江大河，风起涛涌，自成奇观；黄庭坚则刻厉深思，如危峰千尺，拔地而起，别有胜境。黄诗章法谨严细密，多用暗线串联。造句原则是"宁可使句不律，不可使句弱"，故其诗老成遒劲，一如其书法。在音律上学杜甫七律，独持拗峭，于拗折中求取风致。

> 子瞻谪岭南，时宰欲杀之。饱吃惠州饭，细和渊明诗。彭泽千载人，东坡百世士。出处虽不同，风味乃相似。（《跋子瞻和陶诗》）

> 痴儿了却公家事，快阁东西倚晚晴。落木千山天远大，澄江一道月分明。朱弦已为佳人绝，青眼聊因美酒横。万里归船弄长笛，此心吾与白鸥盟。（《登快阁》）

> 我居北海君南海，寄雁传书谢不能。桃李春风一杯酒，江湖夜雨十年灯。持家但有四立壁，治病不蕲三折肱。想得读书头已白，隔溪猿哭瘴溪藤。（《寄黄几复》）

> 投荒万死鬓毛斑，生入瞿塘滟滪关。未到江南先一笑，岳阳楼上对君山。（《雨中登岳阳楼二首》录一）

这些诗的共同特点，是从腔子里说真话，内容比较充实。在写作上，少数诗采用白描，而多数用典，用典的范围比西昆派乃至李商隐要广博得多也冷僻得多。读者必须弄清每个语典的来历，才能确凿解读破译诗意，所以"读书少"的人会觉得生硬晦涩；"读书多"的人又不免草木皆兵；这是黄诗的短处。

元祐以后，政治倾轧愈演愈烈，黄庭坚的诗风便受到士人的欢迎，追随者众。南渡之初的吕本中作《江西诗社宗派图》，罗列黄庭坚、陈师道、陈与义等二十六人，于是有了"江西诗派"的说法。

因为这批诗人以学杜相标榜，元代方回《瀛奎律髓》又为之加上杜甫为鼻祖，于是有了"一祖三宗"之说。名列江西派的作家，也不全是江西人，只不过他们都是黄庭坚的追随者，故以"江西"命名。

江西诗派除了黄庭坚，较重要的作家还有陈师道（1053—1102），他字无己，又字履常，自号后山居士，彭城人。有《后山先生集》。陈师道才力、学力俱不如黄，学杜模仿的痕迹较重，是个"闭门觅句"（黄庭坚）的苦吟诗人，自称作诗是"拆东补西裳作带"，钱锺书揶揄他是"满肚子的话说不畅快"（《宋诗选注·前言》）。他不刻意时，也能写得朴挚的好诗。

> 去远即相忘，归近不可忍。儿女已在眼，眉目略不省。喜极不得语，泪尽方一哂。了知不是梦，忽忽心未稳。（《示三子》）

这首诗通篇白描，末二句翻用老杜《羌村》"夜阑更秉烛，相对如梦寐"而富有新意，以生活内容取胜，妙在一个真字。

三　才思横溢，兴味盎然：苏轼的造诣

苏轼（1037—1101），字子瞻，号东坡居士，眉州眉山（今属四川）人。嘉祐时代进士，特行独立。熙宁、元丰间不见容于新党，因作诗讽刺新法之弊，下御史狱，贬官黄州。元祐更化时，任翰林学士，因主张对新法"较量利害，参用所长"而不容于旧党，又因洛蜀党争，出知杭州、颍州，多政绩。哲宗绍述时期，新党上台，贬谪惠州、儋州，多政绩。元符中因大赦得以北归，翌年死于常州。有《东坡全集》。

苏轼是宋代唯一称得上伟大的，堪与屈、陶、李、杜方驾的作家。苏轼在文艺上有多方面成就臻于一流，有点像文艺复兴时代的

158

巨人。其诗冠代，与黄庭坚并称"苏黄"，与陆游并称"苏陆"；其文冠代，与欧阳修并称"欧苏"；开创豪放词风，与辛弃疾并称"苏辛"；书法为宋四家之一，称"苏黄米蔡"；此外，他还是一个艺术理论家，对绘画十分在行。

苏轼对文学创作的奥秘深有妙悟，主张甚高，强调以本质取胜，而从不把语言形式与思想内容割裂开来，说"辞至于达足矣，不可以有加矣"，"大略如行云流水，初无定质，但常行于所当行，常止于所不可不止，文理自然，姿态横生"（《东坡全集·答谢民师书》）。"吾文如万斛泉源，不择地而出。在平地滔滔汩汩，虽一日千里无难；及其与山石曲折，随物赋形而不可知也。所可知者，常行于所当行，常止于不可不止，如是而已矣"（《东坡全集·文说》）。这些言论虽是论文，亦适用于诗，对南宋严羽"妙悟说"和清代王士禛"神韵说"都有深刻的影响。

苏诗在取材广而命意新上，实超出一代。其总体特色是气象宏阔，铺叙婉转，意境恣肆，笔力矫健，与其文有相通之处；散文化、议论化倾向，继韩愈有进一步发展，而近启黄庭坚。苏轼接受了杜甫、白居易的影响，重视诗歌的社会作用，如《荔枝叹》借唐诫宋、《陈季常所蓄朱陈村嫁娶图》反映民生疾苦、《吴中田妇叹》《山村五首》暴露官吏借新法之名行扰民之实等，政治视野相当开阔。

我是朱陈旧使君，劝农曾入杏花村。而今风物那堪画，县吏催钱夜打门。（《陈季常所蓄朱陈村嫁娶图》）

由于这类诗讥讽现实，也给作者造成过政治上的麻烦。

苏轼足迹遍及全国各地，从峨眉到西湖，从河北到海南。他是一个亲和山水自然、极富生活情趣的人，其诗取径甚广，而多得山川之助。"苏子瞻学刘梦得，学白乐天、太白，晚而学渊明。"（张戒《岁寒堂诗话》下）自然山川到苏轼的笔下，便具有了独特的视角，有了哲理意味，如《望湖楼醉书》《有美堂暴雨》《新城道中》《饮湖上初晴后雨》《题西林壁》等；一部分题画诗与其写景诗具有同一性质，名篇有《书李世南所画秋景》《惠崇春江晚景》《李思训画长江绝岛图》等，美不胜收。在苏诗中，手足之情，亲友之爱，故乡之思，常常和自然风物的描写结合着，时见作者的旷达情怀和幽默睿智，如《游金山寺》《和子由渑池怀旧》《中秋月》《澄迈驿通潮阁》等。

　　游人脚底一声雷，满座顽云拨不开。天外黑风吹海立，浙东飞雨过江来。十分潋滟金樽凸，千杖敲铿羯鼓催。唤起谪仙泉洒面，倒倾鲛室泻琼瑰。（《有美堂暴雨》）

　　水光潋滟晴方好，山色空蒙雨亦奇。欲把西湖比西子，淡妆浓抹总相宜。（《饮湖上初晴后雨》）

　　横看成岭侧成峰，远近高低各不同。不识庐山真面目，只缘身在此山中。（《题西林壁》）

　　竹外桃花三两枝，春江水暖鸭先知。蒌蒿满地芦芽短，正是河豚欲上时。（《惠崇春江晚景》）

这些诗大都才思横溢，兴趣极佳。长篇自然奔放、挥洒自如，尤善博喻，具有一种淋漓酣畅之感；短诗则必有一二佳句。令人想见其写作时的得心应手、左右逢源。其古体有太白风而略趋凝练，近体诗大都圆美流动，晚年臻于炉火纯青。宋诗以文字为诗、以才学为诗、以议论为诗等特点，在苏诗都有充分的表现，只不像黄庭坚那样极端而已。

第三节

重大主题与日常题材——陆游与中兴诗人

一　南渡前期的感喟哀时之作

　　江西诗派原来主要是从形式上学杜的，而南渡之后，国难当头，宋代诗人遭遇到天崩地裂的大变动，这才对杜诗发生了一种心心相印的关系，所谓"踪迹大纲王粲传，情怀小样杜陵诗"（张端义《贵耳集》卷下），从而赋予了当时诗歌以沉重的生活内容与忧患意识。此阶段的代表诗人有陈与义、刘子翚等。

　　陈与义（1090—1139）字去非，自号简斋。宣和中为太学博士，以赋《墨梅》受知于徽宗。靖康之乱金人入汴，他自陈留避乱南奔，经商水、襄阳至湖南，转徙岳阳、长沙、衡阳。高宗绍兴元年（1131）抵临安，累官至参知政事。有《简斋集》。方回将其归入江西派，为三宗之一。陈与义诗歌创作主要受黄庭坚、陈师道的影响。然而，由于他经历了南渡，遂较黄、陈于杜诗有深悟——"但恨平生意，轻了杜陵诗"，从此在诗歌创作中抒发起国破家亡、天涯沦落之感。

　　　　庙堂无策可平戎，坐使甘泉照夕烽。初怪上都闻战马，岂知穷海看飞龙！孤臣霜发三千丈，每岁烟花一万重。稍喜长沙向延阁，疲兵敢犯犬羊锋。（《伤春》）

161

他的七言律诗语言明净，音调响亮，风格雄阔慷慨，在江西派中最近杜甫。

与陈与义同时，念念不忘国耻，在诗中进行历史反思的代表当推刘子翚。刘子翚（1101—1147）字彦冲，建州崇安（今属福建）人，理学家，因病辞官归武夷山讲学十七年，朱熹曾师事之。有《屏山集》。其二十首《汴京纪事》是南渡之后痛定思痛之作：

> 空嗟覆鼎误前朝，骨朽人间骂未销。夜月池台王傅宅，春风杨柳太师桥。（《汴京纪事》）

> 辇毂繁华事可伤，师师垂老过湖湘。缕衣檀板无颜色，一曲当时动君王。（同前）

这组诗采汴京故事为题材，写山河变色的感慨及相关事迹，堪称诗史。

二 集中十九从军乐：爱国诗人陆游

南渡以后民族矛盾上升，和战之争成为当时政治斗争的主要内容。尽管主和势力在高宗朝一直占据上风，但主战势力从未偃旗息鼓，爱国主义仍成为一种文艺思潮，其在诗歌创作中的杰出代表是陆游。

陆游（1125—1210）字务观，别号放翁。越州山阴（今浙江绍兴）人。绍兴中应礼部试为秦桧所黜。孝宗时曾任镇江、隆兴通判。乾道中入蜀，入四川宣抚使王炎幕府，是其一生最为意气风发的时期。淳熙中范成大镇蜀，陆游到成都帅府任参议官，与范为诗文之交。晚年退居家乡。有《剑南诗稿》。

陆游创作力十分旺盛，今存诗近万首。其作品不但数量多，而且题材广泛，内容丰富。平生诗风虽经藻绘、宏肆、平淡三变，但思想内容上始终贯串着一条红线，那就是爱国主义精神。与同时代其他诗中的慷慨愤世、感喟哀时不同，陆游重在鼓吹投身于抗金复国的战场："上马击狂胡，下马草军书"（《观大散关图有感》）、"人生不作安期生，醉入东海骑长鲸。犹当出作李西平，手枭逆贼清旧京"（《长歌行》）。这样的慷慨激昂，直欲越过杜诗的伤时念乱，直攀盛唐边塞诗的营垒。虽然也有悲怆的音调，但诗人对抗金前途满怀信心，充满乐观主义的战斗精神，则是其诗的主要特征。

> 黄金错刀白玉装，夜穿窗扉出光芒。丈夫五十功未立，提刀独立顾八荒。京华结交尽奇士，意气相期共生死。千年史册耻无名，一片丹心报天子。尔来从军天汉滨，南山晓雪玉嶙峋。呜呼！楚虽三户能亡秦，岂有堂堂中国空无人！（《金错刀行》）

这首诗作于嘉州，借刀以言志，抒发抗金复国的壮志豪情，写得抑扬抗坠，豪情满怀，颇类唐代的岑参。其他诗句如"食粟本同天下责，孤臣敢独废深忧"（《北望感怀》）、"位卑未敢忘忧国"（《病起书怀二首》）、"天道难知胡更炽，神州未复士堪羞"（《纵笔》），直是顾亭林"天下兴亡，匹夫有责"的爱国理论的先导。无怪梁启超赞美他道："集中十九从军乐，亘古男儿一放翁。"（《读陆放翁诗》）

在艺术上，陆游是一位转益多师的诗人，其诗比较全面地反映了那个时代的社会面貌，又经常通过瑰奇的想象来表达对理想的热烈追求，是现实主义与浪漫主义的高度结合。陆游诗的风格主要表现为雄浑奔放、气象开阔，而不失晓畅平易、清新自然。其豪迈处似李白，沉郁处似杜甫，平易处如白居易，瑰奇处如岑参。陆游诗无体不备，而以七律一体成就最高，有人将杜甫、李商隐、陆游称为"七律诗史上的三大里程碑"。陆游的七古长于用短，富于文采而清新流畅，七绝佳作累累，与王安石、杨万里、范成大、姜夔同为宋代绝句大宗。

> 莫笑农家腊酒浑，丰年留客足鸡豚。山重水复疑无路，柳暗花明又一村。箫鼓追随春社近，衣冠简朴古风存。从今若许闲乘月，拄杖无时夜叩门。(《游山西村》)

> 早岁那知世事艰，中原北望气如山。楼船夜雪瓜洲渡，铁马秋风大散关。塞上长城空自许，镜中衰鬓已先斑。出师一表真名世，千载谁堪伯仲间。(《书愤》)

> 僵卧孤村不自哀，尚思为国戍轮台。夜阑卧听风吹雨，铁马冰河入梦来。(《十一月四日风雨大作》)

> 死去元知万事空，但悲不见九州同。王师北定中原日，家祭无忘告乃翁。(《示儿》)

这些诗表现了作者虽然退居故乡，爱国激情不减，复国之志犹存的精神面貌。古人说"七十老翁何所求"(王维《夷门歌》)，而作者以八十五岁高龄，临死《示儿》，诗中殊无分香卖履之意，仍念念不忘国事，希望在九泉下能听到王师北定中原的胜利消息，所以感人至深。

三　陶成瓦砾亦诗材：杨万里的小品诗

陆游诗一扫江西诗派的某些积弊，为宋诗开了新的生面，对当时和后世诗人有很大的影响。宋末诗人如戴复古、刘克庄，清代的宋琬、查慎行、郑燮、赵翼等，都耽爱陆放翁诗，并在创作上深受其影响。

与陆游同时齐名，被列入"中兴四大诗人"的杨万里、范成大，也都是有独特贡献的诗人。在感怀时事，抒写爱国情怀这一点上，他们与陆游有共同之处。只不过篇什较少，没有陆游那样出色。然而他们在诗歌题材和创作手法的开拓上，却有不为陆游所掩的独到成就。

杨万里（1127—1206）字廷秀，号诚斋，吉州吉水（今属江西）人。高宗绍兴中任零陵县丞时，曾三次前往拜访谪居在家的爱国将领张浚，张勉以"正心诚意"四字，遂号诚斋。历任太常博士、宝谟阁直学士等职。一生为人正直，为官清正，品格很高。韩侂胄当国，居家十五年不出而卒。有《诚斋集》。杨万里是一位别开生面、独具一格的诗人，又是一位高产作家，"游居寝食，非诗无与"，所作极有特色，时人谓之"诚斋体"。

杨万里早年学诗，亦曾从江西派入门。后脱离江西派藩篱，转学唐人及王安石绝句，尽毁少作千余首，并自立门户。杨万里诗在取材上较前人有新的开拓，清人潘定桂一言以蔽之曰："陶成瓦砾亦诗材。"（《楚庭耆旧遗集》后集卷十九《读杨诚斋诗集九首》）其主要兴趣在天然景物和日常生活方面，《荆溪集》自序云："步后园，登古城，采撷杞菊，攀翻花竹，万象毕来，献余诗材。"其诗不以重大题材见长，内容俯拾即是，形式则用七绝。

> 泉眼无声惜细流，树阴照水爱晴柔。小荷才露尖尖角，早有蜻蜓立上头。（《小池》）
>
> 篱落疏疏一径深，树头新绿未成阴。儿童急走追黄蝶，飞入菜花无处寻。（《宿新市徐公店》）
>
> 梅子留酸软齿牙，芭蕉分绿与窗纱。日长睡起无情思，闲看儿童捉柳花。（《闲居初夏午睡起》）
>
> 毕竟西湖六月中，风光不与四时同。接天莲叶无穷碧，映日荷花别样红。（《晓出净慈寺送林子方》）

这些诗如揣摩蜻蜓先得小荷之乐，如着眼自然赋予蝴蝶以保护色的现象，等等，都表现出作者所具的稀有天才和十足童心。他到处都有发现的喜悦，能为小到一片落叶、一只昆虫写一首诗。在人们熟视无睹的寻常景物和生活现象中，总能发现不平常的意思。

在艺术上，杨万里创辟了一种新鲜泼辣的写法。语言上贴近口语，能做到口心相应，就像一个伶牙俐齿、风趣成性的人，想到就说，无难达之意，无不尽之情，其友张镃誉为"笔端有口古来稀"（《南湖集》卷二《诚斋以南海朝天两集诗见惠因书卷末》）。除此以外，他还在诗歌创作中运用了种种不直致法子，横说竖说，正说反说，出人意表，入人意中，思路灵活，表达曲折，幽默诙谐，变化莫测，将七绝一体的表现力，尽量加以发掘，论者谓之"活法"——所谓活法，也就是不法而法。综上所述，杨万里开创了一种"小品诗"体，即诚斋体，他是一位最具独创性的诗人。

四　偶回光景到桑麻：范成大与《四时田园杂兴》

范成大（1126－1193）字致能，号石湖居士，平江吴郡（今属苏州）人。绍兴中进士，出使过金国，不辱使命。历任静江、成都、明州、建康等地行政长官，拜参知政事，加大学士。在成都时，是陆游依附的对象。晚年隐居石湖，是年轻词人姜夔的靠山。有《石湖居士诗集》。

范成大早期也受江西诗派影响，同时上继白居易等唐乐府诗人的现实主义精神，诗风平易浅显、清新妩媚。代表作是两大七绝组诗，一组是使金时所作的七十二首绝句；一组是淳熙十三年（1186）所写的《四时田园杂兴》六十首，当时宋金媾和，双方暂时处于休战状态，组诗即反映江南农业生产的复苏及农村生活种种，尤具特色。

田园诗首创于陶渊明，经王维、孟浩然、储光羲等唐代诗人大力创作，蔚为诗派，以后作者不断。宋代诗人大都有田园之作。范成大称得上宋代写作田园诗最多而又最具特色的作家。

历来田园诗，除陶渊明外，较少有真实的生活内容和生活气息，只描绘一些带有鸡犬桑麻的美丽图景，《四时田园杂兴》把王孟式的田园风光描写和李绅、聂夷中式的悯农情感融为一体，把以前田园诗的两大系统结合起来，算得是中国古代田园诗的新的范本，组诗分春日、晚春、夏日、秋日、冬日五部，各十二首，好比一幅农村风俗画长卷，全面、生动、真实地反映了当时农民一年四季的活动以及诸如景物、岁时、风俗、劳动、困难、忧虑、灾难、压迫等各式各样的生活，纤悉毕登，鄙俚尽录，曲尽田家况味。

> 昼出耘田夜绩麻，村庄儿女各当家。童孙未解供耕织，也傍桑阴学种瓜。（《四时田园杂兴》录一）
>
> 采菱辛苦废犁锄，血指流丹鬼质枯。无力买田聊种水，近来湖面亦收租。（同前）
>
> 新筑场泥镜面平，家家打稻趁霜晴。笑歌声里轻雷动，一夜连枷响到明。（同前）

这些诗或通过乡村儿童的活动来表现农忙，或通过采菱者的不幸遭遇揭露封建剥削的无孔不入，或通过连夜打稻的场面写丰收时节的喜悦，内容相当丰富，颇具农村生活气息。

| 第四节 |
从江湖派到遗民诗

一　从清空到小巧：江湖派诗人

南宋后期，宋金对峙已成定局，国人习于苟安。江西派的瘦硬诗风已不为时人所喜，于是出现了新的诗歌流派。南宋书商陈起，编辑姜夔等著名诗人之作，刊为《江湖集》《江湖前集》《江湖后集》《江湖续集》等，入选作家庞杂，然以生活在孝宗、光宗、宁宗、理宗四朝百年间诗人，尤以遭逢不偶、浪迹江湖的下层文士为主。这就是所谓"江湖派"诗人。

姜夔（1155？—1209）字尧章，号白石道人。南宋词人。饶州鄱阳（今属江西）人，自幼随父宦居汉阳，成年后旅食江淮，往来于湘鄂等地。一生湖海飘零，长做贵家清客，以布衣终老，生世相当落寞。有《姜白石诗词全集》。姜夔学诗，亦先从江西派入，后来大悟学即病，强调自然高妙。诗以七绝擅场。多寄情于湖山胜景，抒写个人怀抱，视野虽窄，但诗风清空，标格独高。故缪钺评道："白石的诗，气格清奇，得力江西；意境隽淡，本于襟抱；韵致深美，发乎才情。"（《灵谿词说·论姜夔词》）

　　　笠泽茫茫雁影微，玉峰重叠护云衣。长桥寂寞春寒夜，只有诗人一舸归。（《除夜自石湖归苕溪十首》录一）

细草穿沙雪半销，吴宫烟冷水迢迢。梅花竹里无人见，一夜吹香过石桥。（同前）

自作新词韵最娇，小红低唱我吹箫。曲终过尽松陵路，回首烟波十四桥。（《过垂虹》）

诗人乘着篷船从江南水乡的桥下通过，水上荡漾着荷花的香气和小红的歌声，令人陶醉。诗中的境界幽冷孤清，有一种名士风流、自得其乐的情调。

江湖派诗人，声名较著者还有刘过、刘克庄、戴复古、叶绍翁等人，他们大多不满现实，以江湖相标榜，所作多古体和七绝，力求平直流畅，长于炼意，唯题材较窄，时入于小巧。

小桃无主自开花，烟草茫茫带晓鸦。几处败垣围故井，向来一一是人家。（戴复古《淮村兵后》）

应怜屐齿印苍苔，小扣柴扉久不开。满园春色关不住，一枝红杏出墙来。（叶绍翁《游园不值》）

诗人笔下景象萧条，侧面烘托着时局的不堪。有时因自然生机的启迪，也会萌生出"满园春色关不住，一枝红杏出墙来"之类的警句。

二 诗风野逸清瘦的永嘉四灵

与江湖派同时，尚有一个永嘉（今浙江温州）诗派，一共四位诗人：徐玑字灵渊、徐照字灵晖、翁卷字灵舒、赵师秀号灵秀，他们彼此赓歌相和，字号中都带有一个灵字，故合称"永嘉四灵"。南宋诗人多从江西派入门，而四灵公开打出对立的旗帜，反对江西诗派特重用典、生涩瘦硬的诗风，主张学习中晚唐，以贾岛、姚合为二

169

妙，创作以五律为主，兼及绝句。其自抒性灵，诗风野逸清瘦，生新可喜，对江西派或有纠偏补弊的作用，然取法乎中，格局不大，与江湖派同病。

> 水满田畴稻叶齐，日光穿树晓烟低。黄莺也爱新凉好，飞过青山影里啼。(徐玑《新凉》)

> 黄梅时节家家雨，青草池塘处处蛙。有约不来过夜半，闲敲棋子落灯花。(赵师秀《约客》)

> 绿遍山原白满川，子规声里雨如烟。乡村四月闲人少，才了蚕桑又插田。(翁卷《乡村四月》)

这些诗表现出身处末世的诗人，有意避开了政治话题，从山光水色和田园生活中寻求佳趣，以使沉重的心情得到暂时放松和些许抚慰。

三　烈士的悲号与遗民的哀歌

宋末危急存亡之际，诗以抗元图存和亡国实录为主要内容，成为陆游等爱国诗人的有力回应。

文天祥 (1236—1283) 字履善，号文山，吉州庐陵 (今江西吉安) 人，南宋末民族英雄。其诗歌创作以元军攻陷临安为界分前后两期，精华多在后期。有《指南录》《指南后录》。诗多记叙作者与部下为图存而做的艰苦卓绝的斗争，表现了崇高的爱国精神。创作技法大都取法杜甫，直抒胸臆，沉痛深至，可传不朽。

> 辛苦遭逢起一经，干戈寥落四周星。山河破碎风抛絮，身世浮沉雨打萍。惶恐滩头说惶恐，零丁洋里叹零丁。人生自古谁无死，留取丹心照汗青。(《过零丁洋》)

几日随风北海游，回从扬子大江头。臣心一片磁针石，不指南方不肯休。(《扬子江》)

这两首诗既抒写身处艰危困厄的家国之恨，又以磅礴的气势、高亢的情调表达矢志不屈、杀身成仁的决心，影响后世极为深远。

谢枋得 (1226—1289) 字君直，号叠山，信州弋阳 (今属江西) 人。德祐时期起兵抗元，兵败后变姓名入唐石山中，后卖卜为生。元时多次拒绝征召，后被强解至大都，绝食而死。有《叠山集》。

十年无梦得还家，独立青峰野水涯。天地寂寥山雨歇，几生修得到梅花？(《武夷山中》)

这首诗以托物言志的手法，张扬的是民族气节，与文天祥之作异曲同工。

汪元量 (1241—1317?) 号水云，钱塘 (今浙江杭州) 人，以词章给事宫廷。元兵攻陷临安，俘恭帝及皇太后全氏、太皇太后谢氏等先后赴大都，汪元量随谢氏北行至大都。其间曾屡次探视在囚的文天祥。有《湖山类稿》。早期创作有模拟痕迹，元兵南下后，诗风一变，"亡国之戚，去国之苦，艰关愁叹之状，备见于诗"，"亦宋亡之诗史"(李珏跋语)。《湖州歌》九十八首、《越州歌》二十首、《醉歌》十首三大七绝组诗，是其代表作。

第七章 古近体诗的回潮与新潮

——元明清及近代诗

守成与出新

一 挑战与机遇并存： 元明清诗人的创作处境

汉语诗歌的传统样式是五七言诗体，其发展趋势，是从五言到七言，从古体到近体。八代诗人处在开创的阶段，这一时期，五言古体已发展得相当成熟，七言和近体也开始形成。唐代诗人处在集成阶段，这一时期，五七言古近体诗在样式上已全部定型，发展得相当完熟；而词体也产生于民间，由于文人的染指，也以小令的面貌，登上了诗坛。到北宋，从晏欧到柳永，词体完成了从令词到慢词的繁衍，它以缘情为主，而有别于载道的诗文，蔚为大观。五七言诗在样式上，已没有新的拓展。

宋代以后，诗歌创作在整个文学创作上的地位，发生了根本的变化。一方面，由于写诗与作文一样，是文人必备的技能，五七言古近体诗仍被大量地写作着，给作者带来声名。另一方面，这些诗歌的影响，又被局限在文场和官场以内，它们在社会与公众中的影响，则远不如唐诗宋词。而戏曲和说部这些非传统的、生气勃勃的文学样式，却相继登上文学的舞台，成为雅俗共赏的，最有生命力的文学样式。正是面对这样的事实，王国维才说出了他那句很有影响又很有争议的话："一代有一代之文学。"

在诗歌发展史上，文学新样式的魅力总是超过旧样式。新的样式总与民间有着密切的联系，总是拥有广大的受众，总是处在上升发展的阶段，因而能产生较大影响和经典的作家。八代唐宋之诗、唐宋词就不但产生大量杰作，而且产生了陶潜、李白、杜甫、白居易、李煜、苏轼、柳永、陆游、辛弃疾那样伟大的诗人和词人。

元代新的诗歌样式是散曲，有宫调，是用来唱的。散曲大量运用口语，以铺叙为主，可以加衬字，以戏入诗，特有谐趣，于传统诗词的含蓄之美以外，大大发展了豪辣之美。明清时代产生了《山歌》《挂枝儿》《马头调》等俗曲，也是唱的，用口语创作。散曲和俗曲皆不登大雅之堂，却广泛地拥有受众。

元明清诗人所处的历史时代条件，不能与八代唐宋诗人相提并论，是不容置辩的事实。能否以旧体出新意，如何以旧体出新意，就成为诗歌创作的主要课题。

不过，中国的封建社会已发展到新的历史阶段，重大的历史变革不断发生。不少的生活内容、精神境界，为前人无从梦见的，这又给元明清诗人提供了丰富的创作源泉。所以，对于元明清诗人来说，实是挑战与机遇并存。

此外，五七言古近体诗作为成熟的诗歌体裁，仍然具有强大的生命力。诗人们运用这些现成的体裁去反映和平共处表现自然、社会和人生之真伪、善恶、美丑，早已得心应手，作品数量之多，远逾古人；佳作累累，美不胜收。

二 江山代有才人出：元明清的诗论与创作

生在八代唐宋诗人之后，元明清诗人就有条件对诗歌创作的规律和经验加以理论总结，用来指导创作实践。在诗学著述的数量和质量方面，明清作家实超过宋人，无论唐代。如明杨慎《升庵诗话》、王世贞《艺苑卮言》、谢榛《四溟诗话》、李东阳《麓堂诗话》、徐祯卿《谈艺录》、陆时雍《诗镜总论》、胡应麟《诗薮》、胡震亨《唐音癸签》，清王夫之《姜斋诗话》、叶燮《原诗》、王士禛《带经堂诗话》、沈德潜《说诗晬语》、袁枚《随园诗话》、赵翼《瓯北诗话》等，在总结评论前人得失的同时，提出了不少有价值的诗歌主张和见解。其中对于绝句，有大量精彩的见解和评论。这些诗话的作者，多为卓有成就的诗人。

"我愧虽无李白才，料应月不嫌我丑。"（唐寅《把酒对月歌》）元明清诗坛纵然没能产生像戏剧家关汉卿、小说家曹雪芹那样光芒耀眼的大家，然亦可谓名家辈出；纵然没有经天日月，亦可谓星汉灿烂。其间挺生出元好问、杨维桢、高启、钱谦益、吴伟业、王士禛、查慎行、黄景仁、龚自珍、黄遵宪等卓荦者十余辈，在诗歌创作、特别是绝句的创作上，各有专长和独诣，亦可谓"江山代有才人出，各领风骚数百年"（赵翼《论诗》）。

| 第二节 |

从宗宋到学唐——金元诗人

一　推宗苏黄，亲和宋诗：元好问及金代诗人

金元两朝于马上得天下，金为割据之邦而元代享国较短，又都是北方比较落后的游牧民族入主中原。其诗坛皆借才于异代，而文士多有屈才之感。所以，金元文艺没有、也不可能有唐宋时代那样百花竞放的局面。诗文创作较之唐宋时代，总体上出现了较大的滑坡。然金、元诗歌的面貌，还是有祧宋、宗唐的不同。金与宋在政治上对立，而在文化上，受宋的影响却非常明显。"金初无文字，自太祖得辽人韩昉而言始文；太宗入宋汴州，取经籍图书，宋宇文虚中、张斛、蔡松年、高士谈先后归之，而文字煨兴，然犹借才异代也。"（庄仲方《金文雅·序》）元好问所编《中州集》"其大旨不外苏黄"（王世贞《艺苑卮言》卷四）。

金初，由来自辽宋的文士竞胜于诗坛，明昌（1190）以后，新一代文士成长起来，创作领域有所开拓。金室南渡后，兵连祸接，内外交困，诗风一变，有如南宋。赵秉文、杨云翼等诗人名望日崇，稍后则有李俊民、王若虚、段克己等，作品多以艰难时世、涂炭民生为题材。此期诗坛的荣光，是金末入元，为金诗编集的元好问。

元好问（1190—1257）字裕之，号遗山，金太原秀容（今山西忻县）

人。出北魏鲜卑拓跋氏，为唐诗人元结之后。曾授儒材郎、充国史院编修，历官镇平、内乡、南阳县令。汴京沦陷以后，曾携友人幼子白朴随被俘官民北渡黄河，被羁管于聊城。金亡后二十余年，主要致力于保存金代文化，编成金史《壬辰杂编》、金诗总集《中州集》、金词总集《中州乐府》。有《元遗山诗集》。他推崇杜甫，又潜心于苏轼诗的研究，撰有《东坡诗雅》《东坡乐府集选》（曾佚）。在诗歌风格上也比较接近苏轼，他擅长七律和七古，七绝亦独出冠时。如：

孤亭突兀插飞流，气压元龙百尺楼。万里风涛接瀛海，千年豪杰壮山丘。疏星澹月鱼龙夜，老木清霜鸿雁秋。倚剑长歌一杯酒，浮云西北是神州。（《横波亭为青口帅赋》）

横波亭在江苏赣榆县的河边，金时属青口辖区。蒙古人南侵，破中都燕京。金将移剌粘合驻防青口，一时士望甚重。此诗歌颂抗敌将领，渴望收复失地，音情顿挫，充满爱国激情。

以七绝体论诗，首创者为杜甫。杜甫在漂泊西南期间，写下了《戏为六绝句》《解闷》等，发表他在诗歌创作和欣赏中的散想。追随杜甫，写作过论诗七绝的唐宋诗人，数量不少。而元好问的《论诗三十首》被公认是杜甫《戏为六绝句》之后最重要的作品。其数量之多，系统性之强，见地之高，意兴之豪，诗味之浓，均可谓前无古人，后启来者。这组诗结构比较精心，系统性强，于戴复古之后，在七绝体中开创了一种体裁，这就是以评论作家作品为主的大型论诗绝句组诗。

一语天然万古新，豪华落尽见真淳。南窗白日羲皇上，未害渊明是晋人。（《论诗三十首》）

慷慨歌谣绝不传，穹庐一曲本天然。中州万古英雄气，也到阴山敕勒川。（同前）

东野穷愁死不休，高天厚地一诗囚。江山万古潮阳笔，合

在元龙百尺楼。（同前）

这里作者除以"一语天然万古新"赞美陶潜、"合在元龙百尺楼"肯定韩愈外，还对北朝民歌《敕勒歌》大加标榜，可见其对清新自然、质朴刚健之诗风是如何地激赏了。

二 近体主唐，古体主选：刘因等元代诗人

金代诗人或以北人学南，或本南人入北，故推宗坡谷，亲和宋诗。然而，南宋诗评家严羽对苏黄已表不满，标举汉魏盛唐。元好问亦对江西派进行抨击。到了元代，诗人便厌弃宋诗，而效法唐音。元初王恽提出"宗唐"，仇远更提出"近体主唐，古体主选"的创作主张，大体上确定了元诗的发展方向。

初期唯刘因（1249—1293，有《静修先生文集》）诗笔雄健，各体诗皆有可观。名篇如：

宝符藏山自可攻，儿孙谁是出群雄？幽燕不照中天月，丰沛空歌海内风。赵普元无四方志，澶渊堪笑百年功。白沟移向江淮去，止罪宣和恐未公。（《白沟》）

"白沟"本为宋辽之界河，诗中通过咏叹宋对辽、金妥协，致使边界南移江淮的史实，抒发历史感慨，发人深省。

中叶诗人有并称"四大家"的虞集、杨载、范梈、揭傒斯。其诗总体说来，以绮丽秀淡见长，而不免气体伤弱。而萨都剌（1272?—?，有《雁门集》）所作七绝清旷有致，风神佚宕，尤长于北方风物的描写，如：

紫塞风高弓力强，王孙走马猎沙场。呼鹰腰箭归来晚，马上倒悬双白狼。（萨都剌《上京即事》）

此诗描写元蒙皇族子弟在上京打猎的情景，生动展现了北国风

光和狩猎场面，洋溢着快乐与豪情。

元末名气最大的诗人杨维桢（1296—1370，有《铁崖古乐府》十卷），他"掇锦囊（李贺）之逸藻，嗣玉溪（李商隐）之芳润"，好为乐府，诗多奇诡，间失之佻滑，然而他的《海乡竹枝歌》《西湖竹枝词》《吴下竹枝词》，皆嗣响刘梦得，扩大了七绝中"竹枝"一体表现的领域，使之成为七绝中一大派别。同期杨允孚（生卒年不详）《滦京杂咏》大型组诗虽不以"竹枝"为题，其描写北方风土人情，其精神与《竹枝词》实一脉相通。

潮来潮湿退白洋沙，白洋女儿把锄耙。苦海熬干是何日？免得侬来爬雪沙。（杨维桢《海乡竹枝歌》）

汲井佳人意若何，辘轳浑似挽天河。我来濯足分余滴，不及新丰酒较多。（杨允孚《滦京杂咏》）

这两首诗分别用白描手法写海乡妇女耙盐劳动的艰辛和西北地区水资源的匮乏，皆以异域风俗动人，为读者打开了新的窗户，开拓了前所未有的题材领域。

此外，令人刮目相看的还有王冕（1287—1359，有《竹斋集》）题画绝句。

我家洗砚池头树，朵朵花开淡墨痕。不要人夸颜色好，只留清气满乾坤。（《墨梅》）

王冕所画梅花，即是作者的自我写照；他的咏梅诗，也显示着诗人的高尚情操，能使读者受到精神的陶冶。

元人由宋返唐，纠补宋人以文为诗的某些偏弊，有积极意义。但由于特殊政治气候环境，元诗表现的生活视野较为狭窄，诗人学唐还普遍地停留在模拟的层次上，总体成就反而在宋诗以下。陶瀚说："论气格则宋诗辣、元诗近甜，宋诗苍、元诗近嫩，论情韵则元为优。"而反过来，也可以这样说："宋人调甚驳，则材具纵横，浩瀚过于元。元人调颇纯，而材具局促，卑陬劣于宋。"（《诗薮》外编六）

明代诗人学唐得失及其他

一　诗必盛唐：　明代诗歌的创作主流

　　明太祖朱元璋借农民起义的力量推翻蒙元统治，作为中国主体民族的汉人重新建立了统一的国家。明代开国即诏复衣冠如唐制，时人复见汉官威仪，盛唐气象为文士所憧憬，也是很自然的趋势。

　　闽中诗人林鸿等以盛唐相号召，认为"开元天宝间，神秀声律，粲然大备，故学者当以是为楷式"（《唐诗品汇》序）。高棅编《唐诗品汇》，影响之大，决定了明诗继元诗之后宗唐的大方向。"闽中十子"之一的王偁亦云："诗自三百篇以降，汉魏质过于文，六朝华浮于实。得二者之中，备风人之体，唯唐诗为然。然以世次不同，故其所作亦异。初唐声律未纯，晚唐气习卑下。卓卓乎其可尚者，又唯盛唐为然。此具九方皋目者之论也。故是选专重盛唐。而初唐晚唐，特以备一代之制。"（《唐诗品汇》序）《唐诗品汇》就体现了闽中诗派的诗歌主张，而长达百年之久的前后七子的复古运动，已朕兆于此。

　　《唐诗品汇》在明代流传极广，直接影响到当时的诗歌创作。这对于纠正宋末芜杂细碎和元代纤巧诡异的诗风，起到了积极的作用；同时客观上也为前后七子"诗必盛唐"的复古倾向开了先河。《四库总目提要》评价此书说："《明史·文苑传》谓终明之世，馆阁以此书为宗。厥后李梦阳、何景明等，名为崛起，其胚胎实兆于此。平心而论，唐音之流为肤廓者，此书实启其弊；唐音之不绝于后世者，亦此书实衍其传。功过并存，不能互掩。"

从弘治到万历百余年间，明诗大盛。主持此期诗坛的前后七子，更公然打出"诗必盛唐"的旗号。首倡者为李梦阳（1472—1529），其人"才思雄骛，卓然以复古自命。弘治时，宰相李东阳主文炳，天下翕然宗之，梦阳独讥其萎弱，倡言'文必秦汉，诗必盛唐'，非是者弗道"（《明史·文苑传》）。李攀龙（1514—1570）认为"文自西京、诗自天宝而下，俱无足观，于本朝独推李梦阳"，甚至鼓吹"视古修辞，宁失诸理"（《沧溟集·送王元美序》）。他特别推崇汉魏古诗、盛唐近体，"论古则判唐、选为鸿沟，言今则别中、盛如河汉"（钱谦益《列朝诗集小传》），所编《诗删》，唐后直接明代，宋元诗一概不选。《诗删》中唐诗部分主要从《唐诗品汇》中采出，选诗四百六十五首，单行为《唐诗选》，按诗体编次，入选唐诗以初盛唐为主，中晚唐诗甚少。

"唐诗学"在明代成为显学。胡应麟（1551—1602）生在前后七子之后，对前后七子极力推崇，作《诗薮》评论古今诗歌。《诗薮》内编六卷，依体论诗，分古、近体各三卷；外编六卷，自周至元，按时代论诗；另有杂编、续编（续编论其当代之作）。胡应麟对唐诗的推崇不遗余力，又以明诗直继汉唐，而将宋元诗一笔勾销。其在《诗薮》中写道："自三百篇以迄于今。诗歌之道，无虑三变。一盛于汉，再盛于唐，又再盛于明。典午创变，至于梁陈极矣，唐人出而声律大宏。大历积衰，至于宋元极矣，明风启而制作大备。"（《诗薮》续编一）明末胡震亨继胡应麟，作《唐诗统签》，为清廷编辑《全唐诗》做好了奠基工作。其中的《唐诗癸签》，内容涉及唐诗的源委与变革，体制的形成，风格的高下，作家的短长和一切知人论世的材料等，对唐诗的研究，提供了很大方便。

由于明人诗论贯串着宗唐一线，持论者又多是主宰诗坛风气的人物，在相当程度上局限了明诗创作的成就。宏观上看，这是诗史上的一次回潮；具体而论，也有新的现象，新的弋获。

二　涉笔有博大昌明气象：高启与明初诗人

明初诗人皆是元末动荡社会过来的人，其中独领风骚的诗人是高启。赵翼谓其"才气超迈，音节响亮，宗派唐人，而自出新意，一涉笔则有博大昌明气象，亦关有明一代文运"（《瓯北诗话》卷八）。高启（1336—1374）字季迪，号青丘子。元长洲（今江苏苏州）人。洪武初召修《元史》，授翰林编修。后辞官，赐金放还。与徐贲、张羽、杨基并称"吴中四杰"。他作风自由，为朱元璋所不容。英年遇害，实未尽才。有《高青丘集》。

> 大江来从万山中，山势尽与江流东。钟山如龙独西上，欲破巨浪乘长风。江山相雄不相让，形胜争夸天下壮。秦皇空此瘗黄金，佳气葱葱至今王。我怀郁塞何由开？酒酣走上城南台。坐觉苍茫万古意，远自荒烟落日之中来。石头城下涛声怒，武骑千群谁敢渡？黄旗入洛竟何祥？铁锁横江未为固。前三国，后六朝，草生宫阙何萧萧！英雄乘时务割据，几度战血流寒潮。我生幸逢圣人起南国，祸乱初平事休息。从今四海永为家，不用长江限南北。（《登金陵雨花台望大江》）

> 绿盆小树枝枝好，花比人家开得早。陌头担得春风行，美人出帘闻叫声。移去莫愁花不活，卖与还传种花诀。余香满路日暮归，犹有蜂蝶相随飞。买花朱门几回改，不如担上花长在。（《卖花词》）

184

《登金陵雨花台望大江》诗通过登高望远，抒发对江山形胜的赞叹，对金陵历史的感慨和对国家初归统一的喜悦，风格浑浩流转，波澜壮阔，笔墨酣畅，是作者七古的代表作。《卖花词》则新题新意，结尾作见道语，从卖花人口中道出，尤其耐人寻味。

专制统治需要文学来为之捧场，粉饰升平之风遂弥漫于诗坛，自成祖永乐（始于1403）至英宗天顺（迄于1464）间，出现台阁重臣三杨（士奇、荣、溥）为代表的"台阁体"，以对歌功颂德和道德说教为内容，其诗特点是假大空，雍容华贵形式，掩饰不了内容的贫乏。只有少数经历了"土木堡之变"的杰出人物，如于谦（1398—1457）、郭登（？—1472）等不为时风所限，写下了一些具有生气的篇章。于谦不以诗名世，但其诗以勤政戍边生活为内容，诗风刚健质朴，上继唐人边塞之作，开了明代的边防诗之先声。

千锤百凿出深山，烈火焚烧若等闲。粉身碎骨全不怕，要留清白在人间。（《石灰吟》）

于谦《石灰吟》以拟人化手法，表达了作者以清白正直为人生准则的高尚情操，及其对献身精神的高度赞美。正气凛然，堪称其"诗谶"。

"台阁体"后，"杂体"诗兴。茶陵（今属湖南）人李东阳（1447—1516，有《怀麓堂集》），虽受到台阁体的影响，然又与杂体相通，诗以拟古乐府著称，风格苍健，是上承台阁，下启前后七子的过渡人物。李东阳以宰相地位主持文坛，奖掖后进，形成了以他为首的茶陵诗派。其题画诗不但能于画外传神，而且颇有寄托。

莫将画竹论难易，刚道繁难简更难。君看萧萧只数叶，满堂风雨不胜寒。（《柯敬仲墨竹》）

这首诗系题友人所画墨竹小品，讨论笔墨功夫中的繁简问题，富于哲理而又形象，足抵一篇画论。

三　超元越宋，直攀唐人：前后七子及其他

明诗的繁荣，出现在从弘治到万历百余年间。弘治初期，明孝宗曾尝试政治改革，广开言路，斥逐奸邪。嘉靖前期，明世宗亦励精图治，较为开明。虽然这些改革并未坚持下去，后来导致宦官和权臣的专权，但文学创作的环境还是有所宽松。弘治、正德时的"前七子"以李梦阳、何景明为代表，嘉靖、万历时的"后七子"以李攀龙、王世贞为代表，他们相继登场，发起并展开文学复古运动，以其理论主张和创作实践，使"一时云从景合，名家不下数十"（《诗薮》续编一）。

前后七子的主体风格是追求盛唐的雄浑豪放，又沿于谦、李东阳的阳刚之美一脉而发展。他们又都是京师官场中的"文人兼气节者"（《诗薮·续编》卷一），刚直不阿，桀骜不驯；他们或指斥阉党，或弹劾奸臣，处于政治斗争的旋涡；他们关心国家命运，忧虑边塞安危，充溢着浩然正气。要之，从弘治到万历这段时期，明诗形成一种超元越宋，直攀唐人的气象。无论何种题材，都能仿佛唐音，比元人所作雄浑，比宋人所作富于情韵。最能体现明诗气象的，得盛唐之遗风，而又具时代气息的作品，莫过于以国防为题材的边防诗。

从总体上说，明代的国威没有唐代那样强大，却也不像宋代那样孱弱。明代外来的威胁，主要是北方的游牧民族如蒙古鞑靼部、瓦剌部和来自日本的海上倭寇，当时称为"南倭北虏"。明太祖朱元璋定下"修武备，谨边防，来则御之，去不穷追"的以守御为主的国防政策，成功地抵御了外来的入侵。明代的国防现实，反映到诗中，形成了两个系列：一是针对北部边防的边塞诗，基本上沿袭了

唐代边塞诗的传统，在内容和手法上，都处在唐人的延长线上；一是针对东南沿海的海防诗，则在唐人边塞诗外另辟一境，从内容到手法上不是简单模仿唐人，而有更多的新意，成为明诗中光彩夺目的一个部分。

唐代的中日关系相当亲善，宋元时代也没有大问题。而到明朝立国前后，日本进入南北分裂状态，内战不休。战败的南方封建主组织武士、商人和浪人，与明土的不法商贾相勾结，经常入侵中国沿海地区，进行武装走私和抢劫活动。因此，明代开国即加强海防建设，长期进行抗倭斗争，涌现出不少可歌可泣的历史人物，其杰出代表便是戚继光（1528－1587，有《止止堂集》）。他兼资文武全才，其诗多描写军旅生活，抒发报国情怀，诗风豪迈沉着。沈明臣以秀才之身为抗倭名将胡宗宪掌书记，亦颇有佳作。

> 霜角一声草木哀，云头对起石门开。朔风房酒不成醉，落叶归鸦无数来。但使玄戈销杀气，未妨白发老边才。勒名峰上吾谁与，故李将军舞剑台。（戚继光《登盘山绝顶》）

> 衔枚夜度五千兵，密领军符号令明。狭巷短兵相接处，杀人如草不闻声。（沈明臣《凯歌》）

这里明代的边防诗，与唐代边塞诗比较，虽然一样洋溢着爱国主义精神，一样写战斗，却更多地偏于东南海疆，带有海风和里巷的气息，直开唐代边塞绝句未有之意境，令读者耳目一新，构成了明代边防诗的一道亮丽的风景线。

不过，从总的情况看，前后七子从唐诗学到了重情主气的一面，所作富于情韵，蔚为气象，在相当程度上纠补了宋、元以来诗歌创作中平庸纤巧之偏弊。然而"视古修辞，宁失诸理"（李攀龙《沧溟集·送王元美序》）的理论偏颇，限制了他们的创作成就。只承认盛唐，而否定元和以下诗歌，从而使明诗的风格比较单调。有的作品在风格乃至意象上，都逼近盛唐，如果置诸李益等人集中，是无法从风格上加以区别的。然而，它们却使人感到似曾相识，初读若"高华杰起"，然不耐读，"人但见黄金、紫气、青山、万里，则以于鳞体"（《诗薮》续编卷二）复多变少，总体上不能令人耳目一新。

四　独抒性灵，不拘格套：公安派和竟陵派

明中叶以后时代，公安派打出"独抒性灵"的口号，与前后七子的复古主张相对立，是对正统的载道派文论的反叛。从哲学的思想的角度看，它是与"存天理，灭人欲"的程朱理学相对抗的主张个性解放的人性论，在文艺理论上的表现。

性灵说不是凭空出现的，它起码与两个事实相联系：一是明代的封建统治比唐宋时代更趋专制，统治者提倡理学，对文化人实行思想钳制，动加诛戮，像方孝孺被诛灭十族的事例，对于唐宋人该是何等的骇人听闻！二是明中叶以后，国内尤其是长江流域及沿海地区，出现了资本主义的萌芽，在社会经济新因素基础上成长起来的市民文艺，得到蓬勃发展。于是，打破封建礼教的束缚，召唤人性的复归，便成为时代的要求。性灵说可说是适逢其会，应运而生，代表了明中叶后社会发展对文学的要求和文学发展自身的要求，在明中叶以后的绝句创作中，擦出了新的火花。

其实在性灵说正式提出以前，早在弘治、正德时代，江南就有一批诗画兼长的才子，如沈周、唐寅、文徵明、祝允明等，他们作诗不事雕琢，纯任天真，已开风气。进而李贽提出的《童心说》，认为天下至文皆出自童心，即"绝假纯真、最初一念之本心"，而反对以"闻见道理"即以孔孟之道为心；认为只要"童心常存"则"无

时不文，无人不文"，"诗何必古选，文何必先秦"。在古代作家中，他最欣赏不受儒学羁勒的司马迁、李白、苏轼。在提倡童心的同时，他还重视所谓"迩言"，即"街谈巷议，俚言野语，至鄙至俗，极浅极近，上人所不道，君子所不乐闻者"（《道古录》下）。这些见解惊世骇俗，又具真知灼见，影响极大。

袁宗道、袁宏道、袁中道兄弟三人，是李贽的追随者，他们是明公安（今属湖北）人，世称"公安派"。三袁中，以袁宏道（1568—1610）的成就最大，他主张文随时变，在《叙小修诗》中，通过对其弟中道的诗歌评论，提出诗要"独抒性灵，不拘格套，非从自己胸臆流出，不肯下笔"，从而形成性灵说。"中郎之论出，而王、李之云雾一扫，天下之文人才士始知疏瀹心，搜剔慧性，以荡涤摹拟涂泽之病，其功伟矣！"（钱谦益《列朝诗集小传》）

与复古派对立的诗人，创作成就较高的徐渭，是公安派的同道。徐渭（1521—1593）字文长，晚号青藤，明山阴（今浙江绍兴）人。他多才多艺，自称"书第一，诗次之，文又次，画又次之"。为人不合流俗，蔑视礼法，穷困以终。有《徐文长集》。其成就方面较广，天机清妙，自成一家，被袁宏道称作"有明一人"。其诗自称用"张打油叫街语"，而风格诙谐，颇具童趣。

> 短剑随枪暮合围，寒风吹血着人衣。朝来道上看归骑，一片红冰冷铁衣。（《龛山凯歌》）

> 春风语燕泼堤翻，晚笛归牛稳背眠。此际不偷慈母线，明朝孤负放鸢天。（《题风鸢图》）

> 柳条搓线絮搓棉，搓够千寻放纸鸢。消得春风多少力，带将儿辈上青天。（同前）

《龛山凯歌》记明嘉靖间浙闽总督胡宗宪大破浙闽沿海入侵倭寇之捷，作者时在军幕。《题风鸢图》乃以诗配画，共二十五首，多以俚语写童趣，将南宋杨万里的小品诗向前推进了一步。

继公安派之后，晚明时代又兴起了以竟陵（今属湖北）钟惺、谭元春为代表的竟陵派。竟陵派在反对复古派的斗争上，和公安派有相通之处，同样在文学创作上提倡"性灵"或"灵心"。为了补正公安派所谓俚陋的偏向，竟陵派提出在精神上迫近古人，追求"幽深孤峭"的纯诗的境界以矫其枉，诗境失之狭小。无论从理论意义还是创作实绩上，都在公安派以下。总之"性灵"文学到了竟陵派，竟是强弩之末了。

明末剧烈的社会动荡使诗人不得不面对惨痛的现实。复社和几社的诗人，尤其是陈子龙、夏完淳师生，将忧愤时乱的诗歌倾注了沉重的感情，所作悲劲苍凉。抗元英雄史可法、张煌言等人的诗，和宋末文天祥等人的感慨悲歌一样，是血写的文字，闪耀着人文的、理想的光辉，令后世读者为之肃然起敬。

> 来家不面母，咫尺犹千里。矶头洒清泪，滴滴沉江底。（史可法《燕子矶口占》）

> 我年适九五，偏逢九月七。大厦已不支，成仁万事毕！（张煌言《绝命诗》）

二诗同属口占，或抒国难当头，忠孝不能两全的惨烈情怀；或抒以身许国，取义成仁的决心，皆浩气充斥，所谓：沧海横流，方见出英雄之本色。

| 第四节 |

清诗的复兴和诗界革命

一 南朝情结：吴伟业等 "江左三大家"

有清一代诗家蜂起，诗派林立有逾明时。清代诗人惩于元诗绮靡和明诗复古而诗境浅狭等方面的流弊，广益多师、取径较多，在继承的基础上不断创新，而现实主义始终是诗坛之主流。诗歌出现了百花竞艳的复兴局面，在数量上和总体成就上都超过元明。

清诗第一页，是由明亡后改仕新朝的汉族士大夫写成的，其中以钱谦益、吴伟业、龚鼎孳为代表。钱谦益（1582—1664）字受之，号牧斋，江苏常熟人。南明福王朝任礼部尚书。清顺治二年（1645）降清，授礼部侍郎，后辞归。有《牧斋初学集》《牧斋有学集》。钱才华富赡，主持东南诗坛，主张诗贵有本有物，不名一家，不拘一格，兼喜奖拔后进。其转益多师，长于七律，得力于杜甫，形成情辞苍郁、辞藻丰富的诗风。

寂寞枯枰响沉寥，秦淮秋老咽寒潮。白头灯影凉宵里，一局残棋见六朝。（《金陵后观棋绝句六首》录一）

海角崖山一线斜，从今也不属中华。更无鱼腹捐躯地，况有龙涎泛海槎。望断关河非汉帜，吹残日月是胡笳。嫦娥老大无归处，独倚银轮哭桂花。（《后秋兴八首》录一）

这类诗中带有一种浓重的寂寞空虚而凄凉的氛围，乃是作者亲历沧桑、重温历史，从内心深处唤起的历史空幻感的外在表现。

吴伟业（1609—1671）字骏公，号梅村，江苏太仓人。南明福王朝拜少詹事。清顺治九年（1652）授秘书院侍讲，迁国子监祭酒，不久乞归。有《吴梅村诗集》。善以现实题材，作叙事长诗，如《圆圆曲》《楚两生行》等数十篇，取易传之事为绝妙之辞，"格律本乎四杰，而情韵为深；叙述类乎香山，而风华为胜"（《四库总目提要》），时称"梅村体"。

鼎湖当日弃人间，破敌收京下玉关。恸哭六军俱缟素，冲冠一怒为红颜。红颜流落非吾恋，逆贼天亡自荒宴。电扫黄巾定黑山，哭罢君亲再相见。相见初经田窦家，侯门鼓舞出如花。许将戚里箜篌伎，等取将军油壁车。家本姑苏浣花里，圆圆小字娇罗绮。梦向夫差苑里游，宫娥拥入君王起。前身合是采莲人，门前一片横塘水。横塘双桨去如飞，何处豪家强载归？此际岂知非薄命，此时只有泪沾衣。薰天意气连宫掖，明眸皓齿无人惜。夺归永巷闭良家，教就新声倾坐客。坐客飞觞红日暮，一曲哀弦向谁诉？白皙通侯最少年，拣取花枝屡回顾。早携娇鸟出樊笼，待得银河几时度？恨杀军书抵死摧，苦留后约将人误。相约恩深相见难，一朝蚁贼满长安。可怜思妇楼头柳，认作天边粉絮看。遍索绿珠围内第，强呼绛树出雕栏。若非壮士全师胜，争得蛾眉匹马还？蛾眉马上传呼进，云鬟不整惊魂定。蜡炬迎来在战场，啼妆满面残红印。专征箫鼓向秦川，金牛道上车千乘。斜谷云深起画楼，散关月落开妆镜。……（《圆圆曲》）

登高怅望八公山，琪树丹崖未可攀。莫想阴符遇黄石，好将鸿宝驻朱颜。浮生所欠止一死，尘世无碍识九还。我本淮王旧鸡犬，不随仙去落人间。（《过淮阴有感》）

明清易代之际的苏州名妓陈圆圆富于传奇色彩的一生,本来就是歌行体诗的绝好材料。《圆圆曲》自始至终就陈圆圆的遭际作如怨如慕、淋漓尽致的歌咏,亦借陈圆圆与吴三桂的离合之情,寄托兴亡之感。对吴三桂假托复明,实为一己私怨,引清入关的行径,则据事直书。是白居易《长恨歌》之后不可多得的叙事杰作。

吴伟业与同时的钱谦益、龚鼎孳,被称为"江左三大家"。三家诗共同之处是多表现所谓"贰臣"的心理负担。沧桑感触与负罪之感交织,兼受庾赋和杜诗的影响,形成一种凝练、萧瑟、沉郁而老成的风格。这些人都曾事南明,在诗中反复运用的一个诗歌语汇便是"六朝"或"南朝",可以说有很深的南朝情结,较之中晚唐诗人歌咏南朝的诗,别有切肤之痛。如吴伟业《过淮阴有感》一诗抒写对亡明的眷念,末二句久被传诵。此诗写作在顺治年间,作者却未成文网中人,实属侥幸。

可以说,清诗一开始,就不是根据某一先验的艺术标准或主张,来规范诗歌的创作。而是一代士大夫根据自身的遭遇,尤其是精神上的失落,用艺术创作来拯救自己的灵魂。而这些作者,大都学殖深厚,底蕴充足,不管运用典实,还是借助光景,都能信手拈来,自然贴切,而富于艺术含蕴。其诗对人性的解剖,尤有独到的认识价值。

二 王士禛 "神韵说" 及其他

满族入主中原,到了康熙、雍正时期,清代社会已趋稳定。而老一代诗人渐渐退出人生舞台,第二代诗人已成长起来。王士禛说:"康熙以来诗人,无出南施北宋之右,宣城施闰章愚山,莱阳宋琬荔裳是也。"(《池北偶谈》卷十一)。施闰章（1618—1683）字尚白，号愚山，宣城（今属安徽）人。有《学余堂文集》。所作五言近体多清空凝练，意境幽深。其中年时代写的具有现实主义倾向的五七言古体尤其乐府诗，如《牵船夫行》《浮萍兔丝篇》等，影响较大。施、宋之外，还有一位吴嘉纪（1618—1684）。吴字宾贤，号野人，泰州（今属江苏）人。明亡后绝口不谈仕进，隐居泰州，自署其居曰"陋轩"，苦吟不辍。吴诗学唐能化，汪懋麟谓其"五七言近体，幽峭冷逸，自脱拘束。至所为今乐府诸篇，即事写情，变化汉魏痛郁朴远，自为一家之言"（《陋轩诗序》）。孔尚任则推他和同时代的屈大均、王士禛为三大诗人（《题居易堂文集屈翁山诗集序后》）。

真正代表康熙、雍正朝诗歌创作主流，而在绝句诗坛独领风骚的诗人是王士禛。王士禛（1634—1711）字贻上，号阮亭，又号渔洋山人，新城（今山东桓台）人。顺治十五年（1658）进士，出任扬州推官，后升礼部主事，官至刑部尚书。康熙三十四年（1704）罢官归里。有《渔洋山人精华录》。康熙、雍正时代政治稳定，相对承平，诗人仕途顺利，不欲犯文网之严，宁肯回避现实中尖锐的民族矛盾，更多地在诗艺上进行追求。王士禛推本晚唐司空图"味在酸咸之外"及南宋严羽"以禅喻诗"之旨，高倡"神韵说"，是清诗发展中一大关键。

"神韵"一词，较早见于唐人张彦远《历代名画记》"论画六法"。在诗论中首标神韵者是明代的胡应麟。前后七子倡言盛唐，措意神情和声调，推重七言律诗，创作流于肤廓；公安、竟陵派以宋人矫七子之失，创作流于浅率，影响至于清初；王士禛欲纠两派之偏，所以一面标举唐音，一面也兼顾宋调，最后乞灵于司空图"不著一字，尽得风流"（《诗品·含蓄》），严羽"诗道亦在妙悟"、"盛唐诗人唯在兴趣"（《沧浪诗话·诗辨》）之说，倡言"神韵"，追求古淡空灵，推重七言绝句,自然凑泊于唐人。王士禛为推行其诗歌主张,岁晚亦操持唐诗选政,编《唐贤三昧集》和《唐人万首绝句选》,影响较大。

王士禛是清代第一个大量写作七言绝句的诗人,其中有不少是绝句组诗。其诗多取材于游历中所见山水风光,不乏情寄。所作风格古淡自然,清新圆润,成功地实践了其诗歌主张,故为一时风靡而景从。

> 年来肠断秣陵舟,梦绕秦淮水上楼。十日雨丝风片里,浓春烟景似残秋。(《秦淮杂诗》)

> 江干多是钓人居,柳陌菱塘一带疏。好是日斜风定后,半江红树卖鲈鱼。(《真州绝句》)

《秦淮杂诗》是一组带有感伤前朝旧事情味的诗篇,诗句并不涉及具体的政治人事,只写对自然风光的特殊感受,读者却能从中联想到笼罩在秦淮风月繁华旧地的那种冷落萧条的整个氛围,可谓虚处着笔,空际传神,正符合作者所提倡的"不着一字,尽得风流"的诗歌主张。《真州绝句》是一组描绘真州(今江苏仪征)风物的小诗,出语萧散自然,颇饶诗情画意。

但王士禛的诗也有其弊病。"阮亭先生诗,同时誉之者固多,身后毁之者亦不少。推其致毁,盖有两端:一则标举神韵,易流为空调;一则过求典雅,易掩却性灵。"(张维屏《听松庐诗话》)流为空调、掩却性灵,正是明七子的弊病。于是王士禛从纠补明七子之弊出发,却绕了一个圈,陷入明七子的覆迹。"当王士禛诗论在艺术形式方面所起的一些补弊救偏作用消失了它的时代意义以后,神韵说本身也就有待于后人的补弊救偏了。"(郭绍虞等《中国历代文论选·清》)

第一个起来纠正王士禛的是赵执信。赵执信(1662—1744)字伸符,号秋谷,益都(今属山东)人。康熙进士,授翰林院编修。因在皇后丧期观《长生殿》被革职。有《饴山诗集》。他是王士禛甥婿，对王并不迷信。王有《古诗平仄论》，秘不相示，他就自著《声调谱》。王说"诗如神龙，见其首不见其尾，或云中露一爪一鳞而已"，赵即著《谈龙录》力斥其非。他服膺冯班、吴乔的诗论，认为"诗之中须有人在"、"诗人贵学尤贵知道"。赵执信在创作上，思路镵刻，以清新取胜。与王士禛同时齐名的诗人还有朱彝尊，世人称二人为"南北两大宗"。朱彝尊（1629—1709）字锡鬯，为著名学者，才力宏富，主要成就在于词学，而诗歌创新不如王氏。

三 宗宋派诗人： 查慎行与厉鹗

真能弥补神韵派缺失的诗人，是年代稍晚于王士禛的查慎行。查慎行（1650—1727）字夏重，号初白，海宁（今属浙江）人。康熙四十二年（1703）进士，特授翰林院编修，入直内廷。与朱彝尊为中表兄弟，得其奖誉，声名早著。入朝后又从军西南，随驾东北，丰富了阅历，饱览了各地风光。论诗不大远于王氏，独创作成就出于王上。有《敬业堂诗集》。

查慎行看到从明七子到清代神韵派，模拟唐人，几成熟调。而习惯是诗歌的大敌，因而他兼学唐宋，尤致力于宋诗的研究，著《补注东坡编年诗》，得于苏、陆较深，于唐则近白居易。

> 月黑见渔灯，孤光一点萤。微微风簇浪，散作满河星。（《舟夜书所见》）

> 半浮半沉树头树，乍合乍离山外山。借取日光磨一镜，吴娘船上看烟鬟。（《晓发胥口》）

这些诗多成于旅途，好用白描手法，而不率易。如《舟夜书所见》借一点渔灯，把自己于夜舟中所见所感生动真切地表达出来，"一点萤"和"满河星"的景象形成强烈的反差，使单调一变而为壮观。《晓发胥口》写清晨舟中所见景色，通过船家女借拂晓的日光整妆，意味船将"晓发"，极富生活情趣。赵翼认为"梅村后欲举一家列唐宋诸公之后者，实难其人。唯查初白才气开展，工力纯熟"，"要其功力之深，则香山、放翁后一人而已"（《瓯北诗话》卷十）。

以宗宋为主的诗人，还有厉鹗。厉鹗（1692—1752）字太鸿，号樊榭，钱塘（今杭州）人。康熙举人，后因应试受挫无意仕进，留意著述，以歌咏自娱。有《樊榭山房集》。厉鹗广游历，足迹遍及两浙、齐鲁、幽燕等地的名山大川，其诗以游览之作为多。诗以取法宋人为主，兼宗大小谢及王孟韦柳。他精熟辽宋史实，编《宋诗纪事》，是清代雍、乾时期"宋诗派"代表和"浙派"词领袖。

> 水落山寒处，盈盈记踏春。朱栏今已朽，何况倚栏人！（《湖楼题壁》）

《湖楼题壁》是作者悼念亡妾朱满娘之作，诗虽短，却写得精巧别致，深沉含蓄，情味隽永。

四　袁枚"性灵说"及其他

乾隆朝宗唐而影响较大的诗人是沈德潜。沈德潜（1673—1769），字确士，号归愚，长洲（今苏州）人。青年时代即从事教馆生涯，乾隆时中进士已是六十七岁老翁，官至内阁学士兼礼部侍郎。深得乾隆赏识，常出入禁苑与乾隆唱和，编《唐诗别裁集》《明诗别裁集》《清诗别裁集》，著《说诗晬语》论历代诗的源流和升降，声誉鹊起，影响甚大。

袁枚不满于沈德潜倡导温柔敦厚的"格调说"及翁方纲以考据为诗的"肌理说",而从明代公安派、竟陵派那里继承了"性灵说",著有《随园诗话》,在后世影响甚大。袁枚（1716—1797）字子才,钱塘（今属浙江）人。乾隆进士。先授翰林院庶吉士,七年改放外任,在溧水等地任知县,有政声,十三年辞官定居江宁。筑室小仓山隋氏废园,改名随园,晚号仓山先生。与赵翼、蒋士铨并称"乾隆三大家"。有《小仓山房诗文集》。

袁枚认为"自三百篇至今日,凡诗之传者,都是性灵,不关堆垛"（《随园诗话》五）,"情所最先,莫如男女"（《答蕺园论诗书》）,把才、学、识作为创作的条件,以真、新、活为创作的追求,较公安派、竟陵派的性灵说更加深入而具体。诗歌创作"学杨诚斋而参以白傅"（尚镕《三家诗话·总论》）,多取材于日常生活和景物、个人兴趣和识见,写法灵活。

  养鸡纵鸡食,鸡肥乃烹之。主人计固佳,不可使鸡知。（《鸡》）

  莫唱当年长恨歌,人间亦自有银河。石壕村里夫妻别,泪比长生殿上多。（《马嵬》）

  人生薪水寻常事,动辄烦君我亦愁。解用何尝非俊物,不谈未必定清流。空劳姹女千回数,屡见铜山一夕休。拟把婆心向天奏,九州添设富民侯。（《咏钱》）

袁枚喜欢以议论为诗,妙在新意迭出。刘大白评《鸡》道:"一切资本家豢养劳动者,男性豢养女性,军阀豢养兵士的阶级豢养的背景,都被这几句诗道破了。不料旧诗中竟有这样的象征文字。"（《旧诗新话》十八）又如《马嵬》巧妙地借用杜甫、白居易诗篇以发议论,做到了浅近、新警与含蓄的统一。《咏钱》议论风生,直言当时人所不敢言,却入情入理,语言清新流畅,用典自然妥帖,颇饶情趣。

袁枚诗发乎性情，辞尚自然，可读之作甚多。但立论时有偏颇，如"有性情便有格律，格律不在性情外"（《随园诗话》一），这就把客观的、外在的格律和主观的、内在的性情完全等同起来。实际上取消了格律，有损于诗的艺术性。其次，诗歌表现性情，却不必排斥用典，以学问为诗固不可取，而恰当的用典，却能加长联想，使诗意更加含蓄。

赵翼（1727—1814，有《瓯北诗话》《瓯北诗文集》等）的诗歌主张略近于袁枚，不满王士禛神韵说的不着边际和沈德潜格调说的流于空套，论诗重性灵而主创新。翼字云崧，号瓯北，阳湖（今江苏常州）人。乾隆进士，授翰林院编修，曾任镇安、广州知府，官至贵西兵备道。后辞官家居，一度主讲于扬州安定书院。赵翼诗以五古见长，其诗吸收了白居易、陆游的某些优长，造语浅近流畅。他的论诗绝句以思想新颖，立论大胆著称，可以说是元好问之后流传最广的论诗绝句。

李杜诗篇万口传，至今已觉不新鲜。江山代有才人出，各领风骚数百年。（《论诗五首》录一）

这首论诗之作，尤其是末二句，不愧为警世名言，对沉迷于唐人唾余中讨生活的时辈，不啻是当头棒喝。其所体现的无畏精神和发展观点，在作者《瓯北诗话》一书中，则可谓一以贯之。

与袁枚、赵翼具有同样倾向、以性情为本的诗人还有郑燮。郑燮（1693—1765）字克柔，号板桥，兴化（今属江苏）人。乾隆进士，曾任山东范县、潍县等地知县，为官清正，关心民生疾苦。因请赈触忤大吏而辞官。郑燮具有多方面的文艺才能，擅长文人画，尤工兰竹。以诗、书、画称"三绝"。平生狂放不羁，多愤世嫉俗之举，略类于明代的徐渭。有《郑板桥集》。

咬定青山不放松，立根原在破岩中。千磨万击还坚韧，任

尔东西南北风。(《竹石》)

衙斋卧听萧萧竹，疑是民间疾苦声。些小吾曹州县吏，一枝一叶总关情。(《潍县署中画竹呈年伯包大中丞括》)

郑燮题画诗多有寓意，用白描手法，或直抒胸臆，语言明白晓畅，通俗易懂，多反映社会黑暗及民间疾苦，继承发扬了乐府的优良传统。

五　百样飘零只助才：黄景仁的造诣

乾嘉两代著名诗人不少，如钱载、吴雯、杭世骏、黄任、张问陶、舒位、严遂成、黎简、宋湘、洪亮吉，等等，灿若群星，不一而足。其时诗歌创作"济之以考据之学，艳之以藻绘之华，才人学人之诗，屈情难悉，而诗人之诗，则千百中不得什一焉"(万泰维《味余楼诗稿序》)。黄景仁独出冠时，写出了"一些话语沉痛，字字辛酸的真正的诗人气质的诗"(郁达夫《关于黄仲则》)，使人刮目相看。

黄景仁 (1749—1783) 字仲则，武进 (今江苏常州) 人，黄庭坚后裔。幼年丧父，屡应乡试不第。二十岁时为养家糊口，开始浪游，官卑俸薄，家计维艰。后例得主簿，加捐县丞。候补未果，乃为债家所迫，抱病离京，病逝途中，年仅三十五岁。有《两当轩全集》。景仁诗才甚高，推崇李白，七言诗最有特色：古体直造太白之室，近体也写得自然工妙。其至交诗人洪亮吉评论说："自湖南归，诗益奇肆，见者以为谪仙人复出也。后始稍稍变其体，为王李高岑，为宋元诸子，又为杨诚斋，卒其所诣，与青莲最近。"(《黄君行状》)

男儿作健向沙场，自爱登台不望乡。太白高高天尺五，宝刀明月共辉光。(《少年行》)

这首诗乃作者早年之作,诗中想象自己站在太白之巅,手执宝刀与明月争辉,诗风单纯浪漫,足见抱负不凡。

然而,诗人短暂的一生中,大半时间是在贫病潦倒中度过的,兼之家累不轻,心理负担沉重。为诗多写遭遇的不平、社会的不公,表现出一种力透纸背的孤独感,固不免于感伤低沉,与李白诗的雄快飘逸大异其趣。然而,诗人常常是通过家常的语言,描写内心的担忧和负疚,表现刻骨铭心的人伦感情,其诗风格沉郁清新,迥异于时流,生动反映了中下层知识分子的生存状态和苦恼。

> 仙佛茫茫两未成,只知独夜不平鸣。风蓬飘尽悲歌气,泥絮沾来薄幸名。十有九人堪白眼,百无一用是书生。莫因诗卷愁成谶,春鸟秋虫自作声。(《杂感》)

> 五剧车声隐若雷,北邙惟见冢千堆。夕阳劝客登楼去,山色将秋绕郭来。寒甚更无修竹倚,愁多思买白杨栽。全家都在风声里,九月衣裳未剪裁。(《都门秋思》)

这些诗因失意而发牢骚,如"十有九人堪白眼,百无一用是书生"(《杂感》),对仗用典诙谐而冷峻;至于"全家都在风声里,九月衣裳未剪裁"(《都门秋思》)则巧妙地点化《诗经·豳风·七月》"七月流火,九月授衣"、"无衣无褐,何以卒岁"等诗语,不局限于抒发个人的悲哀,也是当时无数失意文人悲愤心情的写照。

六 九州生气恃风雷: 龚自珍等近代诗人

道光二十年(1840)鸦片战争爆发,洋枪洋炮打开了中国的大门,随后太平天国运动风起云涌,中国的社会性质发生了重大变化,由独立的封建国家逐渐沦为半殖民地半封建家,产生了新的阶级、社会思潮和社会矛盾。在新的社会生活和社会思潮的激荡下,近代诗坛发生了重大变化,诗歌创作开始冲决传统诗歌的樊篱,出现了新潮。

近代大诗人往往同时是思想家和政治活动家,他们以诗歌为武器,紧密围绕重大的政治斗争,深刻地反映这一特定历史时期的社会生活面貌和新的时代要求。在鸦片战争的历史风暴到来前夕,被誉为"三百年来第一流"(柳亚子)的龚自珍,以启蒙思想家特有的敏感,忧念时局,呼唤风雷,成为近代诗歌的奠基人。稍前则有粤东诗人张维屏,以《三元里》一诗直接反映广东人民的平英团的反帝斗争,得风气之先。

龚自珍(1792—1841)字璱人,号定庵,浙江仁和(今杭州)人,他从科场的坎坷体会到政治的腐败,敏感到国家面临的危机,逐步产生了改良的思想和要求。为学主张经世致用,关注现实政治和社会的重大问题,不断抨击时弊并提出改良主张。有《龚定庵全集》。

龚自珍今存诗歌绝大部分是中年以后所作,他擅长各体诗歌,颇具浪漫气息。他用诗作自画像道:

> 绝域从军计惘然,东南幽恨满词笺。一箫一剑平生意,负尽狂名十五年。(《漫感》)

诗中的"一箫一剑",就象征着作者的个性特征:箫表明了他的怨,他对周围环境不协调、不合作的态度;剑表明了他的狂,他的明白看世、不受制于封建礼教的反抗精神。

道光十九年(1839)己亥,作者辞官南归,尔后北上迎接眷属,他将往返途中见闻及随想,写成三百一十五首七绝,总题《己亥杂诗》。《己亥杂诗》是一组规模空前、思想内容极为丰富的大型七绝组诗,其独创性表现在将叙事、议论和抒情相结合,不受格律拘束,挥洒自如地历叙诗人旅途见闻、生平经历和思想感情。

九州生气恃风雷，万马齐喑究可哀。我劝天公重抖擞，不拘一格降人材。（《己亥杂诗》）

浩荡离愁白日斜，吟鞭东指即天涯。落红不是无情物，化作春泥更护花。（同前）

这组诗在内容上无所不包，其最成功之处，是诗中塑造了一个彷徨苦闷、呼唤风雷、意欲冲决网罗的诗人自我形象。如"九州生气恃风雷"一诗，就表达了作者对生机勃勃的生活理想的追求和向往，对摧残生机、死气沉沉的局面的发自肺腑的抗议，为人才的解放和未来的变革呼唤风雷。"浩荡离愁白日斜"一诗，则抒写辞官南归时的离愁和积极的人生态度，末二句脍炙人口，表现了对个体生命的超越，也体现对人生价值更深更高一层的肯定。

金粉东南十五州，万重恩怨属名流。牢盆狎客操全算，团扇才人踞上游。避席畏闻文字狱，著书都为稻粱谋。田横五百人安在，难道归来尽列侯？（《咏史》）

龚自珍诗对现实多持批判态度，《咏史》可以看作用诗体写成的杂文，它针对当时所谓名流这一特定阶层，抽出其本质特征予以针砭，不留面子，同时也暴露了晚清社会和政治的腐朽和黑暗，间接表明了政治变革的势在必行，有振聋发聩的力量。

要之，"龚诗不仅表达了启蒙思想的进步内容，而且在艺术形式上鲜明地表现了独创性，桀骜不驯，大歌大哭，犹如彗星划破夜空，狂飙漫卷大地，打破了传统的思想和写法，它不是汉魏六朝诗，不是唐宋诗，而是真正具有独特面目的清诗"（钱仲联《清诗精华录》）。

值得一提的还有稍后贝青乔的《咄咄吟》。贝青乔（1810—1863）字子木，江苏吴县（今江苏苏州）人。出身低微，科场失意，常为幕僚。鸦片战争中投效扬威将军奕经幕中，参加抗英斗争。所作《咄咄吟》共一百二十首七绝，每首之后有一则短文述所咏之事，将其在奕经幕中所见所闻，诸如军中重要举措，所历主要战事，对清廷军吏的贪婪、庸碌、愚昧等种种丑闻，予以无情揭露和讽刺。取《世说新语》殷浩被黜，终日书空作"咄咄怪事"，命题为"咄咄吟"，讽刺之意自明。

晚清诗坛有一些脱离政治和社会现实的诗人，如崇尚汉魏六朝盛唐的湘湖派，崇尚宋诗的"同光体"诗人等，为艺术而艺术。就诗论诗，亦可谓各有偏长独至。如置诸乾嘉以上时代，固不失为一派一家。遗憾的是，这些诗人生在一个不平静的举步维艰、新思潮泛滥的时代，却两耳不闻窗外事，一味与古人对话，不免给人以抱残守缺之印象，难予较高评价。

七　融新理想入旧风格：黄遵宪与诗界革命

晚清的掘墓人，从戊戌变法到辛亥革命的志士仁人，皆以诗歌作为革命宣传和战斗的武器，抒发政治愤懑，多挟议论以行，有唤醒民众的作用，以沉郁的风格和洋溢的豪情震撼人心。这是一批政治诗人，以丘逢甲、蒋智由、谭嗣同、梁启超、秋瑾等最为著称。这批诗人生于国难当头之际，大都以天下为己任，故为诗不计个人得失，而心关万家忧乐，诗多以血泪写成，应当以超审美的标准予以评价。

丘逢甲 (1864—1912) 字仙根，号蛰仙，民国后以仓海为名，台湾彰化人。光绪进士，官工部主事。甲午战争后，在乡督办团练。因抗日兵败回至广东，创办学校，推行新学。民国成立后曾被举为参议院参议员。有《岭云海日楼诗钞》。梁启超 (1873—1929) 青年时即有感于清廷政治腐败，与康有为　起积极从事维新变法运动，戊戌政变失败后，东渡日本。其《纪事二十四首》中"猛忆中原"一诗即用了著名的"闻鸡起舞"的故事抒写其对国事的关怀和振兴中华的决心。有《饮冰室合集》。秋瑾（1875－1907）字璿卿，别号竞雄，浙江绍兴人。乃近代革命女杰，庚子事变后献身革命。谋求民族解放与妇女解放，成为她诗歌抒写的基本内容。有《秋瑾集》。这批诗人，以革命者的气概，承继了龚自珍所开风气，从而形成当时诗坛大气候。以洪钟一般的音响，压倒了四面的虫吟。

春愁难遣强看山，往事惊心泪欲潸。四百万人同一哭，去年今日割台湾。(丘逢甲《春愁》)

一雨纵横亘二洲，浪淘天地入东流。却余人物淘难尽，又挟风雷作远游。(梁启超《太平洋遇雨》)

万里乘风去复来，只身东海挟春雷。忍看图画移颜色，肯使江山付劫灰！浊酒不销忧国泪，救时应仗出群才。拼将十万头颅血，须把乾坤力挽回。(秋瑾《黄海舟中日人索句并见日俄战争地图》)

这些诗具体内容虽有不同，但都是爱国志士的不平之鸣，一方面怀有极深的忧患意识，一方面则热血沸腾、有壮志未酬誓不罢休之概，十分鼓舞人心。

太平天国运动失败后，资产阶级改良主义政治运动兴起，上层社会内部发生激烈的守旧与革新的冲突。西方声光化电科技知识的传入，一些思想趋新的诗人，冲出旧的营垒，发动了一场"诗界革命"。此期新派诗人，黄遵宪最称翘楚，苏曼殊则紧随其后。

黄遵宪（1848－1905）字公度，别号人境庐主人，广东嘉应（今梅州市）人。光绪举人，曾任驻日本使馆参赞，日本明治维新的成就，使他思想上发生了极大的震动，认识到变法的必要性。后调任驻美国旧金山总领事，目睹了美国的大选。后修《日本国志》，被推荐为驻英二等参赞。长期的外交生涯，使他接触了西方文明，开拓了政治视野，以改良主义为思想武器。回国后积极参加戊戌变法，后罢官归家，常与丘逢甲唱酬往还，与亡命日本的梁启超书信往还，并大量从事新派诗的创作，因此被梁启超誉为"诗界革命"的旗帜。有《人境庐诗草》《日本杂事诗》等。所谓新派诗，就是运用旧体的形式，纳入新时代的思想和生活内容，也就是"旧瓶装新酒"或"熔铸新理想以入旧风格"。黄遵宪广泛借鉴古人和民歌，大胆使用新事物、新名词和流俗语入诗，康有为赞为："意境几于无李杜，目中何处着元明！"（《与菽园论诗兼寄任公孺博曼宣》）

> 星星世界遍诸天，不计三千与大千。倘亦乘槎中有客，回头望我地球圆。（《海行杂感》）

> 拔地摩天独立高，莲峰涌出海东涛。二千五百年前雪，一白茫茫积未消。（《日本杂事诗》）

《海行杂感》诗表现的宇宙观及通过妙用古典表现的对于太空飞船的浮想联翩，《日本杂事诗》诗中对富士山逼真生动的描绘，都得力于科技的进步、文明的发展，以及作者眼界的开阔。

光绪十年（1884）作者驻美任旧金山总领事时所写《纪事》一诗，记叙该年美国总统大选的"西洋镜"，在诗坛别开生面。诗共八段，除末段诗人抒发感慨以外，其余各段，皆叙述诗人亲见亲闻的驴象之争。竞选中投入大量经费以行贿争取选票，是资产阶级政党为竞选获胜施展的重要手段之一，第六段写道：

> 众人耳目外，重以甘言诱。浓绿茁芽茶，浅碧酿花酒。……琐屑到钗钏，取足供媚妇。上谒士雕龙，下访市屠狗。……指此区区物，是某托转授。怀中花名册，出请纪谁某。"知君有姻族，知君有甥舅。赖君提挈力，吾党定举首。"……

不但叙述贿选的现象，而且模拟贿选者甜言蜜语的声口，惟妙惟肖。作者可谓睁开眼睛看世界，目光和笔触犀利敏锐，揭示了资产阶级民主的阴暗面。全诗从内容到形式，都突破了传统古诗的格局，语言运用也熔古今中外于一炉，充分表现了革新诗风的精神。不过，古典的运用难以完全贴切，显露了旧体诗在表现新生活时所固有的局限。

苏曼殊 (1884—1918) 原名玄瑛，字子谷，曼殊为其法号，广东香山 (今中山市) 人。出生于日本横滨，其母为日本人。早年因家庭矛盾而为僧，然而民族危难又使他不能忘情于现实，后投身旧民主主义革命。苏曼殊独特的身世、生活经历，造就了他独特的思想性格——时僧时俗，时而壮怀激烈，时而放浪不羁。他曾向陈独秀、章太炎求教，起步虽晚，而悟性很高，专工七绝。有《苏曼殊全集》。

> 春雨楼头尺八箫，何时归看浙江潮？芒鞋破钵无人识，踏过樱花第几桥。(《本事诗十首》录一)

> 蹈海鲁连不帝秦，茫茫烟水著浮身。国民孤愤英雄泪，洒上鲛绡赠故人。(《以诗并画留别汤国顿》)

> 柳阴深处马蹄骄，无际银沙逐退潮。茅店冰旗知市近，满山红叶女郎樵。(《过蒲田》)

作者的这类七言绝句，将异国情调与传统风调结合起来，多以阴柔之美与龚自珍七绝的阳刚之美相映生辉，有很高的艺术造诣。

随着五四运动的到来，新诗狂飙风靡中国诗坛，新诗的创作成为中国诗歌创作的主流。五七言古近体诗失去往日的荣光，虽然在写作上不乏传人，但在整个诗坛所占份额和地位，却是今非昔比。至此，中国诗史便跨入了一个崭新的时代。

附录　中国文学讲演录

《诗经》要略

　　《诗经》是中国文学史上第一部诗歌总集。《史记·孔子世家》记载说，"孔子不仕，退而修《诗》《书》《礼》《乐》，弟子弥众，至自远方，莫不受业焉。"孔子不做官了，他教书了，私人办学了，他跟学生开的课程，最初就是四门课：第一门就是《诗》，第二门《书》即《尚书》，第三门《礼》，第四门《乐》。《诗》是放在第一位的。在孔子那个时代就叫《诗》。但在后代，汉武帝"独尊儒术"，孔子升格为圣人之后，因为《诗》是孔子开的课程，是孔子用的教材，所以加了一个"经"字，以表其神圣。于是就叫《诗经》了。

　　总之，孔子最初开四门课，第一门是《诗》，也就是《诗经》。当孔子见到老子——这是中国文化史上的一件大事情，据《庄子·天运》篇中记载，孔子跟老子说了一句话，介绍自己做什么学问，他说："丘治《诗》《书》《礼》《乐》……"，这四门，还是《史记·世家》里面说的那四门，然后又加上了两门，一门是《易（经）》，一门是《春秋》。也就是说，孔子见老子的时候，他教学生的课程，已经达到了六门。我们现在说的"六经"，就是指这六门课程。六门课中，《诗》仍然是放在第一位的。所以讲到国学，我主张把这个《诗》放在第一位。主张《诗》在国学中，占有首要的地位。但是一些民间的书院，他们开了很多的课程，包括旧时童蒙教材，什么《弟子规》《三字经》等，把《易经》讲成风水，却不开《诗》，其实是不对的，离真正的国学很远。

在孔子私家办学之前，周朝的官学中就有《诗》的课程设置。"大（太）师"就是乐官，教贵族子弟就教"六诗"，"六诗"指《诗》这门课程所包含的六个重要范畴，这六个范畴依次是风、赋、比、兴、雅、颂。"以六德为本"，"六德"是六种美德，以这个为本。"以六律为之颂"，就是配合乐律来歌唱或吟诵。所以，孔子实际上是根据周代的官学，开设了这个课程。他采用的教材，就是"诗三百篇"。也就是大（太）师即乐官教贵族子弟的教材。

那么这个"诗三百"即《诗经》是谁编的呢？《史记·孔子世家》里面有一种说法，说是孔子编的。司马迁说："古者诗三千余篇"，古代的诗一共有三千多篇，"及至孔子，去其重"，去掉一些重复的内容，"取施予礼义，上采契，后稷，中述殷周之盛，至幽厉之缺，礼乐至此可得而述，以备王道，成六艺。"这一段话我不去逐句解释原意，我只是告诉大家，司马迁有一个说法，就是说古诗本来有三千多篇，但有一些重复的内容，在孔子手中经过选择，最后编定了三百篇。这等于说，孔子就是《诗经》的编者。这个说法，现在的文学史和学术界通常都不予采纳，或者说是加以否定的。因为在《左传》里面有一条记载，说吴国的公子叫季札的，到鲁国从事外交活动。鲁国这个地方，周乐保存得非常完好，于是季札就要求一观周乐，要求系统地听一听周代的乐歌。最近我看到，成都有一个篆刻家，刻了一枚印章，叫"观乐人也"，我认为这个印文，是跟这个故事有关的。吴公子季札到鲁国去，他要"观乐"，看周代乐歌的表演。于是，鲁国"使工为之歌《周南》《召南》"，《周南》《召南》是《国风》中的两部，然后季札就有评论，这个可能省略，然后又歌《邶（风）》《鄘（风）》《卫（风）》《王（风）》，每歌一部分，季札都是有评论的。然后为之歌《郑》即《郑风》，为之歌《齐》即

《齐风》，为之歌《豳》即《豳风》，为之歌《秦》即《秦风》，为之歌《魏》即《魏风》，为之歌《唐》即《唐风》，为之歌《陈》即《陈风》。"自《桧》以下无讥焉"，就是说前面的都有评论，但是到了《桧风》以下（实际上只剩一个《曹风》），季札不再评论，大概是评累了。然后为之歌《小雅》，他又来劲，又作评论。为之歌《大雅》，他也评论。为之歌《颂》，他还评论。

我看季札在鲁国观周乐，绝对不是一天的事情，他是花了好些天，把周乐的演出，系统地看过一遍。我们看《左传》上提到的目录，基本上就是我们今天看到的《诗经》编排的体例和框架。季札出使鲁国的时候，是鲁襄公二十九年，公元前 544 年，这个时间是一点不含糊的。而这一年，孔子才七岁或八岁，季札在鲁国已经看到完整的一部《诗经》。后世学者根据这个材料，认定《诗经》的编定，应该在季札观乐之前。这个编者不可能是孔子。所以不采纳《史记》提出的"孔子删诗"之说。

《诗经》号称"诗三百篇"，实际上有三百一十一个篇目。只是有六篇没有歌词，叫作"笙诗"。有歌词的实际篇数是三百零五篇。这三百零五篇的诗歌的来源如何呢？历来有两种说法，一种说法叫"采诗"，也就是采风。在周代，有专门采风的职官，专门负责到民间采风。《汉书·艺文志》说："古有采诗之官，王者所以观风俗，知得失，自考正也。"什么意思？就是说在古代有"采诗之官"，到民间去采风，采风的目的是什么呢？就是把老百姓自己编来唱的歌谣收集起来，交上去，使统治者知道民心，知道底层舆论，从而知道得失。什么叫"自考正"呢？就是说叫作"以铜为镜，可以正衣冠；以人为镜，可以知得失——"知得失，然后能改，就是"自考正"了。

《汉书·食货志》记载，"孟春之月"，在春天的时候，"群居者将散",那些冬天聚居的老百姓,因为春天到了,要散到田野里面去干活,"行人振木铎徇于路",采诗官即"行人"就敲着木梆子,到民间去,"以采诗"即采风。"献之大(太)师",太师是乐官,"比其音律,以闻于天子",然后演奏给天子,即最高统治者。所以古代有一句熟语,"王者不窥牖户而知天下"。我们今天说"秀才不出门,能知天下事",而这里就是说:"王者不出门,能知天下事。"

另一个渠道,叫"献诗"。所献之诗,不是从民间收集的,而是由一些士大夫写作,呈报天子即最高统治者的。献诗的作者,属于知识阶层。《国语·周语》上有一段记载,讲古代的最高统治者,就是天子广开言路,听言求治,"故天子听政,使公卿至于列士献诗,瞽献曲,史献书,师箴,瞍赋,矇诵",等等,就是说各种渠道听取意见。第一项就是:"公卿至于列士献诗",这就是士大夫以上的人的一项责任。所以古代这个"采诗""献诗",都有一定政治目的。用白居易的话来说,就是"惟歌生民病,愿得天子知"、"文章合为时而著,歌诗合为事而作"。这是一个从《诗经》时代就开始的传统。

总之,《诗经》里的作品来自两个渠道。一个渠道是从民间采风,还有一个渠道,是士大夫和贵族们献诗。古人记载的,只有这两个渠道。后来也有人对这两个说法即"采诗"和"献诗"提出质疑,主要原因是古人讲不具体。但依我看来,不具体不等于无中生有。"采诗"和"献诗"的事,后世并不罕见。对于古人的说法,在缺乏确凿证据的前提下,不要轻易否定为好。

下面说一说,《诗经》在经历焚书坑儒的劫难后,又是怎么保存下来的。我刚才说,三百一十一篇中有六篇没有歌词,只有曲调。有歌词的是三百零五篇。这就是说,《诗经》中的作品,都是歌诗。"遭秦而全者",秦始皇焚书之后,其所以能够保全,"以其讽诵",

因为其传播靠的是吟诵，记诵，背诵，"不独在竹帛也"。这个是《汉书·艺文志》上的话。烧，只能烧掉写在竹帛上的，物质载体可以烧掉，但是记忆这个"载体"，怎么烧得掉呢？除非从肉体上消灭，"有敢偶语诗书，弃市"，这是《史记·秦始皇本纪》里的话。那么，不语就是了嘛。秦朝很快覆灭，汉朝统一后，就开了诗禁，《诗经》马上恢复了传播。

最初，有三家传播《诗经》，称"三家诗"。汉兴，"鲁申公为《诗》训故"，训故就是训诂，就是讲解《诗经》。齐国则有一个辕固，韩国则有一个韩生，"皆为之传"。就是以《诗经》为主题，"或取《春秋》，采杂说，咸非其本义"。因为诗无达诂，不同的读者会有不同的看法，所以三家讲的，不见得都是《诗经》的本意。"鲁最为近之。"鲁就是申公，他讲的比较接近本义。"三家皆列于学官。"就是列于汉代的官学，好比我们现在的教育部推荐教材。还有一家后起，是姓毛的两叔侄，毛亨、毛苌，"自谓子夏所传"——孔门弟子，研究《诗经》的专家，第一当推子夏，而大小毛公都说，他们的学问是从子夏那里传下来的，也就是得孔子真传了。"而河间献王好之"，这个河间献王叫刘德，是汉景帝的儿子，他喜欢。"未得立"，但还没有被作为国家推荐、立于学官的教材。汉武帝立五经博士，汉平帝时，"又立《左氏春秋》《毛诗》"。即在官学里面，又开两门课程，一个《左传》，一个《毛诗》。"所以网罗遗失，兼而存之"，用意是要保存文献，兼收并蓄。"是在其中矣。"这个《毛诗》就在当中了。《毛诗》一旦被官学采用，其优势就表现出来了，可能真是从子夏那里得到的真传。于是汉代的一些学者，"郑众、贾逵、马融并作《毛诗》传"，专门为《毛诗》做讲解。而郑玄，是《诗经》学上大名鼎鼎的人物，"郑玄作《毛诗笺》"。金代大诗人元好问，论李商隐诗这样两句诗："诗家总爱西昆好"，说"西昆"是一个误会，实际上是说李商隐诗。"独恨无人作郑笺"，就是没有人像郑玄那样做一个很好的笺注。可见郑玄《毛诗笺》影响之大。其结果就是三家诗渐渐失传，"齐诗魏代已亡，鲁诗亡于西晋，韩诗虽存，无传之者"——韩诗虽然文本还在，却没有人去研习。"唯《毛诗》郑笺，至今独立。"这是《汉书·艺文志》《隋书·经籍志》的记载，勾画了《诗经》的汉代接受史。

说到《毛诗》，就不得不提一下它的那篇有名的前言，通常叫作"毛诗序"，还有一个叫法是"诗大序"。因为《毛诗》为每一篇诗，做了一个题解，叫小序。全书的这个前言，就叫大序了。这个前言不得了，它提出了一些观点，在我们今天读起来，还是佩服得五体投地。第一个是释"诗"，给"诗"下一个定义："诗者，志之所之也。在心为志，发言为诗。情动于中而形与言，言之不足故嗟叹之，嗟叹之不足故永歌之，永歌之不足，不知手之舞之，足之蹈之也"。就是说，这个"诗"，产生于一个情结，得到于一个释放。在心里面萌生时，叫情志，情结。"情动于中"，你受到外物的影响，有了冲动。"而形于言"，就表现为语言。如果语言表现不够味，"故嗟叹之"，就要加上感叹。"嗟叹之不足"，感叹还不够呢？就"永歌之"，就是谱成曲调来唱。"永歌之不足"，唱还不够呢，"不知手之舞之，足之蹈之也"就是手舞足蹈，也就是舞蹈。这一段释"诗"的话，高明在他认为诗跟音乐、舞蹈是三位一体的东西。三者共通的地方，就是释放。诗是语言的释放，音乐是声音的释放，舞蹈是形体的释放。还有一个共通的东西，就是节奏、旋律。这个认识，是我非常佩服的，觉得讲得太经典了。

《毛诗序》还有一段，讲通过音乐和诗歌，可以认识时代精神，一个时代人们的精神面貌。"情发于声，声成文谓之音"，声音按照一定的规律组织起来，就成为音乐。"治世之音安以乐，其政和"，一个太平盛世，其音乐听起来，特点就是两个字：安、乐。"乱世之音怨以怒，其政乖"，一个乱世，其音乐、其歌词的特点也有两个字，就是：怨、怒。"亡国之音哀以思"，如果亡国了，其音乐听起来就很悲痛，充满一种伤逝怀旧的内容，也用两个字概括，就是：哀、思。这些话都讲得非常之好。

还有一段，讲什么是"风"。"国风"（其实是"邦风"，汉兴之后避刘邦名讳改称"国风"），"风雅颂"的"风"。《毛诗序》说："风，风也"，这两个风字，读音不同，有一个要读作"讽"。"风"是什么？"风"就是"讽"，讽就是诵，就是吟诵。"风也，教也。风以动之，教以化之"，"上以风化下"，上面的人用诗歌（讽诵）来教化下面的群众。"下以风刺上"，下面的群众用诗歌来讽刺上面的统治者。"主文而谲谏"，讲究文采，委婉地进谏。"言之者无罪，闻之者足以戒，故曰风。"从《毛诗序》里挑出的以上三段话，就可以看出这一篇前言的精彩。该序的全文，有兴趣的人不妨自己去翻一翻。

现在讲一讲《诗经》的分类。《毛诗》里的作品，分三大类，三大部分。一个部分是"风"、一个部分是"雅"，第三部分是"颂"。这个分类的依据是什么？宋代的学者，例如郑樵，他的结论是"风雅颂"是根据音乐进行分类的。其《通志·昆虫草木略》讲："风土之音曰风。""风土之音"，就是民间曲调，民间歌词。囊括十五个地域，分成十五国风（邦风），依次为《周南》《召南》《邶风》《鄘风》《卫风》《王风》《郑风》《齐风》《魏风》《唐风》《秦风》《陈风》《桧风》《曹风》《豳风》，这个点到为止，不展开讲了。

什么是"雅"呢？"朝廷之音曰雅"，就是说，出于朝廷的音乐，配合朝廷音乐唱的歌词，这个叫"雅"。这话也是郑樵说的。为什么又分《大雅》《小雅》？它们的区别是什么？我们不去讲学术界的争论，只讲大多数人同意的结论。"入《大雅》者，朝廷纪功之作"，收入《大雅》的诗，是朝廷为了歌功颂德的作品。"载《小雅》者，草野歌颂之章"，收入《小雅》的诗，是来自于民间的篇章。总之，《大雅》比较接近于《颂》，《小雅》比较接近于《风》。这话是清代的一个学者，叫方玉润的人讲的。复旦大学教授朱东润，是现当代《诗经》专家，他说："《小雅》多言人事"，《小雅》多写现实生活，都是写"人事"的。"《大雅》多言祖宗"，《大雅》比较接近颂，用于宗庙祭祀，所以多言祖宗，写那些个列祖列宗的功绩。《小雅》《大雅》的区别，大致就是这样。

"宗庙之音曰颂。"《风》是民间的、《雅》是朝廷的，《颂》则不是对活人，而是对已故的祖宗。细分为《周颂》《鲁颂》《商颂》。这个也不细讲了。《毛诗序》说："《颂》者，美盛德之形容，以其成功告于神明者也。"《颂》，是形容朝廷的功德，然后用朝廷的政绩去告慰列祖列宗。"陈《周》《鲁》《商》三颂之音，所以侑祭也。"它讲的都是祭祀活动。"颂"这个部分，其实用性强，文学性差，这是被其目的、其用途所决定的。

下面讲一讲《诗经》的表现手法。这对历代诗歌的影响非常之大。诗的表现手法主要有三种，这就是赋、比、兴。什么是"赋"？简单说，就是叙述、敷陈。朱熹的《诗集传》，《葛覃》篇的注释里面这样讲："赋者，敷陈其事而质言之者也。"就是说，赋是直说，是叙述，是敷陈。

在《诗经》里，就有直说的办法，叫作"赋"。例如《诗·小雅·北山》，我念，但不逐句加以详细解说，大家下去可以翻一翻，自己慢慢去看。我只讲个大意。《北山》是一首怨诗，它这样说的："溥天之下，莫非王土。率土之滨，莫非王臣。"这两句话，直到今天，还在大量地、普遍地为人引用。"溥天之下，莫非王土。率土之滨，莫非王臣。"说天下一家，意在强调公平。而事实上没有公平：

"或燕燕居息，或尽瘁事国"，有的人舒服安逸，有的人鞠躬尽瘁。"或息偃在床，或不已于行"，有的人躺着睡大觉，有的人疲于奔命。"或不知叫号，或惨惨劬劳"，有的人听不到啼饥号寒，有的人累死累活。"或栖迟偃仰，或王事鞅掌"，有的人安逸闲适，有的人担子很重。"或湛乐饮酒，或惨惨畏咎"，有的人醉生梦死，有的人活得提心吊胆。"或出入风议，或靡事不为"，有的人夸夸其谈，有的人埋头苦干。这一段写得非常之好，大家可以下去慢慢读。这全部是直说，这种手法就是赋。顺便说，什么情况下可以直说？我认为有两种情况可以直说，一种是像《北山》的作者那样，有很沉痛的意思要表达。还有一种，就是情绪冲动，说出来可能过激，甚至偏激，恰恰是这种情况，比较适合直说。我可以举很多例子，由于时间关系就不举了。大家可以自己去举。

第二个方法是"比"，这是诗中大量运用的一种修辞手法。什么叫"比"呢？朱熹的解释是："比者，以彼物比此物也。"这个就不用多说了，大家都懂的。这是《诗集传》《螽斯》篇注释中对"比"所下的定义。对于诗歌来说，没有比比喻更重要的了。大诗人艾青曾经说过一句话：一个好的比喻，可以照亮一首诗。我们来读一段《诗经·小雅·鹤鸣》："鹤鸣于九皋"，白鹤在沼泽里叫，"声闻于天"，声音响彻云天。"鱼在于渚"，这个游鱼，有时候会跳到浅滩上去，"或潜在渊"，有时会深深地潜入水里。"乐彼之园，爰有树檀"，就是说在这个乐园里，上面有檀树，"其下维榖"，下面有榖树，各自有不同的经济用途，或可造轮，或可造纸。最后两句说："它山之石，可以攻玉。"现在人们引这句话，通常把"它"写成一个人旁一个也字的"他"，意思小有变化。在《诗经》里，这个"它"字，原是一个象形字，就是蛇。它山，就是蛇山。这首诗中写了许多物象，有一点像左思《咏史》的"郁郁涧底松，离离山上苗"。根据历代学者解释，这首诗实际上讲的是关于人才的问题，意思是世界上的人才，各式各样，就看你善不善于去发现和使用。那么这首诗，它都只是在说喻体，没有说本体，是"以彼物比此物也"，是很典型的比。

接下来说"兴"。第一，兴是什么？朱熹有一个非常简单的解释，"兴者，先言他物以引起所咏之词也"，先说别的东西，然后引起所咏之词。这种手法，是劳动人民举重劝力、即兴作歌时的一种创造。比方说打夯、抬石头、抬木头，即兴作歌，往往以眼前看到的事物作引子，来起这个歌。例如"天上落大雨，地下亮堂堂"，后面说"对面那个大嫂来赶场"。这个就是"兴"。所以"兴"也含有"兴致"的意思。《诗经》开宗明义的第一首诗，叫《关雎》，大家比较熟悉："关关雎鸠，在河之洲，窈窕淑女，君子好逑。"这首诗的主题句是："窈窕淑女，君子好逑。"不开门见山地说，却要先说："关关雎鸠，在河之洲。"说河边有水鸟在叫，那水鸟也不是一只孤单的鸟，那"关关"也不是一般的叫声，而是"雌雄和鸣"，有求偶的意思。诗用这个兴起，自然引出"窈窕淑女，君子好逑"。这样一首诗，放在《诗经》的开头，不知道孔子对学生怎么讲法。这本是一首写单相思的情歌，前面四句有一点像《康定情歌》："跑马溜溜的山上一朵溜溜的云，端端溜溜地照在康定溜溜的城"，这是一个起兴。后面才是真正要说的话："李家溜溜的大姐，人才溜溜的好；张家溜溜的大哥，看上溜溜的她。"差不多就是"窈窕淑女，君子好逑"这个意思。

关于"赋比兴"，南北朝时候有一个诗论家叫钟嵘，他在《诗品》中这样说："文已尽而意有余，兴也。"即当一个话说完了，其意思还没有说完，这个叫"兴"。因此"关关雎鸠，在河之洲"，意思就没有完。"因物喻志，比也。直书其事，寓言写物，赋也。宏斯三义……"就是说"伟大呀，赋比兴"；"酌而用之"，就是说写诗的人要琢磨用法，知道什么时候用"比"，什么时候用"兴"，什么时候用"赋"；"干之以风力"，即充实其内容；"润之以丹采"，即用文采加以润色；"使味之者无极，闻之者动心，是诗之至也"。总之，把"赋比兴"运用得非常的恰当，就能写出真诗，好诗。

关于《诗经》的一些重要的范畴，以上差不多都说到了。

接下来看看孔子是怎么讲诗的。关于《诗经》的用途，他是这样讲的："小子何莫学乎诗?""小子"就是年轻人，年轻人你们为什么不学诗呢?"诗可以兴"，诗可以调动你的情绪。"可以观"，可以培养你的观察能力。"可以群"，可以增加你的亲和能力。"可以怨"，可以帮助你释放负面情绪。"迩之事父"，诗学好了，从近处讲，你知道怎么对待父亲和长辈。"远之事君"，从远处讲，你知道怎么去对待你的君主或国家。"多识于鸟兽草木之名"，你不会孤陋寡闻，还会知道很多鸟兽草木的名称。孔子回家，他的儿子伯鲤从堂前走过去，孔子问他："你最近学诗了吗?"鲤说没有。于是孔子就说了六个字："不学诗，无以言。"意思是：不好好学诗，话说不好。也就是说，孔子认为诗除了兴、观、群、怨这些作用之外，还能够让人懂得语言的魅力，母语的魅力，汉语的魅力。他说："诵诗三百"，你读《诗经》，"授之以政"，让你从政，"不达"，你做不到政通。"使于四方"，叫你做外交使臣，"不能专对"，你不能够去很好的应对。"虽多，亦奚以为?"你读得再多，又有什么用? 所谓"学而时习之"，学以致用，就是这个道理。

再看一段孔子与学生的对话。见于《论语》。子贡说："贫而无谄，富而无骄何如?"一个人穷，而不谄媚;一个人富，而不炫耀，怎么样?"子曰：可也。"孔子说可以，口气很勉强。"未若贫而乐"，比不上穷但是开心;"富而好礼"，富但是谦恭有礼。子贡就马上就想起《诗经》里的一句话——"如切如磋，如琢如磨，其斯之谓与？"就是说的这个吧？子贡灵机一动，引用了《诗经》中"如切如磋，如琢如磨"这个本来是写加工玉器的话，来比喻他们师生间的这番讨论。孔子情不自禁地说："赐也"，子贡啊，"始可与言诗已矣！"你这就可以讨论诗歌了呀。"告诸往而知来者"，我说怎么去，你就知道怎么来。原来子贡把问题讨论的深入，比作加工玉器，"如切如磋，如琢如磨"，也就是精益求精，所以孔子表扬他的悟性。

在诸子书如《孟子》《荀子》中，在春秋战国的许多历史文献记载中，可以看到，当时引用《诗经》的修辞现象是非常普遍的。如《孟子·梁惠王上》里，就引用了"他人有心，予忖度之"。《荀子》里面，引用《诗经》的也很多。还有，春秋时代的外交场合，"赋诗言志"的现象也很普遍。有一个材料是《左传·襄公二十六年》，即公元前547年，齐、郑两国的国君为了卫国国君被当时的霸主晋平公扣留的事，从事外交斡旋，在这短短一段记载中，两次会同，"赋诗言志"达到五次之多。古人说的"赋诗言志"，不是说写一首诗去表达自己的意思，而是说引用《诗经》现成的诗句来表达自己要表达的意思。这种情况很好理解。例如，我们常见一些报刊的社论里，喜欢引用唐诗如："沉舟侧畔千帆过，病树前头万木春。"这是一个古老的传统，肇自《诗经》时代的传统。"赋诗言志"有什么好处呢？最重要的，是增强感染力。你表达一个意思，因为引了两句诗，别人就容易接受。因为"诗无达诂"，别人受到你情绪的感染，就比较容易接受你讲的道理。不必是严密的说理，却能感化别人，感动别人。孔子说"诗可以兴"，就是这个道理。

《世说新语·文学》有一段有趣的记载。成都有一家著名文具店，叫"诗婢家"，这个名称怎么来的？"婢"是奴婢的"婢"。"诗婢"指谁？这个典故怎么来的？原来这个"诗婢"，指的是汉代大学者郑玄家里的婢女。据载，郑玄家的奴婢皆读书，仆人婢女都读书。"尝使一婢"，曾经使唤一个婢女。"不称旨"，不满意。"将挞之"，就是要鞭打她。"方自陈说"，那个婢女还要自我辩解。"玄怒"，郑玄很生气。"使人曳着泥中"，叫人把她拖到泥地里跪着。"须臾，复有一婢来"，一会儿又来了一个婢女。问曰："胡为乎泥中？"这句话出自《诗经·邶风·式微》，意思是：你为什么在泥地里？跪在泥地里的婢女马上说，"薄言往愬，逢彼之怒"。本来我是跟他去陈情，碰到他情绪不好，算我倒霉。"薄言往愬，逢彼之怒"也出自《诗经》，在《邶风·柏舟》篇中。这实际上也是一种"赋诗言志"，两个婢女通过诗句来交流。有什么作用呢？转弯抹角，自嘲一下，可以超然一下。直说就不好玩了。

所以清代《诗经》学家皮锡瑞，在《经学通论·诗经》里说："就《诗》而论，有作诗之意，有赋诗之意"，即《诗》有作诗的用意，有赋诗的用意。所以"《诗》有正义，有旁义，有断章取义。以旁义为正义则误，以断章取义为本义尤误"，这一段话也说得非常之好。"是其义虽并出于古，亦宜审择，难尽遵从"。所以我们在读《诗经》及其传笺的时候，要搞清楚什么是本义，什么是引申义也就是旁义，什么是断章取义。大家都知道的一个有名的段子，王国维说做学问有三个境界，一个境界是"昨夜西风凋碧树，独上高楼，望尽天涯路"，这是晏殊的词句，本义与做学问无关，王国维借来指一种期盼，未尝不可。所以清人谭献说："作者未必然，读者何必不然。"作者未必那样，但读者他可以那样讲。这是我们读《诗》时，要注意到的一个现象。

《诗》三百篇，大多是没有作者的。有主名的，如许穆夫人、寺人孟子、尹吉甫等，不过五六篇。司马迁有一个判断，说"诗三百篇，大抵圣贤发愤之所为作也"。说是圣贤，发愤，即心里面有负面的情绪，愤怒的情绪，所以写作。所谓"诗可以怨"。西方人说："愤怒出诗人。"这种说法找不找得到证据呢？当然找得到，只不过远非所有的诗，都是这一种情况。这是一种以偏概全的说法。但确实有这样的诗，就是"圣贤发愤之所为作"的诗。比如《诗·小雅·巷伯》，这首诗是一个受了冤屈的人、受过宫刑的人，就像司马迁自己那样，因为遭到谗言，成为宦官的人，即寺人。这个人叫孟子，但不是儒家学派的孟轲。他写了这首诗："彼谮人者"，那些进谗言的人，"谁适与谋!"你跟谁一起制造的这个阴谋!"取彼谮人"，我要把你这个造谣的人，"投畀豺虎"，投给豺狼虎豹。"豺虎不食"，豺狼虎豹不肯吃，"投畀有北"，我就把你投到北大荒去。"有北不受"，北大荒不接纳你，"投畀有昊"，我就把你交给天老爷，让他惩罚你。这是典型的"圣贤发愤之所为作"。诗中行不改名坐不改姓地说，这诗就是我，寺人孟子写的："寺人孟子，作为此诗。""凡百君子，敬而听之"，这就是说：过往的君子听我言，我这是在控诉!这就是司马迁说的一种情况。

不过，更多的作品，则像郑樵所说："《风》者出于土风。"风诗中的作品，很多出于民间。"大概小夫贱隶"，一些小人物，"妇人女子之言"，还有更底层的女性，说出她们的心里话。"其意虽远，其言浅近重复，故谓之'风'。"含意虽然深远，但是语言浅切，而且不避重复。这个重复呢，经常表现为一种叠咏。就是分好几章，反复地唱。因为是歌曲，所以可以反复地唱。这种情况，即非圣贤所作的作品，当然更多。比如《诗·王风·君子于役》："君子于役"，丈夫戍边去了。"不知其期"，君问归期未有期。"曷至哉?"什么时候回来?"鸡栖于埘"，鸡都进窝了，这是黄昏景象。"日之夕矣"，太阳下山了，"羊牛下来"，牛羊回家了。"君子于役”，丈夫远征在外，“如之何勿思？”叫我怎么不想他！这两段歌词，是民间的声音。

小结一下，《诗经》的作者大体分两类。写作情况有两类。一类是司马迁所说的“圣贤发愤之所为作”。还有一类是民间小人物，包括一些女性的作品。或者说是为小人物或女性写心的作品。真正知道作者名字的，不过五六人，只有作品数量的一个零头。绝大多数诗篇，我们都不知道作者。反正是通过采诗、献诗的渠道来的，经过大（太）师整理加工的，所以作品在文字上的水平，显得比较整齐。如是而已。

讲了这么多，现在该来读一点《诗经》里的名篇。可称《诗经》欣赏举隅。《诗经》作品的内容，可以包罗万象。有周部族的史诗，有写农、牧、渔、猎生产活动的诗。有写战争、徭役的诗。有写建筑、宴会的诗。还有表现周人的七情六欲、婚姻恋爱的诗，总之是无所不包，称得上周代社会生活的一面镜子。

史诗是重头作品，讲起来费时费事一些，且按下不表。先说边塞诗，这在唐诗是一个大类，而在《诗经》中就发端了。

《诗经》里有一些写戍边的战士的诗，特别是写幸存者远征归来的诗，写得非常之好。如《诗经·豳风·东山》：“我徂东山，慆慆不归。我来自东，零雨其濛。鹳鸣于垤，妇叹于室，洒扫穹窒，我征聿至，有敦瓜苦，烝在栗薪。自我不见，于今三年。”前人讲，周公远征东山，战争持续了三年，这是写远征军的幸存战士，归途的况味和心态。这首诗一共分四段，所有段的开头都是相同的，都是这四句，“我徂东山，慆慆不归”，我出征到东山，很长时间回不来，“我来自东”，我从东山回来，“零雨其濛”，天下着小雨，然后下面就是他展开想象，想象现在家里面的情况，是什么样的。想象其老婆，要是看到他会是什么情况。这首诗的每段开头，都是相同的四句。这是怎么一回事呢？这就是叠咏。这就是刚才提到的由《诗经》的歌诗性质所决定的一种表现形式。因是乐歌，分四章，每章十二句。前面四句是一样的。我们现代歌曲中，叫作"副歌"。副歌可以放在前面，也可以放在后面。比如"五星红旗迎风飘扬，胜利歌声多么响亮"，是放在前面的。而"这是我亲爱的祖国，是我生长的地方"，是放在后面的。这种情况，就是加"副歌"的情况，在《诗经》的《风》诗和《小雅》中，就已经非常普遍了。

与《东山》这首诗比较接近的，是《小雅》中的《采薇》，也是写戍边幸存的战士回家。"昔我往矣，杨柳依依"，记得我当时出征的时候，是一个杨柳青青的春天。"今我来思，雨雪霏霏"，而我今天回来的时候，天上飘着雪花。"行道迟迟"，回家的道路是那么迢遥，我走得太慢，但归心似箭，"载渴载饥"，我又饥又渴。"我心伤悲，莫知我哀"，而比饥渴更难受的，是我心里充满忧伤。这个忧伤，别人恐怕是很难体会的。《世说新语》中，有一个评论，认为这是《毛诗》即《诗经》中写得最好的章句。清人王夫之有一个著名的评论："以乐景写哀，以哀景写乐。"就是说，出征本是一个悲哀的事情，景色却是春天的情景，这个叫"以乐景写哀"。回家本来是一件快乐的事情，景色却是雨雪交加，一个悲凉的氛围。王夫之说："以乐景写哀，以哀景写乐，一倍增其哀乐。"意思是反衬的效果很好，是加倍的好。这个说法，应该说是富于启发性的，但是未必准确。其实，战士在出征的时候，且不说古代，单看现代，战士在出征的时候，都是雄赳赳气昂昂的。例如第二次世界大战中，苏军从红场开赴战场的时候，就是雄赳赳气昂昂的。抗美援朝时，中国人民志愿军过鸭绿江的时候，也是雄赳赳气昂昂的。而幸存者回乡的时候，心情却是很复杂的，有幸运感，未必有幸福感。因为很多战友没有回来，家里怎样也不知道。因此诗中明说："我心伤悲，莫知我哀。"怎一个"乐"字了得。所以王夫之那个评价，不见得准确，但是它有启发性。

秦风里的《无衣》，是另一种边塞诗，是一首战歌。"诗可以群"，可以凝聚战斗力。这首诗共三章，每章四句，开头一句都是"岂曰无衣"。第一段说："岂曰无衣？与子同袍。王于兴师，修我戈矛。与子同仇！"这个"与子同袍"，通常的解释说，与你同穿一件战袍。下面说"与子同泽"，那就是同穿一件内衣。这个好像讲不通。后来，我去秦始皇兵马俑看了，觉得这个事情其实很简单。你看同一兵种的秦俑，他们的着装都是一样的。"与子同袍"，是说穿着同样的战袍，这才对。"与子同袍"，后来有两个词，跟这句诗攸关。一个是"袍泽之谊"，就是说战友，有战斗的友谊，是从"与子同袍"、"与子同泽"来的。另一个是四川的"袍哥"，这个也是来自"与子同袍"，意思是我们都是一伙的，穿连裆裤的。从这个意义上说，同穿一件战袍好像也通讲。

还有田园诗。《诗经》中写田园的诗，也写得非常之好。首屈一指的是《诗经·豳风·七月》。《七月》很长，一共八章，每章十二句。且看第二章："七月流火"，火是星宿中的大火星，"七月流火"是说夏历七月，大火星向西运行。有人望文生义，把这个理解错了，以为是说七月天气很热，报上有文章都用错过。"九月授衣"，九月分发衣物，为什么发衣物？这是奴隶主庄园，对农奴实行供给制，衣服是主人发的。最近我到凉山去，看凉山的历史陈列馆，那个解说员说，其实奴隶的处境不是最惨的，处境最惨的恰恰是自由民，没有人管的。奴隶有人管，归奴隶主管，奴隶主得维持其生命，所以管吃管穿，最低限度的生活需要，是要管的。自由民却没人管。我觉得这个说法很新鲜，且有一定的道理。当然，在三十年前，说这种话的人，是要遭到批判的。"春日载阳"，三月太阳出来暖洋洋，

"有鸣仓庚"，听得见黄莺的叫声，"女执懿筐"，女奴，就举着个深筐，"遵彼微行"，沿着小路，"爰求柔桑"，去采柔嫩的桑叶，用来养蚕。这段描写很有诗意。"春日迟迟"，三月的白天够长的，"采蘩祁祁"，采下的白蒿（也是饲蚕用的）这么多，可是"女心伤悲"，女奴心里面充满悲伤，为什么悲伤？"殆及公子同归"，这话怎讲？过去有人把公子的性别搞错了，认为是少东家，错，是女公子，奴隶主的女儿。清人姚际恒有这个讲法。《诗经》里有个熟语"之子于归"，"归"指出嫁。奴隶主的女儿要出嫁，得有女奴陪嫁。那个女奴，是家生的女奴，庄园里生，庄园里长，父母都在这个庄园里的，就怕跟女公子陪嫁到别的地方。她虽有一千个不情愿，却又是由不得自作主张。所以说"殆及公子同归"。这首诗写得非常之好。再看第五章，在庄园里的农奴，最难过的是冬天。夏天虽热，大家都热。冬天冷，只有穷人感受最深。你看诗中的描写，全写昆虫："五月斯螽动股"，夏历五月蝗虫弹腿，"六月莎鸡振羽"，六月纺织娘振动翅膀——昆虫在叫的时候，有这动作。总之，夏天昆虫很活跃的，充满生命力。"七月在野，八月在宇，九月在户"，七月还可以，八月就不行了，八月昆虫就向屋檐下迁移，九月就跑到屋里来了。"十月蟋蟀入我床下"，十月蟋蟀都跑到床下来了。昆虫怕冷，人更怕冷。"穹窒熏鼠"，就把破屋的洞塞起来，把老鼠熏走，因为老鼠是逐人而居的。"塞向墐户。嗟我妇子"，把门窗泥好，可怜的老婆孩子，"曰为改岁"，在过年的时候，"入此室处"，就到这屋里面过冬。这首诗写得非常之好。流沙河有一首诗，说，就是《诗经》里那个蟋蟀，台湾的余光中，在诗中也提到这个蟋蟀。可以说，这个蟋蟀是中国最有名的蟋蟀。

《诗经》里还有写牧业的，像《小雅·无羊》，还有写建筑的，像《小雅·斯干》，还有写宴会的，像《小雅·鹿鸣》，今天不能细

228

说。还有写婚姻和爱情的，这个很突出，一定要说一说。《郑风》里有一首《子衿》："青青子衿，悠悠我心。纵我不往，子宁不嗣音？"这个就特别好。诗中女主人公爱慕一个学子，这学子"春服既成"，便是"青青子衿"了。"悠悠我心"，一见钟情，见了就放不下。"纵我不往"，就是纵然我没有去，"子宁不嗣音"，你干吗不能捎个信来呢？可见两个人是有默契的。后来曹操在《短歌行》里，用了《鹿鸣》中的"呦呦鹿鸣，食野之苹"，和此诗中的"青青子衿，悠悠我心"，来表现自己对贤才的渴望。这个《短歌行》也写得相当好，从侧面说明作者《诗经》读得很熟。所以，这告诉大家，《诗经》读得熟，不会作诗可以"偷"。不偷多了，偷一两句就行了。

《秦风·蒹葭》大家很熟悉，琼瑶有个电影叫《在水一方》，这名字就是从这首诗里来的。"蒹葭苍苍，白露为霜。所谓伊人，在水一方。溯洄从之，道阻且长。溯游从之，宛在水中央。"这是一首恋歌，也是单恋，连对方在哪里都没有搞清楚。他沿着河边，往下走找不到，往上走也找不到，最后说"宛在水中央"。是不是在水中央，只有天知道。但这首诗写得好，共三段，都是用"蒹葭苍苍"开始，一段是"白露为霜"，二段是"白露未晞"，三段是"白露未已"，表现了时间的推移。相思者在河上徘徊，寻找对象的影子，始终没有找到。这首诗写得非常之好。

《邶风》里有一首《击鼓》，其中有四句写当兵的与妻子的感情："死生契阔"，生死别离，"与子成说"，说好不分手。"执子之手，与子偕老"，牵着你的手，慢慢地变老。有人说，这是《诗经》里面写得最好的爱情诗。还有对话体的爱情诗，表现相对富裕的、小康以上的士大夫的家庭，新婚夫妻的和睦相处。《郑风·女曰鸡鸣》就是这样的一首诗："女曰鸡鸣"，女的说鸡都叫了，"士曰昧旦"，男的说天还没亮。这女的叫男的不要贪睡，"子兴视夜"，你起来看一看，"明星有烂"，启明星好亮。"将翱将翔，弋凫与雁"，男的说，那就准备猎鸟吧。"弋言加之，与子宜之"，女的说，你猎到鸟，我就给你做好吃的。"宜言饮酒，与子偕老。琴瑟在御，莫不静好"——胡兰成写给张爱玲的那个"岁月静好"，"静好"二字就是从这里来的。

《诗经》里写婚恋的诗丰富多彩。《邶风·静女》写一个牧女送主人公一件礼物。"静女其娈"，那个牧女很漂亮，"贻我彤管"，送了一个红色的管状物。有人说这是笔，但与诗中的情景不大匹配。下文说"自牧归荑"，说女方从牧场送"我"一棵草，其实这棵草就是所谓"彤管"，是一棵红色的、通心的草儿。草有什么稀奇呢？"彤管有炜，悦怿女美"，女方把那个红色的通心草送给他，还问了一句："美不美"，那个男的很会来事，说："呀，你太美了，我太喜欢了。""悦怿女美"，乃是个双关话。"自牧归荑"，从牧场把这棵草拿回来，"洵美且异"，越看越美，越看越不寻常。"匪女之为美"，不是你这个彤管有多美，"美人之贻"，乃是美人送我的缘故。这首诗好就好在美的解析，美是唯物的，也是唯心的。一棵草有什么稀奇，一片树叶有什么稀奇。可是，你摘一片树叶，送给情人，情人拿到，还是觉得很美，还是觉得稀奇。树叶就成了信物。

《郑风·出其东门》："出其东门，有女如云"，到东门外去参加一个聚会，那个地方美女真多。"虽则如云"，虽然美女很多，"匪我思存"，不是我想的那一个。"缟衣綦巾"，那个穿着白色衣服戴着绿佩巾的，"聊乐我员"，才能使我真的开心。这首诗是表现爱的"忠贞不贰"，排他。英格兰有一个诗人叫彭斯，他写过一首诗，跟《出其东门》的情调非常之接近，诗中写一个舞会，说：大厅里面飘舞着迷人的长裙，虽然这个白的俏，那个黑的俊，那边还有倾倒全城的美人，但是我叹了一口气，对她们说，你们都不是玛丽·莫里孙。

《郑风》里还有一首《褰裳》："子惠思我，褰裳涉溱"，你要是真的想我，请把裤腿提高一点，就从溱河那边蹚水过来。你不是说爱我吗，请拿出爱的证据。"子不我思"，你要是不想我，"岂无他人"，难道没有别的人（想我）？"狂童之狂也且！"就是说你狂什么狂，这是一句带把儿的粗话。全诗表现的是爱的矜持。所以，要说这种诗是"圣贤发愤之所为作"，不也太勉强了吗？还有写得更大胆的，如《王风·大车》："大车槛槛，毳衣如菼"，大车辚辚地开过来，车上男子穿着红色毛衣。"岂不尔思，畏子不敢"，不是我不想你，就怕你不敢！下面还有一段，说得更厉害："岂不尔思，畏子不奔！"即：不是我不想你，就怕你不跟我私奔！《诗经》里面居然有这种诗，但是孔子很奇怪，他说："诗三百，一言以蔽之曰：思无邪。"当然，孔子不是我的老师，若是我的老师，我就要问他："岂不尔思，畏子不敢"，"岂不尔思，畏子不奔"，也是"思无邪"吗？请问，纯正在什么地方？孔子如果够开明的话，他也许会像王国维那样说："然不视为淫词鄙词者，以其真也。"

　　那是胆大的，还有胆小的，爱得胆战心惊的。《郑风·将仲子》："将仲子兮"，"将"是劝的意思，"将进酒"是劝喝酒，"将进茶"是劝喝茶。"将仲子兮"，劝劝你呀小二哥——仲子是老二，"无逾我里"，不要翻我里墙，"无折我树杞"，不要把我杞树爬坏了。"岂敢爱之"，不是可惜那棵树，"畏我父母"，害怕我的父母，"仲可怀也"，小二哥是可爱的，"父母之言亦可畏也"，但是父母讲起话来也叫人害怕。下文还有"人之多言亦可畏也"，"人言可畏"这个成语，就出自这里。因为产生这首诗的时代，如《齐风·南山》所说："蓺麻如之何？衡从其亩"，麻应该怎么种，一定要按种庄稼的规矩来。"取妻如之何？必告父母"，娶老婆怎么办，一定要跟父母讲。"析薪如之何？匪斧不克"，砍柴怎么办，一定要用斧头。"取妻如之何？

匪媒不得"，娶老婆怎么办，一定要请媒人。"父母之命，媒妁之言"这个成语，就从这里来的。

最后还讲一首诗，作为这次讲座的结束。《召南·野有死麕》："野有死麕，白茅包之。"关于这首诗，小序说是"恶无礼也"。当代专家余冠英的解题是：一位青年猎人在林子里面打到一头獐子，同时也获得了他的爱情。两种认知相差很远。余冠英的根据是什么呢？你看："野有死麕"，在野外打到一头獐子，"白茅包之"，用白茅把它包装起来。这位青年猎人为什么得到爱情，原来他把打到的獐子包装起来送给了心仪的人，所以得到了爱情。这首诗是我看到的，关于送礼要包装的最早的记录。"白茅"不是原生态的白茅，应该是白茅编制物。"有女怀春"，有个美女善解风情，"吉士诱之"，这个好小伙呢，就去跟她套近乎。"林有朴樕，野有死鹿"，林子里面有灌木，在野外打到一头鹿，这个鹿子就是前面说的那个獐子。这叫叠咏，就是易词申义，词虽然换了，意思是一样的。你不能说成青年送了两次礼物，第一次送獐子，姑娘不满意，第二次又送鹿子，她才满意了。"白茅纯束"，还是白茅包之的意思，"有女如玉"，还是有女怀春的意思。所以余冠英讲得对，青年猎人在野外打到一头獐子，同时也获得了爱情。这首诗的第三段，是女方的对话。"舒而脱脱兮"，就是说慢一点，再慢一点，"无撼我帨兮"，不要拉我的衣襟，"无使尨也吠"，不要把狗儿逗叫了。汉儒说"恶无礼也"，就是冲这个对话来的。因为这话好像是讨厌行为越礼的人，但这个讲法太死板了。比方说，川大的男女同学约会，女方跟男方说："讨厌，有人。"这是在讨厌行为越礼吗？其实不是，"讨厌"是因为"有人"。这首诗我给做了一个翻译：野外猎得一头獐，白茅编袋来包装。少女多情人漂亮，少年和她搞对象。林中乔木连灌木，野外猎得一头鹿。白茅编袋丝绳束，少女纯情美如玉。哥哥你别慌嘛，别拉我衣裳嘛，别使狗儿叫汪汪嘛。

　　总之，"诗三百"有一部分确实来自于文化人，写得非常文雅。也有一些来自生活，写得非常活泼。明代有个方孝孺，写过这样一首论诗的诗："世人皆宗李杜诗，不知李杜又宗谁。能探风雅无穷意，始是乾坤绝妙词。"

《老子》要略

我们这个道德讲堂，今天讲到《道德经》了。但是，这个道德跟那个道德不是一个意思。这里的"道"是世界观，对本体和规律的认识；"德"是方法论，是处世为人治国平天下的道理。

关于老子其人，《史记》有列传。这篇列传是四个人的合传，包括老子、庄子、申不害和韩非。

"老子者，楚苦县厉乡曲仁里人也，姓李氏，名耳，字聃。"这里讲了老子及其出生地。接下来说他是"周守藏室之史也"，这一句值得特别注意。原来老子的身份，是周朝守藏史的史官，相当于国家档案馆的馆长。具有这个身份的人，在当时来说，是最有学问的人。这是关于老子的一个重要的知识点。

"孔子适周，将问礼于老子"，于是老子跟孔子讲了一段话，这一段不念原文了。只需提到，老子是一个孔子要请教的人。他比孔子大多少呢？大二十岁。孔子是公元前 551 年出生的，老子是公元前 571 年出生的。老子跟孔子讲了一段话，讲得很不客气。老子说了这样一段话：我看你这个人心高气傲的，想法太多，太在意了，应该收敛一点。这样下去对你没有什么好处，君子赠人以言，我就用这话送给你。"去子之娇气与多欲，态色与淫志，是皆无益于子之身。"也就是说，老子教训过孔子，对他有所忠告。毕竟他年龄较高。这个情况有点像唐代的李白和杜甫。杜甫见李白，李白说话也不客气。杜甫倒是恭恭敬敬。孔子对老子也是恭恭敬敬，回来之后对学生讲了一段话，他说，老子不是一般的人，"鸟，吾知其能飞；鱼，吾知其能游"，"吾今日见老子，其犹龙邪"。他不是鸟，可以捕捉；也不是鱼，可以钓到。他是一条龙，见首不见尾，只露出了冰山一角，不知道他的水有多深。换言之，老子是得到了孔子很敬重的一个人。

老子的学问两个字：道、德。"其学以自隐无名为务。"他在周朝做史官的时间很长，看到天下要乱了，就急流勇退，辞官归隐了。行至函谷关，函谷关守门官叫尹喜，是个有心人，也可以说是个好事者，他跟老子说，"子将隐矣，强为我著书"——你现在要归隐了，我知道你学问很大，我这个地方食宿条件还不错，你就当度假村，在这儿住一段时间搞写作，想写什么就写什么。"于是老子乃著书上下篇"，上篇为《道经》，三十七章；下篇为《德经》，四十四章。合为八十一章，共五千多字，叫《道德经》，又称《老子》。五千多字在今天看来，刚够一篇学术论文的字数。然而，老子这五千字，要抵五十万字，五百万字。后世研究他的著作汗牛充栋。

老子创立的学派叫道家学派，《汉书·艺文志》说"道家者流，盖出于史官"，老子的职务就是史官。"历记成败存亡祸福古今之道"，记载并总结历代兴亡经验教训，"然后知秉要执本"，即抓纲治国，"清虚以自守"，尽量不生事，"卑弱以自持"，保持低调来维持稳定。"此君人南面之术也"，"君"是一个动词，就是说管理、统治，《老子》里很多内容讲的都是管理国家，管理人民的道理。"合于尧之克攘，《易》之嗛嗛，一谦而四益"，只要把握住一个谦字，就可以多方受益。

这段话精要概括了道家的来源和《老子》要略。《老子》包含有太多中国智慧，既有世界观，也有方法论。因为是史家，所以历览古今成败兴亡祸福之道，知道"满招损，谦受益"，抓大放小，无为而治，低调行事，是最高的统治之术。大到治国用兵之道，小到处世为人之道，都可以参考。以下还有几句话说，如放任为之，完全否定礼学和仁义的作用，一点儿也不作为，那也是不可取的。

明代学者宋濂的《诸子辩》对《老子》这本书有这样一个提要，他说《老子》有两卷，"《道经》《德经》各一"。上篇是《道经》，下篇是《德经》。"凡八十一章，五千七百四十八言，周柱下史李耳撰，耳字伯阳，一字聃。"这是个很简单的提要。

当然，后世学者也有人认为，《老子》这本书实际上不是成于一人之手，而是战国时代的名言的一个汇编，类乎后世的贤文。但我觉得这个说法不是很可靠。因为名言汇编，如今古贤文，名句之间的关系很散，是通过韵脚组织起来的，上文与下文不一定相关。《老子》却不同，八十一章有个一贯之的东西，这就是"道"。孔子说"吾道一以贯之"，就是可以用"忠"、"恕"二字贯串起来。《老子》也是这样的，可以用"道"、"德"二字贯串。此外，八十一章前后有很多重复东西，有的话稍微变了一点，重新说一遍，这是个人写作一个很重要的特点。不同的作者，很难说出雷同的话。而同一个作者，好话不妨再三说，有时候这样讲，有时候会那样讲，变着法儿说。

学习《老子》这样的经典，有一个不二法门，就是直接阅读原文，适当背诵一些。但也不要全书通背下来。我前天碰到一个杂志社的主编，他说自己有两个孩子，一男一女。女儿大一点，按他的要求全文背诵了《道德经》。现在儿子也大了，女儿提了一个要求说，"爸爸，请你不要叫弟弟背《道德经》。"把八十一章全背完，是很痛苦的事情。有些章内容确实很深奥，大学教授也不一定搞得非常懂。计小孩子背《道德经》，选上二十条，三十条，足之够矣。例如第一章肯定要背，尽管说得很抽象，但它开宗明义，必须背。第二章讲辩证法，也必须背的。总之前几章都可以背，后面有一些则可跳过。

以下导读《老子》原文。

> 道可道，非常道；名可名，非常名。无名，天地之始；有名，万物之母。故常无，欲以观其妙；常有，欲以观其徼。此两者同出而异名，同谓之玄。玄之又玄，众妙之门。（章一）

这是开宗明义第一条。讲得很玄，但又讲得很妙。讲的是一个大道理，最重要的道理。第一，"道"是《老子》最重要的范畴，第一范畴。这个"道"是什么？简单说就是本体。是宇宙的本源，同时又是宇宙的规律。是本体，又是方法。"道可道，非常道"这六个字非常妙。"道"有几个义项，一个义项就是"说"，道可以说可以定义。但"非常道"，给出来的定义不是唯一的定义。这个就讲得很好。很多学问的第一范畴，原始范畴，最重要的范畴，往往只能描述。如孔子讲"仁"，一会儿说"爱人"，一会儿说"己所不欲，勿施于人"，有不同的表述。如问什么是"诗"？说起来也五花八门。有的人说是韵文，然而有无韵的诗。有人说诗须分行，然而有散文诗。总之没有唯一定义。每种定义只在某一特定环境下成立。所以"道"是存在的，又是不可定义的。就是给出了定义，也不是不变的定义。在老子当时，能想到这个份上，还是令人佩服的。

"名可名，非常名。"每一门学问都是由若干范畴、概念、定理构成的。名就是一个名词，一个概念。"可名"，是说可以用名词表达一个概念。比如"道"，你可以叫它"道"，但也可以叫"大"，有时还可以叫"自然"。没有一个固定不变的或者说唯一的叫法。比如说我叫"周某某"，父亲给我起的这个名字，但我自己另起一个名字可不可以？完全可以。哥哥叫我"弟弟"，弟弟叫我"哥哥"，可不可以？当然可以。先秦有名家，公孙龙子，他说"犬可以为马"，听上去很怪，犬怎么可以为马呢？其实他是说狗这个东西，当初起名叫马也是可以的。总之名词是一个符号，代表某个事物，却不是事物的本身。

"无名天地之始"，是说事物被人认识之前，并没有名称，是自在之物。"有名万物之母"，一旦有了名称，事物就被人认识了，成为为我之物。如果在座各位没有名字的话，那交流起来就麻烦了，坐在某排某号的那个人，要是换个位置，得马上变一个说法。但有了名字就好办，把所有人都区分开来。一班几十个同学，每个都能区分开来。如果没有名字就乱套了，昨天某个人做某件事，连老师都说不清楚了。从自在之物到为我之物，事物就好像得到新生了。

"故常无，欲以观其妙"，当你懂得了这个道理，就可以经常在无名的状态下，观察事物的奥妙，这就是通常所说的用整体的、联系的、运动的观点认识事物。不要把它们看作毫无关系的个体。"常有，欲以观其徼"，同时还要经常在有名的前提下，来认识事物之间的区别。"徼"是什么？是边界，界限，区别。因此，在认识事物的时候，就要辩证地思维。"此两者同出而异名"，哪两者？一个是有，一个是无。这两者"同出"，即一对矛盾的、对立统一的事物。而"异名"，有是现象，无是本质，彼此不会混淆。"同谓之玄"，合起来可以叫"玄"。"玄"是什么？"玄"是玄机，是微妙，是抽象。"玄之又玄"，微妙加微妙，抽象再抽象。"众妙之门"，由此可以演绎出很多道理。

《老子》第一章，道理非常高深。文化程度不高的人编不出这种段子。而增广贤文，则多是民间写手编出来的。我们读《老子》，越读越觉得高深，有抽象思维的那种感觉。《老子》比孔子讲的那些东西，确实要抽象一些，这正是《老子》的价值所在。

有物混成，先天地生。寂兮寥兮，独立而不改，周行而不殆，可以为天地母。吾不知其名，强字之曰道，强为之名曰大。大曰逝，逝曰远，远曰反。故道大，天大，地大，人亦大。域中有四大，而人居其一焉。人法地，地法天，天法道，道法自然。(章二十五)

　　这一章是"道"的形象描述。"有物混成"，有一个东西是一个整体的东西。什么是"混成"？就是不能够割裂的一个整体。天地都没有的时候，它就是一个整体的存在，这个就是哲学的思维，对本体的思维。在天地产生之前，就有一个整体性存在，那就是"道"，就是本体。除了它什么都没有，所以它寂寞，独立存在。它不断循环运动，便生出天地。那个东西不知道叫什么，勉强给它起个名字，就叫"道"。还可以叫作"大"。"大曰逝"，因为大，所以延伸，"逝曰远"，延伸至越来越远，"远曰反"，远到极致就回到原点。就好像说一辆南辕北辙的车，在地球朝着一个方向跑，越跑越远，如果方向不变的话，它会回到原点的。这是《老子》的二十一章，讲道，也是在讲一个为人之道，他讲这个东西，为人之道从什么地方来的？就从那个大道。因为人法地，地法天，天法道，道法自然，也可以直接法道，直接取法自然。"自然"在《老子》中出现五次，却是道家的关键词之一。在陶渊明那里，"自然"就是道的代名词，陶渊明的生命哲学是任乎自然，它包含两方面的含义，一是亲近自然、回归自然，一是自由的、自食其力的生活方式。人是自然之子，死即回归自然，"万物兴歇皆自然"(李白)，没有什么好怕的。

　　大道泛兮，其可左右。万物恃之以生而不辞，功成而不有。衣养万物而不为主，常无欲，可名于小；万物归焉而不为主，可名为大。以其终不自为大，故能成其大。(章三十四)

　　这一章也是描述道的。大道，是一个弥漫的存在，是一个扩张的、左右延伸的，当然也是上下延伸的。宇宙间的万物，都是这个道衍生的，因为它是本体。万物生长靠它，它也不推辞。"功成而不有"，它有造物之功，但是从不占有。"衣养万物"，它抚育了万物，"而不为主"，却不替谁做主。"常无欲"，经常处于一种无欲的状态，很低调，很自卑，"可名于小"，把它叫作"小"也可以。"万物归焉而不为主"，世间万物都依附于它，它不做主，也可名为"大"。一粒粟是多么小，然一粒粟中藏世界，又是多么大。"以其终不自为大"，因为它不自为大，"故能成其大"，最后成就了它的大。最后这两句，不光是在描述道，实际上也是在讲为人。"人法地，地法天，天法道，道法自然"，是一样的道理。一个人越是想要伟大，越是伟大不起来。反之，如赵朴初悼周恩来诗曰："无私功自高，不矜威益重。"周恩来就是一个得道的人。

天下皆知美之为美，斯恶矣；皆知善之为善，斯不善矣。有无相生，难易相成，长短相形，高下相倾，音声相和，前后相随，恒也。是以圣人处无为之事，行不言之教；万物作而始，生而弗有，为而弗恃，功成而弗居。夫唯弗居，是以不去。（章二）

老子哲学的方法论，就是辩证法。这是《老子》里最光辉的篇章。老子认为什么事都有正反两个方面，有一个命名或命题，就有一个相反的命名或命题，它们是对立统一的。我们学习马克思主义辩证法，也就讲这个道理。想不到在老子那个时候，他就懂透了这个道理，这个使我们感到非常惊异。

《老子》第二章，"天下皆知美之为美，斯恶矣"，天下人都知道有美存在，那肯定是有恶的存在。"皆知善之为善"，都知道有好的存在，"斯不善矣"，就有不好的存在。假如天下没有恶的存在，那个美的存在何以见得呢？如果没有不善的存在，那么善的存在又何

240

以见得呢？故"有无相生"，所以有和无是相反相成的。"难易相成"，难和易是相比较而存在的。不会者看得很难的东西，在会者则不难。"长短相形"，长短是相比较而存在的。"高下相倾"，高和低也是如此。"音声相和"，不同的音阶，才能组合成一个和音。"前后相随"，前和后也是以对立面的存在为前提的。一个在前面，另一个就在后面。如果向后转呢，另一个反而在前面了。"是以圣人处无为之事"，因为事物在一定条件下会向对立面转化，所以圣人不着急，不揠苗助长，因为到时候苗自己会长的。圣人以无为治天下，无为就是大为。"行不言之教"，不要讲大道理。小孩最不喜欢听大道理。如果身边发生一个事故，一个新闻，其中包含有那样的道理，你把这个故事，这个新闻讲给他听，比什么道理都管用。这就是"不言之教"了。

万物都是"道"的创造，它不推辞，也不占有。"为而弗恃"，有造物的功劳，但不居功，不以为伟大。"夫唯弗居"，正因为不居功，不在意，"是以不去"，所以这个功劳没有人想要夺去。这里讲道，实际上又在讲做人的道理。

> 祸兮福之所倚，福兮祸之所伏。……正复为奇，善复为妖。

（章五十八）

《老子》的第十八章有句名言，这句名言尽人皆知。这就是："祸兮福之所倚，福兮祸之所伏。"这就是说，祸与福，是相对立的两件事情，彼此之中包含对立面的因子。福在一定条件下可以转化为祸，祸在一定条件下可以转化为福。这就叫"祸兮福之所倚，福兮祸之所伏"。这个道理大家都知道，四川有句俗话叫"欢喜打破碗"，说的就是这个道理。"正复为奇，善复为妖。"一个宣传得美妙无比的东西，可能呈现为一个可怕的东西。一个表面善良无比的东西，可能转变为邪恶的东西。比如纳粹，法西斯，它承诺一个由

"优秀人种"构成的美好世界，但这个承诺却是以从肉体上消灭另一些人种为前提的，最后搞出了集中营、焚尸炉，成为非常恐怖、非常邪恶的东西。

《淮南子·人间训》里记载了一个故事，叫作"塞翁失马"。故事讲一个边塞人家，善于驭马。一天，家里的马突然跑到胡人那里去。邻人都去安慰那家的老头子，不想那个老头子说，你们安慰我做什么，你怎么知道这件事不会突然变成一件好事呢？过了几个月，那匹丢失的马回来了，还拐了一匹胡人的骏马归来。邻居又去庆贺，那个老头子并不高兴，说，你们怎么知道这件事不会突然变成一件祸事呢？果然，老头的儿子骑上胡人的那匹骏马，那马性子很烈，年轻人摔下马来，把大腿摔断了。那些邻居沉不住气，又跑来安慰。老头子并不特别怄气，还是说，你们怎么知道这件事情不会突然变成一件好事呢？接着，战争爆发了，胡人入侵，本地的丁壮全部被送上战场，最后是九死一生。而老头的儿子因为残疾的缘故，免于从军，最后父子相保。这是一则寓言。这个寓言里出色地阐明了老子讲的那个道理，叫作"祸兮福之所倚，福兮祸之所伏"。世上好事变坏事，坏事变好事的事情实在是太多了。所以遇到好事，莫要狂喜，欢喜打破碗；遇到坏事，莫要绝望，绝处也能逢生。

> 曲则全，枉则直，洼则盈，敝则新，少则多，多则惑。是以圣人抱一为天下式。不自见，故明；不自是，故彰；不自伐，故有功；不自矜，故长。夫唯不争，故天下莫能与之争。（章二十二）

这一章也是讲辩证法的。

"曲则全"，委曲可以求全，春草不容易折，因为能随风俯仰，白草则反之。"枉则直"，矫枉必须过正，不过正不能矫枉。"洼则盈"，水往低处流，有坑坑洼洼，才可以装满水，如果是个小丘，水就往别处流了。"敝则新",旧的不去新的不来,还有一个意思:历久弥新。"少则得,多则惑",积少可以成多,贪多嚼不烂。还有,少一点你就抓在手里了,太多了就挑花眼了。电视只有几个频道时,好好地看了不少电视;有了几十个频道,一晚上就拿着遥控器换频道,一个电视节目也没看着。所以圣人抓住一条纲把天下一网打尽,所谓以道牧民。"不自见,故明",不显摆,别人看得越是清楚。你越是显摆,别人越不买你的账。"不自是,故彰",不自以为是,你的成绩越容易彰显出来。道理同上。"不自伐,故有功",不把一切功劳计在自己账上,别人才承认你的功劳。"不自矜,故长",不骄傲,别人才拥戴你。"夫唯不争,故天下莫能与之争",你不带头争,别人也不会跟你争——这个话让人真是受用无穷。"还有,你争,有时候你争不来啊。实话实说,有时候你的争其实暴露了你自身的许多弱点,你丢人!你争的结果还能使你的细胞恶化。"(王蒙)老子讲哲学道理,最后总是不由自主地落实到为人处世的方法上去。

> 将欲歙之,必固张之;将欲弱之,必固强之;将欲废之,必固兴之;将欲取之,必固与之。是谓微明。柔弱胜刚强。鱼不可脱于渊,国之利器不可以示人。(章三十六)

这一章依然讲辩证的道理。治国、用兵、处世、为人都用的这些道理。

"将欲歙之,必固张之",想要收拾它,必先放纵它,有句俗话说:"要想它灭亡,先让它疯狂。""将欲弱之,必先强之",想要削弱它,必先加强它。春秋时期,越王勾践向吴王夫差复仇就是这样的,先称臣纳贡,十年生聚十年教训,最后灭了吴国。《舆地志》《十道志》《嘉泰会稽志》载:"勾践索美女以献吴王,得诸暨苎萝山卖薪女,曰西施。山下有西施浣纱石。"楚汉之争也是如此。许多战争,都是强国并没有取得胜利,而恰恰是战争开始时弱的那一方取得了胜利。先发制人，往往不如后发制人，让对方先消耗力量，打持久战，集中优势兵力打歼灭战。"将欲废之，必固兴之。"想要废掉它，必先怂恿它。《红楼梦》里王熙凤审问兴儿，知道了贾琏在外包二奶，她就直接去找尤二姐，表示欢迎，给她腾出正式的房子来，给她高宅大院，给她好好伺候，一切按大奶待遇，完全进入她的彀中，连服务人员都是王熙凤的，然后把尤二姐活活折磨死了。"将欲取之，必固与之"，想要取代它，必先给予它。"是谓微明"，这叫看透玄机。还有，常言道"退后一步自然宽"、"先让一步然后还手"、"忍辱负重"、"君子报仇十年不晚"，等等，都是老子理念的演绎。

《左传》鲁隐公元年（前722）有一个名篇叫《郑伯克段于鄢》，讲郑庄公兄弟骨肉相残的事。郑庄公的父亲是郑武公，郑武公娶武姜，这个武姜就是郑庄公和共叔段的生母，因为郑庄公出生时武姜难产，所以武姜厌恶这个长子，溺爱小儿子段。郑庄公即位后，武姜为段请封地，地名叫制，是一个易守难攻之地，郑庄公没同意。武姜又请京，郑庄公同意了。但是段到了京城后，做了一些不轨的事，表现出了野心。按当时的规定，大城不超过国都的三分之一，而京城扩建城墙僭越了这个制度。郑庄公是怎样收拾他的弟弟共叔段的呢？在有人建议及时制止时，郑庄公没有动作。反而说："多行不义必自毙。"这就是老子的办法，叫作"无为"，又叫"将欲歙之，必固张之"，让他爬高点，摔重点。果然这个段，又把西鄙、北鄙这两个本来不属于自己领地的地方，占据了。于是又有人告发，说，一国不容二主，如果您打算让位于段，我们干脆跟段算了，如果不是这样，就请早一点收拾他，不要让我们为难。这人说话胆子也大。郑庄公怎么回应呢，他说："不义，不暱，厚将崩。"还是那个话，要让段在道义上完成丢分。这个郑庄公心中有数，知道在什么时候收拾他。那就是在段发动政变的前夕，注意，郑庄公掌握了全部的情报。这一次他没有等臣子说话，就下令突然袭击，用了二百乘车马，讨伐京城。当他发兵时，段马上众叛亲离。可见郑庄公是有潜伏的。段逃到鄢，庄公的兵马打到鄢。段出奔共，庄公不再追击，这叫穷寇勿迫。《左传》里写的这个"郑伯克段于鄢"，把老子那一套，发挥得非常之好。

上善若水。水善利万物而不争，处众人之所恶，故几于道。居善地，心善渊，与善仁，言善信，政善治，事善能，动善时。夫唯不争，故无尤。(章八)

这一章为"道"找到一个意象，那就是水。"上善若水"四个字，当代书法家几乎没有人没写过。为什么用水作道的意象？人往高处走，水往低处流，"水善利万物而不争"，大家都不愿意处在低处，水它就愿意处在低处。"处众人之所恶"，所以最接近于道。有人写过这样的诗句："风流不作高低论，海在江河最下游。""居善地"，要处在一个有利的地势，就是低地。"心善渊"，思要深些，话要少些。城府不妨深一点，同时守口如瓶。"与善仁"，施予要雪中送炭，不得雨后送伞，或施妇人之仁。"言善信"，说话要一诺千金，取信于人。"政善治"，管理要清静无为。"事善能"，做事要讲求效率。"动善时"，行动要抓住时机，或先发制人，或后发制人。"夫唯不争，故无尤"，只有做到不争，才能免于后顾之忧。这是《老子》第八章，这一章是可以给小孩背诵的。

天下莫柔弱于水，而功坚强者莫之能胜，以其无以易之。弱之胜强，柔之胜刚，天下莫不知，莫能行。是以圣人云："受国之垢，是谓社稷主；受国不祥，是为天下王。"正言若反。(章七十八)

这一章还是说水。"天下莫柔弱于水"，天下没有比水更柔弱的东西，然而战史上有水淹七军的案例，洪水常常成为最可怕的力量——水有时是一种不可战胜的力量。"以其无以易之"，没有什么东西能够替换它。当然，这话也不能说死。水来土掩，也是尽人皆知的道理。"弱之胜强，柔之胜刚，天下莫不知，莫能行。"这是说知易行难。所以圣人说：能忍辱负重，才能叫社稷之主；能担当天灾人祸，才可以做天下的王。"正言若反"，正面的话，有时要反过来听。比如"此地无银三百两"，如苏德签订条约叫作"互不侵犯"。语云："听话听反话，不会做傻瓜。"由此可见，老子哲学不但讲低调，而且善于逆向思维。

> 知其雄，守其雌，为天下溪。为天下溪，常德不离，复归于婴儿。知其白，守其黑，为天下式，为天下式，常德不忒，复归于无极。知其荣，守其辱，为天下谷。为天下谷，常德乃足，复归于朴。(章二十八)

老子是一个语言大师，善于造句。他创造了一种句式，"知其A，守其B"，如"知其雄，守其雌"，"知其白，守其黑"，"知其荣，守其辱"，等等。国防力量强大，争取持久和平，这是知其雄守其雌的一例。要看得更明白，最好身处黑暗中，"黑夜给了我黑色的眼睛，我却用它来追求光明"，这是知其白守其黑的一例。又如治印，明明是刻白文印，却处处考虑留红，这也是知其白守其黑的一例。爱惜羽毛，却为人谦卑，是知其荣守其辱的一例。"溪"、"式"、"谷"，无非低地。更多的例子：水性好，不轻易涉河。武艺高强，但不轻易出手。拥核，不首先使用。攻城，兵不血刃。等等。

> 知者不言，言者不知……挫其锐，解其纷，和其光，同其尘，是为玄同。故不可得而亲，不可得而疏；不可得而利，不可得而害；不可得而贵，不可得而贱。故为天下贵。(章五十六)

另一种句式是"A者不B，B者不A"，如"知者不言，言者不知"。这是一种回文，仍然包含着辩证的道理。真懂的人留点口水养牙齿，吐槽很厉害的人，懂个什么？这是老子讲的道理。"挫其锐"，一个人把自己的锋芒磨平点，"解其纷"，把死结解开，"和其光"，把光芒压低一点，"同其尘"，和世俗接近一点，低到尘土里去。简称"和光同尘"，再简称为"玄同"，即微妙的趋同。还有一种说法，叫"韬光养晦"。韬是剑套，把剑放在套里，不要让它光芒四射、锋芒毕露；晦是暗，养晦是保持一个不扎眼、不起眼的状态。"和其光"就是弱其光，也就是"韬光"。《三国演义》中煮酒论英雄的故事，就是讲刘备的韬光养晦，按老百姓的话说，就是揣着明白装糊涂。郑板桥说"难得糊涂"。聪明的下级，在上司面前，不会显山露水，要让上司显出他的优越，避免遭到猜忌。杨修在曹操面前处处表现出他比曹操高明，最后招致杀身之祸。

"故不可得而亲，不可得而疏"，你不和他特别亲近，也就不和他特别疏远。"不可得而利，不可得而害"，你不靠他谋利，也不会受到他的连累。"不可得而贵，不可得而贱"，你不靠他而高贵，也不会因他而下贱。"故为天下贵"，所以这个道理，是天下最可贵的。

大成若缺，其用不弊。大盈若冲，其用不穷。大直若屈，大巧若拙，大辩若讷。静胜躁，寒胜热。清静为天下正。（章四十五）

第三种句式是"大A若B"，用来表达一个重要哲学命题，即事物发展到极致，会走向它的反面。常言道"大智若愚"，《老子》书中没有这一句，但有一点可以肯定，它是按照老子句式打造的。"大成若缺"，十五月亮最圆，十六就开始缺了。一件完美的作品，一定要留点瑕疵，如果不留瑕疵，审查的人就会把没有瑕疵的地方说成瑕疵。做大事的人，不会少犯错误。小事如绣花，可以做到完美无缺，大事如三峡工程，则会争议不休。"大盈若冲"，空气太弥漫就稀薄，然其作用无穷。一个大老板，生活很朴素，正因为这样，他能成为大老板。"大直若屈"，直过分了就是弯曲（峣峣者易折）。"大巧若拙"，大巧若拙，非常巧妙，他看上去有一点笨——智能型相机，被叫作"傻瓜相机"，因为操作简单。"大辩若讷"，真正的智者懂得，不跟人瞎掰，不争论。但是他如果说出一句，你就够呛。这就是"知者不言"的一转语。"静胜躁，寒胜热。"冷静胜急躁，降温胜升温。"清静为天下正"，清静无为不生事，是天下正道。这是老子讲的道，也是其辩证法的具体运用。

> 明道若昧；进道若退；夷道若纇；上德若谷；广德若不足；建德若偷；质真若渝；大白若辱；大方无隅；大器晚成；大音希声；大象无形；道隐无名。夫唯道，善贷且成。（章四十一）

这一章也用同样句式。"明道若昧"，意近知白守黑，是说看得更清楚的办法，是躲在暗处。"进道若退"，向前冲的办法，反倒是向后蹬腿。"夷道若纇"，便捷的路常常是小路。"上德若谷"，最高的德行是谦卑。"谷"是低，取一个低的姿态。"广德若不足"，乐善好施，越做越觉得不够。"建德若偷"，真做好事的，多是无名英雄。"质真若渝"，真货往往被当作水货。"大白若辱"，太白了就藏不住污点。"大方无隅"，太大了就看不到边际。"大器晚成"，大用之才，不在于出道早。"大音希声"，超声波就听不见，不等于没有。"大象无形"，有一种形象叫透明，不一定看得见。"道隐无名"，得道的人远离名声。"夫唯道，善贷且成"，只有得道，才能真正帮助别人，成就诸多事业。

> 信言不美，美言不信。善者不辩，辩者不善。知者不博，博者不知。圣人不积，既以为人，己愈有，既以与人，己愈多。天之道，利而不害；人之道，为而不争。（章八十一）

这是《老子》最后一章，这里发明了另一种回文式句法："AC不B，BC不A"，熟语"来者不善，善者不来"、"疑人不用，用人不疑"，就是按这种句式造的句。

248

"信言不美，美言不信"，老实话很朴素，花言巧语不可信。需要说明，老子往往讲一面理，而世界上的道理，往往是两面理。"信言不美"这话也可以抬杠。刘勰说："老子疾伪，故称'美言不信'，而五千精妙，则非弃美矣。庄周云'辩雕万物'，谓藻饰也。"（《文心雕龙·情采》）鲁迅说："文辞之美富者，实惟道家。"这还是辩证的道理，即一个命题的反命题同时成立。

前些天我去天回镇一个小学做义工，一个学生背苏东坡的诗，"不识庐山真面目，只缘身在此山中"。我问："你为什么喜欢这两句？"他说，这里讲了一个道理："当局者迷，旁观者清。"我便说，有这样两句诗："要识庐山真面目，还须身入此山中。"你觉得怎么样呢？他说这个也对。可见相反的两个道理，不一定相互排斥，倒可能相互补充。

"善者不辩，辩者不善"，善良之人不狡辩，狡辩之人不善良。"知者不博，博者不知"，有知识的人不显摆，显山露水的人不一定有真知。"圣人不积"，圣人不敛财，越是为人，自己越有；越是给人，自己越富。"天之道，利而不害；人之道，为而不争。"自然之道，是利济万物，而不伤害它们。圣人的行为准则，向最好处努力，从最坏处着想，争什么呢。

接下来我们讲一讲老子的治国理念。老子的天道自然无为的哲学思想，用之于人类社会，便自然产生了"无为而治"的政治主张。

> 治大国，若烹小鲜。以道莅天下，其鬼不神；非其鬼不神，其神不伤人；非其神不伤人，圣人亦不伤人。夫两不相伤，故德交归焉。（章六十）

这一段最重要的是前面的那句话："治大国，若烹小鲜。"就是说治理国家，要像煎小鱼儿那样。这是什么意思呢？至少有两层意思，一层是举重若轻，老子讲"无为而治"，意思是治理的办法要简化，条条款款越多，老百姓越是不得休息。有人认为，世界上还没有哪一个国家，能够做到"治大国，若烹小鲜"，但相对而言，还是有人做得好一些。河上公注老子说："烹小鲜不去肠不去鳞不敢挠恐其糜也。治国烦则下乱，治身烦则精散。"也就是不折腾的意思。还有掌握分寸，掌握节奏的意思。"治大国，若烹小鲜"底下还有几句话，"以道莅天下，其鬼不神；非其鬼不神，其神不伤人"，是说用道管理天下，鬼也不折腾，神也不折腾，上面的人也不折腾，无天灾，也无人祸。所以"两不相伤"，应该归功于不折腾。

> 不尚贤，使民不争；不贵难得之货，使民不盗；不见可欲，使民心不乱。是以圣人之治，虚其心，实其腹，弱其志，强其骨。常使民无知无欲。使夫智者不敢为也。为无为，则无不治。

（章三）

老子讲治国，主张做减法。"不尚贤，使民不争"，不要搞太多的奖项，弄得大家都去争。"不贵难得之货"，不收购贵重物品，"使民不盗"，等于不鼓励偷盗。"不见可欲，使民心不乱"，不要那些刺激欲望的东西，把高档会所关了，人心就不乱。"是以圣人之治，虚其心，实其腹，弱其志，强其骨"，所以圣人管理国家，使百姓心里空一点，欲望少一点，肚子充实一点，这个最重要。百姓吃饱了，就不闹事。"弱其志"，不要远大理想，"强其骨"，提倡健身，唱唱歌，跳跳舞。"常使民无知无欲"，这个话说太露骨，就是要愚民。"使夫智者不敢为也"，让那些聪明人不敢胡作非为。"为无为，则无不治"，只要不出事，国家没有管不好的。老子确实讲到一个要害问题，就是百姓只要吃饱穿暖，幸福指数提高了，国家就出不了大乱子。

> 大道废，有仁义。智慧出，有大伪。六亲不和，有孝慈。国家昏乱，有忠臣。（章十八）

这段话在儒者看来，是很过分的话。把仁义、智慧、孝慈、忠义这些儒家提倡的、很正面的价值观，全面颠覆了。这是因为老子最讨厌虚伪，最讨厌哪壶不开提哪壶。"大道废，有仁义"，正因为世上缺少仁义，才有人兜售仁义。"智慧出，有大伪"，人越是长心眼儿，诈骗手段就越来越多。"六亲不和，有孝慈"，人人都在说孝道，肯定是不孝的人占了多数。"国家昏乱，有忠臣"，越是提倡忠君爱国，越是说明有人破坏纲纪。这是《老子》中的激烈的，愤世嫉俗的言辞。

> 其安易持，其未兆易谋。其脆易泮，其微易散。为之于未有，治之于未乱。合抱之木，生于毫末；九层之台，起于累土；千里之行，始于足下。（章六十四）

老子讲维稳，注重防微杜渐。"其安易持"，时局安定的时候，就要做维稳的工作，不要等到时局乱了才去维稳。"其未兆易谋"，事情还没有露出苗头，这个时候就必须预见苗头，做出防范的预案，控制住局面。"其脆易泮"，对立面还很脆弱时，瓦解它不费劲。"其微易散"，对立面弱小时，驱散它较容易。"为之于未有"，作为要趁早，要在麻烦还没有成气的时候开始。"治之于未乱"，治理要趁早，要在乱子还没有出现的时候开始。"合抱之木，生于毫末"，参天大树，是从一棵很小的芽芽长起来。"九层之台，起于累土"，九层高台，是用土逐渐堆出来的。"千里之行，始于足下"，万里长征是从第一步开始的。这段讲得很好，中心意思是防微杜渐。

> 持而盈之，不如其已；揣而锐之，不可长保。金玉满堂，莫之能守；富贵而骄，自遗其咎。功遂身退，天之道也。（章九）

这一章讲"度"的问题。"持而盈之，不如其已"，负荷太满，不如把握好一个度。没有把握好度，事情就会转化到相反的方面去。就拿财富来说吧，过去有一个话叫"看钱奴"，今人叫"守财奴"，意思是一个人财富积累过多时，容易变成财富的奴隶，使财富增值，至少避免财富贬值，就会成为生活的全部内容，从而活得很累。"揣而锐之"，揣在怀里的一个锥子，因为太锋利，不可能不出头，一旦出了头，很容易折断。"金玉满堂，莫之能守"，聚敛越多，越守不住。和珅守住了吗，那么多的贪官，守住了吗？这道理大家都懂。"富贵而骄，自遗其咎"，一个人富贵了，同时还骄奢淫逸，最后会自找倒霉。"功遂身退，天之道也"，最好的自我设计是什么？是功成身退。当你建功立业的目的达到了，得赶紧抽身，得急流勇退。近代反清组织光复会，立会宗旨是十六个字："光复汉族，还我河山，以身许国，功成身退。"这个事很不简单，表明了革命者的无私，其目的是改造社会，"为而不有"，"功成而不居"，以后的事，另请高明。历史上有这样的人，比如张良，他是汉室三杰之一，汉朝建立后，他什么都不要，只要了"留"那块贫瘠的土地，象征性地受封，结果全身而退，这是很高明的，但不容易做到。韩信就做不到，结果很悲惨。"功遂身退，天之道也"，这是老子讲的。

> 民不畏死，奈何以死惧之？若使民常畏死，而为奇者，吾得执而杀之，孰敢？常有司杀者杀。夫代司杀者杀，是谓代大匠斫，夫代大匠斫者，希有不伤其手矣。（章七十四）

这一章讲怎样对待人民。"民不畏死，奈何以死惧之？若使民常畏死，而为奇者，吾得执而杀之，孰敢？"就是说你不要经常拿惩罚来吓唬人民。要是人民不怕死，你用死去吓唬他，能达到什么目的呢？刑法是手段不是目的。对亡命之徒，如人肉炸弹，死刑也将失去意义。死刑只是威慑大多数的，使之不敢触犯相关刑律。行政和执法要分开，行政代替执法，就像代替木匠去操作斧头，最后会伤到自己。这一章的立场，有点民本主义的色彩，与《孟子》思想相通。

小国寡民。使有什伯之器而不用；使民重死而不远徙。虽有舟舆，无所乘之，虽有甲兵，无所陈之。使民复结绳而用之。甘其食，美其服，安其居，乐其俗。邻国相望，鸡犬之声相闻，民至老死，不相往来。（章八十）

这一章讲老子的乌托邦。老子的社会理想，或理想社会。物质财富要比较丰富，但是人的欲望要比较简单。国家要小，人民要少。"使有什伯之器而不用"，不要用提高效率的机械。"使民重死而不远徙"，使人民安居乐业，不要旅游，"虽有舟舆，无所乘之"，有交通工具，但最好不用。"虽有甲兵，无所陈之"，国防要有，但不要战争。"使民复结绳而用之"，最好连书写工具也不要，更不用说计算机、手机了，退回到结绳记事的时代。这个想法在今天，百分之百要遭到反对。"甘其食"，吃好一点，"美其服"，穿好一点，"安其居"，住好一点，"乐其俗"，快乐一点，"邻国相望"，都是小国，相处和睦，"鸡犬之声相闻，民至老死，不相往来"，也不互通有无，不要有商战发生。这种想法，处在太平盛世的人，是很难理解的。而在战乱的年代，却不失为一种美好的愿望。王蒙说，老子的这种思想和现今二十一世纪末的反全球化，反现代或者批判现代性的思潮有近似之处。发展好还是不发展好？是增加智力好还是适可而止好？不丹、瑞士这些小国，"甘其食，美其服，安其居，乐其俗"，人们认为幸福指数较高。桃花源、香格里拉，和小国寡民的理想也是相通的。又说，老子的思想不是社会的主流思想，带有一种逆向思维的特点，他对这个社会实际上是有所批评，他甚至于想阻止社会的发展，而对于一个社会、一个国家，发展才是硬道理。所以老子思想很难成为国家的统治思想。

夫兵者，不祥之器，物或恶之，故有道者不处。君子居则贵左，用兵则贵右。兵者不祥之器，非君子之器，不得已而用

之，恬淡为上。胜而不美，而美之者，是乐杀人。夫乐杀人者，则不可得志于天下矣。（章三十一）

《老子》有兵家的智慧，如"后发制人"，就是欲夺故与。如"敌进我退，敌驻我扰，敌疲我打，敌退我追"，就是"以奇用兵"（章五十一）。由于每次战争都伴随巨大的损失和破坏，所以战争从来只是手段而不是目的，孙子说："百战百胜，非善之善者也；不战而屈人之兵，善之善者也。"《老子》在讲用兵之道的同时，也有反战的倾向。如说"以道佐人主者，不以兵强天下。其事好还。师之所处，荆棘生焉。大军之后，必有凶年"（章三十）。

知人者智，自知者明。胜人者有力，自胜者强。知足者富。强行者有志。不失其所者久。死而不亡者寿。（章三十三）

这一段讲人生的智慧。知人善任是智慧，有自知之明更加重要，加起来叫知己知彼，这样就能百战不殆。战胜别人表明你有力量，战胜自己才叫强大。人必须内心强大。人必须克服负面情绪，给自己以积极的自我暗示。别人打不倒你，能够打倒你的人，就是你自己。有钱不算富，知足的人才算富有。一个总是说钱花不完，实际上他可能没有多少钱，但是这个人他富，因为他的心态很富，他满足。一个人有很多的钱，他说我还比不过马云，他就永远不富。一个有毅力，坚持到底的人，才算是有志者。一个随遇而安的人，随时在状态的人，才能长久。一个死了还被别人念叨的人，是真的长寿。

不出户，知天下；不窥牖，见天道。其出弥远，其知弥少。是以圣人不行而知，不见而明，不为而成。（章四十七）

这一条有超前性，好像是说网络时代的事。在老子的时代要做到这一点很难，因为有一个信息来源的问题，不能坐在深宫里听汇报。而在今天，在媒体日新月异的时代，要做到这一点已经不困难了，"坐地日行八万里，巡天遥看一千河"。"其出弥远，其知弥少"，这倒是真的。你越跑得远，你了解得越不多——你跟一个旅游团跑欧洲，还没有一个看电脑上面欧洲资料的人了解得多。尽管如此，国家领导人还是需要出访，还是需要视察。孟子说："尽信书不如无书。"对《老子》一书，也应持这种态度。

> 为学日益，为道日损。损之又损，以至于无为。无为而无不为。取天下常以无事，及其有事，不足以取天下。（章四十八）

这一章谈做学问，同时也是谈治国平天下。求知要会做加法，同时又要会做减法。学问越做越大，道理越说越简单，这叫"书越读越薄"。简单到两个字说完，就是"无为"。无为恰恰是无不为，正如无用恰恰是大用。"取天下常以无事"，取天下不必大动干戈，"及其有事"，如果他大动干戈，"不足以取天下"。

> 以正治国，以奇用兵，以无事取天下。吾何以知其然哉？以此：天下多忌讳，而民弥贫；人多利器，国家滋昏；人多伎巧，奇物滋起；法令滋彰，盗贼多有。故圣人云：我无为，而民自化；我好静，而民自正；我无事，而民自富；我无欲，而民自朴。（章五十七）

这一章接着谈治国。治国说一是一，而兵不厌诈，要不动干戈以征服天下。我怎么知道是这样的呢？是因为看到这些情况：天下多禁忌，比方打击"投机倒把"，而人民越穷；人们私藏武器越多，国家越混乱；人们点子越多，稀奇古怪的事如丢包、手机诈骗等，就出来了；法令越森严，盗贼越多，多到监狱关不下。所以圣人说：我不作为，而人民自然归化；我好清静，人民自然驯服；我不扰民，人民自然富庶；我不生欲望，人民自然纯朴。这个叫作上行下效。

关于《老子》的原文，就读到这里了。

最后说一下《老子》的文体。《老子》的文体与其余诸子不同，比较接近语录，不同之处是多用韵语。其文句大体整齐，以四言句为多。也可以看作是格言诗。其中一些章句，跟《诗经》的形式比较接近。书中运用了大量的谚语、格言，经过高度提炼和艺术加工，有的比较深奥、抽象。在句式上，有许多创新。所以《文心雕龙》说它"五千精妙，则非弃美矣"，这话也概括得非常之好。

《论语》要略

　　《论语》是一部什么样的书呢？是一部记录孔子的言行的书。过去电大教材里，有人把本书的作者写成孔子，实际上是不对的。《论语》这部书并不是孔子著的一部书，它是记录孔子及其弟子的言行的一部书。孔子是一个伟大的实践者，是一个以身实践自己理念的人，同时他又是一个通人。他在周礼的基础上，构筑了一个信仰系统，用道德规范来教育人，管理人，统治中国人的思想长达两千年，产生了世界范围的影响。美国人编的一部《影响世界历史的一百人》中，孔子排名第五，跟穆罕默德、释迦牟尼等人具有同样重要的影响。

　　《论语》这部书，作者是谁呢？《汉书·艺文志》这样讲："《论语》者，孔子应答弟子时人，及弟子相与言，而接闻于夫子之语也。当时弟子各有所记。夫子既卒，门人相与辑而论纂，故谓之《论语》。"就是说《论语》这部书，是孔子的学生和学生的学生编纂的。孔子这个人，他有一个基本理念叫"述而不作"。也就是只传播、传授，而不原创。那么他传授些什么呢？他传授的是商周文化的遗产，主要是周礼的内容。他说"述而不作，信而好古，窃比于我老彭"，这个"老彭"是商代的一个贤大夫。韩愈《进学解》讲孟子、荀子的时候有两句话八个字，"吐辞为经，举足为法"，意思是讲出来的话可以作为别人行动的指南，而他的一举一动都是模范行为，值得

257

别人学习。这是韩愈讲孟、荀的话，而这两句话恰恰是孔子的写照。孔子虽然不搞创作，但很渊博，懂的东西很多，谈起来头头是道，能够给别人提供一个行动指南。正因为他是这样的一个人，所以前人把他称为"圣人"，圣人就是"完人"，没有缺点的人。当然，没有缺点的人是不存在的，只能是近乎完美吧。

简单说一下孔子的家世。孔子生在春秋时期的鲁国一个叫昌平乡陬邑的地方。他的祖先是宋国人，高祖叫孔防叔，防叔生伯夏，伯夏生叔梁纥，叔梁纥就是孔子的父亲，按理应称"孔纥"，叔梁纥是习惯称呼。叔梁纥是一位大力士，一位武士，身体非常好，个子比较高。孔子的母亲姓颜，比孔子父亲小很多。《史记·孔子世家》记载，说叔梁纥与颜氏女野合而生孔子。"野合"听上去像是不合礼法的一个行为。但在周代，有这样的风俗。《周礼·地官·媒氏》："仲春之月，令会男女。于是时也，奔者不禁。"就像后来有些少数民族的风俗。"野合"就像红高粱地里的情事，这个在周代来说并不奇怪。

孔子出生之后，或许是缺钙吧，头顶有点凹陷。所以给他起名叫孔丘，因为中间凹陷，两边有点像山丘。字仲尼。这是《史记》里的记载。孔子年轻时，家境贫而地位贱，在鲁国权臣季氏的门下做过事。孔子做事非常之敬业，"料量平"，就是说统计工作做得好。他管理过畜牧业，管理得也不错。后来做到司空，掌管水利土木事。再后来，他离开了鲁国，到过齐国、魏国、宋国，后来又回到鲁国。《史记》记载孔子的相貌，个子很高，有九尺六寸（按古代尺寸计量）。所以电影《孔子》用周润发来演孔子一角，是有根据的。因为孔子在当时，被称为长人，就是个子高。当然水平也高。有些个子不高的人，水平也高，比如晏子。

人看从小。孔子儿时有一个爱好，对于礼仪活动特别感兴趣。

他童年游戏的内容，办客客家，成都人叫姑姑筵，就是效仿祭祀活动的仪式。大概从小受环境影响，近朱者赤，他对礼仪之类的事，非常感兴趣。孔子从小非常好学，也有社会实践经验，做过一些事务。在做这些事务的时候，又在不断地学习，不断地总结。《论语·为政》有一段"子曰"，是孔子自己讲成长过程，过去的读书人大都能背诵这一段："吾十五而有志于学"，我十五岁有志于钻研学问。主要的学问，就是周礼。也就是从商周时代传下来的礼法等文化遗产。研究《诗》《书》《礼》《乐》《易》《春秋》等六经，研习礼、乐、御、射、书、数等六艺。"三十而立"，三十岁立身社会，找准自己的位置。"四十而不惑"，四十岁能传道授业解惑，克服负面情绪。"五十而知天命"，五十岁乐天知命，尽人事听天命。"六十而耳顺"，六十岁听逆耳之言，如有风吹过。"七十而从心所欲不逾矩"，七十岁咋个说、咋个做，都不得出错。

由于孔子很早就在学问上用功，可以说年少成名。十七岁的时候，就有人要求跟他学习，并不是到盛年或晚年才开始收学生的。孔子在十七岁的时候，《史记》记载说，鲁国大夫孟釐子大病将死，"诚其嗣懿子曰"，叮咛他的儿子懿子防病，"孔丘，圣人之后，灭于宋。吾闻圣人之后，虽不当世，必有达者。今孔丘年少好礼，其达者欤？圣人之后，吾即没，若必师之"，预言孔子前途远大，一定会取得成就，要求儿子拜他为师。"及釐子卒，懿子与鲁人南宫敬叔往学礼焉。"釐子死后，他的儿子，还有一个叫南宫敬叔的鲁国人，一起去拜孔子为师，向他学礼。这个记载表明，孔子十七岁就开始收学生了。孔子后来有时做官，有时不做官，实际上都在带学生。

鲁定公的时候，孔子做过中都宰（今山东汶上县长官）。"一年，四方皆则之"，影响这么大。同时官运亨通，由中都宰做到司空（管土木营建及水利），由司空做到大司寇（佐国君司法）。定公十四年孔子年五十

259

六，就是由大司寇行摄相事，相当于代理宰相。就在其位已极时，孔子由于受不了国君荒政，而急流勇退，离开了鲁国。孔子周游列国，当然是想迁回推行其政治主张，他周游列国一共十四年，一行并不顺利，最后回到鲁国，定下心来，专门从事教育。弟子达到三千人，相当于今天一个中学的人数，但老师只有一个，在当时是很了不得的。孔子的弟子中，七十二人身通六艺（礼、乐、射、御、书、数）。孔子还根据古代的史书，编纂了《春秋》。孔子死于公元前479年4月，享年七十三岁，在古代应该是很不错的了。前人所谓"读万卷书，行万里路"，孔子做到了。《史记·孔子世家》对孔子有很高的评价："诗有之：高山仰止，景行行止。虽不能至，然心乡往之。余读孔氏书，想见其为人。适鲁，观仲尼庙堂车服礼器，诸生以时习礼其家，余低回留之不能去云。天下君王至于贤人众矣，当时则荣，没则已焉。孔子布衣，传十餘世，学者宗之。自天子王侯，中国言六艺者折中于夫子，可谓至圣矣。"司马迁对孔子充满了崇敬，说孔子身后，天下从君王到普通老百姓，都崇敬他，他的学说为公众所接受。"高山仰止，景行行止"，诗出《小雅·车舝》，所谓"学高为师，身正为范"，孔子是做到了。

概括一下，孔子一生，最初从过政，继而周游列国。从政没有如愿，周游列国到处碰壁，但是他钻研学问，从事教育，成就极高，最后建立的一个信仰系统，被称为"儒学"。儒学在中国的三教（儒教、道教、佛教）中，占有首要的地位。

孔子是伟大的思想家。接下来应该重点讲一讲孔子的思想。

首先是哲学思想。孔子信天命，这一点是毫无疑问的。他说："君子有三畏：畏天命，畏大人，畏圣人之言。小人不知天命而不畏，狎大人，侮圣人之言。"见于《论语·季氏》。"畏天命"，就是敬畏头上三尺就有的神明，人必须有所不为。"畏大人"，就是敬畏上级、敬畏大人物，不是随便坐到那个位置上去的。还有对历史人物，不得肆意轻诋。"畏圣人之言"，就是敬畏圣人和老祖宗传下来的道理。人不能为所欲为，不能厚诬上级和历史人物，更不能不把老祖宗放在眼里。这段话我觉得非常重要，我们现在有一些人，谈到历史人物的时候，采取一种非常轻率的否定的态度，甚至是很简单粗暴的否定，这种态度其实是不好的。人应该存一种敬畏之心，这是孔子的话。

不过孔子也并不迷信，坦认自己有认识上的盲区。"季路问事鬼神，子曰：未能事人，焉能事鬼？曰：敢问死。曰：未知生，焉知死？"这话见于《论语·先进》。"子不语怪、力、乱、神"，这段话见于《论语·述而》。在认识论上，孔子主张"知之为知之，不知为不知，是知也"。这话见于《论语·为政》，也就是说，在学问上，人只能持一个老老实实的态度，能做到这样，就是一个明白人。"知之为知之"这段话还表现出孔子的机智，喜欢用简洁的几个字来绕的方式表达要言妙道。又如："子曰：过而不改，是谓过矣。"（见《论语·卫灵公》）

孔子还坦承："我非生而知之者"，他的知识不是从天上掉下的，不是与生俱来的。"好古，敏以求之者也"，因为非常热爱文化遗产，"敏以求之者也"，靠自己的悟性，靠自己的实践，逐渐积累起来的。这就是孔子的认识论。

其次是伦理思想。孔子在"述"周礼时，有一个很大的创造。什么创造呢？就是以仁释礼。孔子发明了一个范畴，来解释"礼"，这个范畴就是"仁"。"仁"这个字在《论语》当中，出现达一百七十多次，在各个地方有不同的讲法。但万变不离其宗，是儒学最重要的范畴。"樊迟问仁"，樊迟向孔子请教什么是"仁"，孔子用两个字解释，说仁就是"爱人"，也就是博爱。《十三经注疏》的著者阮元，他解释说，仁就是"人人"。这两个人字中，必有一个是动词。"人人"的意思，要么是把人当成人，即"爱人"，要么是人要像个人。就像"君君"、"臣臣"、"父父"、"子子"，那种讲法——君要像个君，臣要像个臣，父要像个父，子要像个子。当然，也可以讲成：把君当作君，把臣当作臣，把父当作父，把子当作子。孟子说："《小弁》之怨，亲亲也。亲亲，仁也。"孔孟都倾向于把"仁"讲成人的内在需求，"亲亲"即血缘纽带，把亲人当亲人，或亲人要像亲人，出于天伦，无须解释。

不管怎么讲，这个"仁"字，都是孔子的基本理念，是一部《论语》中最重要的范畴。

"仁"的内涵十分丰富，孔子对"仁"的阐释，在具体语境中，表述有所不同。如"仲弓问仁"，孔子就说："己所不欲，勿施于人。"也就是说，自己不愿意承受的东西，就不可以强加给别人。否则就是嫁祸于人。这个说法，实际上是"仁"的最低限度的要求，是"仁"的底线。而这个底线，是所有人都能够接受的一个观念。为什么能接受呢？因为每一个人都不希望受到别人的嫁祸，也就都会认同这样的教义。你要求别人做到，自己也得做到，否则你就没有说服力。因为这是一个底线，所以子贡问孔子："有一言而可以终身行之者乎？"能不能讲出一个字，作为我们一辈子都要遵守的准则。孔子应声就回答：有！"其恕乎"，难道不是"恕"么？然后他解释"恕"，那就是"己所不欲，勿施于人"。所以，这八个字可以归纳为一个字，那一个字可以演绎为八个字。

为什么说这是底线的要求？因为并没有要你去舍己救人，去无私奉献，对不对？只要求你不伤害别人，不嫁祸于人，这一个要求比较容易做到。

"颜渊问仁"，颜渊是孔子最喜欢的学生，表现最好的学生，又

262

叫颜回。颜回向孔子请教"仁"。孔子曰:"克己复礼为仁。"颜渊说,老师,请你讲细一点。孔子就说:"非礼勿视,非礼勿听,非礼勿言,非礼勿动。"这是孔子对仁的另一个讲法,是仁的具体要求。"克""复"就是克服,就是自我约束。具体讲,就是约束感官(视、听)和言行(言、动)。也就是不能太任性。颜渊说,"回虽不敏",我颜回悟性不高,"请事斯语矣",我一定要照老师讲的话去做,这便是"学而时习之",这个观点放到后面再说。

"仁"的要求,不是一个"恕"字了得的。"仁"的更高要求,是在"己所不欲,勿施于人"的基础上进而做到无私奉献,做到舍己为人。"子曰:夫仁者,己欲立而立人,己欲达而达人。能近取譬,可谓仁之方也已。"这语出自《论语·雍也》。"己欲立而立人,己欲达而达人。"就是说你要立身社会,也要帮助别人立身社会;你要成功,也要帮助别人成功。孟子用两个字概括,叫作"推恩"。"能近取譬",从身边寻找"仁"的榜样,"可谓仁之方也已",这可说是推广"仁"的最好办法。

"己欲立而立人,己欲达而达人",这两句话,可不可以用一个字来概括呢?在《论语》中也有一个字,概括这两句话的,那就是"忠"。"忠"与"恕"的关系,就是高标准和最低限度的关系。人与人之间的关系,叫伦理。孔子的伦理观,就是仁学。仁学的最高标准是忠,底线是恕。"子曰:参乎!吾道一以贯之。曾子曰:唯。子出。门人问曰:何谓也?曾子曰:夫子之道,忠恕而已矣。"这段话出自《论语·里仁》。孔子说,我的仁学由一条红线贯串。曾子称是。有人不知道他们说的是什么,请教曾参。曾参说:"夫子之道,忠恕而已矣。"孔子的仁学就两个字,忠、恕。忠、恕二字,合成一个字,就是仁。所以,孔子的伦理思想,就这么几个字可以概括。

顺便插一句,《论语》是孔子哪一代学生编的?有人认为,主要是孔子的学生曾参的学生编的。因为在《论语》当中，除了孔子的言行记得最多，其次就数曾子。书中除了孔子以"子"尊称之外，孔子的学生，一般都是称名，只有曾参也被称子。这就表明，《论语》的编者与曾参有师生关系。

曾子有一段名言，"吾日三省吾身"，我每天要反省三条，第一条："为人谋而不忠乎？"我是不是做到了"忠"，这是对自己做高标准要求。在儒家看来，"忠"的价值高于生命，"忠"的极致是杀身成仁："志士仁人，无求生以害仁，有杀身以成仁。"语出《论语·卫灵公》。后来孟子发展为"舍生取义"。这个跟道家不同，道家认为生命是最重要的，所以止于讲明哲保身。第二条："与朋友交而不信乎？"与朋友交往是不是做到了诚信，这里又引入一个仁学的范畴，即"信"。也是君子必须谨守的道德准则。《论语·为政》篇说："人而无信，不知其可也"，一个人如果做不到诚信，还能算是人吗？这是对不诚信者最严厉的批评。第三条："传不习乎？"是不是将理论付诸实践了。这个"习"也是《论语》中很重要的一个概念。曾子讲三条，一条是忠，乐于助人。一条是信，待人以诚。第三条是习，结合实践。《论语》第一卷为《学而》，"学而时习之，不亦乐乎"，学到的理论必须付诸实践，不能只停留在教条上。这段语录出自曾子，但思想和语气都像孔子，像到可以乱真的程度。

其三是政治思想。根据孔子的伦理思想，其政治思想，一言以蔽之曰"仁政"，或者叫"德政"。"齐景公问政于孔子"，齐景公向孔子问政，怎样才能搞好政治？孔子对曰："君君，臣臣，父父，子子。"齐景公说："善哉"，你讲得太好了。"信如君不君，臣不臣，父不父，子不子，虽有粟，吾得而食诸？"要是天下君不像个君，臣不像个臣，父亲不像父亲，儿子不像儿子，就算有粮食，我能吃得到吗？原来，孔子的仁学中，包含维护现有社会秩序的观念及等级观念。社会是由等级构成的，每个人都在一定社会地位中生活，人人安分守己，才能维持稳定。具体要求是君明，臣贤，父慈，子孝。如果这一套全乱了，光有粮食，也解决不了问题。

从伦理的仁出发，推广到政治，就是要行仁政，德政。反对苛政，暴政。《礼记》记载了这样一个故事："孔子过泰山侧"，孔子路过泰山旁，"有妇人哭于墓者而哀"，看到一个妇女在墓边哭得非常悲伤。孔子就在车上专心地听，然后叫子路去打听一下是怎么回事。子路就问那妇人，你这样子哭，好像特别的悲伤，到底发生了什么事？那妇人说，"昔者吾舅死于虎"，过去我的公公被老虎吃了——这个地方，就像《水浒传》景阳冈那种地方，出老虎。"吾夫又死焉"，我的丈夫，又被老虎吃了。"今吾子又死焉"，谁知我的儿子又被老虎吃了，我怎么不悲伤呢？于是孔子就问，"何为不去也"——你为什么不离开这个地方呢？为什么不搬走呢？妇人说："无苛政。"这个地方的政治宽松，没有苛捐杂税，老百姓受到的骚扰很少。于是孔子就对学生说，"小子识之"，同学们要记住呀，"苛政猛于虎也"，苛刻政治比老虎还要凶猛呀。这是很有名的一个故事。

关于仁政的思想，《论语》中还有一些重要的表述。如《论语·为政》说："子曰：为政以德，譬如北辰，居其所而众星共之。"用道德教化去管理人，好像北极星，所有的星斗都围着它运行。如果行德政，整个社会就秩序井然，就不会乱。这里用了譬喻的修辞。孔子讲话，非常善于运用比喻，非常富于文采。孔子是个诗性的人，总是语言有味。同一卷中还说："道之以政，齐之以刑，民免而无耻；道之以德，齐之以礼，有耻且格。"什么意思？一个地方，你用政令法律条文作引导，用刑法去惩戒那些出轨的人。"民免而无耻"，人民可以遵守，但没有荣辱观，不是自觉地遵守。如果用德去引导他，用礼去约束他，他有了荣辱观，建立起一种人格，"有耻且格"，才是自觉遵守。哪一个管的时间长呢？这是不言而喻的。《论语·颜渊》卷中，季康子问政于孔子。"孔子对曰：政者，正也。"政就是端正。这是音训的办法。"子帅以正，孰敢不正？"干部带头正，百姓谁敢不正。这个就是习近平说的，打铁还需自身硬。反之，上梁不正下梁歪。这个是孔子对季康子，一个大臣讲的话。

"子贡问政"，学生子贡问政。子曰："足食"，让人民吃饱，"足兵"，有强大的军事力量，"民信之矣"，得到民心，老百姓拥护。孔子说这三条，一是温饱，二是国防，三是民心。"子贡曰：必不得已而去，于斯三者何先？"假如三条不能全做到，要去掉一条，应该先去掉哪一条？"曰：去兵。"孔子应声说，裁减军队。"子贡曰：必不得已而去，于斯二者何先？"再去掉一个，又该去什么呢？孔子的回答是"去食"，然后补充道："自古皆有死，民无信不立"，没有粮食大不了饿死，而人固有一死，但是对老百姓不讲信用，就得不到他们的拥护，政权就会垮台。参考前面提到齐景公所说的话，如果君不君、臣不臣，就算有粮食，你吃得着吗？

孔子还有一个重要的政治思想，叫作"正名"。实际上是一个遵守游戏规则的事情。子路问孔子，卫国国君要你帮助他行政，"子将奚先"？你打算先做什么？"子曰：必也正名乎！"孔子应声说：首先是正名。子路曰："有是哉？"没有听说过？"子之迂也，奚其正？"老师你太迂腐了吧，怎么会是正名呢？孔子曰："野哉由也"，太没教养呀，子路呀，"君子于其所不知，盖阙如也"，君子如有不懂，不如闭上嘴巴。这两师徒，说起话都随性得很，不把自己当外人。"名不正，则言不顺"，名分不正，就无法定规矩。"言不顺，则事不成"，没有规矩，就不成方圆。"事不成，则礼乐不兴；礼乐不兴，则刑罚不中"，结果是礼教兴不起来，刑罚也不能得当。"刑罚不中，则民无所措手足"，刑罚不得当，人民就不知道该怎么办。所以"正名"就这么重要。大到国家领导职务，小到单位职称，设立功名，拟定罪名，都是属于"正名"范畴。卫国管理一定很乱，没有规矩，孔子认为要害在"正名"。

关于孔子仪态，《论语·乡党》有所描写："孔子于乡党，恂恂如也，似不能言者。其在宗庙朝廷，便便言，唯谨尔。朝，与下大夫言，侃侃如也；与上大夫言，訚訚（音银银）如也。君在，踧踖如也，与与如也。""恂恂"是恭顺貌，"便便"是明辨貌，"侃侃"是和乐貌，"訚訚"是端庄貌，"踧踖"是恭谨貌，"与与"是从容貌。还有一段，"君召使摈，色勃如也，足躩（音绝）如也。揖所与立，左右手。衣前后，襜（音谄）如也。趋进，翼如也。宾退，必复命曰：宾不顾矣"。"勃如"是矜持貌，"躩"是逡巡貌，"襜"是摆动貌。总之，孔子的修养也表现在他的言谈举止上，给时人留下很深的印象。

以下重点讲一讲孔子的传道授业。看看作为一个教育家，孔子跟学生怎么交流，他有一些什么重要的教育思想。因为孔子在教育上的成就，比他在政治上的成就高得多。

《论语》的第一篇，开头一句是这样的："学而时习之，不亦乐乎"，从事理论学习，同时不断实践，这是一件很愉快的事情。第二句突然扯得很远："有朋自远方来，不亦乐乎？"有朋友自远方来，难道不快乐吗？这一句跟前一句有什么关系呢？这样的对话表明，孔子跟学生谈话时，非常随意。他这是说，学的时候不断地用，用的时候，就会温故而知新。这就像老朋友从远方来，重新见面那样愉快。这两句话之间，其实有一个隐蔽的比喻关系。一个人不断地温故知新，就能做到内心充实。人生最重要的，要活得有精神，活得愉快，首先应该做到内心充实，而不是内心空虚。"人不知而不愠"，人家不了解你，你也不生气，就是因为内心充实。自己知道自己是怎么回事，就不需要别人来告诉你是怎么回事。如果真能做到这样，"不亦君子乎？"难道还称不上君子吗？换言之，肯定能称君子。总之，这一段讲学和习的关系，这就是学以致用。用是学的目的，也是学的巩固。且能温故知新。就像老朋友从远方来，回到过去那样的高兴。有句话叫"白首如新"，如给它正面的解释，就是老朋友能保持新鲜劲儿，这不是一件非常快乐的事吗？经典之常读常新，似之。诚如是，则内心充实，即使别人误解了你，你也不会生气。因为你内心充实，所以强大。

《论语·为政》中，孔子讲学与思的关系："学而不思则罔，思而不学则殆。"这是说，人在读书的同时，还得开动脑筋想。只读不想，等于白读。只想不读，就会枯竭。《论语·公冶长》载："季文子三思而后行。子闻之曰：'再，斯可矣。'"这番关于学与思的对话，表现出孔子的风趣，一半真话一半趣话。

孔子十五而有志于学，而且是活到老，学到老。《论语·里仁》有一段话："子曰：朝闻道，夕死可也。"就是说早晨明白了一个道理，晚上死也不遗憾。这就是说，学习目的，不完全是实用，有一种纯然求知的快乐。求知本身就是一种快乐。漫画家丁聪九十岁时，上书店还忍不住买书，别人问他买这么多书，将来怎么办。他的回答是，只是满足活着时求知的快乐，死后这些书怎么办，不是他要考虑的问题。这个态度，符合孔子对待学问的态度。

孔子讲话多警策，而且富于文采。"子在川上曰：逝者如斯夫，不舍昼夜。"(《论语·子罕》)这一段话是讲得非常的抒情，他想说的东西实际上并没有说出，只是发了一个感慨，说时间昼夜不停，就像河水一样不停地在流。他没说的意思，汉乐府《长歌行》代他说了："百川东到海，何日赴西归？少壮不努力，老大徒伤悲。""子曰：岁寒，然后知松柏之后凋也。"(《论语·子罕》)当天气最冷的时候，你就知道松树和柏树的性格，是常青的了。这也是用一个譬喻，来暗示他要说的道理。这就是《诗经》常用的比兴手法。在《论语》当中，有很多这样的富于文学性的语段。

孔子与学生的关系，非常亲和。他讲话比较随意，这个在《论语》中随处可见。《论语》的内容本来以讲伦理，讲政治为主，为什么会被列为中国文学经典呢？一方面是因为《论语》的章句中，含有很多文学的成分。一方面是因为在《论语》中，非常形象生动地画出了一个孔子的形象。让后世读者看到一个真实的孔子，一个活生生的人，一个有血有肉的人，而不是在文庙看到的那个素王的形象。

孔子与学生对话，是非常随便的。《论语·阳货》有一段记载："子之武城"，孔子到武城这个地方，学生子游在那个地方管文教。孔子听到弦歌之声，听到武城人在读书诵诗，演奏音乐，孔子一高兴，就微笑，脱口而出一句话："割鸡焉用牛刀？"杀鸡何必用牛刀？这是一句什么话呢？意思是，武城这么小的一个地方，子游在这里郑重推行诗教，好像有点小题大做。"割鸡焉用牛刀"这个成语，就出自于这个地方。子游不服气，说："昔者偃也闻诸夫子"，过去我听老师你说，"君子学道则爱人，小人学道则易使也"，君子学道就会推行仁政，小人学道就会服从上级。意思是不要看武城这个地方小，礼乐教化还是少不了的。为什么要说我小题大做呢？孔子马上解释说："二三子！"同学们，"偃之言是也"，子游讲的是对的！"前言戏之耳"，我刚才讲的话是玩笑话，当不得真的。这一章就刻画出一个真实的孔子形象，他人很随和，喜欢开玩笑，他在学生面前不是随时都道貌岸然的样子。

《论语·述而》载："子曰：默而识之，学而不厌，诲人不倦，何有于我哉？"这是孔子的一段名言，就是自我反省两条：自己是不是做到了学而不厌，对别人是不是做到了诲人不倦。这与"己欲立而立人，己欲达而达人"的精神是一致的。

一个人怎么能够做到内心充实呢？两个字：好学。如果一个人好学，肯定能做到内心充实，今天在下面坐的人，都是内心充实的人。为什么我这样说呢？因为来的路上我在想，今天这个地方应该没坐几个人，因为今天成都的太阳很好，这个时候成都人大多在外面享受太阳，邀上几个朋友，带着家人去晒太阳，怎么会到这个地方来听《论语》呢？《论语》这本书，大家或多或少都读过一点。也就是说，大家还是想听一下，看看周老师会讲一些什么东西。所以我说大家好学。这个不完全是恭维，或打趣，这是真话。一个人好学的话，就能做到内心充实。"人不知而不愠，不亦君子乎！"2014年我获鲁奖遭网民吐槽，很多关心我的人说，怎么周老师一点不生气呢？好像无动于衷的样子？其实，你好学，你充实，别人说你什么有什么关系呢？对吧？"人不知而不愠"，这是孔子教我们的。《论语》第一条就教"人不知而不愠"，应该随时想想自己做到没有。我觉得我好像是做到了，对不对？

《论语》确实值得好好读，不但关系到自身，而且关系到与下一代人的交流，与你的子女、你的孙辈的交流，这里有很多思想，对人终生有益。

我们还注意到，孔子在教学生的时候，对同样一个问题，他对这个学生说的不一样，对那个学生又不一样。这个叫因材施教。什么叫圣人？什么叫通人？他横说竖说都有道理，也便是"随心所欲不逾矩"。为什么他横说竖说都有道理呢，因为信息不对称。他掌握的信息多，你掌握的信息少。你知其一，他还知其二。如果一碗水扣一碗水，那就不能这样绰绰有余。

"子路问孔子，闻斯行诸？"是不是听到了一件该做的事，就马上去做。"子曰：有父兄在，如之何其闻斯行之？"你上有父兄，怎么可以听到了就马上去做呢？起码还该征求一下父兄的意见。这是孔子跟子路说的。"冉有问：闻斯行诸？"孔子则说："闻斯行之。"听到了就该去做。孔子对以上两位学生说的话，全被第三个学生公西华听到了，他就很疑惑，有质疑。孔子回答道："求也退，故进之；由也兼人，故退之。"就是说，冉有这个人性子慢，所以要推他一下；子路这个人很冒失，所以要压他一下。这表明孔子对待学生，是因材施教。在教育问题上，因材施教是非常重要的原则，就是施教一定要注意对象。

我还补充一个原则，叫作注意可接受性。也就是施教时，要看对方接受的可能性。如果你事先知道这个话讲出来，对方心态会逆反会抵触，教不如不教，你就暂时不要教。应该换一个时间，换一个场合，换一个方式去讲。家长跟小孩交流，这一点特别重要。小孩最不喜欢的就是对他讲大道理。正确的做法应该是，日常生活中发生了一件什么事情，包含有这样的道理，你不妨把这个故事摆给他听。孔子教育学生，是注意到学生的可接受性的。

与此相关的，还有一个启发式教学的问题。孔子说："不愤不启，不悱不发。举一隅不以三隅反，则不复也。"语出《论语·述而》。他讲启发式教育的前提是要有可启发性，即有一个瞅准时机的问题。不到门边不开门。这个原则也非常好的。就是说学生的知识储备，心理需求，没有达到一定程度，说了白说的话，不如不说。如果一个学生，不能够举一反三，也不必说第二遍，应该让他自己去动动脑子。

此外，孔子喜欢互动式教学。在《论语》中，我们经常看到孔子跟他的学生谈天，起码有两次，他跟学生在一起，讲到："盍各言尔志？"你们每个人都谈谈志向如何？这样的话，一次是面对颜回和子路，子路谈的是与朋友推衣置食："愿车马衣裘，与朋友共，敝之而无憾。"颜渊谈的是任劳任怨："愿无伐善，无施劳。"然后孔子也谈了自己的志向——愿天下人有更好的明天："老者安之，朋友信之，少者怀之。"老者无后顾之忧，朋友彼此信任，下一代得到关怀。另一次是与子路、曾皙、冉有、公西华四个学生交谈。先是子路讲，然后冉有讲，然后公西华讲，最后是曾子讲。孔子有时表态，有时不表态，有时不以为然，有时大加赞赏。孔子对待学生，应该说是一种朋友式态度。他是一个性情中人，在学生面前也不掩饰自己的好恶。

孔子偏爱的学生是颜回，颜回悟性好，又勤学，又吃苦，所以孔子非常赞赏他。但是他算不上三好学生，因为身体不好，所以早死了。孔子不讲三好，他表扬颜回说："贤哉回也"，颜回表现太好了，"一箪食，一瓢饮"，他就这么一个竹编的碗盛饭，一个葫芦瓢盛水，住在陋巷里，要是换了别人，不知道是多么的忧愁。"回也不改其乐"，而颜回却始终都高高兴兴的样子。"贤哉回也"，颜回表现太好了。这一段连孔子说话的语气都传达出来了。一次，孔子与子贡讨论："女与回也孰愈？"你跟颜回比较，哪一个强？子贡说："赐（子贡之名）也何敢望回"，我怎么能够比得上颜回。"回也闻一以知十"，颜回是闻一知十的人。"赐也闻一以知二"，我最多是举一反二。孔子怎么说，他说："弗如也"，确实比不上，"吾与女弗如也"，我和你都比不上。这个表扬不同一般，是由衷地欣羡。

孔子关心颜回的学习，却没有关心到他的身体。"颜渊死，子哭之恸。从者曰：子恸矣。曰：有恸乎？非夫人之为恸而谁为！"《论语·先进》这一段写得也很生动。颜渊死，孔子哭得非常悲伤，随从他的人说，老师你太悲伤了。孔子说：我太悲伤了吗？把恍惚的神情都写出来了。孔子接着说，如果连这个人都引不起我的悲伤，

272

哪一个还引得起我的悲伤呢？鲁哀公问孔子："弟子孰为好学？"请问你的学生，哪一个比较好学？孔子对曰："有颜回者好学，不迁怒，不贰过。"有个叫颜回的好学，从不迁怒于人，也不犯重复的错误，"不幸短命死矣！今也则亡，未闻好学者也"，孔子表扬颜回，总是不遗余力，也不怕别人多心。将人物语气写得活灵活现，正是文学性的一种表现。

子路很冒失，缺点多，孔子经常批评他。不过，子路却是跟孔子走得很近的一个学生。一次，有个叫叶公的问子路：你的老师孔子是怎样一个人？子路回答不上来，回来后跟孔子说起这事，孔子说："女奚不曰"，你为什么不说，"其为人也，发愤忘食，乐以忘忧，不知老之将至云尔"，他是个喜欢读书喜欢到饭都不想吃的人，是一个有朝气的人，是一个不服老的人。这实际上是孔子跟自己编的一个广告，他教子路，要好好记住这个话。这几句话确实是孔子的写照。他乐观，乐观来自何方？来自好学。一个人好学的话，什么忧愁都忘记了。你在学习中，等于跟许多有智慧的人谈话，那些人都在教你怎么处理日常生活中的负面情绪，所以好学是快乐的源泉。

孔子说："饭疏食，饮水，曲肱而枕之，乐亦在其中矣。不义而富且贵，于我如浮云。"（《论语·述而》）孔子说，我这个人对物质生活对财富这些看得很淡，特别是以不正当手段得到的富贵，对于我来说，就像天上的浮云，白衣苍狗，是风一吹就散了的东西。我才不看重这些东西，哪怕是粗茶淡饭，把手蜷过来做枕头，也是非常快乐的。颜回不就是这样的吗？这一段话也很有文学性，很有滋味。

但孔子也有误区，就是轻视体力劳动。其实孔子的同时代人就批评他"四体不勤，五谷不分"。子路有一次掉队了，遇到一个上年纪的人，扛着一个除草的工具，子路问他，你看到我的老师没有？

那人说，什么老师！四体不勤，五谷不分。这就是孔子同时代人的批评，这个批评意见当然是对的。

孔子学生当中有一个叫樊迟的人，是个学农的材料，但是孔子不教农学，只教《诗》《书》《礼》《乐》。"樊迟请学稼"，就是想学农，孔子说："吾不如老农。""请学为圃"，请学种菜——这个学生对孔子不了解，没完没了的。应该问袁隆平的事，他去问孔子。孔子说："吾不如老圃。"樊迟走后，孔子就骂他是小人，没出息。这当然是孔子的不对。孔子认为，庄稼自然有人去种，轮不到读书人。他讲了一些道理，涉及社会分工。但轻视体力劳动，总是不对的。

季氏是鲁国的大臣，"富于周公"，敛不义之财。而孔子的学生冉有会理财，"为之聚敛而附益之"。子曰："非吾徒也"，这个人不是我的学生，"小子鸣鼓而攻之，可也"，你们以后看到他，打起鼓来攻击他也行。还有一次孔子对子贡骂"今之从政者"即现在当官的，为"斗筲之人，何足算也"。什么叫斗筲之人？直接翻译过来就是饭桶。还有一次，"宰予昼寝"，一个叫宰予的学生白天睡觉，孔子骂他是"朽木不可雕也"，是一个朽木，不能用来雕成艺术品。"粪土之墙不可圬也"，你是粪土做的墙，不能够粉刷的。"于予与何诛？"我还有什么好话说你呢？类似现在的老师骂人，说"狗屎做的鞭，文也文不得，舞也舞不得"。

"原壤夷俟"，有一个叫原壤的人，为老不尊，坐没坐相。孔子就骂他，"幼而不孙弟，长而无述焉，老而不死是为贼"，不但骂了，而且打了，"以杖叩其胫"。这就是《论语》当中记载的一个有脾气的孔子，一个很可爱的老头儿。为什么可以把《论语》当作一部文学经来看，正是因为里面有很好的段子。不但思想内容值得一读，单从文章的角度说，《论语》也值得一读。

《论语》的语言非常精练，创造了很多的成语、格言。读这本书，开卷有益。单从语言训练上讲，就很有好处。我们现在的常用成语，如"巧言令色"、"吾日三省吾身"、"食无求饱，居无求安"、"是可忍孰不可忍"、"尽善尽美"、"见贤思齐"、"一则以喜一则以惧"、"不耻下问"、"三思而后行"、"愚不可及"、"文质彬彬"、"学而不厌诲人不倦"、"举一反三"、"三人行必有我师焉"、"择善而从"、"任重道远"、"死而后已"、"循循善诱"、"欲罢不能"、"后生可畏"、"鸣鼓而攻之"、"死生有命富贵在天"、"己所不欲勿施于人"、"成人之美"、"以文会友"、"欲速则不达"、"夫子自道"、"知其不可而为之"、"杀身成仁"、"工欲善其事必先利其器"、"人无远虑必有近忧"、"言不及义"、"不以人废言"、"小不忍则乱大谋"、"当仁不让"、"有教无类"、"色厉而内荏"、"道听途说"、"患得患失"、"饱食终日无所用心"、"莞尔而笑"、"杀鸡焉用牛刀"、"四体不勤五谷不分"、"岁寒然后知松柏之后雕"、"三军可夺帅匹夫不可夺志"、"言必信行必果"、"道不同不相为谋"……这样一些使用频率很高的成语，都来自于《论语》。

在文体学上，《论语》创造了一种文学体裁，叫语录体。在其他的诸子书里面，如《孟子》《墨子》中有语录体，《庄子》《荀子》《韩非子》中也有语录体。后世有专门模仿《论语》的语录体著作，如宋代的《二程语录》《朱子语类》，以及明清时期的一些语录体著作。有一些著名的文学经典像《世说新语》，也保留有语录体的痕迹。后世的诗话、词话都是用语录体的方式来写作的。

《孟子》要略

孟子是儒家学派和孔子并称的代表人物，所以通常称儒家学说为"孔孟之道"。

孟子是战国时代鲁国邹人，他的家乡是现在山东的邹县，离孔子的家乡曲阜直线的距离非常近，现在的说法叫老乡。这是一个奇迹，中国古代儒家的圣人和亚圣，出生在同一个地方，就是现在的山东。

孟子比孔子晚生一百八十年左右，他是孔子的孙子（子思）的学生的学生，是这样一个关系。根据今天的经验来看，他和孔子之间，实际没有直接关系。今人老师的老师，只要没有直接见面，基本上是有隔膜的，没有什么直接影响的。从传人的角度说，他算是孔子的一个很直系的传人，是孔子之孙的学生的学生。

因此孟子的思想，和孔子实际上有很大的差别。

孔子被确立为圣人，是在汉武帝时代。而孟子被称为亚圣是在什么时候呢？唐代以前没有人特别抬高孟子。唐代的韩愈是第一个把孟子的地位抬得很高的人，把孟子定位为孔子的直接继承人。南宋的朱熹把《孟子》这本书，和《论语》《大学》《中庸》同列为四书，大约就是从这个时候起，孟子才取得了仅次于孔子的亚圣的地位。这之间相差了一千年。

孟子他有一套自己的政治主张，他生前曾经和孔子一样周游列国，他见过齐宣王，见过梁惠王，推销其政治主张。他的政治主张，简单说就是王道。什么是王道呢？就是"保民而王"，这个叫王道，读作旺道。就是施仁政、德政。

当时的诸侯不管是齐宣王也好，梁惠王也好，都觉得孟子讲得很美妙，说的比唱的都好听，但是操作性不强，不能起到立竿见影的作用。所以也不敢采纳。

相反，有一些法家、兵家的学者，他们的主张能起到立竿见影的作用。所以在当时，法家和兵家是大行其道。

于是孟子一生周游列国，跟孔子一样不得志。晚年回到了邹这个地方，和他的学生万章等人，合撰著作。这就是后来的《孟子》七篇，每一篇又分上下篇，共计十四篇。

总之，孟子跟孔子在经历上有一些相似之处。不同的是孟子著书立说，跟孔子述而不作不同。孔子发表言论，没有自己著书立说。而孟子自己撰写文章，是中国文学史上第一位散文大师。

汉代刘向《列女传》里，记载有一个孟母三迁的故事。这个故事我就不讲了。《三字经》里面，也提到这个故事："昔孟母，择邻处，子不学，断机杼。"在中国，这是家喻户晓的一个故事。表明孟子小时候，母亲的教育起到了非常重要的作用。

孟子的思想，有很独特的东西，也有发展孔子的东西。归纳起来有以下四点。

首先是孟子的人性论。孟子主张人性本善，《三字经》概括为："人之初，性本善，性相近，习相远。"这是宋代人对孟子思想的概括。这个人性本善，是孟子王道主张的一个心理上的基础。他提出人性向善，好像水往低处流一样，是一个很自然的趋势。"人无有不善，水无有不下。"今天的书法家常写"上善若水"，这四个字来自《老子》。其实，孟子也有这样的思想。这个思想跟当时同样属于儒家学派的荀子，在认识上是完全对立的。荀子认为人性本恶。认为正因为人性本恶，所以他后天有学习的必要。而孟子认为学习的目的，是为了后天不丢失自己的本性。他认为人性的差异，来自于人的本性丢失与否。他们的认识怎么这样尖锐对立呢，也许是孟子小时候得到完整的母爱，所以主张人性本善。荀子小时候也许遭遇过家庭暴力，所以主张人性本恶。这个没有依据，只是我的推测。

而我们今天看来，实际上人性本善和本恶这两种说法都很难成立。因为人的本性来自于基因，来自DNA。所以人生下来，只有本能，即动物性的方面，食色性也。其他的意识形态的东西，确实是后天形成的，跟环境、阅历有很大的关系。只能说人性有向善的可能性，也有作恶的可能性。故西谚有"人一半是天使，一半是魔鬼"之说。理有两面，孟、荀各执一端，合起来才全面。

孟子《尽心》上篇，提出来一个良能良知的命题，这是一种先验论。什么是良能良知呢？他说："人之所不学而能者，其良能也；所不虑而知者，其良知也。"不学而能，那就是本能。不虑而知，实际是不可能的。但是孟子他提出来，并加以论证，说"孩提之童无不知爱其亲者"，小孩都知道敬爱他的父母，"及其长也，无不知敬其兄也"，他再长大一点，没有不对自己的兄长表示敬爱的。孟子认为，这就是人的良知良能的表现。这其实也是出自个人经验。

孟子解释"尽心"说："尽其心者，知其性也。知其性，则知天矣。存其心，养其性，所以事天也。夭寿不贰，修身以俟之，所以立命也。"（《尽心》上）孟子提出"尽心"是一个很好的理念。尽心不必成事，不尽心肯定不能成事。三分人事七分天，天即天命。首先是尽心，然后能领悟到本性，然后能乐天知命。人只要做到尽心，还有尽力，就能问心无愧。

孟子对"仁"有一个解释，叫作"亲亲"。什么是亲亲呢？就是把亲人当作亲人，或者亲人就要像个亲人，这个就是他提出来的亲亲。这样的话，就把孔子的仁学，建立在血缘关系的基础之上，这符合很多人的生活经验，所以能得到普遍接受。这个亲子之爱，有一部分来自本能，比如母爱，动物就有。把仁学建立在血缘纽带上，使人们容易接受，这是孟子对孔子仁学的一个发展。

其次是孟子以义释仁。孔子思想的核心观念是仁，而孟子思想最突出的却是义。义这个观念，孔子也有。"仁、义、礼、知、信"，都是孔子曾经提出的，但是孟子特别强调义。

在《告子》上篇中，孟子说："恻隐之心，人皆有之；羞恶之心，人皆有之；恭敬之心，人皆有之；是非之心，人皆有之。"他认为恻隐、羞恶、恭敬、是非这些观念，都是与生俱来的，恻隐之心就是同情心，这个叫仁；羞恶之心就是廉耻感，这个叫义；恭敬之心，这个叫礼；是非之心，这个叫智。仁、义、礼、智，"非由外铄我也"，不是由外物强加给我的，"我固有之也"，是一种自我需求，或者说内心具有的东西。所以孟子下了一个结论，"故曰：求则得之，舍则失之"。因为你本来有，如囊中取物，除非你要放弃它，你才会丢失。"或相倍蓰而无算者"，人与人之间的差别有时大到两倍、五倍、无数倍，根本原因是"不能尽其才者也"，是有些人不能好好保持自己的本来的禀赋，所以与别人有太大差距。这是孟子对问题的认识。

关于义，孟子有一个著名的言论，"君子喻于义，小人喻于利"。孟子的义利观，就是认为义的价值，远高于利。小人只知道讲利，而君子则把义看得高于一切，包括利。他甚至提出："大人者，言不必信，行不必果，惟义所在。"照孔子的说法，应该是"言必信，行必果"。孟子却说，"言不必信，行不必果"，也就是说义的价值，高于信。最后，孟子认为义的价值高于生命。孟子在《告子》上篇里面讲："生，亦我所欲也，义，亦我所欲也，二者不可得兼，舍生而取义者也。"

孔子曾经提出"杀身成仁"，为了仁，可以放弃自己的生命，仁的价值高于生命。孟子则更新为"舍生取义"，就是说义的价值高于生命。那么孔子的仁和孟子的义，到底有什么区别呢？韩愈《原道》说："博爱之谓仁，行而宜之之谓义。"什么是仁呢？仁就是博爱。什么是义呢？义就是正义的行动。所以，孔子的仁更是一种情怀，而孟子的义更是一种行动。一个更加偏重于理念，一个更加偏重于操作。

其三是孟子的政治思想，就是王道。在《梁惠王》上篇里面，孟子专讲王道。齐宣王问孟子："齐桓晋文之事可得闻乎？"齐桓公、晋文公属春秋五霸。齐宣王是在问，齐桓晋文称霸之道，能不能讲来听一听？孟子说，齐桓晋文之事，孔子及其门人都没有谈过，我也不会谈这个。如果一定要我谈的话，我就跟你谈王道。齐宣王就问他，一个国君的德行要达到什么程度，才能够实现王道？孟子说了四个字："保民而王"，即保护人民，让他们过上温饱的日子，就能实现王道。最后，孟子还跟齐宣王勾画王道的蓝图，也就是王道的最低标准，根本是要抓农业。"五亩之宅，树之以桑，五十者可以衣帛矣；鸡豚狗彘之畜，无失其时，七十者可以食肉矣；百亩之田，勿夺其时，八口之家，可以无饥矣；谨庠序之教，申之以孝悌之义，颁白者不负戴于道路矣。老者衣帛食肉，黎民不饥不寒，然而不王者，未之有也。"孟子从性善论，在孔子仁政、德政思想的基础上，进而提出"保民而王"的王道政治主张。较孔子德政主张更具体，更系统，更具有可操作性。他还为以解决人民温饱为标志的小康社会，勾画出一幅蓝图。显然是一大进步。

孟子谈政治，有很多精彩的思想，有很多精彩的文章。其中有这样一段，见于《梁惠王》下篇，"乐民之乐者，民亦乐其乐；忧民之忧者，民亦忧其忧。乐以天下，忧以天下，然而不王者，未之有也"。读这一段话，你会感到非常的熟悉，然后你想起，这和范仲淹《岳阳楼记》"先天下之忧而忧，后天下之乐而乐"那段话非常相近。也就是说，范仲淹写出他的名言，实际上是发挥孟子的思想。

其四是孟子的主体人格思想。根据人要有人格这个思想，孟子提出了一个大丈夫的命题，也就是君子中的君子。"居天下之广居，立天下之正位，行天下之大道，得志，与民由之，不得志，独行其道。富贵不能淫，贫贱不能移，威武不能屈，此之谓大丈夫。"（《孟子·滕文公下》）这个言论发展了孔子伦理学中关于人格的思想。孔子主张"行己有耻""有耻则格"。孟子进一步提出"富贵不能淫"、"贫贱不能移"、"威武不能屈"的具体要求，将理性凝聚为意志，使感性行动成为一种由理性支配主宰的力量，所以感到内心充实，而无所畏惧——文天祥的《正气歌》可以说对此做了伦理学上的充分发挥。孟子由于强调道德自律，从而极大地突出了个体的人格价值及其所负的道德责任和历史使命。

进而，孟子还有一些思想，对孔子甚至是一种叛逆，是对孔子思想的一种冒犯。

在《尽心》下篇中，孟子说，"说大人，则藐之，勿视其巍巍然"。就是说你去跟一个大人物，跟一个统治者，跟一个国君对话，你要藐视他。忽视其巍巍然，不要把他那个高高在上的地位放在眼里。孟子是这样说的，他也是这样做的。这个说法，跟孔子有很大差别，甚至是相反的——孔子讲人要有三畏，畏天命，畏大人，畏圣人之言。第二项就是畏大人。什么是畏大人呢？就是说对大人物，包括贵族，包括高官，要尊敬。对上级持一个非常恭敬的态度。这个叫"畏大人"。但是孟子不这样，他说你要藐视他。你说话的底气要足，无视其巍巍然。这个说法，是跟孔子截然不同的。在《孟子》书中，记孟子跟齐宣王对话，跟梁惠王对话，很多时候都是耳提面命，把那些大人物当学生教导。

孟子说，大人物有什么了不起？"堂高数仞"，不过是房子住得比较宽，"榱（音催）题数尺"，不过是屋檐比较宽，"我得志，弗为也"，我要是得了志，我还不稀罕这个事情。"食前方丈，侍妾数百人"，他一吃饭，摆很多桌，服务的婢女很多，"我得志，弗为也"，我要是得了志，还不屑这样做。"般乐饮酒，驱骋田猎，后车千乘"，他成天吃喝玩乐，尽情打猎，追随他的车马很多，"我得志，弗为也"，我要是得了志，也不屑这样做。"在彼者，皆我所不为也"，他认为骄傲的东西，都是我不屑拥有的东西。"在我者，皆古之制也"，而我所拥有的东西，都合于古代圣贤的制度。"吾何畏彼哉？"我怕他个什么呢？这是《孟子》文章中相当精彩的段子，跟他的"大丈夫"理论相吻合的。这是孟子的自我画像，也是他对做人的主张。

有一次孟子与齐宣王讨论王政。齐宣王有畏难情绪，就拿话搪塞孟子："寡人有疾，寡人好货。"说自己"我就贪财！"孟子并不气短，拿周部族族长公刘说事："王如好货，与百姓同之，于王何有？"只要以民为本，贪财没关系。齐宣王又拿话"赏"他："寡人有疾，寡人好色。"即：我就好色！孟子又拿古公亶父说事："王如好色，与百姓同之，于王何有？"只要以民为本，好色也没关系。这就是孟子。

《孟子》文章之所以很有气势，跟他的主张跟他的思想有很大的关系。孟子是一个很有底气、心性很高的人。实事求是地说，孟子实际上对孔子，有很多叛逆的思想。虽然很少有人这样说，但是事实就是如此。

正因为如此，在孟子后来被捧起来，成为"亚圣"之后，他还遇到过一次麻烦。这个麻烦是什么呢？就是朱元璋很生气，后果很严重。原来朱元璋做皇帝之后，打算好好的补习一下文化，他读《孟子》，却越读越不是滋味，最后大发雷霆，说这个人怎么能当"亚圣"呢？

明代有一个读书人叫黄溥，在《闲中今古录》这部笔记中记载，公元1384那一年，朱元璋开科取士，准备跟知识分子分享政权，政策有一点向文人倾斜，"诸勋臣不平"，跟随朱元璋一起打天下的武人心态不平衡了，于是朱元璋安抚他们，说："世乱则用武，世治则用文。"于是武人们就说，皇上讲的道理是对的，但是知识分子很讨嫌，于是讲出一件事情，说的是朱元璋过去的一个竞争对手，叫张士诚的，没有读过几天书，最初连大名也没有，只有个小名叫九四，张九四，也就是张士诚。张九四起兵反元，也曾经厚礼文士，请儒生给他起一个名字，也就是"士诚"。朱元璋听到这里，插嘴说："此名甚美。"武人们说，好什么，《孟子》有一句话是："士，诚小人也。"所以张士诚其实是被捉弄了。朱元璋当时就觉得很没有面子，于是他就对天下所进的表笺，仔细阅读，结果闹出很多的文字狱。

朱元璋厌恶《孟子》大概就从这个时候开始。清代的全祖望在《鲒埼亭集》里记载，"上读《孟子》，怪其对君不逊"，就是说朱元璋读《孟子》，对《孟子》书中对君主的不恭敬，感到非常气愤。"怒曰：使此老在今日，宁得免耶！"要是这个老头活到现在，恐怕跑不掉。当时正要祭孔，于是朱元璋下了一个命令，把孟子逐出文庙。这个事情也非同小可，于是有大臣进谏，说这样做不合适。从南宋以来，孟子配享文庙的时间太长了，把他逐出去就不大合适。同时，观天文的官吏也配合这个意见，跟朱元璋讲，说昨夜观天象，文曲星变得很灰暗，于是朱元璋心里咯噔了一下，接着又下一道圣旨，对孟子一分为二，一面说"孟子辨异端，辟邪说，发明孔子之道，配享如故"，一面令审查官刘三吾删去《孟子》八十五则，差不多达到三分之一，明令"八十五条之内，课士不以命题，科举不以取士，壹以圣贤中正之学为本"。

总之，朱元璋批孟，是中国文化史上一个很大的事件。八十五条段子，如果印成一册，相当于"文化大革命"中的批判资料汇编。这八十五条都是对专制制度不利的文字，恰恰是《孟子》一书的精髓，闪耀着熠熠光辉。下面我们讲讲这些内容——按照条目的重要性，而不是它在书中的顺序。第一条是：

> 孟子曰：民为贵，社稷次之，君为轻。是故得乎丘民而为天子，得乎天子为诸侯，得乎诸侯为大夫。（《孟子·尽心下》）

孔子强调君君、臣臣、父父、子子，绝对不说君为轻，民为贵。孟子完全倒了个个儿，说能够得民心，你就做天子。你如果能够得天子的心，你就只能做诸侯。你得诸侯之意，你只能做大夫，这个叫每况愈下。这对孔子来说，绝对是离经叛道。任何帝王读到这些话，心里都会咯噔，但聪明的君王会拿它对自己敲警钟，唐太宗就常念叨"水能载舟，也能覆舟"（《荀子》引孔子语），但是朱元璋按捺不住心头的无名火。

更吓人的是这一段：

> （齐宣王）问曰：臣弑其君，可乎？（孟子）曰：贼仁者谓之贼，贼义者谓之残。残贼之人谓之一夫，闻诛一夫纣矣，未闻弑君也。（《孟子·梁惠王下》）

这是讨论商纣王的事。依孔子的意见，臣在任何的情况下，都不能杀君主。你杀君主，有一个专门的词对你进行审判，叫作"弑"。所以齐宣王问"臣弑其君可乎"？孟子却说：那个害仁的人，违反人道主义的人，叫作"贼"。违反了义的原则的人，叫作"残"。

"残贼之人谓之一夫",一夫就是独夫。孟子说,我只听说过杀掉独夫商纣王,没有听说过弑君这回事。完全是革命的理论,是造反的理论。孔子反对犯上作乱,不许革命。孟子却说造反有理,主张革命。任何统治者读到孟子这段话,都不免心惊肉跳吧。这大概是朱元璋最痛恨孟子的地方,怎么能够提供这样的理论,让统治者感到不安全呢。

> 左右皆曰贤,未可也;诸大夫皆曰贤,未可也;国人皆曰贤,然后察之;见贤焉,然后用之。左右皆曰不可,勿听;诸大夫皆曰不可,勿听;国人皆曰不可,然后察之;见不可焉,然后去之。左右皆曰可杀,勿听;诸大夫皆曰可杀,勿听;国人皆曰可杀,然后察之;见可杀焉,然后杀之。故曰,国人杀之也。如此,然后可以为民父母。(《孟子·梁惠王下》)

孟子这段话是关于用人的话语权的,他认为应该在国人,而不是在王之左右、诸大夫,这极不利于独裁。要是权力在握,谁不会任人唯亲呢,谁不想生杀予夺由我呢。除非形成制度,把权力关进笼子。

> 万章问曰:"人有言,'至于禹而德衰,不传于贤,而传于子。'有诸?"孟子曰:"否,不然也;天与贤,则与贤;天与子,则与子。昔者,舜荐禹于天,十有七年,舜崩,三年之丧毕,禹避舜之子于阳城,天下之民从之,若尧崩之后不从尧之子而从舜也。"(《孟子·万章上》)

孟子这段话合于古代选贤举能的任人理念,不利于"家天下",以父传子,特别是"天与贤,则与贤"以后的话。朱元璋看了觉得非常刺眼。所以被删的就是后面这一段话。

> 君之视臣如手足,则臣视君如腹心;君之视臣如犬马,则臣视君如国人;君之视臣如土芥,则臣视君如寇雠。(《孟子·离娄下》)

要是君王把臣子当作自己的手足，臣就会把君王当作自己的心脏。要是君王把臣子当作犬马，那么臣子就把君王看作是路人。要是君王把臣子看得贱如泥土和芥末，那么臣子就会把君王当作仇人。这段叫板君王，反对愚忠，主张臣子对君王以牙还牙的话，足以让统治者心惊肉跳。"君君臣臣"是孔子的思想，"君不君"则"臣不臣"，不是孔子的思想。"文化大革命"前，柯庆施说过这样的话："我们相信毛主席要相信到迷信的程度，我们服从毛主席要服从到盲从的程度。"令人很难相信，二十世纪还有这样的人。其见识不如孟子。

> 古之人与民偕乐，故能乐也。汤誓曰："时日曷丧，予及汝偕亡。"民欲与之偕亡，虽有台池鸟兽，岂能独乐哉？（《孟子·梁惠王上》）

孟子这段话是讲统治者应与民同乐，范仲淹更说要"后天下之乐而乐"。"时日曷丧，予及汝偕亡"，是老百姓的诅咒，想做人肉炸弹的心都有，你说统治者怕也不怕。难怪朱元璋要予以痛删。

> 无恒产而有恒心者，惟士为能。若民，则无恒产，因无恒心。苟无恒心，放辟邪侈，无不为已。及陷于罪，然后从而刑之，是罔民也。焉有仁人在位，罔民而可为也？是故明君制民之产，必使仰足以事父母，俯足以畜妻子，乐岁终身饱，凶年免于死亡；然后驱而之善，故民之从之也轻。（《孟子·梁惠王上》）

孟子这段话是讲保障最低收入的，他认为这个对于社会的稳定非常重要。就是说要保证老百姓的最低收入，叫作最低生活的需求，叫作恒产，即固定收入。一个人他没有固定的收入，还能保持一种信念不变，只有受过教育的人能够做到。要是普通的老百姓，会因为没有固定收入，而改变自己的操守。没有操守，就会无所不为。他犯了罪，然后用刑法去惩治他，就等于祸害人民。这段话的意思是说，要保证老百姓最低限度的收入，最低限度的物质生活的需求。这段话本来可以不删。大概是"及陷于罪，然后从而刑之，是罔民也"这段话有点扎眼睛，将某些犯罪的原因，归罪于贫穷，责怪统治者没有保障人民的最低收入。

> 庖有肥肉，厩有肥马，民有饥色，野有饿莩，此率兽而食人也。兽相食，且人恶之；为民父母，行政，不免于率兽而食人，恶在其为民父母也？仲尼曰："始作俑者，其无后乎！"为其象人而用之也。如之何其使斯民饥而死也？（《孟子·梁惠王上》）

孟子这段话揭露两极分化，意思是：用像人的陶俑作陪葬品都不可以，何况让老百姓饿死。这等于是为民不聊生向统治者追究领导责任。

> 争地以战，杀人盈野；争城以战，杀人盈城，此所谓率土地而食人肉，罪不容于死。故善战者服上刑，连诸侯者次之，辟草莱、任土地者次之。（《孟子·离娄上》）

孟子这段话控诉战争的罪行——为争夺土地而吃人，罪不容诛。所以战犯要判最重的徒刑，纵横家判较轻的徒刑，垦荒圈地的人受更轻的徒刑。这种话在于马上得天下的人听起来，怎么听怎么刺耳。当然要删。顺便说，许多元帅将军，都不看战争片的，一是假，二是厌。李白说："信知兵者是凶器，圣人不得已而用之。"

还有一条删文很奇怪，不过是一篇故事：

> 齐人有一妻一妾而处室者，其良人出，则必餍酒肉而后反。其妻问所与饮食者，则尽富贵也。其妻告其妾曰："良人出，则必餍酒肉而后反；问其与饮食者，尽富贵也，而未尝有显者来，吾将瞷良人之所之也。"蚤起，施从良人之所之，遍国中无与立谈者。卒之东郭墦间，之祭者乞其余；不足，又顾而之他。此其为餍足之道也。其妻归，告其妾，曰："良人者，所仰望而终

287

身也，今若此。"与其妾讪其良人，而相泣于中庭，而良人未之知也，施施从外来，骄其妻妾。由君子观之，则人之所以求富贵利达者，其妻妾不羞也，而不相泣者，几希矣。（《孟子·离娄下》）

这是《孟子》中的一篇小小说。齐人是虚伪者的典型，他的虚伪被好事的小老婆拆穿，他还被蒙在鼓里，依旧骄其妻妾，不知道自己的形象，在妻妾的心中已经坍塌了。实际上讲羞恶之心，妻妾都有羞恶之心，偏偏那个齐人没有。他就写了这样一个事情，这则故事被删。据邵燕祥分析，这是因为文中写齐人行乞，与朱元璋早年行迹相类，为了避讳而删。

通过以上的讲解，我们对孟子思想有了一个大概的了解，以下讲讲孟子在文学史中的地位。中国散文史的黄金时代，当数唐宋，唐宋八大家。从唐宋八大家往上追溯，则有司马迁的《史记》。司马迁往上追溯，就是孟子了。当然，先秦还有其他诸子。庄子可以看作小说家，其余皆是散文家。孟子在这些散文家中，一是儒家的代表，二有独特的文学理论。

孟子有什么文学理论呢？就是文气说。孟子有这样一段名言：

"敢问夫子恶乎长？"曰："我知言，我善养吾浩然之气。""敢问何谓浩然之气？"曰："难言也。其为气也，至大至刚，以直养而无害，则塞于天地之间。其为气也，配义与道；无是，馁也。是集义所生者，非义袭而取之也。行有不慊于心，则馁矣。……"（《孟子·公孙丑上》）

曹丕《典论·论文》说："文以气为主。气之清浊有体，虽在父兄，不能以移子弟。"韩愈《答李翊书》说："气盛则言之短长与声之高下者皆宜。"都是发挥孟子的学说，讲文章的说服力，离不了一个"理"字。谚云：理直气壮。世间有大道理，有小道理，我的是大道理，你的是小道理，当然我就盖了你。又，有两面理。你知其一，我还知其二，这样我又盖了你。这就是理直气壮的原因了。气是积累而不是突袭的结果。行为有不能心安理得者，就会气馁。文天祥《正气歌》完全是发挥孟子养气论："天地有正气，杂然赋流形。下则为河岳，上则为日星。于人曰浩然，沛乎塞苍冥。"

文以气为主。要形成气场，第一个是底气，就是你写这个文章的人，底气要足。底气是一个什么东西？底气是一个信息量的问题。生活积累和读书积累丰富，信息量压倒对方，左说右说，正说反说，横说竖说，都是你的道理，因为对方他掌握信息不足。有底气，故能侃侃而谈，绝不首鼠两端。

第二要大气、要神气。这个大气、神气是什么？就是孟子说的，说大人则藐之——你要占据一个高度，以大道理盖小道理，故能从从容容，擒纵自如。明代的谢榛，是一个著名诗人，他说写诗的人，有三种语，其中有一种叫上官语，就是上级和下级说话的口气。上级总是站得高一点，心态放松，说话就气使颐指，头头是道。还有一种是下官语，就是下级对上级说话，不免紧张一些。说起来话，理就不那么直，气就不那么壮，不免瞻前顾后，吞吞吐吐。写文章不能这样子，写文章一定要大气。顺便说，这种阶梯教室须仰视听众，所以对主讲人是很不利的，这需要更大的气场。

第三要才气和文气，要读得多记得多，沉浸浓郁，含英咀华，古香古色，幽凝典雅，文采斐然。浓妆淡抹，粗服乱头，各得其宜。

第四要接地气，有生活内容，俯拾即是，深入浅出，泥土气息，活色生香。孟子文章所举的例子，全部都是一些生活化的。孟子的寓言当中的，什么揠苗助长，什么月攘一鸡，五十步笑百步……这些故事，都是接地气的，都是生活当中的例子，读起来亲切，有泥土气息。这就接地气。

孟子的文章是他的文气说的完美实现。首先是他的气势感。

> 舜发于畎亩之中，傅说举于版筑之间，胶鬲举于鱼盐之中，管夷吾举于士，孙叔敖举于海，百里奚举于市。故天将降大任于斯人也，必先苦其心志，劳其筋骨，饿其体肤，空乏其身，行拂乱其所为，所以动心忍性，曾益其所不能。人恒过，然后能改；困于心，衡于虑，而后作；征于色，发于声，而后喻。入则无法家拂士，出则无敌国外患者，国恒亡。然后知生于忧患，而死于安乐也。（《孟子·告子下》）

这是《孟子》名篇。讲艰难玉成的道理。先摆事实，一是"舜发于畎亩之中"，舜是种田出身；二是"傅说举于版筑之间"，傅说是劳工出身；三是"胶鬲举于鱼盐之中"，胶鬲是捕鱼晒盐出身，以上句式相同。四是"管夷吾举于士"，管仲当过犯人（士指狱官）；五是"孙叔敖举于海"，孙叔敖（楚令尹）举于偏僻的海滨；六是"百里奚（秦大夫）举于市"，百里奚是秦穆公用五张羊皮换来的。这三句句式，较前为短，省去"之中"、"之间"。以上六句是罗列穷举的办法，讲出一串历史人物，节奏越来越快，"百里奚举于市"后可以加省略号，因为有补充不完的例子。摆完事实，就下结论，从"故天将降大任于斯人也"到"曾益其所不能"，非常斩截。排比句式的运用，增强了文章的气势感和说服力。"人恒过"到"而后喻"，是对"动心忍性，曾益其所不能"的补充说明。"入则无法家拂士"以下，是把艰难玉成的道理，从个人推及国家。说明"生于忧患，死于安乐"的道理。孟子的文章有一个特点，叫作不容置辩——就他跟你说道理的时候，他不容置辩，先跟你把事实说出来，然后结论。你读起来，首先为他这个气势所征服。

> 孟子曰：天时不如地利，地利不如人和。三里之城，七里之郭，环而攻之而不胜。夫环而攻之，必有得天时者矣；然而

不胜者，是天时不如地利也。城非不高也，池非不深也，兵革非不坚利也，米粟非不多也；委而去之，是地利不如人和也。故曰：域民不以封疆之界，固国不以山溪之险，威天下不以兵革之利。得道者多助，失道者寡助。寡助之至，亲戚畔之；多助之至，天下顺之。以天下之所顺，攻亲戚之所畔，故君子有不战，战必胜矣。（《孟子·公孙丑下》）

这一篇讲人的因素第一。"人的因素第一"，是过了几千年，人们才这样说，但是在孟子时候就提出了这个思想。按天命观的道理，应该是天盖地，地盖人。"天时不如地利，地利不如人和"则倒了个个儿，和"民为贵，社稷次之，君为轻"的逻辑上一样，是振聋发聩，石破天惊。说实话，他文章首先这个命题拿出来，他就占尽先机，后面他只要不气馁，就是说后面的气他不要散掉，或者不要软掉，那这个文章，他绝对就是很棒的，因为他一开头，他有一种居高临下、势如破竹的感觉。他后面接下来，一层一层的说理，论证霸悍而简劲。他每一次说理，都跟你先假设，"三里之城，七里之郭，环而攻之而不胜"，这都是假设。然后说"夫环而攻之，必有得天时者矣"，围攻这个城的人，肯定是得天时的。"然而不胜者，但是城打不下来，是天时不如地利也。"他就这么简单的跟你证明，你与其说是他的逻辑有多么的严谨，还不如说是他的气势，他的那种不容置辩的气势。"城非不高也，池非不深也，兵革非不坚利也，米粟非不多也"，又是假设，"委而去之"，也是假设，也就是说你什么条件都占了，但是军士不愿意替你卖命，"是地利不如人和也"，那个就是地利不如人和。"故曰"，开始下结论，"域民不以封疆之界，固国不以山溪之险，威天下不以兵革之利。得道者多助，失道者寡助"。这可是孟子的名言，叫作"立片言以居要，乃一篇之警策"，就是说写文章必须有几句，不是一般的几句，而是传世名言，在这里就是"得道者多助，失道者寡助"，然后推向极致："寡助之至，亲戚畔之；多助之至，天下顺之。"推向极端，再来比拼："以天下之所顺，攻亲戚之所畔，故君子有不战，战必胜矣。"这些文章读起来，居高临下，势如破竹，有一种阅读的快感。这也是孟子文气论的应有之义。

> 鱼，我所欲也；熊掌，亦我所欲也。二者不可得兼，舍鱼而取熊掌者也。生，亦我所欲也；义，亦我所欲也。二者不可得兼，舍生而取义者也。生亦我所欲，所欲有甚于生者，故不为苟得也；死亦我所恶，所恶有甚于死者，故患有所不辟也。如使人之所欲莫甚于生，则凡可以得生者何不用也？使人之所恶莫甚于死者，则凡可以避患者何不为也？由是则生而有不用也，由是则可以避患而有不为也。是故所欲有甚于生者，所恶有甚于死者。非独贤者有是心也，人皆有之，贤者能勿丧耳。一箪食，一豆羹，得之则生，弗得则死。呼尔而与之，行道之人弗受；蹴尔而与之，乞人不屑也。万钟则不辨礼义而受之，万钟于我何加焉！为宫室之美，妻妾之奉，所识穷乏者得我与？乡为身死而不受，今为宫室之美为之；乡为身死而不受，今为妻妾之奉为之；乡为身死而不受，今为所识穷乏者得我而为之：是亦不可以已乎？此之谓失其本心。（《孟子·告子上》）

这一篇讲舍生取义的价值观。一开始的比喻是很接地气的，是生活中的事例。这个譬喻出来，读者就容易接受他的道理，然后再切入正题。义是一面理，生是一面理。义是理念，生是本能。义是大道理，生是小道理。理直，所以气壮。大的判断已经有了，但是下面他又来一个反说，实际上是用反正的方法来说明他的道理："生亦我所欲，所欲有甚于生者，故不为苟得也"——生命都是每一个人需要的，都是人的需求，求生是人的本能，但是你有欲望超过生存欲望的，故不为苟得也，所以也不能随随便便的求生存。这个地方他不举例子，但是你能懂他说这话的意思，就是说在某些情况下，你不能苟且地求生，这是人格决定的，要让人从狗洞里面爬出去，有的人就不愿意爬出去。"死亦我所恶，所恶有甚于死者，故患有所不辟也。"他的这些句式，全部是采取的一种对仗的、对偶的方式，这是汉语，尤其是汉语文言的一个很大的特点，语言的特点。后来的八股文，就是这样发展起来的，不过，最后走向了反面。这是另一码事。后文"一箪食，一豆羹"到"乞人不屑也"，是举例。作者说"舍生取义"乃出自本心，其根据便是孟子的"性善论"。此文写得很挥斥，充分表现了孟子文章的霸悍。

齐宣王问曰：齐桓、晋文之事，可得闻乎？

孟子对曰：仲尼之徒，无道桓、文之事者，是以后世无传焉，臣未之闻也。无以，则王乎？

曰：德何如则可以王矣？

曰：保民而王，莫之能御也。

曰：若寡人者，可以保民乎哉？

曰：可。

曰：何由知吾可也？

曰：臣闻之胡龁曰：王坐于堂上，有牵牛而过堂下者，王见之，曰：牛何之？对曰：将以衅钟。王曰：舍之！吾不忍其觳觫，若无罪而就死地。对曰：然则废衅钟与？曰：何可废也，以羊易之。不识有诸？

曰：有之。

曰：是心足以王矣。百姓皆以王为爱也，臣固知王之不忍也。

王曰：然，诚有百姓者。齐国虽褊小，吾何爱一牛？即不忍其觳觫，若无罪而就死地，故以羊易之也。

曰：王无异于百姓之以王为爱也。以小易大，彼恶知之？王若隐其无罪而就死地，则牛羊何择焉？

王笑曰：是诚何心哉！我非爱其财而易之以羊也，宜乎百姓之谓我爱也。

曰：无伤也，是乃仁术也！见牛未见羊也。君子之于禽兽也：见其生，不忍见其死；闻其声，不忍食其肉。是以君子远庖厨也。

王说曰：《诗》云："他人有心，予忖度之。"夫子之谓也。夫我乃行之，反而求之，不得吾心；夫子言之，于我心有戚戚焉。此心之所以合于王者，何也？

曰：有复于王者曰：吾力足以举百钧，而不足以举一羽；明足以察秋毫之末，而不见舆薪。王许之乎？

曰：否。

今恩足以及禽兽，而功不至于百姓者，独何与？然则一羽之不举，为不用力焉；舆薪之不见，为不用明焉；百姓之不见保，为不用恩焉。故王之不王，不为也，非不能也。

曰：不为者与不能者之形，何以异？

曰：挟太山以超北海，语人曰：我不能。是诚不能也。为长者折枝，语人曰：我不能。是不为也，非不能也。故王之不王，非挟太山以超北海之类也；王之不王，是折枝之类也。老吾老，以及人之老；幼吾幼，以及人之幼；天下可运于掌。《诗》云："刑于寡妻，至于兄弟，以御于家邦。"言举斯心加诸彼而已。故推恩足以保四海，不推恩无以保妻子。古之人所以大过人者，无他焉，善推其所为而已矣！今恩足以及禽兽，而功不至于百姓者，独何与？权，然后知轻重，度，然后知长短。

物皆然，心为甚。王请度之。抑王兴甲兵，危士臣，构怨于诸侯，然后快于心与？

王曰：否，吾何快于是！将以求吾所大欲也。

曰：王之所大欲，可得闻与？

王笑而不言。

曰：为肥甘不足于口与？轻暖不足于体与？抑为采色不足视于目与？声音不足听于耳与？便嬖不足使令于前与？王之诸臣，皆足以供之，而王岂为是哉！

曰：否，吾不为是也。

曰：然则王之所大欲可知已：欲辟土地，朝秦、楚，莅中国，而抚四夷也。以若所为，求若所欲，犹缘木而求鱼也。

王曰：若是其甚与？

曰：殆有甚焉。缘木求鱼，虽不得鱼，无后灾；以若所为，求若所欲，尽心力而为之，后必有灾。

曰：可得闻与？

曰：邹人与楚人战，则王以为孰胜？

曰：楚人胜。

曰：然则小固不可以敌大，寡固不可以敌众，弱固不可以敌强。海内之地，方千里者九，齐集有其一；以一服八，何以异于邹敌楚哉！盖亦反其本矣！今王发政施仁，使天下仕者皆欲立于王之朝，耕者皆欲耕于王之野，商贾皆欲藏于王之市，行旅皆欲出于王之途，天下之欲疾其君者，皆欲赴愬于王：其若是，孰能御之？

王曰：吾惛，不能进于是矣！愿夫子辅吾志，明以教我。我虽不敏，请尝试之！

曰：无恒产而有恒心者，惟士为能。若民，则无恒产，因无恒心。苟无恒心，放辟邪侈，无不为已。及陷于罪，然后从而刑之，是罔民也。焉有仁人在位，罔民而可为也？是故明君制民之产，必使仰足以事父母，俯足以畜妻子，乐岁终身饱，凶年免于死亡；然后驱而之善，故民之从之也轻。今也制民之产，仰不足以事父母，俯不足以畜妻子，乐岁终身苦，凶年不免于死亡；此惟救死而恐不赡，奚暇治礼义哉！王欲行之，则盍反其本矣！五亩之宅，树之以桑，五十者可以衣帛矣；鸡豚狗彘之畜，无失其时，七十者可以食肉矣；百亩之田，勿夺其时，八口之家，可以无饥矣；谨庠序之教，申之以孝悌之义，颁白者不负戴于道路矣。老者衣帛食肉，黎民不饥不寒，然而不王者，未之有也。（《孟子·梁惠王上》）

这一篇是孟子谈王道乐土的大文章。这一章基本上是对话构成的。孟子非常善于论辩，有一点像古希腊的哲人柏拉图，他的著作是对话体。这篇文章一上来，是齐宣王问霸道，孟子则把话题引向王道。然后齐宣王问，如何可以王？孟子说保民而王。齐宣王问，像我这样的人能不能做到？孟子说怎么不能做到！齐宣王又问你怎么知道我能做到。孟子说，我听说一件事，就发生在你的身上，就是有人要牵一头牛去衅钟，你看到牛在颤抖，就叫以羊易之。老百姓不理解，以为你是爱财。可我知道，你实际上是有一种恻隐之心。这个恻隐之心是什么？就是仁，这就具备了王道的基本条件。齐宣王说，但我没有做到王道。孟子说，那是因为你不善于推恩，就是把本性之善，从你的禽畜推广到你的子民。然后他们又讨论什么是不能，什么是不为。孟子比喻说挟泰山以超北海，是真不能。为老年人做按摩，你说不能，是不为。他就这样把这个对话进行下去。

　文中对话短的仅一个字，甚至零个字，多到三百字。纵横捭阖，酣畅淋漓，节奏感强。有循循善诱（是心足以王矣），有推理论证（推恩足以保四海、以一服八，何以异于邹敌楚哉），有请君人瓮（王岂为是哉？王以为孰胜？），有引譬连类（挟太山以超北海、缘木求鱼），有直见性命（然则王之大欲可知矣、后必有灾），有赋诗言志（"他人有心，予忖度之"，"刑于寡妻，至于兄弟"），有对话中的对话（舍牛易羊的对话），有勾画蓝图（盍反其本矣），将孟子的论辩艺术发挥到极致，富于语言魅力。

在诸子中，孟子是较早使用寓言来说理的人。略举数例：

> 宋人有闵其苗之不长而揠之者，芒芒然归。谓其人曰：今日病矣，予助苗长矣。其子趋而往视之，苗则槁矣。天下之不助苗长者寡矣。以为无益而舍之者，不耘苗者也；助之长者，揠苗者也。非徒无益，而又害之。（《孟子·公孙丑上》）

这则寓言形象浅显，很接地气，很有生活。它讽刺那些无视自然规律，急躁冒进之人。在上世纪中国的"大跃进"中，过度密植，电灯照明，皆此类也。

> 孟子对曰：王好战，请以战喻。填然鼓之，兵刃既接，弃甲曳兵而走，或百步而后止，或五十步而后止。以五十步笑百步，则何如？
>
> 曰：不可，直不百步耳，是亦走也。（《孟子·梁惠王上》）

这则寓言讽刺那些跟别人有同样的缺点错误，只是程度上轻一些，而并无本质区别，却毫无自知之明地取笑别人的人。

> 今有人日攘其邻之鸡者。或告之曰："是非君子之道。"曰："请损之，月攘一鸡，以待来年然后已。"如知其非义，斯速已矣，何待来年？（《孟子·滕文公下》）

这一则讽刺那些明知是错，但羞羞答答，不肯彻底改正错误的人。

被苏轼称为"文起八代之衰"、位居唐宋八大家之首的韩愈，主张"文以载道"，文道合一。韩愈所说的道，即儒家仁义之道。《原道》说："尧以是传之舜，舜以是传之禹，禹以是传之汤，汤以是传之文、武、周公，文、武、周公传之孔子，孔子传之孟轲，轲之死，不得其传焉。"他所叙的道统，到孟子就终结了。在文章上，他的师承正可以上溯到孟子，而后是司马迁。司马迁的文章被辛弃疾称为"雄深雅健"，这四个字也正好拿来点评孟子之文。由此可见孟子在中国散文史上的崇高地位了。

《楚辞》要略

《文心雕龙》云:"自风雅寝声,莫或抽绪,奇文郁起,其《离骚》哉。固以轩翥诗人之后,奋飞辞家之前。岂去圣之未远,而楚人之多才乎!"

这段话说的是春秋至战国,周王室礼崩乐坏,采诗献诗体制无以为继。诗神的青睐,朝向南方的一片乐土。"去圣未远"即离孔子不远,"楚人多才"即楚国出人才。《楚辞》的出现标志着中国诗史个体创作时代的到来,产生了一个伟大诗人屈原,产生了一部鸿篇巨制《离骚》。

《离骚》是中国文学史上的第一部伟大的诗篇,它开创了一种诗体,开创了一个时代,影响很大。魏晋南北朝时有一个人叫王恭,字孝伯,他说了这么一句话:"名士不必须奇才",只要你有闲,"痛饮酒,熟读《离骚》,便可称名士"。这个条件我们在座很多人都具备,你只要能喝酒,熟读《离骚》,就可称"名士"。我不具备这个条件,不能喝酒,熟读《离骚》也不能称"名士"。

这话使人想起唐代。唐代的歌伎是要招聘的,就像现在的艺考一样,不是说随便哪一个人,你想当歌伎就能当歌伎的。白居易跟元稹写的一封信中提到,他第二次到长安,听说有一个叫高霞寓的节度使要聘军妓。有一个应聘者,面试时问她有什么本领,她说我诵得白学士《长恨歌》,"岂同他妓哉"——我同那些人不在一个档次上，这个人因此得分比较高。这是白居易跟元稹讲的事情。恰如王恭说的，只要背得《离骚》，肯定跟其他人不同，便可称名士。我有一个学生在成都七中当语文老师，他是怎么应聘成功的呢？面试时有一题，就是背《离骚》。他就背了这首长诗在中学语文课本上节选的部分，背完之后，主考官满意，他就当上了七中的语文老师。总之，《离骚》是中国诗史上很重要的作品，影响很大。

《楚辞》，或《离骚》，是在一个什么样的土壤当中产生，是在什么条件当中产生的呢？这就不得不提到楚国和楚文化。楚国在春秋战国时代，相对于其他的诸侯国，是比较独特的一片土地。第一，它在中国的南方，不在中原，因此它的文化跟中原文化既有联系，又有地域的特色——很强的地域特色。比方说，我们都属于中华民族大家庭，而藏文化跟汉文化之间就既有联系，又有很强的地域特色。比如服装，楚人的服装跟中原人就不一样。楚人的帽子跟中原人戴的帽子就不同，比较高一点，有一个专门的名词叫"南冠"。楚国的音乐叫"南音"，跟北方的音乐曲调不一样。《左传》记载，晋国国君去军府里视察，看到一个人，像是楚国人的样子，因为他戴着楚人的帽子，就问了一句："南冠而絷者谁也？"即那个戴着南冠的、用绳子拴住的人是谁？主事者告诉他，是郑国人所献的楚国俘虏。然后就问那俘虏的家世。回答说："伶人也。"说是出生在音乐世家。晋侯问："能乐乎？"你会音乐吗，能操乐器吗？回答说："先父之职官也，敢有二事？"那是我家传的职业，难道能改做别的职业么？意思就是当然能操音乐。"使与之琴"，他弹琴时，"操南音"，即弹奏楚国曲调。从这个记载能看到，楚国的文化、楚国的服饰、楚国的音乐跟中原是有很大的区别的。晋侯一看这人的穿戴，就很打眼。还有一件事，是《战国策·秦策》记录的。秦始皇的父亲，后来的秦庄襄王，最初是一个落难的公子，曾经被作为人质扣在赵国。后来碰到吕不韦，这个商人很有政治野心。吕不韦一见秦始皇的父亲异人，便觉得是个"奇货"。商人嘛，就是要囤积居奇，奇货可居。看到这个人可做政治投资，如果控制起来，将来在政治上可以捞一把。他想了一个什么办法呢？秦孝文王，当时的安国君，是异人的父亲。安国君的儿女很多，这些子女的母亲地位不一样。异人因母亲地位不高，并不受父亲的宠爱，不然的话怎么会让他去做人质呢。但吕不韦在异人身上打主意，就带他去见安国君的夫人——很受宠的华阳夫人。华阳夫人没有儿子，她是楚国人，吕不韦就让异人穿着楚人的服装，即民族服装，去见华阳夫人。华阳夫人一看就觉得亲切，又觉得他智商高，"高其智曰：吾楚人也"，我们是老乡啊。"而自子之"，就把他收为养子。异人本来就是安国君的儿子，得宠的华阳夫人又收为养子，这就提高了他的地位，所以后来他继承了秦孝文王的王位。从这个记载也可以看到，楚人的着装，跟中原是不一样的。

　　楚国是一个富庶的地方，地大物博。说它富庶，明显的对照就是宋国——现在属于河南。《墨子》中有一名篇《公输》，讲楚王因为请公输盘造了云梯，就想攻打宋国，试一下云梯的威力。而墨子是主张"兼爱"、"非攻"的。"非攻"就是反战。于是就去说服楚王，不要攻打宋国。他去后先不说别的，先讲一个故事，说现在有一人家里有豪车不坐，想偷邻居家的板车；家里有绫罗绸缎不穿，想偷邻居家的麻布衣服；家里有大鱼大肉不吃，想偷邻居家里的糟糠，你说这是个什么人？楚王随口就说，这人肯定有病。于是墨子就说，楚国方圆五千里，宋国方圆五百里，好比豪车与板车的区别；楚国有云梦，物产丰富，有很多的动物、很多的水产，但是宋国没有这些东西，好比大鱼大肉与糟糠的区别；楚国有那么多的经济的林木，宋国连大树都找不到，好比绫罗绸缎和麻布衣服的区别。这一段话表明，楚国在诸侯国里是最富庶的地方。《楚辞》产生在这个地方，就不是偶然的。

楚国在诸侯国地位很高，春秋五霸有楚国，战国七雄有楚国，如果说三强，也有楚国。另外两个强国是秦国和齐国。《战国策·秦策》里，一个叫顿弱的说客游说秦王，说了这样一番话："天下未尝无事也，非纵即横也。"天下正值多事之秋，诸侯国间的外交策略，不是合纵就是连横。"横成"，要是连横成功，"则秦帝"，秦国就要统一天下；"纵成"，要是合纵成功，"则楚王"，楚国就要称王。也就是说，在战国时代所有的诸侯国当中，有两个超级大国，就是秦国和楚国。唯一能和秦国相对抗的国家，也就是楚国。而屈原，就生在这样一个国家，而且是一个贵族，是一个政治家。

《汉书·地理志》记载楚国风俗，用了六个字："信巫鬼，重淫祀。"怎么讲？就是说，楚国的民间信仰、民间祭祀活动非常活跃，风气很盛。中原不是这样。中原重礼治，礼教，对鬼神的态度很谨慎。孔子的态度最为典型，《论语》说"子不语怪力乱神"，就是不轻易谈神说鬼，倒不是唯物主义，而是持敬畏态度，叫"敬鬼神而远之"。但是楚国不同，对鬼神不是"敬而远之"，反而是走得很近，和鬼神套近乎。其民间有许多庙会，以歌舞娱神，弄神，祀神。桓谭《新论》记载，楚灵王迷信到一个什么程度呢？国君自己去跳神，拿着道具"起舞于坛前"。吴国人打来了，国人告急，鸡毛信都送到面前了，楚灵王还"鼓舞自若"，仍然跳他的神，一点也不慌张。他为什么这么镇定呢？因为有神灵保佑。就像义和团一样，以为念着咒语，画着符，就可以刀枪不入。就是这么一个情况。这件事很荒唐，然而对文学的影响很大，对《楚辞》的影响很大。大家在屈原的作品当中，看到一种非常浪漫的气息，嗅到祭祀活动里那种香火的气息。《聊斋志异》序言说，"披箩戴荔"，就是把花花草草的东西披在身上，这是迎神的装束，"三闾氏赋而为骚"，屈原把它写进《离骚》。《离骚》里写了很多花花草草，还有编制花环之类的事，这跟楚国风俗有很大的关系。影响到唐诗的"三李"，李白、李贺、李商隐，被称为"骚之苗裔"。

总而言之，《楚辞》是一种具有很强的地域特色的诗歌体裁。宋人黄伯思用了四句话概括《楚辞》的地域特色："屈宋诸骚，皆书楚语"，屈原宋玉的作品皆用楚国的方言；"作楚声"，用楚国的曲调；"纪楚地"，有很多楚国的地名（含水名）；"名楚物"，有很多楚国的名物，植物动物之类，"故可谓之楚辞"。《楚辞》里的方言，最有特色的就是感叹词"兮"，"兮"是大量运用的，就是感叹词，除了兮之外，还有那个"些（suò）"，它也是一个语尾的助词，还有那个"只"也是，《诗经》里面也用这个语词如"母也天只，不谅人只"（《诗经·柏舟》）。《楚辞》里的方言，可以编一本辞书了。常用词还有：羌（qiāng）：语助词。蹇（jiǎn）：语助词。谇（suì）：进谏。邅（zhān）：转向。偭（miǎn）：违背。姱（kuā）：美好貌。侘傺（chàchì）：失志貌。陆离：参差绚丽貌。偃蹇（yǎnjiǎn）：美盛貌。晻蔼（ǎnǎi）：旌旗蔽日貌。汩（mì）：水疾流状。婵媛（chányuán）：牵挂状。纬繣（wěihuà）：乖戾状。轪（dài）：轮。于菟（wūtú）：老虎。鹈鴂（tíjué）：杜鹃或伯劳。崦嵫（yānzī）：传说中日入之山。等等。在《楚辞》的注解里凡是这些方言都有注解，这个我们就不去详细说了，因为我们不是讲古代汉语课。

《楚辞》运用的骚体，这个是屈原的创造。但不是凭空创造。他是根据楚国民歌，根据楚歌创造的。楚歌跟楚辞有什么区别呢？楚歌比较短小，基本上是抒情的。楚辞则多是鸿篇巨制，通过铺叙、铺张的方法，可以叙事、可以议论，这是屈原的创造。还有就是运用赋比兴手法上的区别。楚歌当中最有名的几首，一个是孟子《离娄》和楚辞《渔夫》里都引用过的一首歌——《孺子歌》："沧浪之水清兮，可以濯我缨；沧浪之水浊兮，可以濯我足。"河里的水如果很清，我可以洗帽带；河里的水很浑浊，我可以洗脚。当然这是一个兴语，本意没有说。这两句写得非常好，兴，就是"言有尽而意无穷"，话中有话，你可以自去体会，本意没说，有一层含义应该是：身逢治世可以有所作用，身逢乱世可以归隐。这是非常高明的。

还有一首很有名的歌，就是《越人歌》。那个楚歌怎么会叫"越人歌"呢？原来这是用楚语翻译的一首越语的歌。刘向《说苑》有个故事引用了这首歌，其楚译是："今夕何夕兮，搴舟中流。今日何日兮，得与王子同舟。蒙羞被好兮，不訾诟耻。心几烦而不绝兮，得知王子。山有木兮木有枝，心悦君兮君不知。"这首歌本来是越国的一个船夫唱的。其本事是：楚王的弟弟鄂君子皙，有一次出游，在水上有一个盛大的船队，举行了盛大的仪式，音乐演奏完毕，划船的一位越国船工抱着那个船桨，唱了一首越语歌。是越语，不是我们现在说的那个"粤语"。他唱得非常迷人，但是鄂君子皙听不懂，不知道他唱了些什么，于是找一个楚国歌手来翻译。那个歌手很厉害，懂双语，于是译成楚歌。这首歌的歌词大意是：今天晚上多么美好啊，我在河里面划船。今天是一个多么好的日子啊，我给王子划船。王子对我这么好，一点不因为我的身份低贱而感到委屈。我的心很激动，也感到很不安。王子恩重如山，山里有树啊树有树枝。我是多么倾慕你啊，但是你未必知道。鄂君子皙听了这个翻译之后，非常感动，就上去跟那位越人拥抱，并把华丽的衣服披在他身上。这个故事，实际上是一个古代的同性恋的故事。席慕蓉的诗中说这越人是一个女性，是没有看这个故事完整的版本的误读。完整的版本中，这个故事被另一个故事套着。另一个故事说，楚国的襄城君是个美男子，在他受封那一天，穿着华丽。楚国大夫庄辛非常动心，想上去牵他的手。襄城君的脸色就变了，觉得受到了侮辱。庄辛说你不要生气，于是就讲了鄂君子皙与《越人歌》的故事。进而质问道：难道我的身份还不如那个越国的船夫吗？你跟鄂君子皙都很高贵，我也不低贱啊。襄城君听了这个故事，于是谅解了他。

这首歌在中国诗歌史上是非常优秀的作品，但它是译诗！还有一首诗同样是译诗，同样有名，就是《敕勒川》："敕勒川，阴山下。天似穹庐，笼盖四野。天苍苍，野茫茫。风吹草低见牛羊。"有的说见（xiàn）牛羊，有的说见（jiàn）牛羊，都没有问题，只不过表达出来的意思稍微有点不同。《敕勒川》原来是鲜卑语的歌，最后被翻译成汉语。由于翻译得好，最后成了汉语诗歌的经典。

《史记·项羽本纪》写到项羽兵败垓下时，刘邦曾经采用了一个攻心的策略，就是晚上让包围项羽的那些军队全部唱楚歌。项羽听到四面楚歌，战斗的意志就瓦解了。他说，难道刘邦已经把整个楚国都打下来了吗？怎么楚人这么多？他不知道这是一种计谋。还有，项羽跟虞姬分别的时候，唱了一首歌，《史记》上说是项羽的创作："力拔山兮气盖世，时不利兮骓不逝，骓不逝兮可奈何！虞兮虞兮奈若何！"那也是写得非常动人的一首歌，只不过后人提出质疑，就是在那样危急的关头，这首歌是谁听到的，又是谁记下的。但不管怎么样，不管是项羽作的，还是讲故事的人编的，总之是一首楚歌。而楚歌，便是屈原进行创作的土壤，他的基础，或者说他的源头。

下面介绍一下屈原。屈原，名平。他是贵族，跟楚王同姓。在楚怀王的时候做左徒。左徒相当于副总理，管外交。屈原起草过宪令，也就是国家的法令。他的政敌上官大夫，名字叫作靳尚，还有楚怀王身边的宠妃，叫郑袖，还有一个公子子椒，与屈原在外交路线、内政路线上持反对意见。这些人就在楚怀王面前谗毁他，最后屈原被楚怀王疏远，流放。这个流放，不必是严格意义上的流放，也可能是疏远。等于撤销一切职务，还可以到处走走，不是严格意义上的那种流放，或者说押到哪个地方看管起来。

近代某些学者提出了一个很奇特的见解，因为屈原《离骚》里面有"众女嫉余之蛾眉兮，谣诼谓余以善淫"这样的话，以及屈原作品里面有很多花花草草，就做出了一个判断，说屈原是一个弄臣。什么叫"弄臣"呢，就是在楚王身边陪他寻欢作乐的近侍，不排除搞同性恋。刚才谈到《越人歌》，可见楚国有这种事情。但是从史传，正史里面的记载，我的感觉是没有这个可能性。第一，他是贵族，跟楚王同姓；第二，他是重臣，是做大事的，搞外交，起草宪令，掌管王族的三姓，做"三闾大夫"，做这种大事的人，日理万机，很忙很累。大家可以想一想，一个国家的总理、副总理，工作有多忙。要他陪楚王去玩，去寻欢作乐，叫作"没有作案时间"。我的直觉判断，这不可能的事情。

楚辞里一名篇叫《渔父》，就是一个推船的老头。这篇一直记在屈原名下。但是读起来不像是屈原写的。但确实写得很好，文章用第三人称叙事：说"屈原既放"，屈原被楚王疏远了，流放了，"游於江潭，行吟泽畔，颜色憔悴，形容枯槁"。这个写得非常生动，可见屈原被楚王疏远、流放之后，心情非常不好，身体也受到摧残。"渔父见而问之"，一个推船的老头见了他——那老头不是一个等闲的人物，而是一个文化很高的人物，可能是隐士。他见到屈原就问："子非三闾大夫与?"你不是三闾大夫吗？看来这个老头多识广对，起码看过新闻图片，晓得眼前这人是三闾大夫。"何故至於斯?"怎么搞成这个样子？屈原曰："举世皆浊我独清"，世间都浑浊只有我是干净的，"众人皆醉我独醒"，大家都喝醉了只有我醒着，"是以见放"，所以呢我被楚王疏远了。老头说："圣人不凝滞於物"，看来这渔父确实文化程度很高，他教训屈原说，圣人不古板不固执。"而能

306

与世推移"，能与时俱进。"世人皆浊，何不淈其泥而扬其波"，世界上既然浑浊，沧浪之水浊兮可以濯我足嘛。"众人皆醉"，大家喝得酩酊大醉，"何不哺其糟而歠其醨"，你为什么不吃一吃醪糟。"何故深思高举"，为什么要做那么高深的样子，"自令放为"，等于自我放逐。完全用不着嘛。既然天下浑浊，大家都浑水摸鱼嘛。他就这样教育屈原。但屈原只讲原则性。屈原曰："吾闻之，新沐者必弹冠"，洗过澡的人，戴帽子的时候要拍一下灰。"新浴者必振衣"，刚洗过澡的人，穿衣服都要抖一下。也就是爱惜羽毛的意思。"安能以身之察察，受物之汶汶者乎？"怎么能用干净的身体去接触那些脏东西。"宁赴湘流，葬於江鱼之腹中"，宁肯跳到湘江里面喂鱼，"安能以皓皓之白，而蒙世俗之尘埃乎"，怎么能用我雪白的身体，沾上世间的灰尘呢。那个渔父一听，便觉不可救药，不能再交谈下去。于是"莞尔而笑，鼓枻而去"，划着船桨走了，一边走一边唱："沧浪之水清兮，可以濯吾缨；沧浪之水浊兮，可以濯吾足"，不再跟屈原搭话——留点口水养牙齿，对吧。假如这篇作品真的是屈原写的话，那屈原就该是一个幽默，灵活的人。如果他幽默而灵活，最后就不会跳江。通过反证法，可以结论，本篇是写屈原的，而不是屈原写的。出自庄子那样的高手，最后归到了屈原的名下。这个作品里面实际上讲了两种思想，一种就是儒家的思想，就是孔孟的思想，就是"杀身成仁"、"舍生取义"。一种是道家思想，庄子的思想，叫作"明哲保身"，"达则兼善天下，穷则独善其身"。这基本上是一篇小说，或小小说，写得非常精彩。

屈原的作品一共二十五篇，这是《汉书·艺文志》里的记载。到现在这二十五篇作品全部都在，有《九歌》十一篇、《九章》九篇、《离骚》一篇、《天问》一篇、《招魂》一篇、《卜居》一篇、《渔父》一篇，一共二十五篇。现在能够确定是屈原写的有《离骚》《天问》。《天问》也是一篇非常奇特的长诗，一共有一百七十多句，全部是问题，读起来比较痛苦。只问不答。如果是问一句，答一句，就要好些。"你问一个一，我对一个一"嘛，就要轻松一些。你一百七十个问题完全没有答案，读起来就比较累。但它是一篇杰作，而且是独一无二，里面充满了一些哲理性的思考，对古代的神话传说、历史记载，提出一些质疑，表示一些怀疑。《九章》是屈原写的，是屈原的政治抒情诗，加上《九歌》十一篇，就二十篇了。《离骚》《天问》确实是屈原写的，这就二十二篇了。其他几篇，如《招魂》《卜居》《渔父》，这几篇有不同说法和争议，总之，可以肯定有二十二篇是屈原写的。

以下重点说一下《离骚》。刚才我们说到魏晋南北朝人那么看重这一篇，说只要读一篇《离骚》，其他的可以不读——他们的话里有这个意思。

《文心雕龙·辨骚》谈这一篇有这样的话："不有屈原，岂见《离骚》!"如果没有屈原这样伟大的作家，哪来这样一篇宏伟的巨著。给屈原《离骚》很高的评价，这算是一句。还有一句："虽取熔经意，亦自铸伟辞"，什么意思呢？这是说《离骚》继承了《诗经》，比方说比兴手法，不过从语言上讲，是有独特创造的。这两句话，可以说非常简要、非常扼要地概括了屈原《离骚》在文学史上的地位。

再看汉代人对屈原作品的评价，《文心雕龙》引用了两位汉人的评价。一是淮南王刘安对屈原《离骚》的评价。这个刘安对屈原的作品非常推崇，可以说是屈原的一个粉丝了。《文心雕龙》说"汉武爱骚"，汉武帝爱《离骚》，"而淮南作传"，淮南王刘安有个阐释。下面便是淮南王刘安的话："《国风》好色而不淫"，国风多情诗，但不过分，这个叫"好色而不淫"。"《小雅》怨诽而不乱"，《小雅》里面虽然有很多批评时政的东西，但它的立场是忠君的。"若《离骚》者，可谓兼之矣"，《离骚》可以说兼有两者之长。"蝉蜕秽浊之中，浮游尘埃之外"，它表现的精神境界非常高洁。"嚼然涅而不缁，出淤泥而不染"，"涅而不缁"，就是在黑色的水里面也不会染黑。"虽与日月争光可也"，这是最高的评价了，这也是屈原作品里有的话："与天地兮比寿，与日月兮同光。"（《涉江》）这是汉人的一个意见。

另外一个是历史学家班固，正统的史学家，对屈原有一些批评性的意见。"班固以为露才扬己"，"露才扬己"就是太张扬个性，太锋芒毕露。因为在《离骚》里面有很多批评楚王，指责权臣，讽刺世道的话。班固还认为，"忿怼沉江"，因怨气太大而投江，也是不对的。"羿浇二姚，与左氏不合"，《离骚》里面写的一些传说人物，跟正规的历史书如《左传》讲的不吻合。"昆仑悬圃"，神话地名，"非经义所载"，在儒家经典上找不到依据。这就是批评家班固自己的不是了。一个文学作品，你怎么要求它像一个史学著作一样地必须核实呢？不能核实。不过，最后班固还是加以肯定，说《离骚》的文学成就很高，"然其文辞丽雅"，说它很有文采，"为词赋之宗"，是后来辞赋的一个鼻祖。"虽非明哲"，虽然作者算不上英明的人物，"可谓妙才"，却应该承认他的文学天才。

此外，还应提到王逸《离骚序》中的评价，他说："《离骚》之文，依诗取兴，引类譬喻"，《离骚》的文辞取法《诗经》的比兴手法。"故善鸟香草，以配忠贞"，用益鸟香草譬喻忠臣。"恶禽臭物，以比谗佞"，害鸟恶草譬喻坏人。"灵修美人，以媲於君"，用神明美女来譬喻君王。"宓妃佚女，以譬贤臣"，也用美女比喻贤臣。"虬龙鸾凤，以托君子"，用龙凤之类譬喻君子。"飘风云霓，以为小人"，用飘风浮云譬喻小人。其专讲《离骚》对《诗经》比兴手法的发展，形成一个庞大的比兴意象群。

下面我们就来读一读《离骚》，这个作品太长，不能逐字逐句的讲。我们只能读一读，点评点评，感受一下这个作品。读文学作品很大程度上要靠感受，而不能一味咬文嚼字。

《离骚》题义，主要有两说，一说是"离忧"（司马迁），班固解为"罹忧"，王逸解为"别愁"。一说是"牢骚"，即《大招》提到的古歌《劳商》。郭沫若称它为"以烦恼为主题的一部回旋曲"（《屈原赋今译》)。全诗三百七十三句，近两千五百字（2476），可分为述怀、追求、幻灭三部曲，全篇除女嬃、灵氛、巫咸几个人物对话，几乎全由抒情主人公的独白构成。《离骚》和作者的政治生涯及战国的历史风云密切相关，全诗有极现实的思想内容。但由于历史和艺术的原因，诗中运用了大量超现实的语言意象和创作手法，将历史和神话传说、真实与幻觉想象交织在一起，文藻芬芳馥郁，思致波谲云诡，精彩绝艳，炫惑眼目。

> 帝高阳之苗裔兮，朕皇考曰伯庸。
>
> 摄提贞于孟陬兮，惟庚寅吾以降。
>
> 皇览揆余初度兮，肇锡余以嘉名。
>
> 名余曰正则兮，字余曰灵均。

这一节详细介绍了作者的家世诞辰与名义，所谓堂堂正正。这不是通常写诗的做法。伟大诗人的鸿篇巨制可以这样做。如杜甫《北征》："皇帝二载秋，闰八月初吉。杜子将北征，苍茫问家室。"在屈原、杜甫则可，在我辈则不可。后人称生日为"初度"出此。

> 纷吾既有此内美兮，又重之以脩能。
>
> 扈江离与辟芷兮，纫秋兰以为佩。
>
> 汩余若将不及兮，恐年岁之不吾与。
>
> 朝搴阰之木兰兮，夕揽洲之宿莽。

这一节反复强调个人修养并开始了香草美人的譬喻。"披萝带

310

荔，三闾氏赋而为骚。"以对服饰装束的爱好，譬喻对社会理想的追求。《离骚》如此，《九歌》亦如此。造成一种骚体独有的"悱恻芬芳"（清陈济生《雕虫论》）的情韵。古诗《涉江采芙蓉》，唐代诗人李贺、李商隐都继承了这种情韵。

> 日月忽其不淹兮，春与秋其代序。
>
> 惟草木之零落兮，恐美人之迟暮。
>
> 不抚壮而弃秽兮，何不改乎此度？
>
> 乘骐骥以驰骋兮，来吾导夫先路！

这一节写作者的抱负，即李白所谓"奋其智能，愿为辅弼"，及"只争朝夕"的精神。"春秋代序"、"草木零落"、"美人迟暮"，成语出此。

> 惟夫党人之偷乐兮，路幽昧以险隘。
>
> 岂余身之惮殃兮，恐皇舆之败绩。
>
> 忽奔走以先后兮，及前王之踵武。
>
> 荃不察余之中情兮，反信馋而齌怒。

这一节写作者的不幸，遇到一群险恶的党人和一个糊涂的楚王。鲁迅《自题小像》："寄意寒星荃不察，我以我血荐轩辕。""荃不察"三字即出于此。

> 余固知謇謇之为患兮，忍而不能舍也。
>
> 指九天以为正兮，夫惟灵修之故也。
>
> 初既与余成言兮，后悔遁而有他。
>
> 余既不难夫离别兮，伤灵修之数化。

这一节写楚王态度的摇摆不定和作者的恨铁不成钢。班固所谓"露才扬己"，就是指这些地方而言。

> 余既兹兰之九畹兮，又树蕙之百亩。
>
> 畦留夷与揭车兮，杂杜蘅与芳芷。

311

冀枝叶之峻茂兮，愿俟时乎吾将刈。

虽萎绝其亦何伤兮，哀众芳之芜秽。

这一节写执掌三闾时辛勤的付出和失落——必有一批小朋友站错队，变了质。

长太息以掩涕兮，哀民生之多艰。

余虽好脩姱以靰羁兮，謇朝谇而夕替。

既替余以蕙纕兮，又申之以揽茝。

亦余心之所善兮，虽九死其尤未悔。

这一节写作者百折不回的、知其不可而为之的决心。"謇朝谇而夕替"，即韩愈《左迁至蓝关寄侄孙湘》："一封朝奏九重天，夕贬潮阳路八千"，也即苏轼："九死南荒吾不恨，兹游奇绝冠平生"（《六月二十日夜渡海》）。"九死"、"九死未悔"语意出此。

怨灵修之浩荡兮，终不察夫民心。

众女嫉余之蛾眉兮，谣诼谓余以善淫。

固时俗之工巧兮，偭规矩而改错。

背绳墨以追曲兮，竞周容以为度。

这一节再写楚国高层政治生态环境的恶劣，可谓积重难返。"浩荡"即荒唐。

忳郁邑余侘傺兮，吾独穷困乎此时也。

宁溘死以流亡兮，余不忍为此态也。

鸷鸟之不群兮，自前世而固然。

何方圜之能周兮，夫孰异道而相安？

这一节写作者的孤独困惑和苦闷，以及"独立不迁"（《橘颂》）的禀性。他与党人的矛盾是不可调和的。"忳郁邑"、"侘傺"皆典型的楚语。

屈心而抑志兮，忍尤而攘诟。

伏清白以死直兮，固前圣之所厚。

悔相道之不察兮，延伫乎吾将反。

回朕车以复路兮，及行迷之未远。

这一节写作者愤极而思委曲求全，思改弦易辙，但却做不到。姓是屈，性格是不屈。此即"诗可以怨"（孔子），即"圣贤发愤之所为作也"（司马迁）。

步余马于兰皋兮，驰椒丘且焉止息。

进不入以离尤兮，退将复脩吾初服。

制芰荷以为衣兮，集芙蓉以为裳。

不吾知其亦已兮，苟余情其信芳。

这一节写作者的持守，"君子固穷"，"穷则独善其身"。

高余冠之岌岌兮，长余佩之陆离。

芳与泽其杂糅兮，惟昭质其犹未亏。

忽反顾以游目兮，将往观乎四荒。

佩缤纷其繁饰兮，芳菲菲其弥章。

这一节写作者的自负与憧憬。自负即"奋其智能，愿为辅弼"，俚语谓之："学就文武艺，售与帝王家。"

女媭之婵媛兮，申申其詈予。

曰："鲧婞直以亡身兮，终然殀乎羽之野。

汝何博謇而好脩兮，纷独有此姱节？

薋菉葹以盈室兮，判独离而不服。

众不可户说兮，孰云察余之中情？

世并举而好朋兮，夫何茕独而不予听？"

这一节写来自亲爱者的批评。女媭的劝告与渔父的劝告，内容相同：明哲保身，知其不可而不为。一定程度上反映了作者的内心纠结。

朝发轫于苍梧兮，夕余至乎县圃。

欲少留此灵琐兮，日忽忽其将暮。

吾令羲和弭节兮，望崦嵫而勿迫。

路曼曼其修远兮，吾将上下而求索。

这一节开始以游仙的形式写执着的追求，希望时间能解决问题。鲁迅《彷徨》即用这八句作题词："望崦嵫而勿迫，恐鹈鴂之先鸣"，联请乔大壮书写，悬于北京寓所（老虎尾巴胡同）。可见其爱好的程度。

饮余马于咸池兮，总余辔乎扶桑。

折若木以拂日兮，聊逍遥以相羊。

前望舒使先驱兮，后飞廉使奔属。

鸾皇为余先戒兮，雷师告余以未具。

这一节写游仙和游仙中遇到的困惑，这里有人间的影子。

吾令凤鸟飞腾夕，继之以日夜。

飘风屯其相离兮，帅云霓而来御。

纷总总其离合兮，斑陆离其上下。

吾令帝阍开关兮，倚阊阖而望予。

这一节写作者在南天门外受阻的遭遇，实际上反映了他在宫廷的遭遇——无法通天。

时暧暧其将罢兮，结幽兰而延伫。

世溷浊而不分兮，好蔽美而嫉妒。

朝吾将济于白水兮，登阆风而绁马。

忽反顾以流涕兮，哀高丘之无女。

这一节写离开时的反顾，以情场失意譬喻政治失意。"可怜无女耀高丘"（鲁迅）。以下有一大段"求女"描写，无不以失意告终。

索藑茅以筳篿兮，命灵氛为余占之。

曰："两美其必合兮，孰信修而慕之？

314

思九州之博大兮，岂惟是其有女？"

曰："勉远逝而无狐疑兮，孰求美而释女？

何所独无芳草兮，尔何怀乎故宇？……"

这一节写预言家指点迷津。"此处不留人，自有留人处。"（陈后主）须知，那是一个朝秦暮楚的时代，士为知己者死的时代。苏轼"枝上柳绵吹又少，天涯何处无芳草"（《蝶恋花》）出此。

抑志而弭节兮，神高驰之邈邈。

奏九歌而舞韶兮，聊假日以婾乐。

陟升皇之赫戏兮，忽临睨乎旧乡。

仆夫悲余马怀兮，蜷局顾而不行。

这一节写作者尝试走出苦闷，但过不了乡愁或乡恋这一关。作者爱国，而国不爱他。《离骚》所写，是一种苦恋。

乱曰：已矣哉！

国无人莫我知兮，又何怀乎故都？

既莫足为美政兮，吾将从彭咸之所居！

这一节写作者理想的幻灭和最后的决心。关于《离骚》，我们就读到这里。

下面我们简单说一下《九歌》。《九歌》一共是十一首诗构成的组诗，是屈原早期的作品。屈原在楚国民间看到那些庙会，听到迎神唱的一些歌曲，觉得那些歌词的语言比较粗糙，于是在民间创造的基础之上，自己写了一组歌词。《九歌》这个题目，不是屈原的创造，是一个古题。《离骚》里就提到"启九辩与九歌兮"，可见在夏代就有《九歌》这个名称。这个情况有一点像唐代刘禹锡在巴渝，就是三峡那一代，听到当地人唱"竹枝词"，觉得歌词比较粗糙，于是就自己创造了一组"竹枝词"，这个情况与屈原创作《九歌》比较接近。《九歌》的九不是篇数，不过，其中有九篇是写神灵的歌词，一是东皇太一，主宰天地的大神；二是云中君，云神；三是湘君，湘水之神；四是湘夫人，也是湘水之神。为什么湘水之神有两位呢，原来传说舜帝南巡，死在苍梧之野，他的两个妃子，本是尧的女儿，一个叫娥皇，一个叫女英，沿着湘水去寻找他，最后因失望，投江而死，成了湘水里的两个女神。还有一种说法，认为这个湘君、湘夫人是一对配偶神。五是大司命，主宰命运的神；六是少司命，主宰生育的神，相当于送子娘娘；七是东君，太阳神；八是河伯，河神；九是山鬼，山神。一共是九个。

《九歌》有两篇比较特殊。一篇是《国殇》，是悼念阵亡将士的作品。当时楚国与他国之间的战争，主要是跟秦国之间的战争，牺牲了不少的将士。"国殇"就是为国捐躯的将士。因此，这一篇与那九篇不类，不是写神，是写鬼，祭奠烈士。还有一个短篇，叫《礼魂》，只有几句，一般认为是送神曲，这一篇跟那九篇的性质也不一样。

《国殇》这一篇对后世影响很大，大家都知道李清照有一首绝句："生当作人杰，死亦为鬼雄。至今思项羽，不肯过江东。""为鬼雄"三个字，就是《国殇》结束的三个字，"魂魄毅兮为鬼雄"。陈毅《梅岭三章》："断头今日意如何，创业艰难百战多。此去泉台招旧部，旌旗十万斩阎罗。"师其意不师其辞。所以《国殇》这首诗得说一下，因为影响大，非常重要。

> 操吴戈兮被犀甲，车错毂兮短兵接。
>
> 旌蔽日兮敌若云，矢交坠兮士争先。
>
> 凌余阵兮躐余行，左骖殪兮右刃伤。
>
> 霾两轮兮絷四马，援玉枹兮击鸣鼓。
>
> 天时怼兮威灵怒，严杀尽兮弃原野。

这首诗写了一个战争场面，这个战争的场面是敌强我弱，战争的结局是全军覆没。它一开头就是开门见山的直接写战争的场面：战士操着吴戈，披着犀甲即铠甲；然后是战车的轮轴相交错，是短兵相接；敌人像天上的云影压在地上，黑压压的；天上箭如雨下，但楚国将士还是争先恐后往前冲锋。然后就是非常惨烈的画面："凌余阵兮躐余行"，敌人冲乱了我们的阵容，"左骖殪兮右刃伤"，拉战车的马，左边的、右边的都带了伤。车子跑不动，"霾两轮兮絷四马"，战车好像轮陷入地面，跑不动了。"援玉枹兮击鸣鼓"，但是哪个车上的将军还拿着鼓槌在击鼓。击鼓意味什么？进军！还在指挥进军。"天时怼兮威灵怒"，杀得天昏地暗，日月无光，杀得鬼哭狼嚎，最后全军覆没，战场上尸横遍野。注意，这并不是写一场具体的战争，这是屈原的艺术概括，就是说他根据这个秦楚之间的战争，艺术地再现了战争的场面。

> 出不入兮往不返，平原忽兮路超远。
>
> 带长剑兮挟秦弓，首虽离兮心不惩。
>
> 诚既勇兮又以武，终刚强兮不可凌。
>
> 身既死兮神以灵，魂魄毅兮为鬼雄。

下半段一开始是"出不入兮往不返"，这是豪言壮语，使人想起荆轲的《易水歌》，"风萧萧兮易水寒，壮士一去兮不复还"。"出不入兮往不返"，上战场就没有想过要回家。什么叫作"挟秦弓"，短兵相接，将士的尸体上还挟有秦人的弓箭。"首虽离兮心不惩"，头被砍掉了，但是忠心不变。"诚既勇兮又以武"，其顽强的意志，高强的武艺，都非常可嘉。"终刚强兮不可凌"，他就战死了，全军覆没了，但是士气不会瓦解。"身既死兮神以灵"，肉体可以消灭，但是精神不朽。"魂魄毅兮为鬼雄"，死了也要做鬼中的英雄。

这首诗写得很完整，很紧凑，波澜起伏。从这首诗我们看到屈原的才华，看到他对篇章结构的驾驭，气氛的烘托，遣词造句的才华，全都表现出来了。

《九歌》有几篇代表作如《湘君》《湘夫人》《山鬼》，其共性是写苦恋，期待无果。这与《离骚》《九章》之志，有着内在的一致性，用祀神形式并入作者的身世之感。所谓"以诗取兴，引类譬喻。"《湘夫人》写道：

> 帝子降兮北渚，目眇眇兮愁予。
>
> 袅袅兮秋风，洞庭波兮木叶下。
>
> 登白薠兮骋望，与佳期兮夕张。
>
> 鸟何萃兮蘋中，罾何为兮木上？
>
> 沅有茝兮醴有兰，思公子兮未敢言。
>
> 荒忽兮远望，观流水兮潺湲。
>
> ……
>
> 捐余袂兮江中，遗余褋兮澧浦。
>
> 搴汀洲兮杜若，将以遗兮远者。
>
> 时不可兮骤得，聊逍遥兮容与。

"袅袅兮秋风，洞庭波兮木叶下"，与宋玉之《九辩》，同为千古悲秋之祖。"沅有茝兮醴有兰，思公子兮未敢言"，与《越人歌》多么的神似。

《庄子》要略

　　庄子 (约前369—前286)，战国时期宋国蒙 (今河南商丘东北) 人。今商丘市在鹿邑县北，直线距离也很近。也就是说，庄子和老子出生地相去不远。这种情况就像孟子和孔子出生地相去不远一样。孔孟是山东人，老庄是河南人。老子与孔子同时，而庄子与梁惠王、齐宣王同时，换言之，也就是与孟子同时。这个现象对比看很有趣。庄子做过漆园即蒙城吏，职位很低，不能与老子做周柱下史相比。在《庄子·列御寇》篇通过宋人曹商之口透露，庄子曾"困窘织屦"，是个靠打草鞋谋生的人。庄子很贫困，但他很博学，胸中贮书，"其学无所不窥"，哲学家就该博览群书，包括像《齐谐》那种志怪书，"其要本归于老子之言"，以直觉判断，他必定是一位没落的王孙。孔孟，曹雪芹都是这样的人。所以看得破。庄子对哲学很有兴趣，对政治没有兴趣。

　　楚威王闻庄周贤，使使厚币迎之，许以为相。庄周笑谓楚使者曰："千金，重利；卿相，尊位也。子独不见郊祭之牺牛乎？养食之数岁，衣以文绣，以入大庙。当是之时，虽欲为孤豚，岂可得乎？子亟去，无污我。我宁游戏污渎之中自快，无为有国者所羁。终身不仕，以快吾志焉。"(《史记·老庄申韩列传》)

　　他拒绝楚王重金高位的延聘，却做过漆园吏，所谓"处于材与不材之间"。他著书诋鄙孔孟之说，是因为愤伪，讨厌那些用孔孟之

319

道来要求别人的人，他发挥老子无为的思想，而富于创造性，是一个精神自由的人。

《庄子·山木》说，庄子穿着粗布有补丁的衣服，用绳拴着草鞋见魏王，只肯承认自己贫，不肯承认自己惫。"贫也，非惫也"，这种抠字眼，活像一则笑话中的读书人所说："跃也，非跳也。"令人失笑，印象深刻。因为贫是物质匮乏，惫是精神失落。他认为当世搞政治是不逢时，就像猴子脱离森林掉进了刺丛一样左右失据，处在昏君乱相之间，要想精神不失落也难。所以庄子的处世态度，可以简单概括为两个词：安贫，乐道。

《庄子》今存三十三篇。包括内篇七，外篇十五，杂篇十一。已非本来面目。一般认为，内篇为庄周自著，外篇、杂篇为门人后学所著。总之，《庄子》一书非成于一时、一人之手，究竟何篇为庄子自著，已不可确指。既不可确指，我们只把它当作一本书来看待。

老、庄并称，始于魏晋。魏晋人尚清谈，清谈的内容，就是老、庄思想。《三国志·魏书·何晏传》："晏，何进孙也。……好老、庄言。"庄子的哲学思想本于老子，以道为最基本和最高的范畴。庄子进一步走上神坛，乃在唐玄宗天宝之初。"天宝元年，……庄子号为南华真人。"（《旧唐书·玄宗纪》）"天宝元年，诏号《庄子》为《南华真经》。"（《旧唐书·玄宗纪》）庄子的思想对道教产生了很大影响。

> 夫道，有情有信，无为无形；可传而不可受，可得而不可见；自本自根，未有天地，自古以固存；神鬼神帝，生天生地；在太极之先而不为高，在六极之下而不为深，先天地生而不为久，长于上古而不为老。（《庄子·大宗师》）

庄子说，"道"，是可以感知可以确信的，是无为的无形的。可以意会而不可言传的，可以感知而看不见摸不着的。它是自生的，先于天地而固有的。它产生了鬼神和上帝，生成了天和地，处于太

320

极之上而无所谓高，在全部空间之下而无所谓深，先天地而存在而无所谓久，早于上古而无所谓老。因为道没有参照物，它是独立不迁的存在，是最初和最终的存在，在时间和空间上都是无限的，超出人的认识范围的。

庄子继承了老子"天道自然无为"的思想，与老子一脉相承，却又形成了独立的思想体系。这有点像孟子之于孔子。

庄子异于老子者，大体有以下两点：一、庄子的无为，是为无为而无为，是出世的。而老子是为了为的无为，是入世的。老子的话语是"治大国若烹小鲜"，庄子的话语是"无所用天下为"，可以烹小鲜，却不治大国。不但不治大国，连小国也不治。二、庄子讲"绝圣去智"，主张蒙昧主义（认为人类社会的种种罪恶都是文明和科学发展的结果，主张恢复到原始的蒙昧状态。反对理性，否定人类理性思维能力，否定科学知识，宣传不可知论）。而老子则讲"大巧若拙，大辩若讷"，则是中国式智慧。

一、齐物论：相对主义和审美态度

庄子的世界观，表现为一个著名的命题，叫"齐物论"。物是事物，论是价值判断，"齐"是取消差别的意思，取消的目的是为了摆平心态，作心理疏导。这是庄子学说的要义。

> 物无非彼，物无非是。自彼则不见，自知则知之。故曰：彼出于是，是亦因彼。彼是方生之说也。虽然，方生方死，方死方生；方可方不可，方不可方可；因是因非，因非因是。是以圣人不由而照之于天，亦因是也。是亦彼也，彼亦是也。彼亦一是非，此亦一是非。（《庄子·齐物论》）

在庄子看来，世上万物现象上是千差万别的，在本质上却是无差别的，是皆生于道的。人要看得开。须知同一个人，可以称

"客"，也可以称"主"；同一事物，可以称"那个"，也可以称"这个"，全看站在什么立场。比方说，如何看待我们所处的时代，狄更斯《双城记》有一段名言："这是最好的时代，这是最糟的时代，这是理性的时代，这是困惑的时代，这是迷信的时代，这是怀疑的时代。这是希望之春，这是失望之冬。人们拥有一切，人们一无所有。由此将坠入地狱，由此将升上天堂。"从那一面看不见，从这一面却可以清楚地看见。反过来也一样。所以说：那一面靠这一面，这一面也靠那一面，彼此相辅相成，这个叫"彼是方生"之说。虽说是生，有生即有死，有死即有生。泰戈尔诗说，孩子在母亲的左乳拿开时啼哭，他立刻从右乳得到了慰安。无可无不可，有不可有可；有肯定有否定，否定之否定又成为肯定。所以圣人不作为，而听其自然，就因为懂得这个道理。这个即那个，那个即这个。美国有美国的是非观，中国有中国的是非观，在国家利益第一这一点上是一样的。通达的办法看来只有一个，就是相互承认，相互和解，相互包容，别无他法。说庄子思想消极，消极也便是积极。

> 天下莫大于秋毫之末，而泰山为小；莫寿于殇子，而彭祖为夭。天地与我并生，而万物与我为一。（《庄子·齐物论》）

庄子的"齐物论"，又称相对主义。就宇宙观而言，人在宇宙中是一个中项，不光是人，一切事物在宇宙中都是中项，向大处看有宏观世界，向小处看有微观世界。所以长短、大小都是相对的。"天下莫大于秋毫之末，而泰山为小；莫寿于殇子，而彭祖为夭。"关键在于你取什么为参照物。相对于朝生夕死的蜉蝣，殇子也可以说是长寿。就价值观和伦理学而言，立场不同，观点各异，无所谓对和错，只有同和不同。鲁迅是对的，还是胡适是对的？"天地与我并生"，天地是我观念的产物。"万物与我为一"，《吕氏春秋·察今》说，"古今一也，人与我同耳"，是一个道理。

322

不过，相对主义本身也是相对的，是一面理，而庄子却不免有绝对化倾向。其结果必然是抹杀差异，逃避现实，不免诡辩。

不过庄子的相对主义，主要是一种人生态度，也就是审美的态度。美学认为个体的自由和无限的实现是美之为美的本质所在，而超出眼前狭隘功利，肯定个体的自由的价值，是审美感受的本质特征。庄子哲学要求对整体人生采取审美观照态度——不见利害、是非、功过，忘乎物我、主客、人己，从而让自我与整个宇宙合为一体。实际上也是对世界进行美的把握。所以庄子的哲学实即美学。

从积极方面看，庄子哲学深藏着对生命的眷恋和对美的追求，所以给了后世当乱或处逆之士以精神武器，使得他们始终坚持以一种达观、通脱的人生态度，去充分享受人生和发现美。从消极方面看，庄子哲学是对现实的逃避，它的无所作为论与儒家的"乐天知命"、"守道安贫"等观念一样，对于消磨被压迫者的反抗和斗志，也有明显的消极作用。

> 以道观之，物无贵贱。以物观之，自贵而相贱。以俗观之，贵贱不在己。以差观之，因其所大而大之，则万物莫不大。因其所小而小之，则万物莫不小。知天地之为稊米也，知毫末之为丘山也，则差数睹矣。以功观之，因其所有而有之，则万物莫不有。因其所无而无之，则万物莫不无。知东西之相反而不可以相无，则功分定矣。以趣观之，因其所然而然之，则万物莫不然。因其所非而非之，则万物莫不非。知尧、桀之自然而相非，则趣操睹矣。（《庄子·秋水》）

用道的眼光看，万物没有贵贱的差别。用万物的眼光看，各自为贵而又以他物为贱。用世俗的眼光看，贵贱不在于事物自身(而在行情)。用差别的眼光看，顺着自大而说大，则万物没有不大的。顺着自卑而说小，则万物没有不小的。知道天地可以缩小为米粒，知道毫末可以放大为丘山，就可以看清事物的差别的层次了。用功利的眼光看，顺着有的思路说有，则万物都有。顺着无的思路说无，则万物都没有。知道东西的方向相反却离不开对方，则事物只有分工的不同也就定了。就趋势而言，顺着肯定的思路去肯定，则万物没有不可以肯定的。顺着否定的思路去否定，则万物莫不可以否定的。知道尧和桀都在肯定自己、否定对方，则所谓判断的趋势与操作也就不言而喻了。

依庄子的观点，世界本是无差别的，而差别都是心生的。这当然可以说是一种精神麻醉，一种精神鸦片。但是麻醉和鸦片之于病痛，有时也不可或缺。对于不治的癌症患者，虽然结局是一样，但使用不使用杜冷丁，临终的感觉是不一样的。精神鸦片固然会瓦解人的斗志，有其负面作用，但对于不搞斗争的人，则关系到身体健康和生存质量，陶渊明、苏东坡得益于庄子就是著例，所以顺着肯定的思路去肯定，这也可以肯定。

> 自其异者视之，肝胆楚越也。自其同者视之，万物皆一也。

（《庄子·德充符》）

顺着差别的思路来看，相照的肝胆都是对立的。顺着同一的思路来看，万物都是同一的。苏东坡《赤壁赋》依这个句式有一个造句："盖将自其变者而观之，则天地曾不能以一瞬。自其不变者而观之，则物与我皆无尽也。而又何羡乎？"

按照庄子的这个思路，处世的态度，看得长远和只管当时是一样的。计划活一百岁的人，未必能达到目的。而活好当时的人，才有希望活到百岁。某教授九十岁寿诞，计划百岁生日，结果不到九十五岁就走了。马识途到作协团拜，每次都说可能是最后一次，结果"稀里糊涂活到了一百岁"——这话是他自己说的。

二、养生主：养生尽年与视死如归

孔子说杀身成仁，孟子说舍生取义，认为仁义的价值高于生命的价值。庄子则反之，认为生命是最高的价值。所以庄子的哲学是活命哲学，庄子的重大命题是"明哲保身"，"终其天年"——所谓天年，用今天的话说，就是DNA所决定的那个岁数。他主张个体生命具有至高无上的价值。

惠子谓庄子曰：吾有大树，人谓之樗。其大本拥肿而不中绳墨，其小枝卷曲而不中规矩，立之涂，匠人不顾。今子之言大而无用，众所同去也。庄子曰：……今子有大树，患其无用，何不树之于无何有之乡，广莫之野，彷徨乎无为其侧，逍遥乎寝卧其下。不夭斤斧，物无害者，无所可用，安所困苦哉！（《庄子·逍遥游》）

庄子的活命哲学用四个字概括，即"远祸全身"，"知其不可奈何而安之若命，德之至也"（《庄子·人间世》）。老子有一个命题：不要只看到有的用处，还要看到无的用处："三十辐共一毂，当其无，有车之用。埏埴以为器，当其无，有器之用。凿户牖以为室，当其无，有室之用。故有之以为利，无之以为用。"（《老子》十一）庄子有一个类似的命题：无用即大用——大木以不材终其天年，远祸全身，就是大用。

庄子行于山中，见大木，枝叶盛茂，伐木者止其旁而不取也。问其故，曰："无所可用。"庄子曰："此木以不材得终其天年。"夫子出于山，舍于故人之家。故人喜，命竖子杀雁而烹之。竖子请曰："其一能鸣，其一不能鸣，请奚杀？"主人曰："杀不能鸣者。"明日，弟子问于庄子曰："昨日山中之木，以不

材得终其天年；今主人之雁，以不材死。先生将何处？"庄子笑曰："周将处乎材与不材之间。……"（《庄子·山木》）

庄子通过这则寓言，对"以不材终其天年"做了一个补充，主张"处于材与不材之间"，既不树大招风，也不被末位淘汰。他拒绝重金高位的延聘，而做漆园吏，为吏隐，这正是处于"材与不材之间"。因而被人称为"漆园傲吏"。

养生，在西方基本上是一个生理卫生学的问题，是一个医学问题。中华文化却更强调精神的因素。摄生的第一个因素是生态，老子讲"道法自然"，要亲近自然，追求自由自在的生活方式。生命从自然产生，自然本身就提供着生的因素，要吃健康食品（水果、蔬菜、等味道清新的），不吃垃圾食品（火锅、腌腊熏烤浸泡制作过的、味道大的），吃了肠胃舒服的、易通便的就是好的。自然具有维护生命的能力，生命也具有调节能力，中医的医理是扶正祛邪，正就是自身调节能力。有的病不宜依赖药物，如偶尔失眠和轻度的感冒，做做按摩多喝水，可能就调整过来了。有的病要早治疗，如咳嗽和其他的炎症。

摄生的重要因素是心态，拒绝负面情绪，给自己以积极的心理暗示。同时，把自己跟大道放到一块。有人问我保养之道，我的回答是人到六十以后，须"视死如归"，还有一个表达叫"置生死于度外"，还有一个表达叫"时刻准备着"。庄子说，"方生方死，方死方生"嘛。人不怕死，心态就比较放松，放松有益于健康，没准多活几年。人只怕不得好死。

人类认识有一个误区，是不正视死亡，也不承认人有死的权利。所以会有一些荒谬的事情发生，比如有人投水自尽，你把他捞起来又不解决他的问题，等同于造孽；有时搭上几条性命，更是两失其宝——这个人宝贵的是生命，那个人宝贵的是了断；还有，用人为的办法来吊命，白白延长别人的痛苦，等于侵犯别人的尊严，特别的不人道。还有，人们喜欢用"永别"来讲生离死别，这话的前提等于说自己不死，这很荒谬。事实上世间根本没有"永别"之事。一切"永别"，都是暂别。在这方面，老庄的思考，有大智慧在焉，值得玩味。

因为人最终都会面对死，善终当然是重要的。善终就是安乐死。所以"安乐死"的立法是非常必要的。很多作家都设想过安乐死的方式。当然，无疾而终是最好的。不过得要心态好，不生怪病。要做到心态好，说来也怪，首先是不怕死。

> 庄子之楚，见空髑髅，髐然有形，撽以马捶，因而问之，曰："夫子贪生失理，而为此乎？将子有亡国之事，斧钺之诛，而为此乎？将子有不善之行，愧遗父母妻子之丑，而为此乎？将子有冻馁之患，而为此乎？将子之春秋故及此乎？"于是语卒，援髑髅，枕而卧。夜半，髑髅见梦曰："子之谈者似辩士。视子所言，皆生人之累也，死则无此矣。子欲闻死之说乎？"庄子曰："然。"髑髅曰："死，无君于上，无臣于下；亦无四时之事，从然以天地为春秋，虽南面王乐，不能过也。"庄子不信，曰："吾使司命复生子形，为子骨肉肌肤，反子父母妻子闾里知识，子欲之乎？"髑髅深矉（颦）蹙额曰："吾安能弃南面王乐而复为人间之劳乎！"（《庄子·至乐》）

这是一则黑色幽默故事。庄子问那个骷髅，你是吃错药死的呢，还是被处死或他杀而死的呢，还是因羞愧自尽而死的呢，还是因冻饿而死的呢，还是无疾而终的呢？骷髅晚上托梦说，你这人能说会道，不过你讲的那几种情况，是活着的烦恼，死后就没有这样的烦恼。人一死，没有君主管他，不必臣服他人，没有四时劳作之事，自由到天长地久，就算是南面称王的快乐，也比不过。庄子疑心他说假话，说，我让司命之神让你活过来，长出血肉之躯，还你父母妻子乡亲朋友,你想不想?骷髅的回答使问者大吃一惊,他说:我能抛弃南面称王之乐,去回吃二遍苦,受二遍罪吗?后来柳宗元《捕蛇者说》中"余将告于莅事者,更若役,复若赋,则何如",和"吾使司命复生子形,为子骨肉肌肤,反子父母妻子闾里知识,子欲之乎?"的对话,很神似。

这则黑色幽默的故事告诉人们,对死要存敬畏之心,不要以为活着就优越,你优越不到哪儿去。《庄子》还有一个著名的梦蝶的故事:

> 昔者庄周梦为胡蝶,栩栩然胡蝶也。自喻(愉)适志与!不知周也。俄然觉,则蘧蘧然(惊动貌)周也。不知周之梦为胡蝶与?胡蝶之梦为周与?周与胡蝶则必有分矣。此之谓物化。(《庄子·齐物论》)

什么是"物化"?"物化"即死。人生如梦,死即梦醒。庄子的这一则寓言,把死这个意思表达得很美、很浪漫。梁祝化蝶,就是从《庄子》来的。"方生方死,方死方生",就这个意思。李商隐《锦瑟》"庄生晓梦迷胡蝶,望帝春心托杜鹃",也是这么来的。

三、逍遥游:精神自由与超脱现实

庄子的人生态度是追求精神上的绝对自由和对现实社会的彻底超脱。庄子有一个命题叫《逍遥游》,即《庄子》的第一篇。

> 北冥有鱼,其名为鲲。鲲之大,不知其几千里也;化而为鸟,其名为鹏。鹏之背,不知其几千里也;怒而飞,其翼若垂天之云。是鸟也,海运则将徙于南冥。南冥者,天池也。……"鹏之徙于南冥也,水击三千里,抟扶摇而上者九万里,去以六月息者也。"……风之积也不厚,则其负大翼也无力。故九万

里，则风斯在下矣，而后乃今培风；背负青天，而莫之夭阏者，而后乃今将图南。……夫列子御风而行，泠然善也，旬有五日而后反。彼于致福者，未数数然也。此虽免乎行，犹有所待者也。若夫乘天地之正，而御六气之辩，以游无穷者，彼且恶乎待哉？故曰：至人无己，神人无功，圣人无名。(《庄子·逍遥游》)

庄子塑造了一个展翅九万里从北冥飞往南冥的大鹏形象，但他认为大鹏并没有达到他所想的绝对自由，因为它须乘海运而行。只有那一无依傍的圣人、神人，才能达到真正的自由。这实际上是沉浸在纯属虚构的精神世界里的、超越现实的心灵体验，一个心造的幻影而已。匈牙利诗人裴多菲诗云："生命诚可贵，爱情价更高。若为自由故，两者皆可抛。"庄子也有一个类似的命题：

泉涸，鱼相与处于陆，相呴以湿，相濡以沫，不如相忘于江湖。(《庄子·大宗师》)

人是情感动物，患难之交不可忘，不过，在庄子看来，更可贵的是自由而快乐。俄罗斯大诗人涅克拉索夫有一首长诗叫《在俄罗斯谁能自由而快乐》，表明要做个"自由而快乐"的人有多难。庄子说，患难之交不如相忘，假如有这样一个前提，那就是得到自由而快乐。我当过知青，完全懂得患难之交是何等可贵，但也举双手赞成庄子的话，不如相忘于江湖。

藐姑射之山，有神人居焉。肌肤若冰雪，淖约若处子，不食五谷，吸风饮露，乘云气，御飞龙，而游乎四海之外；其神凝（指发功），使物不疵疠而年谷熟。……之人也，之德也，将旁礴万物以为一，世蕲乎乱，孰弊弊焉以天下为事！之人也，物莫之伤：大浸稽天而不溺，大旱金石流，土山焦而不热。是其尘垢秕穅将犹陶铸尧舜者也，孰肯以物为事？(《庄子·逍遥游》)

这是庄子描绘的一个神人居住的极乐世界。

四、胠箧说：出世思想和批判现实

儒墨是"知其不可而为之"，老子是"无为无不为"，都是入世的，本质上都是为统治者所用的。而庄子则是一种出世的生存哲学，故"无所用天下为"。

> 尧让天下于许由，曰："日月出矣，而爝火不息；其于光也，不亦难乎？时雨降矣，而犹浸灌；其于泽也，不亦劳乎？夫子立而天下治，而我犹尸之；吾自视缺然，请致天下。"许由曰："子治天下，天下既已治也；而我犹代子，吾将为名乎？名者，实之宾也；吾将为宾乎？鹪鹩巢于深林，不过一枝；偃鼠饮河，不过满腹。归休乎君，予无所用天下为！庖人虽不治庖，尸祝不越樽俎而代之矣！"（《庄子·逍遥游》）

庄子对现存制度，对当时显学，对主流思想，进行了彻底批判，对黑暗现实的讽刺，是最无情最辛辣的。所谓"世之学老子者则绌儒学……'道不同不相为谋'"，主要是指庄子。庄子与儒墨的根本分歧，在于对待统治者的态度，合作还是不合作，儒墨的态度是合作，庄子的态度是不合作，自然是水火不容了。

> 田成子一旦杀齐君而盗其国。所盗者岂独其国邪？并与其圣知之法而盗之。故田成子有乎盗贼之名，而身处尧舜之安，小国不敢非，大国不敢诛，专有齐国。则是不乃窃齐国，并与其圣知之法，以守其盗贼之身乎……
>
> 圣人已死，则大盗不起，天下平而无故矣。圣人不死，大盗不止。虽重圣人而治天下，则是重利盗跖也。为之斗斛以量之，则并与斗斛而窃之；为之权衡以称之，则并与权衡而窃之；为之符玺以信之，则并与符玺而窃之；为之仁义以矫之，则并

330

与仁义而窃之。何以知其然邪？彼窃钩者诛，窃国者为诸侯，诸侯之门而仁义存焉。则是非窃仁义圣知邪……

　　故绝圣弃知，大盗乃止；掷玉毁珠，小盗不起；焚符破玺，而民朴鄙；掊斗折衡，而民不争；殚残天下之圣法，而民始可与论议；擢乱六律，铄绝竽瑟，塞瞽旷之耳，而天下始人含其聪矣；灭文章，散五采，胶离朱之目，而天下始人含其明矣。毁绝钩绳而弃规矩，攦擢工倕之指，而天下始人含其巧矣。故曰：大巧若拙。削曾史之行，钳杨墨之口，攘弃仁义，而天下之德始玄同矣。（《庄子·胠箧》）

庄子主张出世，但并未真正忘怀政治，而是心系天下。因为对现实极为不满，《庄子》书中颇多愤激之言。其对黑暗现实的揭露和批判，较之《老子》有过之而无不及。同时把老子的"绝圣弃知"、"小国寡民"的政治理想推向极致，鼓吹毁绝一切文明的蒙昧主义，这是一种愤青的言论，在多数人那里是通不过的。人们享受现代文明的成果，对现代物质文明和高科技无比的依赖。虽然有坠机事件发生，人们离得开飞机吗？虽然有白色污染，人们离得开电脑、手机吗？每天做饭的时候，我都会想，这个高压锅真好啊，离开了高压锅，生活将变得多不方便。有了天然气，我们就不想烧蜂窝煤，更不用说烧柴火了。所以庄子的绝圣弃知论，只能停留在口头上，成为一种对抗现实的态度。庄子确实有达观的一面，然而也有颓废的一面。

五、大宗师：汪洋捭阖仪态万方

　　鲁迅说庄子"著书十万余言，大抵寓言，人物土地，皆空言无事实。而其文汪洋捭阖，仪态万方，晚周诸子之作，莫能先也"。

（《汉文学史纲》）不仅"晚周诸子之作，莫能先"，"秦汉以来的一部中国文学史差不多大半在他的影响之下发展"（郭沫若《庄子与鲁迅》）。

"大抵寓言"，"人物土地，皆空言无事实"，表明《庄子》是虚构、是创作而不是实录，其性质近于后来的小说。这与《论语》《孟子》是不一样的。

> 惠子谓庄子曰："魏王贻我大瓠之种，我树之成而实五石。以盛水浆，其坚不能自举也。剖之以为瓢，则瓠落无所容。非不呺然大也，吾为其无用而掊之。"庄子曰："夫子固拙于用大矣！宋人有善为不龟手之药者，世世以洴澼絖为事。客闻之，请买其方百金。聚族而谋曰：'我世世为洴澼絖，不过数金，今一朝而鬻技百金，请与之。'客得之，以说吴王。越有难，吴王使之将，冬与越人水战，大败越人。裂地而封之。能不龟手一也；或以封，或不免于洴澼絖，则所用之异也。今子有五石之瓠，何不虑以为大樽而浮于江湖，而忧其瓠落无所容；则夫子犹有蓬之心也夫！"（《庄子·逍遥游》）

大木以不材终其天年，是无用之大用。大瓠作腰舟浮于江湖，亦无用之大用。寓言中还套了一个寓言，讲的是一个卖专利的事情，同是不龟手之药，在宋人手里只能养家糊口，是拙于用大，到客人手里却取封侯，是善用大。这个故事是形象大于思想。也就是说，可以引申出更多的意蕴。

《庄子》中最酣畅的寓言，莫过于任公子钓大鱼的寓言。

> 任公子为大钩巨缁，五十犗以为饵，蹲乎会稽，投竿东海，旦旦而钓，期年不得鱼。已而大鱼食之，牵巨钩，錎（陷）没而下，骛扬而奋鬐，白波若山，海水震荡，声侔鬼神，惮赫千里。任公子得若鱼，离而腊之，自制（浙）河以东，苍梧已北，莫不厌若鱼者。已而后世辁才讽说之徒，皆惊而相告也。夫揭竿累，

趣灌渎，守鲵鲋，其于得大鱼难矣。饰小说以干县令，其于大达亦远矣。（《庄子·外物》）

这则寓言是大言，是吹牛，讲的是一个大人国的故事，与触蛮之争讲小人国的故事，相映成趣。这样奇特的想象，较之英国人斯威夫特的《格列佛游记》，早了上千年，只不过不是长篇。任公子做了个大鱼钩系上粗大的黑绳，用五十头牛做钓饵，蹲在会稽山上，把钓竿投向东海，天天这样钓鱼，钓了整整一年，终于有大鱼吞饵。大鱼牵着巨大的钓钩，急速沉没海底，又迅疾地扬起脊背腾身而起，掀起如山的白浪。海水剧烈震荡，涛声犹如鬼神怒号，震惊千里之外。任公子钓得这样一条大鱼，将它剖开制成鱼干，从浙江以东，到苍梧以北，没有谁不饱饱地吃上这条鱼的。这以后那些浅薄而喋喋不休的人，都大为吃惊，奔走相告。他们举着钓竿丝绳，奔跑在山沟小渠旁，守候小鱼上钩，至于想得到大鱼那就难了。其后有一句著名的话："饰小说以干县令，其于大达亦远矣。"大意是说，做小说求获奖（做小道文章求得官方的悬赏），距离大道是很遥远的。在这里，庄子发明了"小说"一词。而庄子的"寓言"，其实具有小说雏形的性质，至少讲故事这一点是相同的，而讲道理这一点，则与近世的小说观念不同。无论如何，如果说孟子是第一个伟大的散文家，庄子就是第一个伟大的小说家。

宋人赵令畤有一则笔记，可以对比："李白开元中谒宰相，封一板，上题曰'海上钓鳌客李白'。相问曰：'先生临沧海，钓巨鳌，以何物为钓线？'白曰：'以风浪逸其情，乾坤纵其志；以虹霓为丝，明月为钩。'又问曰：'何物为饵？'曰：'以天下无义气丈夫为饵。'时相悚然。"（《侯鲭录》卷六）这也是一则很好的笔记小说，其中的李白形象，是一个大写的人的形象，与庄子寓言中任公子形象，之不同凡响，何其相似乃尔，难怪龚自珍说："庄、屈实二，不可以并，

333

并之以为心，自白始。"（《最录李白集》序）

> 有国于蜗之左角者，曰触氏；有国于蜗之右角者，曰蛮氏。
> 时相与争地而战，伏尸数万，逐北旬有五日而后反。（《庄子·则
> 阳》）

与任公子寓言相映成趣，"蛮触相争"的故事是小言，是小人国
的故事。《老子》讲的是道理，他说好战者必遭到战争的报复（以事好
还），故有道者不处。而《庄子》则讲寓言，他讲了一个蛮触相争的
故事。庄子的想象是奇特的。两个国家，一个国家占一只蜗牛角，
比小人国还小。打起仗来还真那么回事，伏尸数万，逐北五日，不
过是在一只蜗牛背上。庄子用这个蛮触相争的故事，譬喻人类战争
行为之卑微，之没有价值。例如现代的有些战争，为了那么一点石
油，打来打去，造成多少无辜的牺牲。后人或以"蛮触之争"喻所
争卑微，或以"蜗角虚名"喻没意思的浮名，这两个成语典故出在
《庄子》。

> 庄子送葬，过惠子之墓，顾谓从者曰："郢人垩慢其鼻端若
> 蝇翼，使匠人斫之。匠石运斤成风，听而斫之，尽垩而鼻不伤，
> 郢人立不失容。宋元君闻之，召匠石曰：'尝试为寡人为之。'
> 匠石曰：'臣则尝能斫之。虽然，臣之质死久矣！'自夫子之死
> 也，吾无以为质矣，吾无与言之矣！"（《庄子·徐无鬼》）

匠石和郢人搭档的这个表演，属于杂技。一旦失去搭档，表演
就无以为继了。这是失质的悲哀。"质"这个概念非常重要，内涵微
妙，外延很广，可以是托，可以是搭档，可以是对手、辩方，可以
是净友，甚至可以是强敌。没有这个"质"，就没有你的用武之地，
就没有你的显山露水。如惠子之于庄子、钟子期之于俞伯牙、周瑜
之于诸葛亮、项羽之于刘邦、桑科之于堂吉诃德、华生之于福尔摩
斯、平儿之于王熙凤、狈之于狼、绿叶之于红花，等等。虽然双方

有着许多的恩恩怨怨，一旦失了对方，失去了这个"质"，你就会陷入深深的寂寞，感到世无敌手的悲哀。还有，当你请别人郢政，首先你得要是这个质，要稳得起，要"立不失容"，否则别人无法郢政。这样高级的寓言，或笔记小说，文学史上不多。

> 庖丁为文惠君解牛，手之所触，肩之所倚，足之所履，膝之所踦（欺），砉（须）然向然，奏刀騞然，莫不中音，合于《桑林》之舞，乃中《经首》之会。文惠君曰："嘻，善哉！技盖至此乎？"庖丁释刀对曰："臣之所好者道也，进乎技矣。始臣之解牛之时，所见无非全牛者；三年之后，未尝见全牛也。方今之时，臣以神遇而不以目视，官知止而神欲行。依乎天理，批大郤，导大窾，因其固然。技经肯綮之未尝，而况大軱乎！良庖岁更刀，割也；族庖月更刀，折也。今臣之刀十九年矣，所解数千牛矣，而刀刃若新发于硎。彼节者有间，而刀刃者无厚；以无厚入有间，恢恢乎其于游刃必有馀地矣！是以十九年而刀刃若新发于硎。虽然，每至于族，吾见其难为；怵然为戒，视为止，行为迟。动刀甚微，謋然已解，如土委地。提刀而立，为之四顾，为之踌躇满志，善刀而藏之。"文惠君曰："善哉！吾闻庖丁之言，得养生焉。"（《庄子·养生主》）

这是《养生主》里的一则寓言或小说。以牛体喻复杂的社会，以牛刀喻人生。世网虽密，处之有道，即游刃有余。庄子认为只要顺应自然之道，善于避开一切矛盾、是非，"以无厚入有间"，在矛盾是非的空隙中苟全性命，这样才能保身、全生、养亲、尽年。这样的养生之道，实际上是从老子"知足不辱，知止不殆，可以长久"的思想发展而来，反映了庄子企图回避矛盾的思想。陈恭尹《读秦纪》云："谤声易弭怨难除，秦法虽严亦甚疏。夜半桥边哼孺子，人间犹有未烧书。"读"秦法虽严亦甚疏"七个字，得养生焉。

但这篇寓言依然是形象大于思想，比如说篆刻家就可以从中悟出用刀之法，"以神遇而不以目视，官知止而神欲行……每至于族，吾见其难为；怵然为戒，视为止，行为迟。动刀甚微"，就像是讲涩刀的运用。

秋水时至，百川灌河；泾流之大，两涘渚崖之间，不辨牛马。于是焉河伯欣然自喜，以天下之美为尽在己；顺流而东行，至于北海；东面而视，不见水端。于是焉河伯始旋其面目，望洋向若而叹曰："野语有之曰：'闻道百，以为莫己若者。'我之谓也。且夫我尝闻少仲尼之闻而轻伯夷之义者，始吾弗信；今吾睹子之难穷也，吾非至于子之门，则殆矣。吾长见笑于大方之家。"

北海若曰："井蛙不可以语于海者，拘于虚也；夏虫不可以语于冰者，笃于时也；曲士不可以语于道者，束于教也。今尔出于崖涘，观于大海，乃知尔丑，尔将可与语大理矣。天下之水，莫大于海。万川归之，不知何时止而不盈；尾闾泄之，不知何时已而不虚；春秋不变，水旱不知。此其过江河之流，不可为量数。而吾未尝以此自多者，自以比形于天地而受气于阴阳，吾在天地之间，犹小石小木之在大山也。方存乎见少，又奚以自多？计四海之在天地之间也，不似礨空之在大泽乎？计中国之在海内，不似稊米之在太仓乎？号物之数谓之万，人处一焉。人卒九州，谷食之所生，舟车之所通，人处一焉。此其比万物也，不似豪末之在于马体乎？五帝之所连，三王之所争，仁人之所忧，任士之所劳，尽此矣。伯夷辞之以为名，仲尼语之以为博，此其自多也，不似尔向之自多于水乎？"……（《庄子·秋水》）

《秋水》中河伯见北海若，小巫之见大巫也。河伯与北海若的对话，是庄子宇宙观的长篇大论。第一段完全是小说笔调，北海若的回答，是小说中的议论。其中心意思是，人要正确认识自己，如果所取参照物够大，则世间一切忧乐得失，其实都很渺小，没有什么大不了的。

> 庄子钓于濮水，楚王使大夫二人往先焉，曰："愿以境内累矣！"庄子持竿不顾，曰："吾闻楚有神龟，死已三千岁矣，王以巾笥而藏之庙堂之上。此龟者，宁其死为留骨而贵乎？宁其生而曳尾于涂中乎？"二大夫曰："宁生而曳尾涂中。"庄子曰："往矣！吾将曳尾于涂中。"（《庄子·秋水》）

这是庄子拒绝楚王礼聘之事的小说版本。庄子拒聘，事或有之，但这些描写和对话，应该经过了加工，很难说全是事实。正因为不全是事实，才更有文学的意味。人性的弱点之一是虚荣心。中国有句熟语："慕虚荣而处实祸。"庄子主张不务虚荣。这是老子没有说过的。

> 惠子相梁，庄子往见之。或谓惠子曰："庄子来，欲代子相。"于是惠子恐，搜于国中三日三夜。庄子往见之，曰："南方有鸟，其名为鹓鶵，子知之乎？夫鹓鶵发于南海，而飞于北海；非梧桐不止，非练实不食，非醴泉不饮。于是鸱得腐鼠，鹓鶵过之，仰而视之曰：'吓！'今子欲以子之梁国而吓我邪？"
> （《庄子·秋水》）

这则寓言表明庄子淡泊名位的态度。追名逐利之徒视为宝贝的名位，在庄子的眼中只是一只腐鼠。淡泊名位的人与追名逐利之徒生活在不同的社会层面，本不构成威胁，但追名逐利之徒以小人之心度君子之腹，也便成了威胁。

> 庄子与惠子游于濠梁之上。庄子曰："儵（条）鱼出游从容，是鱼之乐也。"惠子曰："子非鱼，安知鱼之乐？"庄子曰："子

非我，安知我不知鱼之乐？"惠子曰："我非子，固不知子矣；子固非鱼也，子之不知鱼之乐，全矣！"庄子曰："请循其本。子曰'汝安知鱼乐'云者，既已知吾知之而问我，我知之濠上也。"（《庄子·秋水》）

庄子说鱼乐，其实是一种文学的态度，是移情于物。从认识论的角度说，是讲直觉顿悟。庄子和惠子这两个人，都有论辩的嗜好，互为辩手。

小结：《庄子》的文学评价一直很高，金圣叹列为"天下第一奇书"——他所谓六才子书分别是《庄子》《离骚》《史记》、杜诗、《西厢记》《水浒传》，所谓"才子书"，就是指伟大的文学作品。杨士奇认为它"是战国第一等文字，为气习所使，纵横跌宕，奇气逼人"。庄子文中几乎没有真实的历史人物或事件的记录，以及对现实的具体、切实的描绘，而多是虚妄的故事，想象的情景，幻设的言辞，充满了丰富的幻想，虚构的情节和奇妙的构思，极富浪漫主义色彩，本质上是小说。

庄子是天才的作家，思想深刻，想象力极强，写作呈井喷状态，为文挥霍，语言奢侈，运用自如，还创造了大量新词，不少为双音节词，极大丰富了文章的表现力。如"尘埃（垢）"、"磅礴"、"臃肿"、"天府"、"孟浪"、"吻合"、"形骸"、"天机"、"造物"、"彷徨"、"强梁"、"雕琢"、"权衡"、"雀跃"、"郁结"、"猖狂"、"蠢动"、"恬淡"、"寂寞"、"精神"、"朴素"、"知识"、"挥斥"、"消息"、"滑稽"、"陆沉"、"精微"、"布衣"、"壮丽"、"勇敢"、"道理"、"方术"、"荒唐"、"参差"、"动静"，等等。庄子中的成语，一部辞典中收一百九十七条，而以下成语还不在内："往而不返"、"大而无用"、"涕泣沾巾"、"不疾不徐"、"钳口不言"、"手足胼胝"、"声满天地"、"不耕而食"、"不织而衣"、"身在江湖，心存魏阙"、

"君子之交淡若水，小人之交甘若醴"，等等。其不少语言来自生活，通俗易懂，如"用管窥天"、"用锥指地"、"涉海凿河"、"以蚊负山"，等等。所以庄子是不折不扣的语言大宗师。

唐五代词概说

词为有宋一代之文学。但宋词不是凭空发展起来的，通常说"词源于唐，流行五代，而极盛于宋"。在唐五代，词体就有一个独立自主的发展阶段，对宋词产生过很大影响。论宋词不谈唐五代词，就是数典忘祖。以词史上具有划时代意义的现象为依据，我把唐五代词的发展分为五个阶段。

词体在民间孕育形成，是唐五代词发展的第一阶段。

词即歌词。今人按词谱曲，唐五代人倚声填词。隋唐时，西北各少数民族和西域各国音乐大量传入内地，民间音乐也得到搜集和整理，燕乐曲调极其丰富，为倚声填词提供了可能性。以配乐歌唱，故称"曲子词"或"曲子"。

民间词的创作可以追溯到隋代，但大量产生则在李唐。即今能看到的最早词集为《云谣集杂曲子》，乃敦煌石窟所藏唐人写本，收录无名氏词三十首。近人王重民先生辑《敦煌曲子词》共得一百六十余首。

民间词的基本特点：一、内容广泛。唐代民间曲子词广泛反映了当时的社会生活，题材多样，男女爱情题材而外，举凡"边客游子之呻吟，忠臣义士之壮语，隐君子之怡情悦志，以及佛子之赞颂，医生之歌诀，莫不入调"（《敦煌曲子词叙录》）。二、艺术质朴。民间词直抒胸臆，语言清新，风格质朴，富于生活气息。没有什么声病的拘忌，声律的讲求，而是取谐于唇吻，有时还随意增添衬字，只要悦耳顺口就好。如《菩萨蛮（枕前发尽千般愿）》，就直抒胸臆，用穷举法，列举"石头开花马生角"等种种必不可能之事，非发一千零一愿不可。三、篇幅自由。不但有双调，还有长调。

唐五代词人几乎没有不受民间词影响的，如温庭筠《南歌子（手里金鹦鹉）》、韦庄《思帝乡（春日游）》、冯延巳《长命女（春日宴）》等。

文人从事词体创作，使词体艺术呈跃进性发展，是词史上的一件大事。它标志着唐五代词发展进入了新的阶段。

被宋人（黄升《花庵词选》）称为"百代词曲之祖"的是李白词二首。《菩萨蛮》最早见于宋僧文莹《湘山野录》，说不知何人写在鼎州（今湖南常德）沧水驿楼，魏泰至长沙，得古集于曾布家，乃知是李白所作。《忆秦娥》最早见于北宋末，李之仪词注明"用太白韵"。

明胡应麟《少室山房笔丛》首先发难，二词的真伪问题，遂成词史一大公案。持伪说：一、唐苏（谔）《杜阳杂编》载《菩萨蛮》曲乃出于唐宣宗世（按开元崔令钦《教坊记》中已载有《菩萨蛮》，敦煌曲子词中有据考证为作一玄宗朝《菩萨蛮》多首）。二、李白别无词作（按有《清平调》三首，另有《三五七言》长短句诗）。三、词二首意象衰讽，大类晚唐（按或云是悲凉、雄浑）。四、李白集未收。

词二首属早期文人词，起点相当高；对传统词风和对立词风，有以下影响：

一、女性本位与代言体。唐代也有代言体，但诗中抒情主人公一般还是作者自己。而词在歌筵，面对男性听众，由十七八女儿执红牙板唱。歌词主人公因女性为本位，词二首已露端倪。《忆秦娥》主人公为女性不论。《菩萨蛮》一词，因《湘山野录》有"不知何人写于鼎州沧水驿楼"，或以为是游子思家之作。然从词中"玉阶"（一作"玉梯"）一词辨味，词中人当为女性。

二、始造境界。民间词内容切近生活，多直赋情事，言有尽意亦有尽。词二首则细致、集中地刻画心境。如《忆秦娥》上片主要意象是洞箫和月色。"箫声"是秦娥惊梦的原因，也是秦娥梦断后听到的声音，洞箫声呜呜然如怨如慕如泣如诉，谓之"咽"；"秦楼月"则是秦娥梦断后看到的景色。月下的箫声胜于一般的箫声，有箫声的月色胜于一般月色（例如杜牧"二十四桥明月夜，玉人何处教吹箫"）。而与箫声有关，是秦地关于秦穆公小女弄玉与萧史这一对神仙伴侣的传说。秦娥心情，不言自明，这就是境界出效果。

三、境界阔大格调高。《菩萨蛮》以"有人楼上愁"一句作为中心，上片由近及远，下片又由近及远。《忆秦娥》就更不得了，下片另开境界：重九清秋节，驱车登古原，时近黄昏，放眼西望，阳关道上已无车马，沿途汉陵分外冷清。此词第一次把"古道"、"西风"、"残照"这些衰飒的意象组合，用来表现一种沧桑感慨（为元人马致远《天净沙》所本）。读者会想起"秦时明月汉时关，万里长征人未还"的名句，于是上片的秦娥怨，得到了呼应和延伸；上片所写的离伤的内涵，在这里得到丰富和发展。然而词人不写一人一家的感伤，而把它上升为古今情，上升为历史的感伤和人生的感伤，在词中这样的绝大感慨是很少见的。无怪王国维《人间词话》："寥寥八字，遂关千古登临之口。""关口"就是"盖帽"。不仅此词，《菩萨蛮》"有人楼上愁"（对比："岁尽天涯雨，人生分外愁"）也有大笼罩。

词二首超越男女离合而拥抱世事沧桑，虽然只是一个苗头、一个倾向，却昭示了词体在开拓疆域、提高品位，最终与诗分庭抗礼的可能性。纵未能在温韦和花间词人那里得到响应，却对李后主和对立词风产生了很大影响。

四、发挥音律的积极作用。这两首词都是严格的近体格律词，两词在双声叠韵即连绵词的运用上，非常考究，如"平林"、"寒山"，以及"清秋"、"音尘"等。这些有意的调声，都取得了悦耳的效果。《忆秦娥》有三四言短句，也有七言长句，句式较为错综，声情也较诗体摇曳多姿。词体相对于近体诗的这个优长，后来在李后主那里得到了更为淋漓尽致的发挥。词中"秦楼"是秦地楼还是秦氏楼并不重要，一个发音较重的舌齿音，"秦"字三出，与"举杯消愁愁更愁"的"愁"字三叠，有同样的音情之妙。上下片各有三字句（"秦楼月"、"音尘绝"）部分地重复着上句，这种重复在意义上并不必要，但在音调上对上句尽了和声的作用，同时逼出下一个韵脚来，以唤起新的情绪、新的意念，这里面充满神韵，有如串连起珍珠之红线，是一种纯歌曲的作法，它使声音的作用，在词中有了举足轻重的地位。

到了中唐，韦应物、戴叔伦、张志和、王建、白居易、刘禹锡、皇甫松等，一大批文人染指词体，产生了不少杰作，如张志和《渔歌子》、白居易《忆江南》、皇甫松《浪淘沙》都是词史上不朽的佳构。其共通处：

一、业余创作歌词作者大都亲近歌筵，偶尔染指，多个人抒情之作，少用代言，意义和影响总不超过词二首。

二、以小令创作为主风格近于绝句诗。绝句在唐代就是歌词的主要来源，被称为唐乐府，令词与之同出而异体，实有嫡亲姊妹关系，许多早期的词体如《竹枝词》《杨柳枝》《浪淘沙》《清平调》等本身就是绝句。而《渔歌子》《潇湘神》等则可视为绝句的变体。

三、歌词入律。文人创作歌词，沿袭唐时歌词多取近体诗入乐，故以律句（及拗律句）为词，五七言句则参照五七言近体诗（包括拗体律诗），四六言句则参照骈赋，从而最大限度发挥了音律的作用，而不是单纯地配合乐曲就行，这是文人词与民间词的最重要的分别。

在晚唐诗学就衰之际，专力从事词体创作的作家出现，词以不同于诗的面貌向前发展，是词史上又一值得大书特书的事件，它标志着唐五代词的第三阶段。

温庭筠有音乐天赋，自称"有弦即弹，有孔即吹"，史称"能逐弦吹之音，为侧艳之词"，今存词七十六首。温庭筠继中唐文人之后，根据歌筵需要，时尚所趋，创造了新的词风。许多在李白只是依天才而感觉到的东西，在温庭筠都成为一种刻意追求，直接影响后来作者，形成传统词风，从而在词的发展史上有承前启后的重要作用：

一、完成爱情题材由诗向词的过渡。盛唐诗人垂青重大题材，中唐以后时代精神从马上转入闺房，经元稹、刘禹锡、李贺、李商隐努力，爱情诗逐渐热门。而爱情题材本是歌词最易见好的题材，所以温庭筠抓住不放，其词内容可用他本人的一句词来概括："谢娘无限心曲"（《归国遥》），与其诗有明确分工。影响到宋代，爱情题材几乎为词体垄断。

二、唯美倾向与感性显现。李白对词体的歌筵本位，完全是凭直觉把握到的，而温庭筠在这一点上则相当自觉，其词纯为歌筵而作，从而完全确立了女性本位，其词中抒情主人公纯属女性。如《菩萨蛮》十四首都是抒写男女相思离别之情，而皆出以代言体，即用女性口吻写出。《更漏子》共六首都是以调为题，写深夜闺中情境，被人戏称为"小夜曲"。与女性本位相关，温词的特色是好用精美名物，金玉锦绣等字面，而且好用形容词和感性的物质材料作代名词，如"小山"代眉，以"藕丝"（颜色）代衣，以"香红"代脸，这种办法来自南朝宫体，但温词中运用得更加普遍。它的追求不在意义，而在好看，即以名物、色泽、声音唤起人纯粹的美感，也造成了词意的晦涩。《菩萨蛮（小山重叠金明灭）》首二句费解，写眉为山、写鬓以云、喻腮为雪，是其脉络。不言"云鬓"（云样的鬓发）而言

"鬓云"（鬓发的乌云），更富于感性色彩，也和下文"香腮雪"在修辞上取得了一致。《更漏子（玉炉香）》一起并列两种精美名物——"红蜡"（参见杜牧"蜡烛有心还惜别，替人垂泪到天明"）为主，"玉炉"为陪。再加"画堂"。再表"眉翠"薄，"鬓云"残，此与"小山重叠"二句所写正复相同。该词多客观显现，而避免主观性，使读者能更多地参与意境的创造。张惠言谓其"深美闳约"并以《菩萨蛮》等作有比兴寄托，乃至与《离骚》并论，所言无乃太过，正是上述原因造成的。

三、意象密度较大。温词少用叙述性语言，每择取可以调和的诸印象而杂置一处，听其自然融合，因而在一定程度上增大了词的容量。如《菩萨蛮》结尾写主人公开始做女红（"新帖"即时新花样、刺绣时之底样），以"双双金鹧鸪"暗示女郎心情，即对爱的渴慕，与上片迟起弄妆情事取得了照映。其注重感性显现，不用知性说明，爱情意识是通过场面自然流露的，表现出丽密含蕴之特色。

四、浓妆淡抹总相宜。浓妆是温词常态，但其也能根据内容需要，杂用清疏笔触。如以丽密见称的《菩萨蛮》"照花前后镜"二句，写妆成顾影自怜，状镜中有镜、镜中有花、镜中有面、花面交替至于无穷的难写之景，如在人目前。此处着色稍淡，为结尾再度转浓创造了条件。《更漏子》上片丽密，下片相对清疏，为失眠造境，纯粹提供听觉形象，取得强烈的艺术效果。宋人万俟雅言爱而袭之："一声声，一更更。窗外芭蕉窗里灯，此时无限情。梦难成，恨难平。不道愁人不喜听，空阶滴到明。"（《长相思》）

温庭筠在李白之后将词的创作引上了狭（就内容言）深（就艺术言）的道路，这对后来的花间派乃至整个婉约词派都有深远影响。

花间词人将温词词风作为传统词风肯定下来，并形成流派，标志婉约正宗的确立，是唐五代词的第四阶段。五代后蜀赵崇祚编选的《花间集》是第一部文人词即"诗客曲子词"的结集，花间派即得名于此。

《花间集》十卷（每卷五十首），收晚唐五代人十八家词而以温庭筠弁首，欧阳炯垫后。重要作家有皇甫松、韦庄、薛昭蕴、毛文锡、牛希济、顾夐、鹿虔扆、李珣、孙光宪等，多是蜀人（在蜀为官或生活），故词风相近，蔚然成派。后蜀翰林学士欧阳炯作序，为词学重要文献。

花间派歌词以温庭筠为鼻祖，将温词的某些倾向推向极致的发展。其特点有：

一、词为艳科，以婉约为宗，花间派为歌筵创作，围绕男女之情而写的词，十得七八。其多步齐梁后尘的香词艳曲，词风较温词更软媚。抒情主人公从歌伎、莲女、女冠、思妇、小家碧玉到大家闺秀，内容多写男女情爱，幽期密约，离情别绪，打情骂俏，相当煽情；场景多在闺房。婉约，指在形式上表现为词彩的考究，描写的细腻，抒情的吞吐，情调的缠绵等，与其表现的内容相适应。儿女情多，风云气少，诗庄词媚于是乎分。文学史家多指责其淫靡，其实花间词最出格的描写，今天看来还是相当含蓄的，够不上黄色，只能说是准黄色。例如被词评家认为最色情的词，欧阳炯《浣溪沙》其三："相见休言有泪珠，酒阑重得叙欢娱，凤屏鸳鸯宿金铺。兰麝细香闻喘息，绮罗纤缕见肌肤，此时还恨薄情无？"其实也就"兰麝细香"二句，稍涉自然主义，但比起《废都》动辄"大呼小叫"之类的描写和影视中的脱戏，婉约多矣。

二、装点字面和华丽辞藻，在这方面大大超过温词，造成了一个又一个花花绿绿的字库。如于男士必称狂夫、公子、仙客、檀郎等；女性必称佳人、翠娥、潘妃、萧娘等；女容则有蛾眉、云鬓、香肩、酥胸等；起居则有红楼、绣户、屏山、锦帐等；还有具借代、指代意的芍药、豆蔻、芙蓉、海棠、鹧鸪、鹦鹉、蝴蝶、鸳鸯，等等——花间派整个儿就成为词中的"鸳鸯蝴蝶派"。从此歌词变得更加华丽好看，也不免淹没了一些真实的内容。

三、令词艺术造诣极高。花间词作皆令词——令词本于为歌女侑酒而作之酒令，虽然歌词短小，风味却长。花间词有不少情趣健康、富于生活气息、艺术精美的佳作，如李珣的《南乡子》："乘彩舫，过莲塘，棹歌惊起睡鸳鸯。游女带香偎伴笑，争窈窕，竞折团荷遮晚照。"顾夐的《诉衷情》："永夜抛人何处去，绝来音。香阁掩，眉敛，月将沉。争忍不相寻？怨孤衾。换我心，为你心，始知相忆深。"由于两宋产生慢词以后，令词仍是重要的一类，歌词性质亦未根本改变，所以花间的潜势力笼罩千年词坛。所以吴世昌说，作词不宗花间，更何所宗，北宋词人舍花间又何所据，若论词以花间为陋，是数典骂祖。可见《花间集》在词史上确有不可动摇的地位。

花间之后，论及词令的发展，不得不提南唐词。这是唐五代词的最后发展阶段，亦即最高层次，词的堂庑进一步扩大，词的地位进一步提高，产生了词史上承前启后的大家——李后主。

南唐立国较前后蜀为晚，物产丰富，社会安定，经济繁荣，中原人士多来避乱。南唐君臣爱好文学，城市文娱风气很盛，词体创作遂臻繁荣。冯延巳是南唐词人中时代较早、创作较多、影响较大的一人。《阳春集》存词一百余首。他将忧患意识引入词中，表现自然与人生的感伤，致力造境。如《鹊踏枝（谁道闲情抛弃久）》，着意表现人生周期性的情绪低落（"闲情"、"惆怅"、"新愁"，一篇之中凡三致意），以及主人公为了走出感情的低谷所做的挣扎。词中以"河畔青芜堤上柳"唤起是一种绵远纤柔的情意，"独立小桥风满袖，平林新月人归后"二句以景结情，十分细腻地写出了一种独立负荷的孤寂感，很有境界。冯延巳词"上翼二主，下启欧晏"（冯煦），是词史上的重要作家。中主李璟以两首《摊破浣溪沙》卓绝一时，影响及于秦观，是个很有天分的词人。

李后主是一个不称职的皇帝，一个天才横溢的词人。他"生于深宫之中，长于妇人之手"，感觉敏锐、任情天真、妙解音律、雅善书画、醉心收藏，是到宋代急速发展起来的"文人趣味"的鼻祖式人物，最后从皇帝沦为阶下囚。他较之李白经历单纯、遭遇悲惨，更具有关注内心世界的创作倾向，从而更具词心。他于词有极高悟性，是那种听任灵感驱使，才气发挥、感情倾泻、下笔有神的词人，在全部唐宋词人中，是一个"自然而工"的圣手。前人诗云："做个才人真绝代，可怜薄命做君王。"

李煜词从内容到手法上对传统有重大突破，可总结为以下四点：

一、眼界始大，感慨遂深（王国维）。温词及花间词"类不出乎绮怨"（刘熙载），冯延巳词已具忧患意识，但他的"闲愁"内容较为含混，后主词的抒情不是一般的忧患意识，而是一种沧桑之感，是历史观与自然观的统一，是更普遍而深沉的人生感慨的发掘，在小词中注入了极浓的、远比任何"绮怨"、"闲愁"深广的忧患意识，使向来以娱宾遣兴为务的词体取得空前的思想深度。在这方面，李煜比李白更自觉、更丰富、更集中、更惨痛、更独到。从晚唐到花间词中的离别相思之作，作者虽是男性，但多以女性的口吻出之，而恰恰是这个"长于妇人之手"的后主，直接以男性主人公的身份自抒怀抱，更富于真切的意味。李后主词的杰作大都产生于国亡爱夺、"日夕以泪洗面"的幽囚生活中，其词的内容，"往事只堪哀"五字可以尽之。所谓眼界始大，并不表现在内容题材的丰富性上，而表现在其感情内容的普遍性和深刻性上。后主词大都吟咏着一种恋旧伤逝的情愫——"多少事，昨夜梦魂中"、"往事只堪哀，对景难排"、"春花秋月何时了，往事知多少"，这实在是永恒而普遍的一种人情。人生谁无失落，不少属于你的东西，只有在失去它的时候，最能感觉到它的美好，比如童年、比如《小芳》所吟唱的那段生活。后主词中"无言独上西楼"的孤独者，中夜梦回听"帘外雨潺潺"的失眠者，面对"春花秋月"的感伤者，都具有一个共同的特点——就是充满对美好昔日的追惜、痛悼（未能好好把握）之情。读者不难在其中照见自己的面影。李后主具有帝王的特殊身份，其所恋之旧本应有特殊的内容，然而他的天真和纯情，使他天才地忽略了这些与众不同的东西，而更多地表现普遍的人性。他最通常的做法是，将一己特有的深哀巨痛与宇宙人生的哲理性感喟融为一体，使词境笼罩整个的人间和人生，"将天下人一网打尽"。因而有超出一己之悲哀而悲天悯人的倾向，王国维谓"后主词真所谓以血书者也。……俨有释迦、基督担荷人类罪恶之意"。如《相见欢》："林花谢了春红，太匆匆。无奈朝来寒雨晚来风。胭脂泪，相留醉，几时重？自是人生长恨水长东。""春红"概一切的花，"人生"尽古今之人，"胭脂泪"兼关花人，"朝来寒雨"、"晚来风"和一江春水象征不可抗拒的自然规律和外来打击。该词如此遣词造句并非出于即景，而是造境。所谓"眼界大"即境界大。张恨水即因爱此词而取"恨水"二字为名。

二、粗服乱头，不掩国色（周济）。李白曾提出"清水出芙蓉，天然去雕饰"的美学标准，并在其诗中得到体现，然而其词二首更多表现人工的锤炼。将"清水出芙蓉"的美学风格实现于词体的，则是李后主。清人周济在其《介存斋论词杂著》中云："王嫱西施，天下之美妇人也，严妆佳，淡妆亦佳，粗服乱头，不掩国色。飞卿严妆也，端己淡妆也，后主则粗服乱头矣。"主观色彩、白描手法、口头语言是后主词境三要素。他似乎是无意于工而无不工。词境一开，

349

直抒胸臆便成大忌，而后主出口便有妙语——"自是人生长恨水长东"、"流水落花春去也，天上人间"、"问君能有几多愁，恰似一江春水向东流"、"梦里不知身是客，一晌贪欢"、"剪不断，理还乱，是离愁，别是一般滋味在心头"等，无非白描手法，以浅显语言写主观情感，他信手拈来就为人生感慨找到最为恰切的自然象喻，羌无故实，自成妙谛，愈涵咏愈有味。可以说"一洗绮罗香泽之态"，别具清新俊爽、兴发感动的力量，向诗回归。和一切文学大师一样，李后主擅长妙喻，来得自然而富于新意，如"剪不断，理还乱，是离愁"，说穿来不过是心如乱麻而已，然而"心乱如麻"这个平平常常的比喻，在后主笔下变得多么耐人寻味啊。比喻之省，通常省略的是共同特性，亦间有省本体者（借喻），有省比喻词者（隐喻），这里被省略的却是一般不能省去的喻体，而让人从以形象显示的共同特性中思而得之。下句的"别是一般滋味在心头"，意若云：剪不断理还乱的离愁还可以形容，而词人此时所具的愁情却说不出，这样深一层写法更增加了词情的浑厚。后主词的语言既近于口语，又是高度凝练的文学语言，如"流水落花春去也——天上人间"，末四字似太明白不过，其实意极含混，可作多种解会：既可引张泌《浣溪沙》"天上人间何处去，旧欢新梦觉来时"，解为刚从梦中醒来时的迷惑；也可以解释为天上地下，如别云泥，不胜今昔之慨。

三、流畅之中有低回唱叹。后主词的声情之妙，也有过于前人。后主词在语言上具有平易近人和流畅之感，但情味却不易穷尽。原因在于其中沉潜着一种与其解不开的情结相适应的、低回唱叹的情韵。如《虞美人（春花秋月何时了）》，这个曲调本意是歌咏霸王别姬，其调属声酸词苦一类。首句以"了"字入韵，是句中之眼。一部《红楼梦》无非"好"、"了"二字。人生最苦恼事，莫过于既不好，又不了——磨折未尽，苟且偷生，春花秋月，皆足供恨。李商隐诗云：“纵使有花兼有月，可堪无酒又无人”（《春日寄怀》），冯浩笺注：“无酒无人，反不如并花月而去之。”此二句无形中也把宇宙的永恒与人事的无常做了一种对比，有物是人非之感。而这种物是人非之感，在下两句则无形中又重复了一次，“小楼昨夜又东风”着一“又”字，即是此意。过片承上，从故国月明想入，再揭物是人非之意。一篇之中，凡三致意，而感情的积蓄遂不可遏止，末二以问答出之，如开闸放洪，积压心中的万斛愁恨遂滔滔汩汩奔迸而出，“恰似一江春水向东流”之喻，妙到毫巅。此词通首一气盘旋，复能曲折冲荡，洵天才之杰作、词章之神品。

四、长短错综摇曳多姿。天才的诗人是能凭感觉为自己的诗思找到合适形式的人，李后主就正是这样的一位词人。他通过选调或创调，在词中成功地将短而急促和长而连续的两种句式，妥帖地安排在一起，来表现十分强烈复杂的感情，有长吁短叹之致。较之李白《忆秦娥》走得更远。他的九言句写得特好，如在两首《乌夜啼》（《相见欢》）中，出现在三字句和三字句群后的九字句“别是一般滋味在心头”、“无奈朝来寒雨晚来风”、“自是人生长恨水长东”，以及《虞美人》中的九字句“故国不堪回首月明中”、“恰似一江春水向东流”，都是传诵不衰的名句。特别是出现在短句之后，真是备极恣肆，嗟叹有余。这里特别要注意“别是”、“自是”、“恰似”、“无奈”一类领字的运用，这是一个新的现象，标志着词句与诗句显著的差异，将成为宋词（慢词）的典型句法。由于领字的运用，李后主某些词句，两句保持着一气读到押韵处的语气，取得上述长句同样的效果，如《浪淘沙》中的“一任珠帘闲不卷，终日谁来”、“想得玉楼瑶殿影，空照秦淮”。此外还有一句以“也”字提顿，保持与下句的连贯语气，亦取得与长句同样的效果，如《浪淘沙》的“流水落花春去也，天上人间”。《虞美人》原本作七五七七三双调，而《浪淘沙》原本为七言绝体，在李煜词中首次成为现在的样子，这是后主在词体句法和形式上的贡献。

李白是深沉的。词体从李白到温庭筠，到花派间，增添了不少新的东西，也失去了一些有价值的东西。而后主词（后期词作）在经历花间之后，重返深沉。李白与李后主，是唐五代词中一前一后两个天才，而前者本是诗仙，其作词具有偶然的性质，后者是本色的词人，乃以全副生命作词，在词体创作上成就更大，地位更高。后主在词史上的贡献是：一、内容超出了一般相思离别范围，境界大而感慨深；二、脱离歌筵的特定的、狭小的范围，而具有纯抒情的性质；三、一扫绮艳之风，具有很高的格调；四、在长短句形式上有新的贡献，句法直通慢词。电视连续剧《台湾行》主题歌云："秦时明月汉时关，沧海隔不断。无限江山，别时容易见时难。"乃集盛唐诗人与南唐后主诗词句而成，而无尽沧桑盛衰之感见于言外，简直把人的眼泪都要唱下来了，就是后主词思想深度和广度的最好说明。

总之，词体至后主大尊。也可以说，李后主是越过花间、温韦，向李太白的回归——这一回归不是简单重复，而是提高，是推进，为唐五代词画了一个圆满的句号。

元散曲的蛤蜊味

　　元代的散曲是在唐诗宋词以后新兴的诗体，它与传统诗词比较，在表现手法、意境、风格、韵味上都有自己的特色。元散曲的特色，有形式上的特色，如令曲的一韵到底、平仄互押、可加衬字等，此外还有艺术上的特色。

　　关于元散曲的艺术特色，人们首先注意到的是一个"俗"字。元散曲保持了通俗文学的特征，广泛采用北方流行的方言俗语，有的作品通篇使用口语，充满生动活泼的生活气息，这确实是一个艺术特色①。只不过元散曲的艺术特色并不是一个"俗"字所能概尽。读者只需注意一下文人的散曲，就会发现，作者在使用方言俗语的同时，也舞文弄墨，运用或借用诗词的雅言与意境，可谓熔雅俗于一炉。由于文而不文，俗而不俗，而形成谐趣。

---

　　①　持这种看法者，如毛炳身、周祺家《元散曲欣赏·前言》（中州书画社1983）："大量使用当时北方流行的方言俗语，是元代散曲的一大特色。像'遮莫'、'村沙'、'不剌'、'不争'、'赤紧'、'葫芦提'、'大古里'等，真是俯拾皆是。"陈锋《元明散曲选读·前言》（黑龙江人民出版社1983）："从语言风格来看，曲虽然也受到前代诗词的影响，但却有它独自的特点。主要表现在保存了曲来自民间的本色，使用了大量的方言土语。仅据张相《诗词曲语辞汇释》、朱居易《元剧俗语方言例释》、王锳《诗词曲语辞例释》搜集元曲中的方言俗语就不下数百例。"傅正谷、刘维俊《元散曲选析》（天津人民出版社1982）将元代散曲的艺术特色概括为五点：一、语言的通俗；二、形式的活泼；三、风格的清新；四、描写的生动；五、手法的多样。除了一、二两点，其余三点很难说是"特色"。

除了那个"俗"字，元散曲的艺术特色还可以用两个字来概括——那就是"露"和"谐"。简言之，无论从创获、创作主流还是从代表作品看，相对于诗词的含蓄婉曲而言，元散曲的艺术特色是"露"；而相对于诗庄、词媚而言，元散曲的艺术特色则是"谐"。

所谓"露"，即语言风格的豪辣和直露。清人刘熙载即指出："词如诗，曲如赋。赋可补诗之不足也。"① 的确，在表现手法上，传统诗词重比兴寄托，重言外之意，重含蓄之美；元代散曲本于说唱文艺，别开豪辣一路，重情感直抒、白描铺叙，多意外之言。近人对散曲的这一艺术特色阐发最为透彻者当推王季思，他说：词曲"分别处在一少说，一多说；一只说到七八分，一则说到十分。像'睡煞'、'抖擞'、'甚也有'等辞，在曲中正显其灏汗，而入词便不免粗横"。在同一文中，他还说散曲"要说就说到十二分，更不留丝毫余地。好像非再加油加酱，总不够味"。"作者旧有《曲不曲》一文，比较词和散曲之风格意境，谓'词曲而曲直，词敛而曲散，词婉约而曲奔放，词凝重而曲骏快，词蕴藉含蓄而曲淋漓尽致。以六义言，则词多用比兴，而曲多用赋。以诗为喻，则词近五七言律绝，而曲近七言歌行；以文为喻，则词近齐梁小赋，曲近两汉京都、田猎诸作；以人为喻，则词如南国佳人，曲如关西莽汉；以山水为喻，则词如秦淮月，钟阜云，曲如雁荡瀑，钱塘潮。'"② 为人熟知的关汉卿《南吕·一枝花·不伏老》的《黄钟煞》，即以穷举法作灏汗语，本调原仅三句，而增至二十余句，揆之曹操《龟虽寿》的比兴再三、入题便止，则诵诗如吃冰淇淋，而唱曲如喝汽水，"唯吾意之所欲

---

① 清·刘熙载《艺概·词曲概》（上海古籍出版社 1978）。
② 王季思《玉轮轩古典文学论集·词曲异同的分析》（中华书局 1980）。

至，口之欲宣，纵横出入，无之而不可"①。元曲特有的"鼎足对"，较之传统诗词的对仗，特点亦在尽兴尽致。

本文将着重讨论比较为人忽略的"谐"——其实人们在具体作品的讨论中还是常常掭到它，遗憾只在于，很少有人视它为元散曲总体的艺术特色。

仍然是刘熙载，他似乎已经注意到这个问题："洪容斋论唐诗戏语，引杜牧'公道世间惟白发，贵人头上不曾饶'，高骈'依稀似曲才堪听，又被吹将别调中'，罗隐'自家飞絮犹无定，争解垂丝绊路人'。余谓观此，则南北剧中之本色当家处，古人早透消息矣。"② 刘熙载以"戏语"为"南北剧中之本色当家处"。这里的"戏语"，乃指剧中之曲文，可以推论于散曲。"《粟香随笔》载有王荟舫《看桃花为阴雨所阻》(蝶恋花) 词，末句是'天公也吃桃花醋'，近人江都任中敏以为这正是曲中句。"③ 可见在审美直觉判断上，曲与词在风格上是显有区别的。究其原因，不正是因为"天公也吃桃花醋"一句颇具谐趣，于曲为"本色当家处"，于词则为另类么？古人所说的"本色当家处"，正是今人所说的艺术特色。

传统诗词或主载道，或主性灵，而以载道为主，比较强调文艺的教化作用而忽略文艺的游戏功能。见于唐诗的戏语为数不多，大率出于晚唐之浅派诗人。洪迈论"唐诗戏语"的文字，见于《容斋随笔》，原文略云："士人于棋酒间，好称引戏语以助谭笑，大抵皆唐人诗。后生多不知所从出，漫识所记忆者于此。"④ 所引诗句，分

① 明·王骥德《曲律·杂论》，《中国古典戏曲论著集成》第四册（中国戏剧出版社 1980）。

② 清·刘熙载《艺概·词曲概》（上海古籍出版社 1978）。

③ 王季思《玉轮轩古典文学论集·词曲异同的分析》（中华书局 1980）。

④ 宋·洪迈《容斋随笔》卷十一，《笔记小说大观》第六册（江苏广陵古籍刻印社 1983）。

别出自杜牧《送隐者》，高骈《风筝》(一作《题风筝寄意》)，罗隐《柳》等诗，或题赠或咏物，虽涉嘲戏，却仍属传统的题材和内容。

元代的曲家却于载道、性灵之外，别创出游戏一派，曲中不但处处有"戏语"，处处杂有搞笑的成分；而且引入了在传统诗词作家看来不登大雅之堂，鄙不屑为，也不敢为的题材和内容。例如传统诗词咏蝴蝶，却不"咏大蝴蝶"；写佳人，却不写"佳人脸上黑痣"；写歌女，却不写"妓歪口"；咏马，却不写"借马"事件，如此等等，这类被诗词家认为不登大雅之堂的东西，在元散曲中应有尽有。为此，明人李开先专著《词谑》一书，收录元代以来以滑稽嘲谑为能事的曲文及故事，亦可谓洋洋大观。可以说，元散曲的"俗"，不只是语言的通俗，而且是内容的"不雅"。这里的"不雅"并无贬义，意略近于不正常(如"大蝴蝶"、"妓歪口"、"佳人脸上黑痣"、"吝啬"等，皆属不雅)。朱光潜说得好："尽善尽美的人不能成为谐的对象，穷凶极恶也不能成为谐的对象。引起谐趣的大半介乎二者之间，多少有些缺陷而这种缺陷又不致引起深恶痛疾。"[1] 而"不正常"恰好是"谐"的对象。

元代散曲家造成谐趣的艺术手法，大致有以下几端。一是语言的雅俗并举及节奏的多变。元散曲在语言形式上较诗词更多逞才弄巧、玩文字游戏，重叠、接字、排比、回文等手段运用更多，更花样翻新。传统诗词无论何种风格，在语言上和节奏都讲究谐调之美，在一篇诗词作品中，语言风格大体上是统一的，节奏上是桴鼓相应的。元散曲也不同白话诗，不是一味通俗，而是将雅语与俗语熔冶于一炉，而且伴之以节奏的突变，元人周德清所谓："造语必俊，用

---

① 朱光潜《诗论》第二章《诗与谐隐》，载《朱光潜美学文集》(上海文艺出版社 1982) 第二卷。

字必熟；太文则迂，不文则俗；文而不文，俗而不俗。"① 雅言和俗语的并置，加上节奏的突变，有意无意形成不协调的语言风格，于是造成谐趣，造成不同于诗词的"蒜酪味"和"蛤蜊味"。《词谑》有这样一则文字：

> 《中原音韵·作词十法》："造语不可作张打油语。"士夫不知所谓，多有问予者。乃汴之行省掾一参知政事，厅后作一粉壁。雪中升厅，见有题诗于壁上者："六出飘飘降九霄，街前街后尽琼瑶。有朝一日天晴了，使扫帚的使扫帚，使锹的使锹。"参政大怒曰："何人大胆，敢污吾壁？"左右以张打油对。簇拥至前，答以："某虽不才，素颇知诗，岂至如此乱道？如不信，试别命一题如何？"时南阳被围，请禁兵出救，即以为题。打油应声曰："天兵百万下南阳。"参政曰："有气概，壁上定非汝作。"急令成下三句，云："也无救援也无粮。有朝一日城破了，哭爷的哭爷，哭娘的哭娘。"依然前作腔范。参政大笑而舍之。

此处的"张打油"，故事中人而已，所作二诗，实为曲词。其所以滑稽，即在于其前后语言风格及节奏之不协调。周德清说"造语不可作张打油语"，只是倡言高论，对元曲家创作，实际上没有太多影响。以元曲名篇为例，张可久《中吕·卖花声·怀古》的"美人自刎乌江岸，战火曾烧赤壁山，将军空老玉门关。伤心秦汉，生民涂炭"五句都是庄言雅语，最后来一个大白话"读书人一声长叹"，不但风格变了，节奏也发生突变，于是产生谐趣。作品所包含的言外之意，却让人于忍俊不禁中有以思之。乔吉《双调·水仙子·咏雪》云："冷无香柳絮扑将来，冻成片梨花拂不开，大灰泥漫了三千

---

① 元·周德清《中原音韵·作词十法》，《中国古典戏曲论著集成》第一册（中国戏剧出版社1980）。

界，银棱了东大海。探梅的心噤难挨。面瓮儿里袁安舍，盐堆儿里党尉宅，粉缸儿里舞榭歌台。"末三句以鼎足对写银装素裹的积雪世界，将"面瓮儿"、"盐堆儿"、"粉缸儿"这些市民家常物什，与"袁安舍"、"党尉宅"、"舞榭歌台"等典雅庄重的名物组合，感觉特逗。又如人所熟知的马致远《越调·天净沙·秋思》，"枯藤老树昏鸦，小桥流水人家。古道西风瘦马，夕阳西下"几句虽近于小词，最后一句"断肠人在天涯"却很口语化、散文化，因此也就有了曲味。

　　二是构思的出人意表。元人陶宗仪《辍耕录》载中统初，燕市出了一只大蝴蝶，其大异常。王和卿与关汉卿唱和，王和卿先写了《仙吕·醉中天·咏大蝴蝶》，关即搁笔。王曲云："挣破庄周梦，两翅驾东风，三百座名园一采一个空。谁道风流种，唬杀寻芳的蜜蜂。轻轻地飞动，把卖花人扇过桥东。"曲言蝴蝶破梦而出，驾东风，三百座名园一采一空，夸张蝴蝶之大。曲的结尾变调侃为抒情，说大蝴蝶只消轻轻地飞动，便把卖花人扇过桥东，仍是着眼于"大"。宋代堪称蝶痴的诗人谢无逸曾写蝶诗三百首，有句云："江天春暖晚风细，相逐卖花人过桥。"（《咏蝴蝶》）细想来"把卖花人扇过桥东"就是"相逐卖花人过桥"的一转语，但谢用雅语，王用俗语。谢诗中卖花人是主动的，蝴蝶是被动的；王曲中，被动变主动，主动变被动，平添了多少奇趣！如无名氏《大雨》（失宫调牌名）云："城中黑潦，村中黄潦，人都道天瓢翻了。出门溅我一身泥，这污秽如何可扫？东家壁倒，西家壁倒，窥见室家之好。问天公还有几时晴？天也道阴晴难保。"洪灾使得东家壁倒，西家壁倒。到这分儿上，还有什么"室家之好"可言？可作者偏说壁倒了会"窥见室家之好"，叫人可恼。可恼处正多，只说隐私不保，就很俏皮，很搞笑。通过涝灾反映民生多艰，内容本来是严肃的，作者却出以插科打诨的笔墨，

358

旁敲侧击，寓哭于笑，体现了散曲的风趣。

三是漫画的手法。漫画化也是元曲家常用的一种搞笑手法。前举大蝴蝶一例，结尾即有卡通画的韵味。广为人知的睢景臣《般涉调·哨遍·高祖还乡》套曲，其《耍孩儿》及《五煞》《四煞》三曲所用手法，即漫画皇帝的卤薄："见一彪人马到庄门，劈头里几面旗舒：一面旗白胡阑套住个迎霜兔，一面旗红曲连打着个毕月乌，一面旗鸡学舞，一面旗狗生双翅，一面旗蛇缠葫芦。红漆了叉，银铮了斧，甜瓜苦瓜黄金镀，明晃晃马镫枪尖上挑，白雪雪鹅毛扇上铺。这几个乔人物，拿着些不曾见的器仗，穿着些大作怪衣服。……"封建时代皇帝的卤薄既是保安措施，是权威与神圣的象征，但乡民们懂不起。"白环套住迎霜兔"是月旗、"红圈套住毕月乌"是日旗、"鸡学舞"指凤旗、"狗生双翅"指飞虎旗、"蛇缠葫芦"指龙旗、金瓜锤、狼牙棒被称作镀了金的"甜瓜苦瓜"、朝天镫被称作马镫，等等，一番形容，就像经过哈哈镜一照似的，让人觉得滑稽可笑，同时也就褫夺了皇帝的尊严。

四是误会的手法。前举《高祖还乡》《三煞》至《尾》写接驾的乡老认出皇帝本人乃是本村的刘三，细数其"根脚"（履历）："你须身姓刘，你妻须姓吕。把你两家儿根脚从头数：你本身做亭长，耽几盏酒，你丈人教乡学，读几卷书，曾在俺庄东住，也曾与我喂牛切草，拽具扶锄。春采了桑，冬借了俺粟，零支了米麦无重数。换田契强称了麻三秤，还酒债偷量了豆几斛。有甚胡突处？明标着册历，现放着文书。少我的钱，差发内旋拨还，欠我的粟，税粮中私准除。只道刘三谁肯把你揪揝住，白什么改了姓、更了名唤作汉高祖。"曲中以乡老口气，数落刘三种种劣迹，然后不客气地向他讨债，说要"差发内旋拨还"、"税粮中私准除"，还说"改了姓，更了名，直唤作汉高祖"，便是通过误会的手法，形成谐趣，再一次褫夺了皇帝的尊严。历代统治者总是把自己打扮成正义的化身，人民利益的代表，大树个人权威，要百姓顶礼膜拜。此曲以嘲讽笔调和搞笑手法予以否定，实具很强的战斗性与冲击力。

五是喜剧冲突的设置。喜剧性是比搞笑远为深刻的东西，那就是作者通过揭示事物现象和本质之间的矛盾，而产生的谐趣。元人钟嗣成《录鬼簿》介绍睢景臣道："维扬诸公，俱作《高祖还乡》套数，惟公《哨遍》制作新奇，诸公皆出其下。"按汉高祖还乡本事见《史记·高祖本纪》，乃刘邦做皇帝后十二年，平英布归途经家乡沛县，逗留数日，召故人父老子弟会饮，组织一百二十里中少年合唱团合唱《大风歌》，风光之至。维扬诸公之作，想必即据史实敷衍成篇，所以不传。而睢景臣不受历史事实束缚，别出心裁地虚构喜剧情节，宜其传世。

又如马致远的名篇《般涉调·耍孩儿·借马》，通过借马这样一个生活事件讽刺小私有者的典型的自私心理。干脆借或干脆不借，都没有"戏"；唯独在借与不借之间，想推而"对面难推"的尴尬境地，"戏"就出来了。在曲中，借马的"慷慨"之举，和不情愿借马的内心活动形成冲突；马主明知借方是精细人，却忍不住再三叮咛；叮咛得细致入微，及其根本无法落实；骂人用拆白道字——动机与效果的不协调，啰唆得不能再啰唆，还说是"一口气不违借与了你"，凡此等等，都构成了冲突，形成谐趣。郑振铎说："诙谐之极的局面，而出之以严肃不拘的笔墨，这乃是最高的喜剧。"[1]

最后讨论一下与元散曲谐趣的形成有关的社会因素。从创作主体看：元代的散曲作家是社会地位急剧下降的文人。文化落后的蒙古贵族入主中原，蒙古人、色目人贵族掌握了军政财大权，汉人、

---

[1]　郑振铎《中国俗文学史》第九章（作家出版社 1953）。

南人地位卑下，备受歧视。科举考试中断七十七年，在官吏僧道医工猎民之下，称九儒十丐。汉族文人，除少数依附统治者外，大多数在政治上没有出路，与民间艺人结为"书会"，从事散曲、戏曲创作。如果说唐代科举以诗赋取士，造就了大批诗人，是政治对文士的叹引而促成诗歌的繁荣；那么元代长时期废止科举，造就了大批书会才人，则是政治对文士的排斥促成了曲艺的繁荣。元代文人受到的政治压迫虽然厉害，但当时的思想统治却相对放松，儒家传统伦理道德观念、载道派文学观念动摇，游戏人生、低调人生形成一种社会思潮，退隐、叹世成为散曲创作的重要内容，这使得散曲作品中充满叹息、嘲讽的声音，"谐"的因素乘势增长。

从受众客体看：元散曲写出来是供演唱的，它在案头是一种诗歌，演唱起来则是一种曲艺，其受众是广大城乡群众，尤其是市井细民。这些受众文化程度不高，多数是文盲，他们到勾栏、戏院的目的十分明确，就是寻求娱乐、开心和放松。散曲作品中的搞笑，就是迎合这一层次受众需要的。正是由于这样的原因，元散曲作品较之唐诗宋词，在文化品位上才显得那样的良莠不齐。它所嘲弄或鞭挞的对象，既有统治者（如张养浩《中吕·山坡羊·潼关怀古》）、贪婪者〔如无名氏《正宫·醉太平（夺泥燕口）》〕及社会丑恶现象〔如无名氏《中吕·朝天子·志感（不读书有权）》〕，也有弱势群体（如王和卿《双调·拨不断·王大姐浴房内吃打》）、生理有缺陷者（如杜遵礼《仙吕·醉中天·妓歪口》）以及病人（如无名氏《正宫·叨叨令·咏疟疾》），等等，从而不免流于低级趣味。这一点也是应予正视的。

从文体因素上看：元散曲与元杂剧是一对孪生姊妹，统称"元曲"。戏曲构成以散曲为基础——元杂剧的唱词即散曲的套数。当时，散曲家多是戏剧家，戏剧家兼为散曲家。散曲（特别是套数）作为独立的诗体，也保留着戏曲的影响，按照前人"以文为诗"、"以诗为词"之类的说法，这也可以说得上是"以戏为诗（曲）"了。元代的戏剧深受唐参军戏和宋元杂剧作风影响，喜欢在曲子里使用民间口语、夸张手法，进行搞笑，使曲子洋溢着幽默、诙谐的喜剧趣味。而"以戏为曲"，也就是作家在进行散曲创作时，以代言的口吻叙事，叙事多有情节，情节富于戏剧冲突，尤其是喜剧冲突，从而使作品具有幽默、诙谐的风格和喜剧的效果。名篇如杜仁杰《般涉调·耍孩儿·庄家不识勾栏》，不仅生动地描写了戏剧表演本身，而且以揶揄的笔墨，活灵活现地写出了一位初次接触戏剧的农村观众的兴奋和激动。这一套曲，既反映了戏曲在元代公众生活中的重要地位，本身也可以用作舞台表演的脚本。至于马致远《般涉调·耍孩儿·借马》更像一出独角戏，又像现代曲艺中的谐剧，这些作品都是"以戏为诗"的著例。